KB194262

우신예찬

우신예찬
Moriae Encomium

로테르담의 데시데리우스 에라스무스가 쓴
어리석음 예찬 연설

에라스무스 풍자문   김남우 옮김

MORIAE ENCOMIUM ID EST STULTITIAE LAUS
DESIDERII ERASMI ROTERODAMI (1511)

이 책은 실로 꿰매어 제본하는 정통적인 사철 방식으로 만들어졌습니다.
사철 방식으로 제본된 책은 오랫동안 보관해도 손상되지 않습니다.

웃음으로 진실을 말하려는데 이걸 어떻게 막겠습니까?*

* 호라티우스, 『풍자시』 1, 1, 24행에 제시된 풍자의 원리다.

일러두기

1. 서문 격인 에라스무스의 편지와 『우신예찬』 본문에 인용의 편리를 위해 문단 번호를 붙였다.

2. 가독성을 고려하여 펼친 면의 왼쪽부터 각주 번호를 새로 매겼다.

3. 성경 번역은 가톨릭 『새번역 성경』(2005)을 따랐다. 이와 달리 에라스무스가 인용한 불가타 라틴어 판본을 번역한 경우도 있다.

4. 라틴어와 희랍어의 경우 국립국어원 외래어 표기법을 따르지 않은 예들이 있다.

5. 참고 문헌과 그 약어는 다음과 같다.

LB   Desiderius Erasmus, *Opera omnia*, ed. J. Clericus, Lugduni – Batavorum, 1703~1706.

ME   *Moriae Encomium id est Stultitiae Laus*, ed. Clarence H. Miller, Amsterdam, 1979.

CE   *Contemporaries of Erasmus : a Biographical Register of the Renaissance and Reformation*, ed. Peter G. Bietenholz, Toronto, 2003.

CoE   *The Correspondence of Erasmus*, translated by R. A. B. Mynors & D. F. S. Thomson; annotated by Peter G. Bietenholz, Toronto, 1974.

DK   *Die Fragmente der Vorsokratiker*, H. Diels & W. Kranz, Berlin, 1903.

        Praise of Folly, translated by B. Radice with an Introduction and Notes by A. H. T. Levi, London, 1993.

        The Adages of Erasmus, selected and translated by W. W. Barker, Toronto, 2001.

        『狂愚禮讚』, 丁奇洙, 乙酉文化社, 1975/1983/1995.

        『바보예찬』, 정병희 옮김, 동서문화사, 1978/2008.

        『바보 神 禮讚』, 朴煥德, 汎潮社, 1983.

        『狂愚神禮讚』, 朴英基, 금성출판사, 1987/1989.

        『바보예찬』, 문경자, 랜덤하우스 중앙, 2006/지만지, 2009.

        『우신예찬』, 강민정, 서해문집, 2008.

추천의 글

에라스무스의 『우신예찬』이 1511년 출판된 이래 올해로 출간 5백 년이 되었다. 『우신예찬』은 르네상스 인문주의의 대표적인 성과물로서 에라스무스 당대에 이미 세계 문학의 반열에 오른 작품이다. 희랍과 로마 고전 문학의 재발견이라는 역동적인 시대 흐름과 그런 인문주의 정신에 비친 〈웃지 않을 수 없는〉 시대의 모습을 이 책은 당대에 생산된 그 어떤 인문주의적 저작보다 더 날카롭게 보여 주고 있다.

『우신예찬』이라는 책의 지적, 역사적 가치를 몇 마디 말로 묘사하는 것은 불가능하다. 독자로서 직접 읽어 보기를 권할 따름이다. 이런 책일수록 원저의 가치를 고스란히 전달하는 번역을 찾는 일이 중요해질 수밖에 없는데, 이번에 나온 열린책들판 『우신예찬』은 바로 그런 번역이다.

역자는 고전에 어울리는 우리말 어법과 어조를 구현하는 동시에 원저의 의미가 누구에게나 쉽고 재미있으면서도 분명하게 전달될 수 있도록 문장을 갈고 다듬었다. 뿐만 아니라 충실한 주석을 제공하고 세심하게 지면을 편집한 다음 원저에 언급된 희랍 로마 고전 문학과 성서 등 여러 문헌에 대한 꼼꼼한 색인도 마련해 줌으로써 이 번역본이 학술적 목적을 위해서도 유용하게 사용될 수 있도록 배려했다. 그런 의미에서 이 번역본은 우리나라 서양 고전학 연구가 본격적으로 시작된 이래 이루어진 중요 성과물 중 하나가 아닌가 생각한다.

열린책들판 『우신예찬』이 희랍 로마 고전 문학과 유럽 르네상스 문학 세계로의 충실하면서도 재미있는 안내자가 되기를 기대한다.

서울대학교 영어영문학과 교수,
중세르네상스연구소 소장 이종숙

추천의 글

7

로테르담의 데시데리우스 에라스무스가
토머스 모어에게 인사를 보냅니다

11

로테르담의 데시데리우스 에라스무스의
우신예찬 연설

19

부록 1
에라스무스가 위대한 신학자
마르탱 반 도르프에게 인사를 전합니다

199

부록 2
로테르담의 데시데리우스 에라스무스가 친구
안토니우스 룩셈부르크에게 인사를 전합니다

250

부록 3
상트 베르탱의 수도원장
안톤 반 베르겐에게 정중한 인사를 올립니다

252

부록 4
암스테르담 작은형제회 원장이신
존경하는 얀 빌에게 인사를 전합니다

255

부록 5
에라스무스『격언집』2, 2, 40
「막사발을 자랑하다」

258

역자 해설
에라스무스의 풍자 문학

263

로테르담의 데시데리우스 에라스무스 연보

277

찾아보기

279

로테르담의 데시데리우스 에라스무스가
토머스 모어에게 인사를 보냅니다

1　　로테르담의 데시데리우스 에라스무스가 토머스 모어에게 인사를 보냅니다. 지난날 내가 이탈리아를 떠나 영국으로 향하던 때,[1] 꼼짝없이 말에 앉아 있어야 했던 시간을 내내 무식하고[2] 어리석은 잡담으로 허송하지 않으려, 나는 수시로 우리들의 공동 과업에 관해 곰곰 생각하는가 하면, 때로 여기 놓고 떠났던 지혜롭기 이를 데 없고 학식이 높은 친구들을 회상하였습니다.[3] 친구들을 추억하는 가운데 누구보다 특히, 친애하는 모어 씨, 당신을 떠올렸습니다. 나와 당신이 한

1 에라스무스는 1509년 7월 세 번째 영국 여행을 떠난다.
2 〈무식하고〉로 번역한 희랍어의 어원을 분석하면 〈*a-mousois*〉이며, 뒷부분은 〈무사이 여신들〉을 가리키는 말이므로 직역하면 〈무사이 여신들과 상관없는〉이라고 할 수 있다. 무사이 여신들은 시 문학을 담당하는 아홉 명의 여신들이다. 헤시오도스, 『신들의 계보』의 서두를 보라.
3 앞서 〈무식하고 어리석은〉과 〈지혜롭고 학식이 높은〉의 대조를 통해 에라스무스는 당시 여행의 분위기를 전해 준다. 〈여기〉는 영국을 가리킨다. 에라스무스는 1510년 6월 9일 영국의 어느 시골에서 런던에 있던 토머스 모어에게 편지와 함께 『우신예찬』의 필사본을 보낸 것으로 볼 수 있다(ME 15면 참조).

자리에 마주 앉아 서로 이야기를 나누던 때, 맹세하건대 그때가 내 생애 가장 달콤한 순간이었는바, 서로 멀리 떨어져 있는 우리는 꼭 그때처럼 이렇게 추억 속에서 함께 시간을 보내게 되었습니다. 그리하여 무언가 우리가 해야 할 일을 찾아야 했고, 그렇다고 진지한 대화를 하기에는 여건이 적절치 않아 보였기 때문에 장난삼아 우신예찬을 생각하게 되었습니다. 〈도대체 어떤 팔라스[1]가 그런 생각을 당신에게 불러 일으켰습니까?〉라고 당신은 물을 것입니다. 우선 모어라는 당신 존함이 나로 하여금 이를 떠올리게 하였습니다. 당신 본인이야 어리석음과 거리가 멀고, 만인이 투표를 하더라도 당신은 어리석음에서 가장 멀리 떨어져 있겠지만, 모어More라는 당신 이름은 우신Moria을 뜻하는 희랍어에 가깝기 때문이었습니다. 또 장난기 담뿍한 나의 천품을 당신이 크게 나무라지 않을 것이라 생각하였습니다. 내가 틀리지 않는다면 학식을 갖춘 재치 넘치는 풍자에 크게 즐거워하며 당신은 우리가 살아가는 이승에서 데모크리토스[2]의 삶을 실천할 것이라 보았

1 팔라스는 여신 아테네의 별칭이다. 아테네는 수공업과 예술을 보호하는 여신으로 라틴어로는 〈미네르바〉다. 〈미네르바가 거절하다invita Minerva〉라는 속담이 있는데, 키케로는 『의무론』제1권 110에서 이 말에 대한 설명으로 〈본성에 어긋나고 벗어나다〉라고 하였다. 이 말은 또 호라티우스의 『시학』385행에 등장한다. 호라티우스는 〈미네르바가 거절할 때에 글을 쓰지 말라〉라고 말하고 있다.

2 여기서 에라스무스는 소위 〈웃음을 웃는 데모크리토스〉라는 고대의 전통을 따르고 있다. 데모크리토스는 〈인간의 모든 결점과 약점을 풍자하고 체계적으로 비난하는 주요한 본보기〉(장 살렘 『고대 원자론』, 양창렬 옮김, 난장, 2009, 69면 이하)였다고 한다. 데모크리토스 단편 DK 68B4에 따르면 데모크리토스는 〈삶의 목적을 유쾌함〉이라고 가르쳤다. 단편 DK 68B174,

습니다. 예를 들어 당신의 현덕에 비추어 당신은 대중과는 멀리 떨어져 있지만, 그럼에도 불구하고 믿기지 않을 만큼 상냥하고 친절하여 누구와도 잘 어울리는 것으로 보아, 실로 당신은 〈사계절의 인물〉[3]다운 면모를 보여 줄 수 있으며, 그럴 수 있음에 기뻐할 것이라 믿었던 것입니다. 그러므로 당신 친구에 대한 소중한 추억으로 보잘것없으나마 나의 우신예찬 연설[4]을 기꺼이 받아 주기 바랍니다. 더불어 이를 성심껏 지켜 주기 바랍니다. 이를 당신에게 헌정하는바, 이 연설은 이제 나의 것이 아니라 당신의 것인 까닭입니다.

2   아마도 이 글을 비판하는 사람이 없지 않아, 일부는 교회

〈유쾌한 사람은 올바르고 적법한 행위를 하게끔 이끌리며 밤이나 낮이나 기뻐하고 강건하며 근심이 없다.〉 단편 DK 68B189, 〈사람에게 가장 좋은 것은 가능한 가장 유쾌하게, 그리고 가능한 가장 괴롭지 않게 삶을 이끌어 가는 것이다. 만약 누구든 허망한 것을 좇지 않는다면 그렇게 될 것이다.〉 데모크리토스가 인간의 결점 혹은 어리석음으로 지목하고 있는 것들은 죽음에 대한 두려움, 재물에 대한 탐욕, 남을 이기려는 욕망, 중용을 벗어난 행동 등이다. 이런 어리석음을 벗어날 때 유쾌한 삶이 가능하며, 이를 벗어나기 위해 지혜와 현명한 판단이 필요하다. 세네카 『분노에 관하여』 제2권 10, 5, 〈사람들이 말하길 데모크리토스는 대중 앞에서 결코 웃음을 잃은 적이 없었다고 말한다.〉

3 에라스무스 『격언집』 286을 보면, 에라스무스는 토머스 모어를 〈사계절의 인물omnium horarum homo〉이라고 칭하는데, 이는 토머스 모어가 부드럽고, 겸손하며, 상냥하면서도 때로는 즐겁고 유쾌하고, 때로는 심각하고 진지한 모습을 보여 주었기 때문이다.

4 〈declamatiuncula〉는 〈declamatio〉의 축소형 명사로 흔히 〈연설 연습〉을 뜻한다. 이를 〈예찬 연설〉이라고 번역하였다. 고대 이래로 수사학 학교에서는 문학 작품에서 주제를 찾아 학생들로 하여금 연설문을 연습 삼아 작성하도록 하였다. 에라스무스 당시 〈declamatiuncula〉는 교회의 〈설교〉를 가리켰다(ME 69면 참조).

학자가 쓰기에는 너무도 가볍다고 힐난하며, 일부는 점잖은 기독교인이 쓰기에는 너무도 신랄하다고 비난할 것입니다. 또 고성을 지르며 내가 구희극[1] 혹은 루키아노스[2]를 되살려 아무거나 가리지 않고 헐뜯는다고 질책할 것입니다. 하지만 글의 가벼움과 장난스러움을 불편해하는 사람들은 이런 유의 글이 나로부터 시작된 것이 아니라 앞서 위대한 작가들에 의해 거듭해서 쓰였다는 것을 생각하기 바랍니다. 호메로스는 수백 년 전 「개구리와 생쥐의 전쟁」[3]이라는 장난스러운 글을 지었으며, 베르길리우스는 「모기」와 「채소무침」[4]을, 오비디우스는 「호두나무」[5]라는 글을 지었습니다. 폴뤼크라테스와 그의 비판자 이소크라테스는 부시리스를,[6] 글라우콘은 불의(不義)를,[7] 파보리누스는 테르시테스와 나흘거리 열병

---

1 희랍 희극은 아리스토파네스로 대표되는 구희극과, 메난드로스로 대표되는 신희극으로 구분된다. 아리스토파네스와 메난드로스가 커다란 차이를 보이기 때문에 후대에 이렇게 구분하였다.

2 쉬리아 태생의 희랍 문필가이자 연설가. 로마 제국 여기저기를 돌아다니며 많은 시범 연설을 행하였는데 주로 풍자적 연설이었다.

3 호메로스의 위작이다. 하지만 에라스무스 당대에는 호메로스의 작품으로 받아들여졌다(ME 69면 참조).

4 베르길리우스의 작품인지에 관한 논의가 아직 진행 중이다. 베르길리우스의 초기작일 가능성이 높다.

5 적어도 에라스무스 당대에는 오비디우스의 작품으로 알려져 있었으나, 오늘날에는 오비디우스의 작품이 아닌 것으로 판명 났다. 호두나무가 자신이 당한 서러움을 이야기하는 내용이다.

6 폴뤼크라테스는 기원전 4세기 희랍의 연설가이며, 이소크라테스는 동시대 수사학 학교를 세운 사람이다. 폴뤼크라테스가 먼저 그리스 신화 속 왕 부시리스를 칭송하였다. 이소크라테스의 「부시리스」 연설은 폴뤼크라테스가 부시리스를 잘못 칭송하였다고 비판하면서 지은 칭송 연설이다.

7 글라우콘은 플라톤 『국가』 제2권 초두에 등장하여 불의를 역설적으로

을,[8] 쉬네시오스[9]는 대머리를, 루키아노스는 파리와 걸식을 칭송하였습니다. 세네카는 황제 클라우디우스의 신격 찬양문을,[10] 플루타르코스는 그륄루스와 오뒷세우스의 대화[11]를, 루키아노스와 아풀레이우스는 당나귀를,[12] 무명씨는 돼지 그루니우스 코로코타의 유언[13] — 성 히에로뉘무스 또한 이 책을 언급하였습니다 — 을 지었습니다.

3   그러므로 정히 그렇게 여긴다면, 내가 도둑 잡기 놀이를 한다거나, 혹은 이걸 더욱 바랄지도 모르겠는바, 내가 기다란 작대기로 말타기 장난질을 한다고 생각한다 해도 어쩔 수

칭송한다. 글라우콘은 불의가 올바른 것이 아니라고 생각함에도 불구하고, 정의가 무엇인가를 소크라테스로부터 듣기 위해 불의를 칭송한다.

8 파보리누스는 기원후 2세기 초에 활약한 철학자이며, 희랍어로 글을 썼다. 세속적이고 대중적인 글로 많은 사람들로부터 인기를 끌었다. 파보리누스의 글은 전하지 않고 있으나, 여기서 언급하고 있는 것처럼 테르시테스와 열병을 칭송하는 글을 남긴 것으로 보인다. 테르시테스는 『일리아스』 제2권에 등장하는 인물로 트로이아 전쟁에 참전한 사람들 가운데 가장 못난 사람이다.

9 기원후 5세기 퀴레네 태생의 철학자다.

10 세네카는 『아포콜로퀸토시스Apocolocyntosis』라는 책을 썼다. 흔히 황제가 죽은 후 그를 신격화하여 쓰는 글을 〈황제 신격화 찬양문apothesis〉이라고 하는데, 황제 클라우디우스가 죽자 세네카는 그를 찬양한다는 명목으로 오히려 풍자적인 찬양문을 썼다. 〈아포콜로퀸토시스〉를 글자 그대로 번역하면 〈황제 호박화 찬양문〉이다.

11 이 대화는 『비교 영웅전』으로 유명한 플루타르코스의 『윤리Moralia』에 등장하는 한 토막이다. 키르케에 의해 돼지로 변한 그륄루스가 짐승의 생애가 인간의 생애보다 행복하다는 사실을 오뒷세우스에게 설득한다.

12 아풀레이우스는 기원후 2세기 『황금 당나귀』로 알려진 『변신 이야기』를 지었다. 『변신 이야기』는 루키아노스풍의 풍자시를 흉내 내어 썼다.

13 기원후 3세기의 작품으로 알려져 있으며, 여기서 에라스무스가 전하는 바와 같이 성 히에로뉘무스가 이에 관해 언급하였다.

없습니다. 우리가 인생 도처에서 온갖 장난에 빠져 살면서도 오로지 학문 세계에서만은 전혀 농담을 허용하지 않는 일은 짜장 불공정한 일이라 하겠습니다. 더욱이 헛될 것 같은 일에서 진지한 것이 얻어지는 바에야 더욱 그러합니다. 어리석지[1] 않은 독자라면 우스운 이야기에서 더 많은 이익을 얻지 않습니까? 알아듣기 어려운 휘황찬란한 논변에서보다 말입니다. 예를 들어 깁고 누빈 문장으로 수사학이나 철학을 칭송하는 논변이나, 혹은 왕후장상을 찬양하는 논변이나, 혹은 투르크 사람들에 대항하여 전쟁을 부추기는 논변에서보다 말입니다. 또 미래를 예언한다는 사람이나, 혹은 〈염소 양털〉[2]에 관한 새로운 논란거리들을 찾아냈노라 하는 사람의 논변에서보다 말입니다. 사실 심각한 문제를 허투루 논의하는 것만큼 경솔한 일도 없으며, 하찮은 문제를 경박하게 보일 정도로 심각하게 강변하는 것만큼 우스운 일도 없습니다. 하지만 나는, 만일 자만심 때문에 나의 판단력이 흐려지지 않았다면 말하거니와, 남들은 나름대로 판단하겠지만, 전혀 어리석지 않게 어리석음을 칭송하였습니다.

더불어 신랄함에 대한 지적에 답변한다면, 사람들이 더불어 살아가는 공동체에 풍자를 곁들일 자유는 그런 재주를 가

1 호라티우스 『조롱시』 12, 3행에 등장하는 말로, 글자 그대로 옮기면 〈코가 꽉 막힌〉이다. 냄새를 전혀 맡지 못하는 사람이라는 뜻에서 〈어리석은〉 사람을 의미한다.
2 호라티우스 『서간시』 1, 18, 14행에 등장하는 〈lana caprina〉의 번역이다. 〈사소하고 하찮은 것〉이라는 뜻으로 쓰인다. 우리말 〈쥐뿔〉과 같은 구조다.

진 사람들에게 언제나 열려 있어 그것이 지나쳐 광기에 이르지만 않는다면 언제고 처벌받지 않습니다. 하여 나는 심각한 주제 이외에는 전혀 귀를 기울이지 않는 오늘날 사람들의 취향에 놀라움을 금치 못합니다. 더욱 놀라운 것은, 상당수 종교인들이 앞뒤가 전도되어 예수 그리스도에 대한 심각한 비방은 쉽게 참아 넘기면서 교황이나 군주에 대한 가벼운 농담에는 발끈하며, 자신들의 일용할 양식과 관련되었을 때는 그보다 더 화를 낸다는 사실입니다. 그렇다면 묻거니와 사람들의 삶은 나무랐으되, 누구도 실명은 거론치 않았다면 그게 힐난이라 할 수 있겠습니까? 교화 내지 훈계가 아니겠습니까? 또한 묻거니와 수많은 명목을 들어 내가 나 자신을 꾸짖고 있지 않습니까? 나아가 인간 종족 전체를 아울러 나무랐다면, 이는 개인이 아니라 인간 종족 전체의 잘못에 대한 지적일 것입니다. 따라서 이런 풍자에 개인이 다쳤다고 서슬 퍼렇게 덤비는 사람은 양심을 팔아먹은 자이거나, 혹은 도둑 제 발 저린 격으로 뭔가 두려운 자입니다. 성 히에로뉘무스는 이보다 훨씬 자유롭고 신랄하게 글을 지었는바, 실명을 언급하는 일에 전혀 구애받지 않았습니다. 나는 실명은 전혀 언급하지 않았으며, 게다가 문체 또한 다소 눅였기에 선량한 독자라면 나의 의도가 남을 괴롭히는 데 있지 않고 오직 즐거움을 주는 데 있음을 알아차릴 것입니다. 나는 유베날리스[3]처럼 그렇게 남들이 애써 감춘 악덕의 시궁창까지 들쑤

3 기원후 1세기 후반에서 2세기 전반에 걸쳐 활약한 로마의 풍자시인. 시대에 대한 신랄한 비판으로 유명하다.

셔 흙탕물을 만들지 않았습니다. 왜냐하면 내가 따져 보고자 한 것은 가소로운 것들이지 지저분한 것들이 아니기 때문입니다. 여태껏 불쾌감을 떨쳐 내지 못한 사람이 있다면 말하거니와, 이것만이라도 기억해 주기 바라오니, 우신에게 욕먹는 일은 좋은 일이라는 겁니다. 왜냐하면 내가 화자로 삼은 우신은 우신다운 일을 할 것이기 때문입니다. 하지만 당신 같은 훌륭한 변호사[1]를 옆에 두고 이런 변론이 웬 말입니까? 당신은 하찮은 소송 사건일지라도 그것을 정성껏 변호해 줄 사람인 것을. 지극히 현명한 바보 씨,[2] 건강하기를 비오니, 당신의 우신을 호의로써 변호해 주기 바랍니다.

시골에서, 1508년 6월 9일[3]

---

1 토머스 모어는 그의 저서 『유토피아』에서도 확인할 수 있듯이 런던의 부(副)사법장관을 지냈다.
2 앞의 〈모어〉라는 이름에 대한 에라스무스의 어원 분석을 보라.
3 〈시골에서〉라고 하였는바, 이 편지를 쓸 당시 에라스무스는 영국을 방문하여 토머스 모어의 별장에 머물고 있었다. 〈1508년〉이라는 년도는 1522년 판본 이후부터 등장한다. 잘못 기록된 것으로 보인다. 해설을 보라.

로테르담의
데시데리우스 에라스무스의
우신예찬 연설

우신이 말한다.

1   사람들이 나를 흔히 언급할 때마다, 내가 모르지 않는바, 어리석은 사람들에게조차 나는 사나운 말을 듣기 일쑤지만, 그럼에도 불구하고 이 몸이야말로, 내 주장하노니, 누구도 아닌 바로 이 몸이야말로 신들과 인간들을 즐겁게 하는 재주를 가진 유일한 존재입니다. 이를 충분히 입증하는 것은, 내가 여기 운집한 여러분 앞에 연설하려고 등단하자 여러분 모두의 얼굴이 갑자기 뭔가 새롭고 흔하지 않은 기쁨으로 빛을 발하였으며, 그리하여 내가 사방에 둘러앉은 여러분 면면을 보노라면 호메로스의 신들이 마시는 신주(神酒)와 더불어 모든 불행을 잊게 해주는 약[1]에 취한 듯, 꼭 그렇게 나에게 시선을 집중하여, 꼭 그렇게 홍겹고 유쾌하게 환호하였다는 것입

1 *nepenthes*. 〈근심을 잊게 해주는〉이라는 뜻으로 호메로스 『오뒷세이아』 제4권 219행 이하에 등장한다. 아버지의 소식을 들으려 메넬라오스를 찾은 텔레마코스를 위해 메넬라오스의 부인이자 트로이아 전쟁의 여인인 헬레네가 포도주에 섞은 약을 가리키는 말이다.

니다. 조금 전만 해도 마치 이제 막 트로포니오스의 암굴에서 되돌아 나온 사람들처럼[1] 침통하게 시름하며 앉아 있더니 말입니다. 세상 이치대로 태양이 아름다운 금빛 얼굴로 대지를 내리쬐거나, 매서운 겨울을 보내고 다시 찾아온 봄이 따사로운 서풍으로 불어올 때면, 만물이 새로운 모습으로 새롭게 피어나고 싱그러움을 되찾는 것처럼, 꼭 그렇게 여러분의 표정은 내가 등장하자 달라졌습니다. 실로 위대한 연설가라도 오랜 시간 심사숙고하고 준비한 연설이라야 사람들 마음의 시름을 덜어 낼 수 있는 법이거늘, 나는 단지 등단하는 것만으로도 이를 성취하였던 것입니다.

우선 어쩐 일로 오늘 이 자리에 어울리지 않는 행색으로 내가 여러분 앞에 섰는지 말하고자 하오니, 여러분은 이 연사에게 귀를 기울여 주기 바랍니다. 물론 귀라 해도 교회 설교자들에게 기울이던 것이 아니라, 다만 장바닥 약장수들, 그들 광대들과 익살꾼들을 향해 세우곤 하던 귀 정도면 족할 것이며, 옛날 미다스 왕이 목동 신에게 기울였던 것이면 됩니다.[2] 오늘 이 자리에 선 것은 여러분 앞에서 잠시나마 교수 흉내를 내볼까 하는 뜻을 내가 가지고 있기 때문입니다. 다만 쓸데없는 고민거리로 학생들을 괴롭히며 심하게는 여인네들

2

1 슬픈 얼굴을 하고 있는 사람을 가리키는 말로 마치 속담처럼 쓰인다.
2 미다스는 프뤼기아의 왕으로 막대한 부를 가진 왕으로도 유명하다. 오비디우스 『변신 이야기』 제11권 146행 이하에 전하는 대로, 그는 자신이 가진 엄청난 부에 진저리가 나서, 숲에 사는 목동 신 판Pan을 숭배하였다. 한번은 판이 노래 시합에서 아폴론에 대항하여 자신의 노래를 뽐내다 참패하였는데 미다스 왕은 자신이 모시는 판이 참패한 사실을 받아들이지 않고 아폴론에게 이의를 제기하였고, 이에 대한 벌로 당나귀 귀를 가지게 되었다.

의 집요한 말씨름을 전수하는 오늘날의 교수가 아니라, 그 옛날 〈현자〉라는 치욕스러운 명칭을 거부하며 다만 그저 궤변가[3]이길 자처했던 연설가들을 흉내 내볼까 합니다. 이들의 관심은 예찬 연설로써 신들과 영웅들을 칭송하는 데 있었습니다. 그러니까 여러분은 오늘 예찬 연설을, 헤라클레스[4]에 대한 칭송도 아니요, 솔론[5]에 대한 칭송도 아니요, 다만 나 자신인 우신에 대한 칭송을 듣게 될 것입니다.

3　　나는 누군가 스스로를 칭송한다고 해서 이를 아주 어리석고 뻔뻔한 일이라고 말하는 현자 나부랭이들을 이 정도로밖에[6] 여기지 않습니다. 그들이 정히 그렇게 보길 원한다면, 어리석은 일이라고 칩시다. 그래서 나한테 오히려 딱 어울리는 일입니다. 우신인 나 스스로 자화자찬의 나팔수가 되어 나 자신을 노래하는 것만큼 내게 잘 어울리는 일이 또 있겠습니까? 과연 누가 있어 나 우신을 나 자신보다 잘 말할 수 있겠습니까? 나를 잘 알고 있는 사람은 그 누구도 아닌 나 자

3 *sophista*. 흔히 〈소피스트〉라고 번역한다. 어원적으로 〈현자〉라는 뜻을 갖고 있지만 흔히 〈궤변론자〉라는 뜻으로 쓰인다. 예를 들어 고르기아스라는 소피스트는 헬레네를 칭송하는 연설을 지었다고 한다.

4 플라톤 혹은 이소크라테스가 전하는바, 헤라클레스는 많은 칭송 연설의 대상이 되는 영웅이었다.

5 솔론은 희랍 칠현인 가운데 한 명으로 도시 국가 아테네의 법률을 제정하였다. 헤로도토스는 그의 『역사』 제1권 30 이하에서 솔론이 뤼디아의 왕 크로이소스를 만나, 인간의 행복에 관해 이야기하였다는 일화를 전해 준다. 그런데 솔론을 칭송한 예찬 연설은 전해지지 않는다(ME 73면 참조).

6 우신은 〈이 정도로밖에〉라고 말하며 청중에게 무언가를 보여 주었거나 아니면 지시하였을 텐데, 문맥상 저열한 물건 혹은 그런 것을 지시하는 몸짓이었을 것이다.

신이기 때문입니다. 아무튼 이런 나의 행동이 귀족들과 교수들 가운데 천박한 무리들이 해 버릇하는 동일한 행동에 비하면 오히려 점잖다고 생각하는바, 저들은 염치가 비뚤어졌는지 아첨 잘하는 연설가나 혹은 허튼소리 잘하는 시인을 불러 돈으로 고용하여 자기들을 칭송하는 문장, 그래 봐야 말짱 거짓말이겠지만, 그런 문장을 듣습니다. 무모한 아부꾼들이 이들 형편없는 인간들을 신들과 나란히 세우며, 모든 덕목의 절대적인 귀감이다 치켜세우며, 까마귀에게 공작새 깃털을 입히며, 시커먼 아이티오피아 사람을 하얗게 분칠하며, 심지어 파리를 코끼리로 만들 때면, 그럴 때면 그들은 짐짓 사양하는 체하면서 공작새처럼 깃털을 펼쳐 보이고 머리 볏을 세우고 있습니다. 적어도 듣는 사람 본인들은 자신들이 그런 것들과는 〈완전 8도를 두 번 건너갈 만큼〉[1] 떨어져 있다는 것을 알 텐데도 말입니다. 각설하고 나는 오래된 속담을 따르고자 합니다. 자기를 칭송해 줄 사람을 만나지 못한 사람은 스스로를 칭찬할 정당한 권리를 갖는다 한 그 속담 말입니다.[2]

그런데 놀라운 것은 인간들의 배은망덕입니다. 아니 차라리 아둔함이라 하겠습니다. 그들 모두는 나를 열심히 모시

4

---

1 희랍어 구문을 글자 그대로 옮겼다. 아주 멀리 떨어져 있다는 뜻이다.
2 에라스무스 『격언집』에도 언급되어 있는바, 〈나쁜 이웃을 가진 사람은 스스로를 칭찬한다〉라는 속담이 있다. 주변 사람들로부터 아무런 칭찬을 듣지 못하는 사람, 다시 말해 칭찬받을 만한 일을 하지 못했거나 그런 자격을 갖지 못한 사람이 자신이 못났다는 사실은 깨닫지 못하고 주변을 탓하는 경우, 이를 조롱하여 역설적으로 흔히 〈나쁜 이웃을 가졌다〉고 말한다.

고 나의 은공을 기꺼워하면서도, 지난 수 세기 동안 달가운 연설을 마련하여 나 우신을 칭송하는 사람은 전혀 없었습니다. 부시리스나 팔라리스,[3] 나흘거리 열병, 파리와 대머리, 그리고 여타 각종 해악들을 칭송하는 연설문을 쓰느라 밤잠을 설치며 등불을 밝히는 사람들은 없지 않았는데 말입니다. 아무튼 여러분은 나로부터 즉흥 연설을 듣게 될 것인바, 애써 꾸미지 않았으며 그렇기 때문에 오히려 그만큼 좀 더 진솔한 연설이 될 것입니다. 이렇게 말함으로써 많은 천박한 연설가들은 자신의 연설 능력을 자랑하고자 하지만, 나는 그런 뜻에서 이렇게 말하는 것이 아닙니다. 여러분도 잘 알다시피, 무려 30년을 공들인 데다가 적잖이 남들의 도움으로 완성된 연설문을 읽으면서도, 남들에게는 겨우 사흘 만에 마치 장난 삼아 썼다거나 혹은 즉석에서 받아 적게 하여 완성하였다고 말하는 연설가들은 제 능력을 자랑하여 잔뜩 젠체하며 그와 같이 말합니다. 나로 말하자면 나는 늘 혀에 걸리는 대로 아무렇게나 말하는 것을 그저 좋아하기 때문입니다.

5   여러분 가운데 행여 누군가가 기대할까 봐 말해 두거니와, 연설가 말짜들이 하는 것처럼 나 자신을 정의를 통해 설명하지는 않을 것입니다. 또한 분류를 통해서는 더더욱 아닙니다. 왜냐하면 그 뜻이 널리 퍼져 있는 우신을 정의로써 어떤 한계 속에 가둔다거나, 혹은 세상 만물이 하나 되어 숭배하

---

3 팔라리스는 시킬리아 섬, 아크라가스의 왕이었다. 그는 청동으로 만든 황소에 사람들을 넣어 태워 죽였다고 전한다. 잔혹한 임금의 대명사인 이 사람을 연설가 루키아노스가 칭송하였다고 한다.

는 우신을 쪼개고 나눈다거나 하는 건 둘 다 불경한 생각이기 때문입니다. 더군다나 정의 같은 것을 통해 봐야 겨우 나의 그림자 혹은 겉껍질만을 설명할 뿐인데, 무슨 의미가 있겠습니까? 이렇게 여러분이 여러분의 눈으로 나를 직접 확인할 수 있는 바에야 더욱 그러합니다. 나는 여러분이 보는 바와 같이 이렇습니다. 실로 나는 복을 가져다주는 신[1]으로 로마인들은 나를 〈스툴티티아Stultitia〉, 희랍 사람들은 〈모리아Μωρία〉라고 불렀습니다.

어쩌면 이렇게 정의와 분류로써 말해야 했을지도 모릅니다. 만약 사람들이 내 얼굴과 겉모습을 보고 내가 누구인지 잘 모른다거나, 혹은 누군가 나를 미네르바 혹은 지혜의 여신이라고 주장할 때에, 영혼을 가장 맑게 비추는 거울인 언어를 보태지 않고 나 자신을 보여 주는 것으로 충분히 반박하지 못한다면 말입니다. 나는 나를 전혀 눈치레로 치장하지 않으며, 가슴속 깊이 품고 있는 것과 반대되는 것으로 겉을 가장하지도 않습니다. 나는 내 모습을 있는 그대로에 가깝게 보여 줍니다. 그리하여 나와 같은 부류의 사람들은 누구도 남의 눈을 속일 수 없으며, 제아무리 그들이 현자의 명함을 달고 있다고 해도, 황제 의관을 걸친 원숭이들이나, 사자 가죽을 뒤집어쓴 당나귀들이 돌아다닐 때와 같이 쉽사리 본색이 드러납니다. 제아무리 감추려 해도, 말하자면 길게 뻗친 귀 때문에 미다스 왕의 정체가 발각되는 것과 같습니다.

6

1 〈복을 가져다주는〉이라는 말은 호메로스의 『오뒷세이아』 제8권 325행에서 사용되었다. 흔히 여성의 신이 아닌 남성의 신에게 붙는 별칭이다.

그런데 다른 사람들에게 커다란 치욕을 안기는 일에 내 이름을 마구잡이로 쓰는 둥, 하늘에 맹세코 나와 같은 부류의 사람들마저 나를 부끄러워합니다. 이들은 실제로 더없이 어리석으면서도 남들에게는 탈레스와 같이 위대한 철학자인 양합니다. 이들을 〈개똥 박사〉[2]라고 부르는 것이 정당하지 않겠습니까?

이러고 보니 내가 이 부분에서도 역시 오늘날의 연설가들과 비슷한 짓을 저지르고 말았습니다.[3] 이들은 거머리처럼[4] 두 개의 혀를 가졌음을 보여 줄 때 마치 신이라도 된 양 뻐기며, 라틴어 연설문 군데군데, 비록 그것이 있을 자리가 아닌데도,[5] 희랍어 토막말들을 마치 장식처럼 엮어 넣을 수 있음을 대단한 일인 것처럼 떠들어 댑니다. 또한 이들은 외국어가 부족해지면, 낡아 빠진 책들에서 전혀 알지 못할 이런 낱말 네다섯 개를 오벼 내어 연설문에 엮어 넣습니다. 그럼에도 이를 이해하는 사람은 이해하는 자기 모습에 스스로 뿌

2 *moro-sophoi*. 〈바보-현인〉으로 직역할 수 있을 것이다. 루키아노스는 이 단어를 〈바보인 척하는 현인〉이라는 뜻으로 썼으나, 여기 에라스무스는 〈현인인 척하는 바보〉라는 뜻으로 쓰고 있다. 토머스 모어 또한 『유토피아』에서 에라스무스와 같은 뜻으로 쓰고 있다.

3 앞에 〈황제 의관을 걸친 원숭이들〉, 〈사자 가죽을 뒤쓴 당나귀들〉 등은 희랍어로 표기되어 있다. 이 문장은 바로 이런 것들을 염두에 두고 하는 말이다.

4 에라스무스는 플리니우스를 전거로 들며 거머리가 두 개의 혀를 가졌다고 적고 있다(ME 76면 참조).

5 *nunc non erat his locus*. 호라티우스 『시학』 19행을 모방한 것이다. 호라티우스는 전쟁을 다루는 서사시에 전원을 노래하는 목가시를 섞어 놓는 일을 비판했다.

듯해할 것이며, 정녕 이를 이해 못 하는 사람은 이해 못 하는 만큼 더욱 큰 경외심을 표하게 될 것이기 때문입니다. 이렇게 남들이 모르는 어려운 말을 할수록 더욱 큰 존경을 받으니, 이는 분명 우리네 어리석은 자들의 커다란 즐거움입니다. 한데 이보다 무모한 사람들은 남들에게 어려운 말도 자신은 거뜬히 이해한다는 것을 과시하려는 생각에 짐짓 못 알아들으면서도, 당나귀들이 귀를 흔들어 대듯 맞장구치며 큰 소리로 웃기도 합니다. 이것은 이 정도 해두겠습니다.

이제 본론을 시작하겠습니다.[1] 아무튼 여러분은 내 이름 $_{8}$을 들었습니다. 그런데 여러분에게 어떤 별칭을 덧붙여야 하겠습니까? 〈어리석은 자들〉말고 달리 무엇이 있겠습니까? 우신이 신자들을 호명하는 데 이보다 더 나은 별명이 있겠습니까? 각설하고 내가 어떤 핏줄에서 생겨났는지가 여러분에게나 마찬가지로 많은 이들에게 알려져 있지 않으므로, 이에 나는 무사이 여신들의 도움을 받아 이를 설명하고자 합니다. 나의 아비는 카오스도 아니요, 오르쿠스[2]도 아니요, 사투르누스도 아니요, 이아페토스[3]도 아니요, 그런 쉬어 빠지고 늙수그레한 신들 가운데 어느 누구도 아닙니다. 내 아비는 〈부유〉인데, 물론 헤시오도스와 호메로스가 반대하고, 더 나아가 유피테르도 분노하겠지만, 이분이야말로 바로 인간들과

---

1 이 연설의 본론이라 함은 앞서 언급한 바와 같이 우신이 자기 자신을 칭송하는 것이며, 칭송 연설은 흔히 칭송 대상의 출생에 관한 것으로부터 시작한다(ME 77면 참조).
2 하계를 다스리는 신.
3 프로메테우스와 에피메테우스의 아버지.

신들의 아버지[4]입니다. 내 아비가 고개를 끄떡이기만 하면, 예나 지금이나 신들이나 인간들이나 뒤죽박죽 모두가 뒤엉키고 맙니다. 내 아비는 자신의 뜻에 따라 전쟁, 평화, 국가, 의회, 재판, 민회, 결혼, 계약, 동맹, 법률, 예술, 축제, 엄숙, 벌써 숨이 턱까지 차올라 간단히 말하자면, 인간 만사 공적인 일이나 사적인 일이나 모든 일을 주재합니다. 내 아비의 재물이 없었다면 시인들이 신성을 가졌다고 노래한 수많은 신국(神國)의 백성들은 고사하고, 좀 더 과감하게 말하자면, 선택받은 위대한 신들[5]마저 전혀 존재하지 않았을 수도 있으며, 혹은 존재한다손 치더라도 결단코 찬밥이나 다름없는 형편없는 대접을 받아야 했을지도 모릅니다. 만약 누군가 내 아비를 성나게 만든다면, 설령 팔라스일지라도 그에게 충분한 도움을 줄 수 없을 겁니다. 반대로 내 아비에게 재가를 받은 사람이라면 번개를 던지는 위대한 유피테르의 목에 밧줄을 걸 수도 있습니다. 〈나는 이러한 가문과 혈통에서 태어났음을 자랑으로 여긴다.〉[6] 그런데 유피테르가 성깔 있고 험상궂은 팔라스를 낳을 때처럼 그렇게 내 아비는 나를 제 머리에서 끄집어내지는 않았는바, 실은 매력적인 만큼 누구보다 명랑한 요정인 〈청춘〉으로부터 나를 얻었습니다. 내 아비는 저 유명한 절름발이 대장장이가 태어날 때처럼 지루한 결혼 침상에서 그녀와 결합한 것이 아니며, 이보다는 훨씬 더 매

4 〈인간들과 신들의 아버지〉는 호메로스에서 제우스(유피테르)의 별칭으로 쓰인다.
5 올림포스 신들을 의미한다.
6 호메로스 『일리아스』 제6권 211행.

력적인 일이었는바, 우리 호메로스의 말마따나 〈사랑의 동
침〉 가운데 결합하였습니다.[1] 부유의 신이 나를 낳았으되, 여
러분은 내 아비를 아리스토파네스가 그린 부유의 신[2]과 혼
동하지 말기 바랍니다. 내 아비는 당시 아리스토파네스의 부
유처럼 이미 곧 관에 들어갈 만큼 기력은 쇠잔하고, 앞을 구
분하지 못할 만큼 시력마저 미약해진 분이 아니었으며, 아직
여전히 흠잡을 데 없이 건장한 청년으로 열정에 달아올랐답
니다. 이는 내 어미 〈청춘〉[3] 때문이었으나, 물론 신들의 잔치
에 참석하여 누구보다 많이 마셨고 어느 것보다 독하게 마신
신주(神酒) 탓이기도 했습니다.[4]

1 대장장이 신 헤파이스토스는 제우스와 헤라의 정당한 결혼 관계로부터
태어난 자식이다. 이에 반해 〈사랑의 동침〉이라는 말은 흔히 정당한 결혼 관
계 이외의 관계를 의미한다. 따라서 〈지루한〉은 정실과의 관계를 나타내는
말로 해석해야 한다. 이와 관련하여 셰익스피어 「리어 왕」 제1막 제1장 에드
먼드의 대사 〈……사생아라고? 천하다고? 천해? 무감각하고 넌덜머리 나는
지긋지긋한 잠자리 속에서 자는지 깼는지 모르는 사이에 생긴 이 세상 바보
천치들과는 달리, 남의 눈을 속여 가며 즐기는 야성적 즐거움 속에서 생겨난
우리가 더 많은 생명력과 기운찬 활력을 이어받았을 게 아닌가……〉(『셰익
스피어 4대 비극』, 이태주 옮김, 범우사, 1992, 237면)를 참고하라.
2 아리스토파네스의 희극 작품 가운데 『부(富)의 신Plutos』이 있는데, 희
랍어에 비추어 우신의 아비인 〈부유〉와 같은 이름을 갖고 있다.
3 우신의 어미인 〈청춘Iuventa〉(희랍어로는 Neotes)은 키케로에 따르면
신들의 잔치에서 잔에 술을 따르는 신이다(『투스쿨룸의 대화』 제1권 26, 65).
〈부유〉와 〈청춘〉은 신들의 잔치에서 서로 만났으며, 여신은 〈부유〉를 위해
넘치도록 술을 따라 주었을 것이다.
4 이 이야기는 플라톤 『향연』에 소개된 〈에로스〉의 출생 신화와 닮아 있
다. 에로스의 아버지는 〈풍요의 신〉이며, 어머니는 〈빈곤의 여신〉이다. 〈빈
곤의 여신〉은 신들의 잔치에 구걸하러 왔던 차, 신주에 취해 잠이 든 〈풍요의
신〉과 결합하여 에로스를 낳는다.

또한 여러분이 내 출생 장소를 묻는다면, 그것은 오늘날 특히 사람들이 어느 곳에서 첫울음을 터뜨렸느냐, 그 출생지에 따라 귀족 여부를 판가름하기 때문일 것입니다. 내가 태어난 곳은 떠도는 델로스 섬도 아니며, 파도가 몰아치는 바다도 아니며, 속이 빈 동굴도 아닙니다.[5] 내가 태어난 곳은 행복의 섬입니다. 그곳에서는 씨앗을 뿌리지 않아도 밭을 갈지 않아도 모든 것들이 풍성하게 자랍니다.[6] 행복의 섬에는 아무런 고생할 일이 없으며, 아무도 늙지 않으며, 누구도 병들지 않습니다. 섬의 들판에는 수선화, 접시꽃, 백합, 부채꽃, 혹은 누에콩, 혹은 이런 것들과 같이 별 볼 일 없는 푸성귀 따위는 찾아볼 수 없습니다. 대신 몰뤼, 파나케스, 네펜테스, 아마라코스, 암브로시아, 연꽃, 장미, 제비꽃, 히아퀸토스 등 아도니스의 정원[7]에서 자라는 영험한 약초들이 가득 눈과 코를 동시에 사로잡습니다.[8] 따라서 이런 경이로운 땅에서 태어난 나는 울음으로써 생애를 시작하지 않았으니, 태어나자마자

5 델로스 섬은 아폴론과 아르테미스가 태어난 곳이며, 아프로디테는 바다에서 태어났다. 또한 호메로스 『오뒷세이아』 제1권 73행 이하를 보면, 속이 빈 동굴에서 태어난 요정으로 토오사가 있다. 그녀는 폴뤼페모스의 어미다.

6 호메로스 『오뒷세이아』 제9권 105행 이하에서 외눈박이 괴물 퀴클롭스 족들이 살고 있는 땅을 묘사하는 가운데 〈심거나 갈지 않았다〉라는 말이 등장한다. 이것은 이상향의 특징이며, 헤시오도스 『일들과 날들』 117행 이하에서는 황금시대의 특징으로 언급된다.

7 에라스무스 『격언집』(김남우 옮김, 아모르문디, 2009) 45면 이하를 보라.

8 여기에 언급된 식물들은 호메로스의 서사시에 등장하는 것들로 대개 영험한 약효를 갖고 있으며, 일부는 사람들의 근심과 걱정을 잊게 만들어 준다. 또한 암브로시아, 연꽃, 히아퀸토스 등은 사랑의 미약으로 사용된다. 호메로스 『오뒷세이아』 제10권 305행에서 〈몰뤼〉에 대한 자세한 설명을 읽을 수 있다.

나는 어미를 향해 해맑게 웃었습니다.

나는 크로노스의 아드님이 염소를 유모로 두었던 것을 부
러워하지 않습니다. 나로 말할 것 같으면 두 명의 아리따운
요정들이 젖 먹여 나를 키웠으니 말입니다. 그들은 바쿠스의
딸 〈만취〉와 판의 딸 〈무지〉였습니다. 이 둘을 여러분은 나를
수행하는 일행들과 하인들 가운데서 볼 수 있습니다. 아랫것
들의 이름을 여러분이 알고자 하신다면, 하늘에 맹세코 여러
분은 오로지 희랍어만을 듣게 될 것입니다. 여러분이 쉽게 구
분할 수 있는바, 눈썹을 치올리고 있는 아이는 〈자아도취〉입
니다. 여기 눈웃음을 지으며 연방 손뼉을 치고 있는 아이를
여러분은 보실 터인데, 이 아이의 이름은 〈아부〉입니다. 여기
꾸벅거리며 반쯤 졸고 있는 아이는 〈망각〉이라고 불립니다.
여기 깍지를 끼고 양쪽 팔꿈치를 괴고 있는 아이는 〈태만〉입
니다. 여기 장미꽃으로 다발을 엮어 두르고 온몸 여기저기에
향수를 바른 아이가 〈환락〉입니다. 여기 불안하게 눈을 이리
저리 돌리고 있는 아이는 〈경솔〉이라고 부릅니다. 여기 피부
에 윤기가 흐르고 혈색 좋은 몸뚱이를 가진 아이는 〈음란 호
색〉이라는 이름을 갖고 있습니다. 이렇듯 여러 계집 몸종들
과 더불어 여러분은 두 명의 머슴들을 보실 수 있는데, 그 가
운데 하나를 〈광란 축제〉라고 부르며, 다른 하나를 〈인사불
성〉이라고 부릅니다.[1] 말하거니와, 이와 같은 하인들의 충실

1 하인들의 이름에 붙어 있는 희랍어 이름들을 적어 보면 다음과 같다. 〈자
아도취philautia〉, 〈아부kolakia〉, 〈망각lethe〉, 〈태만misoponia〉, 〈환락hedone〉,
〈경솔anoia〉, 〈음란 호색tryphe〉, 〈광란 축제komos〉, 〈인사불성negretos hypnos〉.

한 도움을 받아 나는 세상만사가 내 명령에 따르도록 만들고 있으며, 심지어 군주들 또한 내게 복종하도록 만듭니다.

11 여러분은 방금 나를 낳은 부모, 나를 키운 양육자들 그리고 나를 따르는 일행들에 관해 들었습니다. 이제 감히 여신이라는 이름을 도용하는 것이 아니며 그럴 만한 자격을 충분히 갖추고 있음을 보여 주기 위해, 여러분이 귀를 기울여 들어 주시기 바라오니, 내가 얼마나 커다란 이익을 신들뿐만 아니라 인간들에게도 가져다주는지를, 그리고 얼마나 널리 내 신적 역량이 미치고 있는지를 말하고자 합니다. 혹자가 분명히 적어 놓은바, 죽을 운명의 인간들에게 도움을 주는 것이야말로 신이라는 증거일진대, 포도주 혹은 식량 또는 유사한 어떤 유용한 것들을 인간들에게 가져다준 이들을 신들의 의회에 받아들이는 것은 매우 정당한 일입니다.[2] 그러므로 만백성들에게 온갖 것들을 넉넉히 나누어 주는 내가, 그런 내가 어찌 모든 신들 가운데 최고신이라는 이름을 얻고 또 그렇게 여김을 받지 않을 수 있겠습니까?

12 우선 생명보다 달콤하고 값진 것이 무엇이겠습니까? 그렇다면 생명은 누구에게서 비롯된다 하겠습니까? 바로 나로부터입니다. 인간 종족을 혹은 생산하고 혹은 번성케 한 것은

2 프로디코스는 단편 DK 84B5에서 신들을 설명하면서 〈태양과 달과 강과 샘물 등 우리의 삶에 유익을 주는 모든 것들을 도움을 준다는 이유에서 옛사람들은 신으로 여겼다. 마치 이집트 사람들이 나일 강을 신으로 여긴 것도 그와 같다. 이렇게 하여 곡물은 데메테르 여신, 포도주는 디오뉘소스, 물은 포세이돈, 불은 헤파이스토스라고 불렀으며, 각각의 유용한 것들에 대하여 각각의 신을 붙였다〉고 말했다.

강력한 아버지의 따님인 팔라스의 창도 아니며, 구름을 모으는 유피테르의 방패도 아닙니다. 실로 눈짓 하나로도 올림포스 전체를 벌벌 떨게 만드는 신들의 아버지이며 인간들의 왕이신 유피테르도, 그가 간절히 원하는 것을 틈틈이 행하기 위해서는, 다시 말해 자식을 얻기 위해서는, 끝이 셋으로 갈라진 창 모양의 번개를 내려놓고, 매번 모든 신들을 기겁게 하는 티탄족의 근엄한 표정을 지우고, 배우들이 하는 것처럼 전혀 다른 표정의 가면으로 가엾게도 자신을 숨기지 않을 수 없었습니다. 한편 스토아 철학자들은 자신들이 신들에 매우 가깝다고 주장합니다. 여러분은 세 배 혹은 네 배, 아니 원하신다면 6백 배나 지독한 스토아 철학자를 한 분 지목해 보시기 바랍니다. 하지만 그분 또한, 염소들이 가진 것과 흡사하면서도 지혜의 상징이라 여겨지는 턱수염은 그대로 둘지라도, 자존심은 분명 꺾어야 할 것이며, 이마의 주름살은 펴야 할 것이며, 강철 같은 원칙은 접어야 할 것입니다. 그렇게 잠시나마 바보스러운 미치광이 짓을 하지 않고서야, 요약하자면 나를 따르지 않고서야 도대체 어떻게 그런 철학자가 아비가 될 수 있겠습니까?

여러분에게 평소대로 터놓고 이야기하겠습니다. 나는 묻거니와 머리통, 얼굴 낯짝, 젖가슴, 손가락, 귓볼때기 등 이런 의젓한 사지 육신에서 신들이나 혹은 인간들이 생산되었겠습니까? 결코 그렇지 않습니다. 어리석기도 하고 우습기도 하여 웃지 않고는 입에 담을 수 없는 신체 부위, 내 생각에는 아랫녁 살이야말로 인간 종족의 산출지입니다. 이곳이야말

13

로 경건한 성지요, 세상 만물이 진실로 삶을 획득하는 샘일진대, 어찌 피타고라스의 사원소(四元素)에 비하겠습니까? 그러나 지혜로운 자들이 늘 하는 방식대로 먼저 결혼 생활의 불편함을 심사숙고하였다면, 아니 도대체 혼인의 재갈을 자발없이 덥석 입에 물 남자가 세상에 어디에 있겠습니까? 또 만약 출산이라는 위험천만한 노고를, 양육의 번거로움을 알았는지는 그만두고 최소한 짐작이라도 하였다면, 남자를 받아들일 여자가 세상 어디에 있겠습니까? 생명이 결혼에서 비롯된다고 할 때, 이렇게 결혼은 나를 시중드는 여종 〈경솔〉에서 비롯된 것이니만큼, 결국 생명이 무엇보다 내게서 비롯된다는 것을 여러분은 알기 바랍니다. 또 출산을 일단 경험한 여자들이 새로이 이를 추구하는 것은 내 시종 〈망각〉이 능력을 발휘한 결과가 아니겠습니까? 루크레티우스는 베누스 여신을 생명의 시작이라 떠들어 대지만,[1] 정작 베누스 여신 본인도 내 조력이 보태어지지 않는다면 결코 자신의 역량을 십분 발휘할 수 없으며 그저 헛손질만을 할 것이라는 점을 부정하지 않습니다. 그리하여 술에 취하고 웃음이 가득한 나의 놀이가 있었기에 다른 이들은 말할 것도 없이, 저 잘난 맛에 취한 철학자들이며, 오늘날 이들을 대신해서 사람들이 수도승이라고 부르는 자들이며, 자줏빛 관복을 걸친 군주들이며, 경건한 사제들과 그보다 세 번은 더 경건한 교황들도

---

1 루크레티우스 『사물의 본성에 관하여』 제1권의 도입부는 베누스 여신에게 바쳐졌다. 헤시오도스 『신들의 계보』의 도입부에서도 만물이 탄생하는 근원적 원리로 〈에로스〉가 언급되고 있다.

세상에 태어난 것입니다. 심지어 시인들이 노래하는 신들 모두가, 넓은 품을 가진 올림포스 산마저도 그들 모두를 다 받아들일 수 없을 만큼 많은 신들이 그렇게 태어났습니다.

이렇게 내가 생명의 씨앗이요 원천이며, 삶이 나로부터 비롯된다는 사실도 작은 것은 아니지만, 내가 입증하고자 하는 것은 실로 생명이 살아가면서 접하는 편리한 것들 모두가 하나도 남김없이 나의 업적이라는 사실입니다. 그래서 묻거니와, 여기 우리가 누리고 있는 삶은 어떠합니까? 삶에서 쾌락을 제거해 버린다면, 삶을 도대체 삶이라고 부를 수 있겠습니까? 여러분이 박수를 보내 주니 하는 말입니다만, 나는 여러분 가운데 어느 누구도 쾌락 없는 삶이 가능하리라고 믿을 만큼 현명한, 아니 어리석은, 그러니까 내 뜻은, 현명한 사람은 없다고 생각했습니다. 심지어 스토아 철학자들도 결코 쾌락을 멀리하지 않습니다. 그들은 속마음을 감추고 짐짓 대중들이 보는 앞에서는 수많은 비난 욕설을 퍼부으며 쾌락을 산산이 부수어 버리지만, 결국 그것은 다른 사람들이 겁을 먹고 도망치고 나면 그들만 홀로 방해받지 않고 오랫동안 쾌락을 즐기기 위한 것입니다. 하지만 그들도 하늘에 맹세코 내게 동의해야 할 것입니다. 만약 나 우신이 삶을 위해 마련한 청량제와도 같은 쾌락이 없다면, 인생 어떤 부분도 침울하지 않고, 지루하지 않고, 끔찍하지 않고, 무미건조하지 않고, 고생스럽지 않은 게 없다는 점을 말입니다. 이에 관한 증인으로 가장 적임자는 입에 침이 마르도록 칭송을 바쳐도 모자랄 저 유명한 시인 소포클레스인 듯합니다. 그는 나에 관

14

해 저토록 아름다운 찬사를 지었는바, 〈아무것도 모르고 사는 것이 가장 행복한 삶이니까〉[1]라고 말했습니다. 이에 관해 그럼 이제 하나하나 모든 것을 밝혀 봅시다.

15   우선 인간이 살아갈 한뉘 인생 가운데 그 초입이 모두에게 무엇보다 행복하고 무엇보다 소중한 때라는 것은 누구나 알고 있습니다. 젖먹이 아이들이 도대체 무엇을 가졌기에 우리는 아이들과 입 맞추고 아이들을 얼싸안고 호의로써 돌보아 주는가 하면, 심지어 원수지간인 사람마저 유년기의 아이들에게는 도움을 사양하지 않는 것입니까? 그것은 아마도 사려 깊은 자연이 갓 태어난 아이들에게 정성 들여 심어 준 천성인바, 순진무구함의 어리석음이 발산하는 매력 때문입니다. 이에 끌려 사람들은 즐거움이라는 보상만 받고도 양육의 고생을 잊으며 양육에서 비롯되는 서로 간의 애정을 칭송합니다. 유년기에 이어 다음으로 다가오는 소년기는 모든 사람들에게 얼마나 큰 환영을 받으며, 이를 모두가 얼마나 환한 표정으로 기뻐하며, 얼마나 진심 어린 마음으로 격려하며, 얼마나 친절하게 도움의 손길을 내밉니까? 그렇다면 소년의 매력은 어디에서 비롯되는지 물어봅시다. 내게서 비롯되는 것이 아니라면 달리 어디겠습니까? 내 덕분으로 소년은 얼마나 덜 영악하며 그리하여 얼마나 덜 성가시게 합니까? 〈순식간에〉라고 말해야 거짓말을 면할 터이니 말하자면, 순식간

1 소포클레스 『아이아스』 554행. 극 중에서 아이아스가 아들에게 하는 말 가운데, 아이가 아직 순진무구하여 인생의 행운과 불행에 관해 아직 알지 못하고 있음을 지적하며 하는 말이다.

에 소년은 몸집과 기골이 장대해지고 세상사의 경험과 학습을 통해 성인 남자의 기색을 갖추기 시작하며, 이어 화려하던 영광은 시들고 힘차던 활기는 주저앉고 불타던 열정은 싸늘해지고 넘치던 매력은 사그라집니다. 하여 소년은 내게서 점점 멀어져 가고, 멀어져 갈수록 인생의 생기는 더욱더 줄어드는데, 이리하여 〈짓누르는 노경〉에 이릅니다. 즉, 다른 사람들에게는 물론이려니와 자기 자신에게도 혐오감을 일으키는 고통스러운 노령에 다다릅니다. 내가 그와 같이 커다란 고통을 불쌍히 여겨 다시 한 번 인간을 돕지 않았다면, 참아 내기 어려운 노령을 인간들이 견뎌 내지 못했을지도 모릅니다. 시인들의 노래에 따르면 신들이 변신을 통해 죽어 가는 사람들을 돕곤 하였던 것처럼, 나도 꼭 그런 식으로 마침내 관에 들어갈 지경에 이른 사람들을 가능한 한 유년기로 변신시켜 돌려보냅니다. 하여 이를 두고 사람들이 노년을 〈제2의 유년기〉라고 부르곤 합니다. 더불어 내가 쓰는 변신의 방법을 누군가 묻는다면, 나는 이것을 숨김없이 말하겠습니다. 나는 노인들을 내 시종 〈망각〉이 연원하는 샘 — 망각의 강은 행복의 섬에 위치한 샘에서 시작되며, 흔히 저승에 흐른다는 망각의 강은 겨우 작은 지천에 지나지 않습니다 — 으로 데리고 가는데 이곳에 도착하여 노인들은, 망각의 샘물을 길게 한 모금 마실 때마다 조심씩 영혼에 가득하던 근심 걱정이 씻기면서, 다시 유년의 모습을 되찾습니다.

사람들이 흔히 말하는바, 노인들은 분별없는 소리를 하고, 어리석은 생각을 합니다. 분명 그러합니다. 하지만 그렇기 때문에 이것을 두고 〈노인이 유년을 되찾았다〉라고 말하는 것입니다. 분별없는 소리를 한다거나 혹은 어리석은 생각을 하는 것 말고 무엇이 어린아이의 본질이겠습니까? 어린 나이의 지각없음이야말로 우리를 기쁘게 하는 것 아니겠습니까? 누군들 어른 같은 지각을 갖춘 어린아이를 괴물처럼 미워하며 저주하지 않겠습니까? 〈나는 조숙하여 일찍 지각이 난 아이가 싫다〉라는 속담[1] 또한 대중적으로 널리 쓰이고 있습니다. 또한 반대로 노인이 커다란 인생 경험을 얻은 데다가 여전히 그에 어울리는 판단력을 갖추고 있어 매사에 정확하고 날카롭게 따진다면, 누가 이런 노인네와 어울려 교제하려 들겠습니까?

17 내 생각에 아무튼 노인은 분별이 없습니다. 하지만 그렇게 지각이 없기 때문에 노인은 근심과 걱정에서 자유로울 수 있습니다. 지각이 남아 있었다면 괴로워 고통받았을 텐데 말입니다. 때로 노인은 시름을 잊고 즐겁게 술을 마십니다. 정력이 넘치는 나이의 사람들도 감히 이겨 내지 못할 고단한 인생의 무게를 노인은 견뎌 냅니다. 노인은, 만약 아직 지각이 남아 있었다면 아파했을지도 모르지만, 이제는 마냥 즐겁게 플라우투스의 노인과 함께 저 세 글자로 돌아갑니다.[2] 나아가 노인은 내 축복을 받은지라 마냥 행복하며, 친구들과 잘 어울리며, 기분 좋게 사람들과 어울려 축제를 즐깁니다. 호

1 에라스무스는 『격언집』에서 속담의 출처로 아풀레이우스 『변명』을 언급하고 있다.

2 여기서 〈세 글자〉란 A, M, O를 뜻한다. 이를 모으면 라틴어 *amo*가 되며, 〈사랑하다〉를 뜻한다.

메로스에서 아킬레우스는 듣기에 쓰디쓴 독설을 뱉어 냈던 반면, 네스토르의 입에서는 꿀보다 달콤한 연설이 흘러나왔으며,[1] 역시 호메로스에서 노인들은 트로이아 성벽 위에 앉아 〈백합처럼 아름다운〉 목소리로 이야기를 나누었던 것입니다.[2] 이런 점에 있어서 노인은 어린아이를 능가한다 하겠으니, 어린아이는 사랑스럽기는 하되 아직 말을 하지 못하며 삶을 살아가는 데 각별한 활력이 되는 재잘거리는 즐거움을 나눌 방법이 없기 때문입니다. 이에 덧붙여 말하거니와, 노인들은 어린아이들과도 잘 어울리며, 어린아이들은 노인들과 어울려 재미있어합니다. 〈신은 비슷한 사람들을 늘 하나로 묶어 놓는 법입니다.〉[3] 사실 노인들과 아이들은 서로 얼마나 유사합니까? 그저 노인들은 얼굴에 주름이 좀 더 많고, 나이가 좀 더 많을 뿐입니다. 머리카락이 검지 않다는 것,[4] 치아가 제대로 갖추어지지 않았다는 것, 육신이 왜소하다는 것, 젖 먹기를 좋아한다는 것, 말을 더듬어 한다는 것, 재잘거리기를 좋아한다는 것, 어리석은 소리를 한다는 것, 자꾸 잊어버린다는 것, 생각에 앞뒤가 없다는 것 등, 한마디로 말한다면 모든 점에 있어서 노인과 어린아이는 동일합니다. 점차 고령에 가까워질수록 노인은 그만큼 유년에 더욱 가까워집

1 『일리아스』 제1권에서 아킬레우스는 아가멤논에게 비난을 퍼붓지만, 네스토르는 이들을 서로 화해시키기 위해 노력한다.
2 『일리아스』 제3권 149행 이하에서, 성벽에 모여 앉은 노인들은 싸움에는 가담하지 못하지만 말솜씨는 여전히 탁월하여 마치 매미처럼 노래한다.
3 호메로스 『오뒷세이아』 제17권 218행.
4 북유럽 사람들은 어릴 적에 옅은 머리 색을 갖고 있다가, 나이가 들어가면서 짙은 색으로 변한다.

니다. 그러므로 노인들은 어린아이들처럼 한편 삶의 고단함과 다른 편 죽음의 두려움 너머 이런 것들을 모두 잊고 세상을 떠나게 됩니다.

18   자, 이제 원한다면 내가 행하는 이러한 호의적 변신과 여타 신들이 행하는 변신을 비교하도록 합시다. 감히 언급하기도 두려운 일이거니와 여타의 신들은 화가 났다 하면 평상시에는 대개 친절하고 호의적으로 대하던 사람들을 나무로, 새로, 매미로 심지어 뱀으로까지 바꾸어 버립니다.[5] 그렇게 바꾸어 버리는 것이 한 사람의 인생을 망쳐 놓는 일이라는 사실을 모르는 것처럼 말입니다. 하지만 이에 반해 나는 한 사람을 그의 가장 풍요롭고 가장 행복했던 시절로 돌려놓습니다. 하여 사람들이 현명함과의 관계를 정리하고 내내 나와 더불어 인생을 보내기만 한다면, 그들은 결코 노인이 아니며 오로지 영원한 유년을 즐기며 행복하게 살게 될 것입니다.

19   여러분은 아마도 철학 공부와 같은 심각하고 힘겨운 학문에 시달려 심각한 표정을 가진 사람들을 보았을 것입니다. 이들은 대개 아직 젊음의 활개를 펼쳐 보기도 전에 벌써 늙어

5 오비디우스 『변신 이야기』 제1권 542~548행의 다프네 이야기와 제10권 488~500행의 뮈라 이야기에서 주인공들이 나무로 변한다. 또 제11권 731~742행의 알퀴오네 이야기, 제6권 667~670행의 필로멜라와 프로크네 이야기, 제8권 148~151행의 키리스 이야기에서 주인공들이 새로 변한다. 매미로 변한 인물은 티토노스인데, 새벽의 여신 에오스는 티토노스를 남편으로 얻었으며 그에게 영원한 삶을 약속하였으나 청춘을 포함시키는 것을 깜빡 잊었기 때문에 영원히 사는 대신 점차 늙어 쪼그라들다가 마침내 매미로 변했다고 한다. 뱀으로 변한 이야기는 『변신 이야기』 제4권 571~603행에서 카드모스와 헤르미오네 이야기에 언급되어 있다.

버렸는데, 이는 냉철하고 진지한 사유 행위 등을 하느라 골머리를 썩이는 바람에 점차 호흡과 생명의 진액이 고갈되었기 때문이 아니겠습니까? 하지만 나를 따르는 어리석은 자들은 토실토실 살이 올라 몸뚱이와 피부에는 윤기가 흐르며, 사람들이 흔히 말하듯이 아카르나이아의 돼지처럼 지혜로운 자들과의 접촉이 없는 한 — 물론 전혀 접촉이 없는 것은 아니지만 — 대개 노년의 불편함을 느끼지 못합니다. 인간 삶이 모든 면에서 행복할 수야 없는 노릇입니다.[1]

흔히 사용되는 속담이 이에 대한 가볍게 볼 수 없는 증거인바, 우신은 도망치지 못하도록 젊음을 붙들며 동시에 달갑지 않은 노년을 멀리 두고 늦출 수 있는 유일한 존재라고 합니다. 브라반트 사람들에 관해서 사람들이 하는 말이 그르지 않은 것이, 다른 민족들에게는 세월이 현명함을 보태어 주는데 반해, 브라반트 사람들은 나이 들어 감에 따라 점점 더 미련해집니다. 따라서 삶에서 누구나 겪게 되는 일로 즐거움을 잃지 않으며, 노년의 고단함에 시달림을 받지 않는 데 있어 이들을 따라올 만한 민족은 없습니다. 이들 브라반트 사람들과 지리적으로도 가깝고, 생활 모습에 있어서도 흡사한 사람들로 내 고향 홀란드 사람들이 있습니다. 이들은 나의 열렬한 추종자로서 이들에게 붙여진 별명[2]이 이들에게 아주 잘

20

---

1 호라티우스 『서정시』 2, 16, 27행 이하, 〈모든 것에 있어 행복할 수는 없다. 명예로운 아킬레우스는 이른 죽음이 데려갔고 계속된 노년으로 티토노스는 쪼그라들었고 네게는 거부된 것을 내게는 아마도 시간이 허락할 것이다.〉

2 에라스무스 『격언집』에는 〈바타비아의 귀〉가 전한다. 바타비아, 다시 말해 홀란드에 사는 사람들은 촌스럽고 세련되지 못하다고 편협한 민족의

어울리는 바에야, 이들을 〈나의 홀란드 사람들〉라는 말로 부르지 않을 수 있겠습니까? 이들은 그 별명을 조금도 부끄러워하지 않으며 혹은 때로 이를 몹시 자랑스러워합니다.

21   어리석은 인간들이여, 메데아를,[3] 키르케를,[4] 베누스를, 아우로라를, 어디 있을지는 모르겠으나 청춘의 샘을 찾아 나선들, 그들이 여러분에게 청춘을 돌려줄 것 같습니까? 그것은 오로지 나만이 할 수 있는 일이며, 나만이 해오던 일입니다. 멤논의 딸이 할아버지 티토노스의 청춘을 연장시켜 주었다는 신비의 진액은 내게 있습니다.[5] 내가 바로 파온을 다시 젊게 만들어 사포와 뜨거운 사랑을 나누게 하였다는 베누스입니다. 내가 바로 사라진 청춘을 되돌려 줄 뿐만 아니라 원하는 사람들에게는 영원한 청춘을 찾아 준다는, 존재하는지는 모르겠으나 그런 약초이며, 그런 주문이며, 그런 샘물입니다. 여러분 모두가 청춘만큼 좋은 것은 없으며 노년만큼 혐오스러운 것은 없다고 생각한다면, 내 생각에 여러분은 그렇

대표적 사례로 여겨졌다.

3 메데아 또는 메데이아는 에우리피데스의 비극과 로도스의 아폴로니우스가 쓴 서사시 『아르고호 이야기』를 통해 널리 알려진 여인으로, 고향 콜키스에서 이야손과 함께 희랍 땅 욜코스로 왔다. 그곳에서 펠리아스의 딸들에게 산양이 죽었다가 신비의 약으로 젊은 모습으로 되살아나는 것을 보여 주었고, 메데아의 속임수에 넘어간 딸들은 아버지 펠리아스를 죽이게 되었다.

4 헬리오스의 딸이며 메데아의 아버지 아이에테스의 누이동생이다. 마법의 약초를 써서 오뒷세우스의 동료들을 돼지로 변신시켰다고 전한다.

5 아우로라(에오스)와 티토노스의 아들로 멤논이 있다. 아우로라는 남편 티토노스에게 영원한 생명을 얻어 주었다. 그런데 멤논의 딸에 관한 이야기는 전하지 않는다. 아마도 에라스무스가 신화를 잘못 읽은 것으로 보인다 (ME 86면 참조).

게 좋은 것을 되돌려 주고 그렇게 혐오스러운 것을 멀리 쫓아 주는 나에게 얼마나 커다란 신세를 지고 있는지 잘 알고 있으리라 봅니다.

유한한 생명의 인간들과 관련해서는 이 정도로 하겠습니다. 이제 여러분, 하늘을 한번 훑어보겠습니다. 그리하여 나의 도움을 받지 않고서 신들 가운데 과연 누가 고단하지 않고 조롱당하지 않을 수 있을는지는 모르겠으나, 만약 그런 신을 찾아내는 사람이 있다면, 하여 원한다면, 나의 이름을 걸고 나를 비난해도 좋습니다. 바쿠스 신은 왜 머리카락을 길게 늘어뜨린 유년을 늘 과시하겠습니까? 그것은 그가 팔라스와는 일체 상관하지 않으며, 잔치와 춤과 합창과 놀이 등으로 진탕 놀며 흥취를 잃지 않고 평생을 살아가기 때문입니다. 그는 현자라고 불리길 원하지 않으며, 다만 장난과 농담으로 칭송받기를 좋아합니다. 그는 자신의 별호가 멍청이를 뜻하는 속담에 쓰여도 결코 화내지 않습니다. 그 속담이란 바로 〈모뤼코스보다 못난 놈〉[1]입니다. 〈모뤼코스〉라는 별호를 바쿠스에게 사람들이 붙이게 된 것은, 농부들이 즐거운 마음에 장난삼아 신전 입구에 세워진 바쿠스의 좌상을 막 수확한 포도와 무화과로 지저분하게 칠해 놓았기 때문입니다. 그는 또한 구희극에서 얼마나 많은 악담을 들어야 했습니까? 사람들은 말하길 〈사타구니에서 태어났다는 말이 딱 들어맞는 어리석은 신이여〉라고 하였답니다. 하지만 어리석고 어리

1 〈모뤼코스〉는 바쿠스 신의 별명이다. 〈얼굴에 지저분한 것을 묻힌〉이라는 뜻이다.

44

석을망정 언제나 행복하며, 언제나 청춘이며, 언제나 모든 사람들에게 즐거움과 쾌락을 줄 수 있다면야, 도대체 누가 그처럼 되길 마다하겠습니까? 도대체 어떤 사람이 모두에게 두려움을 가져다주는 음흉한 유피테르, 혹은 늙은이의 주책없는 소란으로 모든 것을 엉망으로 만드는 판Pan, 혹은 늘 대장간 일로 지저분하게 재를 뒤집어쓴 불카누스, 혹은 고르곤이 새겨진 방패와 창을 들어 위협적인 모습으로 노려보고 있는 팔라스가 되길 원하겠습니까? 어찌하여 쿠피도는 항상 유년입니까? 왜냐하면 그는 헛소리하는 인물이며, 뭔가 제대로 된 것은 행하지도 생각하지도 못하기 때문입니다. 어찌하여 황금의 베누스는 언제나 변함없이 봄날의 자태입니까? 내 아비의 낯빛을 가지고 있는 것을 볼 때, 내 친척이 틀림없습니다. 호메로스도 그런 이유에서 〈황금의 아프로디테〉라고 여신을 이름 불렀습니다. 게다가 시인들 혹은 시인들에게 도전하는 조각가들의 말에 따르면 베누스 여신은 계속해서 웃고 있습니다. 마지막으로 로마 사람들이 플로라보다 크게 경배하는 여신이 있겠습니까?[2] 여신 플로라는 모든 즐거움의 어머니입니다. 제아무리 엄격한 신들일지라도 그들의 삶을 호메로스와 여타 시인들에게 묻는다면, 그들 삶 전체가 어리석음으로 가득 차 있다는 것을 발견할 것입니다. 번개를 내려치시는 유피테르가 즐기는 사랑의 놀음을 여러분이 익히 알고 있을진

2 〈플로라Flora〉는 여신의 이름이자 꽃피는 봄날에 개최되던 축제명이기도 하다. 오비디우스『로마의 축제들』제5권 331~354행에 따르면 오비디우스조차 충격을 받을 만큼 축제의 열기가 뜨거웠다고 한다.

대, 다른 신들의 그런 행각은 언급해 무얼 하겠습니까?[1] 자신의 성별을 망각하고 줄기차게 사냥 이외에 다른 어떤 것도 하지 않던 여신 디아나도 엔뒤미온 때문에 시름하지 않았습니까?

사실 신들은 비난의 신 모모스로부터 예전에 자주 그러하였던 것처럼 요즘도 자신들의 처신에 관하여 잔소리를 좀 들어야 했습니다. 하지만 모모스에게 화가 난 신들이 미망의 여신 아테와 함께 모모스를 지상으로 내던져 버렸는바, 모모스가 그의 알량한 지혜로써 신들의 환락을 못마땅하게 여겨 비난하였기 때문입니다.[2] 또한 추방당한 모모스는 인간들 가운데 누구에게서도 환대를 받지 못하였습니다. 말할 필요도 없이 모모스는 군주들의 왕궁에서도 자리 한 자락을 얻지 못하였으니, 거기에는 내 시종 가운데 하나인 아부가 앞자리를 차지하고 있기 때문인바, 아부와 모모스의 관계는 양과 늑대의 관계보다 멀다 하겠습니다. 이렇게 모모스가 축출되고 나자, 신들은 예전보다 훨씬 방탕하고 즐겁게 헛짓을 저지르게 되었으며, 이를 비난할 감독관이 전혀 없으므로 호메로스의 언어를 빌리자면 〈편한 삶을 누리게〉 되었던 것입니다. 무화

1 호메로스 『일리아스』 제14권 312~328행에서 아름답게 치장한 헤라를 보고 제우스는 자신과 사랑을 나눈 여인들의 목록을 열거한다. 헤시오도스 『신들의 계보』 886~922행을 또한 참고하라.
2 미망의 여신 아테는 호메로스 『일리아스』 제19권 126행 이하에서 확인할 수 있는데, 제우스는 아무나 가리지 않고 마음의 눈을 멀게 한다는 이유로 아테 여신을 올륌포스로부터 지상으로 내던져 쫓아 버렸다. 문맥상 에라스무스는 미망의 여신 아테가 앞뒤를 가리지 못하고 신들을 비난한 죄를 비난의 신 모모스에게까지 묻고 있다고 생각한 것으로 보인다.

과나무로 만든 남근 신 프리아포스[3]가 짓궂게 조롱하지 않는 것이 누구입니까? 메르쿠리우스가 자신의 특기인 도둑질과 속임수로 장난치지 않은 것은 무엇입니까? 심지어 불카누스마저도 신들의 잔치에 참여하여 우스개 장난을 행하는 데 익숙하여 때로는 쩔뚝거리며 돌아다니면서, 때로는 한심한 소리를, 때로는 우스운 소리를 지껄여 잔치의 좌중을 흥겹게 합니다. 사랑을 즐기는 노익장 실레노스는 코르닥스 춤을 즐기곤 하는데, 그 옆에서 폴뤼페모스는 트레타넬로 춤을 추며, 또한 숲 속의 처녀들은 맨발로 춤을 춥니다. 염소를 닮은 사튀로스들은 아텔라나를 춥니다.[4] 판Pan은 아무렇게나 질러 대는 노래로 모든 신들에게 웃음을 강요하는데, 넥타르에 촉촉이 젖어 들기 시작할 무렵부터는 신들은 무사이 여신들보다 더욱 그의 노래에 귀를 기울입니다. 진탕 거나하게 마신 신들이 술잔치에 이어 무엇을 하고자 할지 말해 무엇하겠습니까? 하늘에 맹세코 어찌나 어리석은 짓을 하는지, 내가 도저히 웃음을 참지 못할 지경입니다. 이쯤에서 이런 일들에 관해서는 하르포크라테스를 상기하여 침묵하는 것이 좋을 듯합니다.[5] 쓸데없이 우리가 비난의 신 모모스조차 막지 못한 신들의 작태를 이야기하였다가 이를 코뤼키아의 신이 엿들어 버린다면 낭패가 아닐 수 없기 때문입니다.

3 프리아포스는 흔히 풍요의 신으로 여겨지는 신으로 남근 모양을 하고 있다.
4 여기에 언급된 춤들은 모두 그 음란한 동작으로 유명한 것들이다.
5 하르포크라테스는 침묵의 신으로 손가락으로 입을 가리고 있는 모습을 취하고 있다.

이제 천상에 거주하는 신들을 내버려 두고 호메로스의 모범에 따라 지상으로 내려가 볼 시간입니다. 여기서도 내가 나의 은총을 베풀지 않으면, 어떤 것도 결코 행복하거나 즐거울 수 없습니다. 무엇보다 여러분은 세상 만물의 어머니이며 인간 종족을 창조한 자연이 커다란 예지로써 세상 어디고 간에 어리석음을 양념으로 뿌려 두었다는 것을 알고 있지 않습니까? 스토아의 정의에 따르면 지혜란 합리성에 따르는 것이며, 반대로 어리석음은 정념의 처결에 따르는 것인바, 유피테르는 인간들의 삶을 슬프고 심각하게만 만들지 않기 위해서 합리성보다는 정념을 더 많이 인간들에게 주지 않았습니까? 대략 정념과 합리성의 비율은 24대 1쯤 될 것입니다. 유피테르는 더욱이 합리성은 두개골의 한쪽 구석에 몰아넣은 반면, 정념은 온몸 여기저기에 흩어져 있도록 뿌려 두었습니다. 또 유피테르는 마치 매서운 폭군과 같은 정념 두 개를 홀몸의 합리성에 대립시켜 놓았습니다. 하나는 분노인바, 분노는 오장육부의 성채를 장악하고 있으며 더불어 생명의 원천인 심장을 휘어잡고 있습니다. 다른 하나는 정욕인바, 성기에 이르는 아랫도리 제국을 넓게 차지하고 있습니다. 이 쌍둥이에 대항하여 합리성이 도대체 기를 펴지 못하는 것은 이미 많은 사람들의 삶이 충분히 입증해 주었습니다. 합리성은 자신에게 허락된 오로지 그것 하나를 목이 쉬도록 외치며 올바른 삶의 명제들을 선전하지만, 그럴 때면 쌍둥이 정념들은 더욱 요란스럽고 어지러운 목소리로 소리 지르며, 마침내 지칠 대로 지쳐 쓰러져 두 손을 들어 항복한 적장 합리성으로 하여금 스스로 제 목에 올가미를 걸게 만듭니다.

더 나아가 자연이 집안 경영을 주관할 과업을 사내들에게 주고, 그리하여 합리성을 약간이나마 남자에게 더 주어 남자가 사내 된 구실을 올바로 할 수 있도록 하였을 때, 다른 문제들에서도 그러하였지만 이 문제에 있어서도 나는 자연에게 조언을 하였으며, 나에게 딱 어울리는 조언을 하였습니다. 나는 여자를 남자에게 덧붙여 주도록 말하였는바, 대체로 어리석고 바보스러우며 실로 웃음이 많으며 우스꽝스러운 동물을 남자에게 붙여 주어 집 안에서 함께 어울려 살며 여자의 어리석음으로 사내의 심각한 태도를 누그러뜨리고 풀어 줄수 있도록 하자고 조언하였습니다. 플라톤은 여자를 어느 쪽에 두어야 할지, 이성적인 동물로 놓아야 할지 아니면 어리석은 동물로 놓아야 할지를 두고 망설였다고 하는데, 이는 플라톤이 여자라는 성별을 특징짓는 것으로 어리석음을 적시하고자 하였던 것을 뜻합니다. 만약 어떤 여자가 현명하다는 소리를 듣고자 한다면 그것은 두 배로 어리석은 짓입니다. 이는 마치 황소를 체력 단련실로 데려가는 일과 다르지 않으며, 사람들이 속담에 이르듯이 미네르바가 이를 거절할 일입니다. 왜냐하면 이는 잘못을 두 배로 키우는 일인바, 타고난 천성을 속이는 것도 모자라 본성을 전혀 어울리지 않는 것으로 억지로 꾸며 놓는 일이기 때문입니다. 희랍 속담에 이르길, 원숭이에게 제아무리 제왕의 의복을 입힌들 원숭이는 변함없이 원숭이일 뿐이라 하였습니다. 이와 마찬가지로 여자는 변함없이 여자일 뿐이라, 다시 말해 여자에게 어떤 가면을 씌

우든지 간에 변함없이 여자는 늘 어리석을 뿐입니다.[1]

하지만 우신인 나 자신이 여자이면서도 어리석음을 여자들에게 부여하였다는 이유로 내게 화를 낼 만큼 여자들이 어리석지는 않을 것이라고 믿습니다. 올바른 길을 따라 사태를 정확히 따져 본다면, 여자들은 자신들이 많은 측면에서 남자들보다 즐겁게 사는 것이 모두 어리석음 덕분이라는 것을 받아들여야 할 것입니다. 우선 아름다운 몸매의 우아함을 보시기 바랍니다. 이를 여자들은 세상 그 무엇보다 중요하게 여기며 아름다운 몸매를 앞세워 세상 모든 독재자들을 상대로 독재자 노릇을 합니다. 여자들의 언제나 반주그레한 얼굴, 언제나 사분사분한 목소리, 곱고 해사한 속살은 흡사 영원한 유년을 보여 주고 있는데, 이에 반해 남자들이 가진 노년의 징표라 할 우락부락한 생김새, 까스스하게 털로 뒤덮인 피부와 숲을 이루는 턱수염 등은 실로 지혜가 뿌려 놓은 폐해가 아니고 무엇이겠습니까? 다음으로 남자들을 최대한 즐겁게 하는 것을 여자들이 삶에서 추구하는 모든 것으로 삼은 것은 누구 때문입니까? 이런 이유가 아니라면, 그 모든 치장술들이며, 그 모든 화장법들이며, 그 모든 목욕 방법들이며, 그 모든 머리 손질법이며, 그 모든 향유들이며, 그 모든 향수들이며, 얼굴과 눈매와 피부를 매만지고 색칠하고 꾸며 내는 그 모든 기술들은 뭣 때문에 있겠습니까? 이때 남자들이 여

1 토머스 모어 『유토피아』에 따르면, 적어도 당대 인문주의자들의 견해를 반영한다는 전제하에 말하거니와, 남녀 차별은 존재하지 않는다. 유토피아의 사회 제도 내에서 소수의 탁월한 사람들에게만 열려 있는 성직자의 길 또한 여성들에게 열려 있다.

자들에게 사로잡히는 것은 어리석음이 아닌 다른 무슨 이유 겠습니까? 남자들은 몸 달아 쾌락의 빵 부스러기 때문에 여자들에게 무엇이든지 약속합니다. 이렇게 여자들이 쾌락을 줄 수 있는 것은 오로지 어리석음 때문입니다. 여자들이 주는 쾌락을 만끽하기로 결심한 남자들이 그때마다 여자들과 어떤 허튼소리를 지껄이고 어떤 허튼수작을 감행하는지 이를 곰곰이 스스로 생각해 본다면 누구도 이런 사실을 부정하지 못할 것입니다. 이리하여 여러분은 삶의 최초이자 최대의 쾌락이 누구로부터 시작되는지를 아셨습니다.

27   물론 몇몇 사람들은, 특히 나이 든 노인네들은 여자를 밝히기보다는 술을 밝히는 경향이 있어 술잔치에 최고의 쾌락을 두는 경우도 있습니다. 과연 어떤 사람들은 여자가 참석하지 않는 술잔치가 즐거울 수 있다고 생각하나 봅니다. 그러나 분명한 것은 어리석음이라는 양념이 없다면 술잔치는 결코 흥겨울 수 없다는 것입니다. 참으로 어리석은 사람이든 아니면 그저 어리석은 척하는 사람이든 웃음을 돋워 줄 사람이 아무도 술잔치에 참석하지 않을 경우, 돈을 받고 잔치를 흥겹게 만들어 줄 어릿광대를 불러오거나 혹은 밥을 구걸하며 웃음을 파는 사람을 도모해야 합니다. 술자리의 말 한마디 없는 엄숙함과 지루함을 이들이 우스운, 즉 어리석은 재담으로 쫓아내도록 말입니다. 그 많은 맛난 후식들과 진수성찬과 산해진미로 밥통을 채운들, 만약 눈과 귀, 그리고 영혼이 한가득 웃음과 재담과 해학으로 배부르지 않다면 무슨 소용이란 말입니까? 나는 이런 종류의 여흥을 양념으로 덧

붙일 수 있는 유일무이한 설계자입니다. 술잔치에서 이제는 관례가 되어 버린 많은 것들, 그러니까 주사위로 술자리의 주인을 뽑는다든지, 골패를 던져 술 마실 사람을 정한다든지, 친구를 위해 건배를 청한다든지, 순번대로 돌아가며 장기를 자랑하며 마신다든지, 도금양을 걸고 노래하고 춤추고 연극을 한다든지 이런 모든 것들은 희랍의 일곱 현인들이 만들어 낸 것이 아니며, 진실로 내가 인간 종족의 건강과 유익을 위해 마련해 준 것들입니다. 이런 종류의 모든 것들은, 그것들이 더 많은 어리석음을 갖고 있으면 있을수록 그만큼 인간들 삶을 더욱 풍성하게 만들어 주는 것들입니다. 심각하고 지루한 삶을 과연 삶이라 부를 수 없을진대, 만약 오락거리들로 권태로움을 막아 내지 못하다면 삶은 우울하고 지루하게 끝나 버릴 수밖에 없습니다.

하지만 어쩌면 이런 종류의 쾌락을 즐기지 않으며 다만 친구들과의 우애와 교제에서 쾌락을 얻는 사람들이 있을 수 있습니다. 이들은 우정을 어떤 것보다 우선시하며 공기도 불도 물도 이보다 우선할 수 없을 만큼 필수적인 것이라고 말합니다. 또한 우정은 대단히 달가워 우정을 빼앗긴다면 마치 태양을 앗긴 것과 같을 것이라고 말합니다. 덧붙여 철학자들이 기꺼이 우정을 매우 훌륭한 것들 가운데 넣는 것을 근거로 들어, 아무튼 불가능한 일이 아닐 테니 말입니다만, 우정은 귀하고 아름다운 것이라 주장합니다. 그래서 만약 내가 이런 대단히 훌륭한 것의 시작이요 끝이라고 말한다면 여러분은 어떻게 생각합니까? 나는 이를 증명하는 데 악어의

28

52

역설[1] 혹은 가감의 역설,[2] 뿔의 역설[3] 등 이런 유의 논리적 궤변을 사용하지 않을 것이며, 다만 속담에 이른바 미네르바는 쉽게 하고[4] 손가락으로 이를 입증할 것입니다. 자, 그럼 증명하거니와, 친구들의 잘못을 모른 척하고 덮어 주고 감싸 주는 행위 혹은 탁월한 무능력을 대단히 큰 능력인 양 흠모하여 칭찬하는 착란 증세 등이 어리석음에 가깝다고 여러분은 생각지 않습니까? 어떤 이는 여자 친구[5]의 사마귀에 입 맞추

1 악어의 역설은 다음과 같다. 악어가 어린 아이를 입에 물고 그 어미에게 말하되, 자신이 어떻게 할지를 맞히면 아이를 내주겠다고 말했다. 어미가 당신은 내 아이를 먹어 치울 것이라고 말했다. 또 그 어미는 자신이 제대로 맞혔으니 이제 아이를 돌려 달라고 말했다. 이에 악어는 자신이 아이를 돌려주면 당신이 잘못 맞힌 것이니 돌려줄 수 없다고 말했다.

2 가감의 역설은 〈낱알 하나가 한 가마니를 만들 수 있는가〉라는 질문에서 시작한다. 이 질문에는 누구나 아니라고 말할 것이다. 그런데 n개의 낱알이 한 가마니를 만든다고 할 때, 엄밀히 말해 낱알 n−1개는 아직 한 가마니가 아니다. 그런데 여기서 보면 낱알 한 개 차이로 한 가마니가 되기도 하고 그렇지 않기도 하다. 앞서의 질문으로 돌아가 보면 낱알 하나가 한 가마니를 만드는 것이다. 또는 반대로 줄어 가는 방식으로 동일한 역설이 쓰이기도 한다. 호라티우스 『서간시』 2, 1, 45행 이하를 보면 〈얼마의 시간이 지나야 훌륭한 시가 되느냐〉라는 질문에 일단 1백 년을 정하고 나서, 〈여기서 1년을 빼면 훌륭한 시인가 아닌가〉라고 다시 묻는다. 이렇게 하여 시간의 축적이 훌륭한 시를 만드는 것은 아니라는 결론을 이끌어 낸다.

3 뿔의 역설은 〈당신이 잃지 않은 것을 당신은 가지고 있다〉라는 전제로부터 〈당신이 뿔을 잃지 않았다. 따라서 당신은 뿔을 가지고 있다〉라는 결론을 주장하는 것이다.

4 *pinguis Minerva* 혹은 *crassa Minerva* 등으로 쓰이는 격언이며, 직역하면 〈뚱뚱한 지혜의 여신〉 정도일 것이다. 문맥상 크게 머리를 써서 논리를 만들어 낼 필요가 없다는 뜻이다.

5 원문의 〈여자 친구*amica*〉는 초판본에 〈남자 친구*amico*〉였다. 이런 수정은 1514년 판본부터 반영되었다. 이 문장은 키케로에서 인용한 것인데, 키케로에서는 동성애적 문맥을 강조하고 있다(ME 93면 참조).

며, 어떤 이는 코맹맹이 하그나를[1] 사랑하며, 사팔눈의 아들을 아버지는 방울눈[2]이라 두남두는 등 어떻습니까, 내가 주장하거니와, 이는 다른 무엇도 아닌 어리석음이 아닙니까? 세 번이고 네 번이고 반복해서 그것이 어리석음임을 외칩니다. 사람들을 엮어 주며, 엮인 사람들을 친구로 만들어 주는 것은 바로 이 어리석음입니다. 인간들에 관하여 말하자면, 인간들은 누구나 결점을 갖고 태어나며 아주 훌륭한 사람이라고 해도 고작 결점을 가장 적게 갖고 있는 사람일 뿐입니다. 그리하여 신과 같이 지혜로운 철학자들 사이에 우정은 전혀 형성되지 않거나 혹은 그저 냉랭하고 무덤덤한 우정이 맺어지며 그마저도 극히 소수의 사람들과(가슴에 손을 얹고 엄숙히 말하자면 누구와도 맺어지지 않는다고 말해야 합니다만) 맺어질 뿐입니다. 이것은 대부분의 사람들이 어리석어 여러 가지 일에 있어 우매하게 처신하되, 우정은 서로 닮은 사람들 사이에서만 생겨나기 때문입니다. 사실 이렇게 깐깐한 철학자 양반들 사이에서 어쩌다 우정의 마음이 생겨난다 하더라도, 어지간해서는 지속적이지도, 오래가지도 못합니다. 이는 이들이 마치 독수리 혹은 에피다우로스의 뱀과

1 원문의 Agnae는 Hagnae와 같으며, 어떤 여자 해방 노예의 이름으로 추정된다. 〈코맹맹이〉라고 의역한 부분은 원래 〈종양polypus〉이며, 이 문장은 호라티우스 『풍자시』 1, 3, 40행 이하에서 인용한 것으로 원래 문맥에 기대어 의역하였다.

2 호라티우스 『풍자시』 1, 3, 44행 이하에 등장하는 구절이다. 여기서 〈방울눈〉이라고 의역한 단어 paetus는 역시 앞의 strabo와 마찬가지로 〈사팔눈〉을 가리킨다. 그런데 더불어 paetus에는 〈사랑스러운 눈으로 쳐다봄〉의 뜻 또한 담겨 있다.

같이[3] 매섭게 친구들의 잘못을 찾아내어 준엄하고 신랄하게 꾸짖기 때문입니다. 자기 자신의 잘못에는 참으로 눈이 어두워 제 등에 매달린 보따리는 전혀 보지 못하는 존재들이여! 인간은 이렇게 본성적으로 중대한 과오를 면치 못할 처지이며, 생각하고 바라는 것은 그렇게 서로 다르니 그렇게 다양한 오류들과 다채로운 잘못들과 각양각색의 실수들이 인간 삶에는 빠지지 않는 형편인데, 그런데도 누군가 아르고스의 눈으로 세상을 본다면[4] 단 한 시간이나마 우정의 달콤함이 지속되겠습니까? 희랍 사람들이 말한 무던함, 우리가 이를 번역하자면 너그러움이나 어리석음이 없이는 어림없는 일입니다. 어떻습니까? 서로 간의 끈끈한 친밀함을 생산하고 양육하는 쿠피도는 기실 눈이 어두워 앞을 제대로 분간하지 못하며, 따라서 그에게는 추한 것도 아름답게만 보이지 않습니까?[5] 쿠피도는 또한 여러분을 자기와 똑같이 만들어 각자 제 것을 아끼게 하였으니, 마치 청춘의 젊은이가 꽃다운 제 애인을 보듯 꼬부랑 영감이 쭈그렁 할멈이 다 된 제 마누라에게 미치도록 열광하는 것입니다. 이런 일들은 사방에서 벌어지고 있으며 웃음을 불러일으킵니다만, 그럼에도 불구하고 이런 우스운 일이야말로 인간 삶을 즐겁게 하며 인간 세상을

3 이 비유는 호라티우스 『풍자시』 1, 3, 26행 이하에 나온다.
4 아르고스는 1백 개의 눈을 가진 존재이며, 헤라 여신은 이오를 감시하도록 아르고스를 이오에게 붙여 놓았다. 오비디우스 『변신 이야기』 제1권, 625행 이하를 보라.
5 이런 쿠피도의 모습은 고대 세계에서는 찾아볼 수 없다. 아마도 중세 시대에 만들어진 것이 아닐까 싶다.

하나로 묶어 주는 힘입니다.

  우정에 관해 이제까지 말했던 것은 오히려 결혼에 훨씬 더
잘 들어맞습니다. 왜냐하면 결혼이란 모름지기 결코 나뉠 수
없는 결합에 다름 아니기 때문입니다. 불멸의 신이시어, 만
약 애교와 희롱, 무지와 관용, 묵과 등 나를 추종하는 것들의
도움을 받아 남녀의 가정생활이 튼튼하게 지탱되지 않는다
면, 이혼 혹은 심지어 이혼보다 더 지독한 일이 때로 발생하
지 않겠습니까? 맙소사, 만약 처녀가 아리땁고 겉으로는 정
숙해 보이지만 결혼하기 훨씬 전부터 어떻게 놀았는지를 알
아챌 만큼 남편감이 현명하다면, 세상에 결혼이 얼마나 성립
하겠습니까? 또 아내가 남편의 무지와 어리석음에 도움받아
많은 일들을 숨기지 못한다면, 과연 이미 이루어진 결혼일지
라도 그것이 얼마나 오래 지속되겠습니까? 실로 이것이 어
리석음의 덕택으로 얻어진 혜택일지니, 어리석음이 있어 남
편에게 아내가 사랑스럽고 아내에게 남편이 반가운 것이며,
집 안은 조용해지고 가족의 유대가 이어지는 것입니다. 서
방질하는 여편네가 눈물을 흘리면 이를 안아 주고 달래 주
는 사내는 뻐꾸기 혹은 두견이라고 부를까요, 뭐라고인들 아
니 불리겠습니까만 아무튼 웃음거리가 됩니다. 이 정도로 모
를 수 있다니! 하지만 참으로 행복한 일이 아닙니까? 사납게
끓어오르는 질투심에 이끌려 사내가 일을 쳐 모든 것이 엉망
비극이 되는 것보다 말입니다.

  종합해 보자면, 어떤 사회나 어떤 생명의 결합도, 내가 없
었다면 어떤 것도 즐겁거나 혹은 지속될 수 없었을 것입니

다. 서로에 대해 잘못 알고 있으며 때로 아첨에 속고, 때로 알고도 눈감아 주고, 때로 어리석음의 꿀맛에 이끌리기도 하는 마당에, 만약 이럴 수 없었다면 인민은 군주와, 주인은 머슴과, 안주인은 계집종과, 학생은 선생과, 친구는 친구와, 남편은 아내와, 지주는 소작인과, 전우는 전우와, 동료는 동료와 오래가지 못하고 진작 파경에 이르렀을 것입니다. 이 정도로 중요한 것들은 전부 언급된 것으로 여러분이 생각할 줄 압니다만, 이보다 훨씬 중요한 것들을 여러분에게 말씀드리고자 합니다.

31   그럼 묻겠습니다. 스스로를 혐오하는 사람이 누군가를 사랑할 수 있겠습니까? 스스로와 갈라선 사람이 다른 사람과 화합할 수 있겠습니까? 스스로에게도 힘겹고 까다로운 사람이 누군가에게 즐거움을 줄 수 있겠습니까? 내 생각하거니와, 우신보다 어리석은 사람이라면 모를까, 어느 누구도 가능하다고 대답하지 못할 것입니다. 그리고 나를 제외한다면, 스스로를 못마땅하게 여기고 스스로를 하찮게 여기고 스스로를 증오하는 자를 참아 낼 사람은 아무도 없습니다. 이런 악덕을 인간들에게 심어 준 것은 다름 아닌 자연, 만물의 어머니가 아니라 적지 않은 점에서 만물의 계모라고 할 자연입니다. 특히 남들보다 지혜로운 이들의 마음속에 그것을 심어 놓아, 이들은 스스로의 처지에 깊은 유감을 갖고 있으며 다른 사람들을 부러워합니다. 이로 인해 결국 인생의 찬란한 아름다움 등 자연의 선물들마저 파괴되어 소멸되기에 이릅니다. 불멸의 신들로부터 아름다움이라는 선물을 받은들, 자기혐

오의 해악에 찌든 사람에게 그것이 무슨 소용이겠습니까? 비관에 곪아 터진 애늙은이에게 청춘은 다 무슨 소용이겠습니까? 나의 자매라고 불리거나 나를 대신하기에 합당하다 할 자아도취가 돕지 않는다면, 누가 삶에 부여된 온갖 재능 가운데, 혹은 혼자서 혹은 다른 사람들과 어울려 무슨 일인들 품위를 — 품위는 예의범절을 넘어 모든 행위의 요체입니다 — 갖추어 할 수 있겠습니까? 이렇게 줄기차게 자아도취는 어디서나 나를 대신하고 있습니다. 자기만족이나 자화자찬만큼 어리석은 일이 무엇이겠습니까? 또한 반대로 스스로에게 불만을 품고 행한 일이 어찌 아름답고, 어찌 호감을 얻고, 어찌 볼썽사납지 않을 수 있겠습니까? 자아도취라는 삶의 양념을 제거한다면, 연설가는 곧 지루하기 짝이 없는 연설을 행할 것이며, 음악가는 재미없는 곡을 연주할 것이며, 배우는 온갖 연기에도 불구하고 쫓겨날 것이며, 시인은 제아무리 좋은 시를 쓰더라도 조롱받을 것이며, 화가는 제 그림으로 업신여김을 당할 것이며, 의사는 제 처방으로 곪아 죽을 것입니다. 결국 모두 니레우스가 아니라 테르시테스[1]로, 파온[2]이 아니라

---

1 니레우스는 『일리아스』 제2권 673행 이하에 언급된 트로이아 전쟁 참전 영웅들 가운데 가장 인물이 출중한 자이며, 테르시테스는 『일리아스』 제2권 216행 이하에 언급된 자로 트로이아 전쟁 참전자들 가운데 가장 흉하게 생긴 자이다. 테르시테스는 안짱다리에다 한쪽 발을 절었고, 두 어깨는 굽어 가슴 쪽으로 오그라져 있었다. 그리고 어깨 위에는 원뿔 모양의 머리가 얹혀 있었고 거기에 가는 머리털이 드문드문 나 있었다. 또한 테르시테스는 수다쟁이로 그의 마음속에는 무질서한 말들이 가득 차 있었다. 사람들을 웃길 수만 있다면 질서를 무시하고 왕들에게 시비를 하려 들었다.
2 파온은 베누스의 사랑을 받은 자로 젊음을 되찾았다.

네스트르[3]로, 미네르바가 아니라 돼지로, 달변의 인물이 아니라 말 못 하는 어린아이로, 세련된 신사가 아니라 촌스러운 농부로 보이게 될 것입니다. 따라서 스스로에게 반하고 스스로 우쭐하여 자신을 내세우는 행동은 남들에게 인정받기 위해서 전적으로 필연적이라 하겠습니다.

32   한편 행복이 대개 지금 그대로가 유지되길 바라는 데 있다고 할 때, 내 자매 자아도취는 이를 아주 간단하게 성취하였는바, 누구도 제 생김새에, 타고난 재능에, 자기가 속한 혈통에, 자기가 놓인 처지에, 자기에게 익숙한 관습에 불만을 갖지 않으며, 누구나 제 나라를 사랑하여, 아일랜드 사람이 이탈리아 사람과, 트라키아 사람이 아테네 사람과, 스퀴티아 사람이 풍요로운 섬나라 사람과 기꺼이 조국을 바꾸려 하지 않습니다. 만물의 변화무쌍한 조화 가운데 모든 것을 여일하게 만들어 놓았으니, 이 얼마나 위대한 자연의 보살핌입니까! 하여 자연은 인간들에게 내주는 선물들 가운데 약간을 덜어 내고, 덜어 낸 자리에 자아도취를 조금씩 보태어 놓았던 것입니다. 이것이야말로 선물 중에서도 가장 큰 선물이라는 분명한 사실을 굳이 말로 옮기는 내가 어리석을 따름입니다.

33   분명히 말하거니와, 나를 통하지 않고는 어떤 위대한 과업도 성취되지 않으며, 내가 나서지 않는다면 어떤 위대한 기술도 만들어지지 않을 것입니다. 그런데 칭송이란 칭송은 모두 받는 업적들의 씨앗이자 원천은 전쟁이 아니겠습니까? 물

---

3 네스트르는 『일리아스』 제1권 250행 이하에 언급된바, 참전 영웅들까지 벌써 세 세대를 지켜본 나이 많은 영웅이다.

론 이러한 갈등의 결과 양편 모두에게 언제나 이익보다는 불이익이 더 많이 생기지만, 그럼에도 뭔지는 모르겠으나 이런저런 이유로 전쟁을 감행하는 것보다 어리석은 일이 또 있겠습니까? 그런즉, 전쟁에 빠져드는 사람들은 마치 메가라 사람들처럼 〈어리석음〉[1]에 이끌린 것입니다. 양편에 중무장한 병사들이 줄지어 서고 거친 함성이 울리고 전투 나팔이 찢어지게 울어 댈 때에, 학문에 열중하느라 탈진하여 혈색은 창백하고 생명만 간신히 붙어 있는 현자들을 어디에 쓰겠습니까? 몸집이 크고 살집이 단단하여 과감함은 넘치도록 갖고 있으며 생각은 찾아볼 수 없는 자들이 필요할 따름입니다. 혹시 아르킬로코스[2]의 충고대로 적들이 눈앞에 나타나자 방패를 버리고 달아났던 데모스테네스를 병사로 꼽기를 선호한다면 모를까. 현명하기 이를 데 없는 연설가였으되, 제구실 못 하는 병사였던 그를 아무도 병사로 뽑지 않을 것입니다.

그러나 사람들이 이르길 전쟁에서는 사태 판단이 매우 중요하다고 합니다. 나도 동의하는바, 장군에게 판단력은 중요합니다. 그렇더라도 그것조차 전쟁과 관련된 것일 뿐, 철학자의 지혜는 아닙니다. 그와 상관없는 비렁뱅이, 뚜쟁이, 불한당, 날강도, 무지렁이, 얼간이, 빈털터리 등과 같은 밑바닥 하류 인생들이 그 대단한 일을 수행하는 것이지, 등잔불을 밝힌 현자가 아닙니다. 철학자들이 일상생활 전반에 걸쳐

1 οὐδεὶς λόγος를 직역하면 〈논리가 결여됨〉 혹은 〈아무 생각 없음〉이다.
2 아르킬로코스는 희랍 상고기의 시인으로 희랍 서정시의 창시자라고 할 수 있다. 그는 식민지 개척 활동을 펼쳤으며 수많은 전쟁에 참가하였다. 그의 시 가운데 적을 만나 방패를 버리고 달아났음을 고백하는 시가 전한다.

얼마나 쓸모없는 인물들인지, 아폴론의 신탁에 따르면 유일한 현자였던 소크라테스 본인이 이를 증명할 수 있을 것입니다. 소크라테스는 상당히 잘못된 판단에 따라, 뭔지는 모르겠으나 대중적으로 무언가를 수행하고자 시도하였고, 그로 인해 모든 사람들로부터 조롱의 대상이 되었습니다. 이 남자가 그럼에도 불구하고 유용한 판단을 한 것이 없지 않은바, 현자라는 이름을 받아들이지 않고 이에 대하여 아폴론의 생각을 반박하였다는 점과, 현자는 정치를 멀리해야 한다고 충고한 점입니다. 이왕지사 충고를 하려거든 차라리, 사람다운 대접을 받고자 하는 이는 지혜를 멀리해야 한다고 했어야 합니다. 아무튼 그로 하여금 독배를 마시도록 만든 것은 오로지 지혜가 아닙니까? 그가 구름과 이데아에 관해 철학을 하고, 벼룩의 뒷다리를 측정하고, 각다귀의 목소리를 연구하였지만,[3] 사회생활에 도움이 될 만한 것은 아무것도 언급하지 않았던 것입니다. 한데 스승이 목숨을 걸고 위태로운 변론을 펼치던 순간에 제자 플라톤이 옆에 있었습니다. 이 대단한 변호사 양반은 청중의 야유에 충격을 먹는 문장을 채 반 토막도 제대로 입 밖에 내지 못했다고 합니다.[4] 테오프라스토스[5]는 말해 무엇하겠습니까? 이 사람은 회합에 나가면 입을

---

3 아리스토파네스 『구름』 144~252행, 소크라테스라는 이름의 주인공에 대한 언급을 보라. 한편 이데아에 관해 철학하는 것은, 예를 들어 플라톤 『국가』 제5권 이하에 언급된다.

4 디오게네스 라에르티오스 『철학자들의 생애』 제2권을 보라.

5 아리스토텔레스의 제자이며, 청중 앞에서 말 한마디 제대로 못하는 사람이었다고 전한다(겔리우스 『아티카의 밤』 제8권 9).

다물고 있었다고 하는데, 그 모양이 마치 늑대를 맞닥뜨린 사람 같았다고 하니, 이런 사람이 전쟁터에서 병사들의 사기를 북돋아 줄 수 있겠습니까? 이소크라테스[1]는 타고난 소심증 때문에 감히 입 한 번 벙끗하지도 못했습니다. 로마 수사학의 아버지인 마르쿠스 툴리우스 키케로는 늘 흉해 보일 정도로 소심하고 마치 어린아이와 같이 벌벌 떨면서 연설을 시작하곤 했습니다.[2] 이를 두고 파비우스 퀸틸리아누스[3]는 그것이 닥쳐올지도 모를 위험을 인지한 현명한 연설가의 특징이라고 해석했습니다. 그가 해석한 것이 진실이라고 할 때, 그렇다면 지혜는 분명 일을 도모하는 데 방해가 되는 것임을 그가 고백한 것이 아니겠습니까? 벌거벗은 언어로 싸워야만 할 때조차 그렇게 두려움에 얼이 나갈 지경이라면 사태를 무기로 처리할 경우에 이런 사람들을 데리고 무슨 일을 할 수 있겠습니까?

1 기원전 338년 죽은 아테네의 연설가. 플라톤과 동시대 인물이며 연설술을 가르치는 학교를 아테네에 최초로 세웠다. 이소크라테스는 앞 세대의 소피스트 운동을 경험하였으며, 소피스트들과는 다른 길을 걸었던 소크라테스의 철학도 익히 알고 있었다. 그는 플라톤과 달리 소피스트들과 다르며, 소크라테스와도 다른 제3의 길을 모색하였다.

2 키케로는 로마의 정치가이자 철학자이며 변호사이자 문장가였다. 카이사르에 반대하여 공화정을 옹호하였으며, 로마의 최고 관직인 집정관을 역임하기도 하였다. 그의 많은 연설문 가운데 시작 부분에 주저하는 모습을 보여 주는 것이 있긴 하지만, 벌벌 떨었다고 하는 것은 에라스무스의 과장이다(ME 99면 참조). 예를 들어 섹스투스 로스키우스의 변호를 맡았을 때, 키케로는 당대 최고 권력자 술라의 비호를 받는 자들에 맞서야 했으며 이로 인해 연설 도입부에 자신이 이런 위험한 변론을 맡은 이유에 관해 설명하고 있는 바, 이를 망설임의 징표로 해석할 수 있겠다.

3 서기 35년에서 96년까지 살았던 로마의 수사학자.

35   그런데 이렇게 말해도 사람들은 플라톤의 — 신들이 용
서하시길 — 비범한 주장을 거듭해서 언급하는바, 철학자가
군림하거나 군주가 철학하는 도시 국가는 행복 도시랍니다.
하지만 역사가들에게 물어본다면 국가에 무엇과도 비교할
수 없는 해악을 끼친 정치가들은 오히려 철학에 몰두하고 문
학에 골몰하며 정권을 휘두른 자들이었습니다. 카토 집안 사
람들이 이에 대한 충분한 증거라고 나는 생각합니다. 그 집
안의 한 사람은 정신 나간 포고문으로 국가의 안녕에 위해를
초래하였으며, 또 한 사람은 로마 공화정의 자유를 지켜 낸
다고 지혜를 짜내더니 지혜가 지나쳤던지 결국 자유를 철저
하게 파괴했습니다.[4] 이들에 덧붙여 브루투스, 카시우스,[5] 그
라쿠스 형제,[6] 그리고 키케로도 로마 공화정에 끼친 폐해로
말할 것 같으면 데모스테네스가 아테네 민주정에 끼친 것 못
지않습니다.[7] 나아가 마르쿠스 아우렐리우스 안토니누스[8]가

---

4 전자는 기원전 149년에 죽은 카토로 보통 〈감찰관 카토〉라고 부르며,
후자는 감찰관 카토의 손자로서 〈우티카의 카토〉라고 불린다. 전자는 매우
엄격한 원칙주의자였으며 당시 연설에 범람하던 희랍 문체에 맞서 로마적
문체를 만들어 냈다. 후자는 카이사르 등에 맞서 공화정을 지켜 내려 하였으
나 타협을 모르는 엄격함 때문에 결국 사태를 더욱 악화시켰고, 마침내 공화
정의 몰락을 가져왔다.

5 브루투스와 카시우스는 카이사르를 암살한 자들이다. 후에 옥타비아
누스에게 패하여 자살하도록 강요받았다.

6 농지 개혁과 관련하여 로마 공화정에 혼란을 초래했다.

7 키케로는 안토니우스를 자극했고, 데모스테네스는 마케도니아의 필립
포스를 자극했다. 그 결과 로마 공화정과 아테네 민주정은 파괴되었다.

8 에라스무스는 〈M. Antonius〉라고 적었으나, 철인(哲人) 황제라는 이하
설명에 부합하는 인물은 M. Antoninus이다.

좋은 통치자였다고 할 때 — 그는 철학자였기 때문에 백성들에게 인기 없는 어려운 존재였으며, 그런 이유에서 사실 좋은 통치자라고 할 수 없지만 그럼에도 불구하고 아무튼 훌륭한 통치자였다고 치고 말하자면 — 그 자신은 어질게 국사를 보았는지 모르지만 그렇게 못난 아들에게 정권을 물려줌으로써 국가에 위험을 초래하였습니다. 언제든 이런 종류의 인물들은 늘 있기 마련인지라, 본인들은 지혜 탐구에 헌신하지만 그 외의 다른 일들에서는, 특히 자식들을 얻는 일에서는 매우 커다란 불행을 겪습니다. 내 생각하기에 이는 자연이 앞날을 내다보고는 지혜라는 불행이 인간들 사이에 더 이상 퍼져 나가지 못하게끔 조화를 부린 것입니다. 키케로에게 형편없는 아들이 있었음은 널리 알려진 바이며, 지혜로운 소크라테스의 아이들은 〈아비보다는 어미를 닮았다〉고 말해지는데 이를 두고 누군가 전혀 터무니없는 말을 했다고 할 수 없는 것인바, 그의 아이들은 어리석기 짝이 없었다고 합니다.

칠현금을 손에 든 당나귀 같은 철학자들이 막중국사만 맡는다면 그나마 참아 줄 것이나, 그들이 일상생활의 모든 영역에서 그렇게까지 무능한 데야 봐줄 수가 없습니다. 철학자를 식사에 초대할라치면, 그는 무거운 침묵 혹은 알아듣지 못할 어려운 질문 공세로 잔치를 망쳐 버립니다. 또 합창 가무단의 연주에 초대하면, 철학자는 마치 낙타가 춤추는 꼬락서니를 합니다. 또 국가적 축제에 초대하면, 예의 심각한 표정으로 백성들의 즐거움을 방해하며 치켜뜬 눈을 어쩌지 못해 현자 카토처럼 극장에서 쫓겨나게 될 것입니다. 또 대화에 끼워 줄라 ³⁶

치면 그는 갑자기 속담에 나오는 늑대처럼 모두의 말문을 막아 버립니다. 무언가를 구매한다든지, 서로 계약을 맺는다든지, 간단히 말해 일상생활에서 없어서는 안 될 중요한 일들 가운데 무언가를 처리하려고 할 때, 여러분은 철학자가 인간 구실을 못 하는 작대기 바보 천치라는 것을 알게 될 것입니다. 저 자신을 위해서도 조국을 위해서도 제 식구들을 위해서도 아무짝에도 쓸모없는 자이니, 그는 공동체의 일이라고는 전혀 할 줄 모르는 데다가 한술 더 떠 대중의 의견 및 시중의 관습과는 멀고도 먼 생각을 하고 있기 때문입니다. 이럴진대 생활 방식에 있어서나 생각에 있어서나 이렇게 다를 바에야 사람들로부터 따돌림을 당하는 것은 어찌 보면 너무도 당연합니다. 뭇사람들이 살아가는 이 세상에 어리석음으로 가득하지 않으며, 어리석음에 의하지 않으며, 어리석은 자들과 함께 행해지지 않는 일이 무엇이겠습니까? 만약 어떤 사람이 이런 세상과 맞서고자 한다면, 내 간청하는 바이니, 제발 티몬[1]처럼 세상과 이별하고 광야로 떠나가 홀로 자신의 지혜를 만끽하기 바랍니다.

내가 제시했던 문제로 돌아와 묻거니와, 바위나 참나무[2]처럼 모질던 야만의 인류가 버젓한 국가를 이룬 것은 감언의 유혹 말고 달리 어떤 것이겠습니까? 암피온과 오르페우스의

---

1 아테네 사람 티몬은 염세주의자로 유명하다. 페리클레스 시대에 그는 아테네 도시를 떠나 성문 밖에서 홀로 살았다고 전한다. 희랍의 풍자가 루키아노스가 『티몬 열전』을 지었으며, 이를 에라스무스가 번역한 바 있다.
2 〈바위〉와 〈참나무〉는 모질고 매몰찬 성품을 상징한다. 오비디우스 『변신 이야기』 제13권 799행 이하를 보라.

키타라는 바로 이런 감언의 유혹을 의미합니다.[1] 무엇이 극단으로 치닫던 로마 인민을 달래 국가적 화합으로 이끌었습니까? 철학적 연설입니까? 결코 그렇지 않습니다. 그것은 몸통과 팔다리에 관한 우스꽝스럽고 어리석은 우화가 이루어 낸 성과입니다.[2] 테미스토클레스도 민란에 대하여 여우와 고슴도치의 우화를 들려줌으로써 효과를 보았다고 합니다.[3] 지혜로운 자의 어떤 말인들 세르토리우스가 만들어 낸 사슴 이야기,[4] 스파르타의 입법자가 지어낸 두 마리 개 이야기,[5] 세르

1 호라티우스 『시학』 391행 이하, 〈숲 속에 살던 인생들을 신들의 사제, 그 뜻의 전달자 오르페우스가 살육과 야만의 습속에서 구해 냈습니다. 그는 범들과 사나운 사자들도 길들였다 전합니다. 암피온은, 전하는바, 테베 시를 건설하면서 뤼라 연주 매혹의 소리로 바위를 움직여 원하는 곳으로 옮겼다 합니다.〉

2 리비우스 『역사』 제2권 32 이하에 전하는 메네니우스 아그리파가 말한 일화다. 팔다리가 자신들은 온갖 수고를 하는 반면 몸통은 아무것도 하지 않으면서 배불리 먹는다는 이유로 반란을 일으켜, 음식물을 입에 넣어 주는 일을 거부하였다. 하지만 몸통이 굶어 쓰러지면서 팔다리 또한 설 자리를 잃었다.

3 여우와 고슴도치의 우화에 따르면, 인민의 고혈을 짜는 관리를 설령 쫓아내더라도 결국 더욱 굶주린 관리들이 등장할 것이기 때문이다.

4 퀸투스 세르토리우스는 하스파니아에서 로마군을 구해 낸 로마 민중의 영웅으로 기원전 82년 술라에 의해 하스파니아의 총독에서 밀려났다. 그는 기원전 80에서 기원전 72년 사이에 하스파니아인들의 독립 전쟁을 이끌어 로마와 싸웠는데, 어리석은 백성들을 속여 자신이 신과 소통한다는 증거로 흰 사슴을 제시했다. 또한 하스파니아인들에게 로마를 이기는 방법을 설명하면서 대규모 전쟁으로는 로마를 이길 수 없음을 말총의 비유로 설득하였다. 말총을 한꺼번에 뽑는 것은 불가능하지만, 한 가닥씩 뽑으면 가능하다는 것이다.

5 스파르타의 입법자 뤼쿠르고스는 교육의 필요성을 시민들에게 설득하기 위해 훈련받은 개와 그렇지 못한 개를 보여 주었다고 한다.

토리우스가 제시한 말총을 뽑는 이야기 등이 이룩한 성과를 얻어 낼 수 있겠습니까? 미노스나 누마 왕이 꾸며 낸 이야기들로 어리석은 백성들을 다스렸다는 것은 말하지 않겠습니다.[6] 이런 어리석은 이야기들에 이끌려 무지막지하고 거센 짐승이라 할 인민들이 움직였던 것입니다. 하지만 반면 플라톤이나 아리스토텔레스의 법률 혹은 소크라테스의 가르침에 이끌려 세워진 국가가 있기나 합니까?

38   도대체 무엇이 데키우스 집안 사람들로 하여금 신들에게 스스로를 봉헌하도록 만들었습니까?[7] 무엇이 퀸투스 쿠르티우스로 하여금 깊이 팬 수렁으로 몸을 던지도록 설득했습니까? 그것은 바로 세이레네 가운데 가장 달콤한 명예욕입니다. 그런데도 명예욕은 헛된 것이라고 비난하는 현자들은 이해할 수 없습니다. 공직에 출마하되 인민들에게 속 빈 약속을 남발하고 호의를 얻고자 무상으로 곡물을 분배하며, 우매한 대중들의 환호를 좇되 청중들의 함성에 즐거워하며, 승리의 개선식을 거행하되 마치 기념품처럼 스스로를 인민들에게 보여 주며 광장에 조각상이 되어 서 있는 일보다 어리석은 일은 무엇이냐고 현자들은 힐난합니다. 또 이런 어리석음에 덧붙여 현자들은, 위대한 사람들의 성과 이름을 차용

6 크레타의 왕 미노스 혹은 로마의 제2대 왕 누마 폼필리우스는 정기적으로 신들로부터 계시를 받는다고 알려졌다.
7 푸블리우스 데키우스 무스는 기원전 343년 적들에게 포위된 로마 군대를 구해 냈다. 기원전 340년에는 죽음의 신들에게 희생물로 자기 자신과 적의 병사들을 바쳤다. 그의 아들과 손자도 로마를 위해 싸웠으며 신들에게 스스로를 희생물로 바쳤다.

하는 일에서부터, 신적인 명예를 하찮은 인간에게 부여하는 일과 잔인하기 이를 데 없는 독재자를 신의 반열에 올려놓고자 펼치는 국가적 제전을 언급합니다. 그들은 이런 어리석은 일들의 가소로움을 입증하는 데 데모크리토스 하나로는 부족하다고 조롱합니다. 누가 이를 부정하겠습니까? 하지만 용맹한 영웅들의 업적, 비범한 문장가들의 수많은 글을 통해 극찬되었던 업적은 바로 이런 것들로부터 탄생합니다. 이런 어리석음이 국가들을 탄생시켰으며, 어리석음을 통해 제국과 관리와 종교와 의회와 법원 등이 유지되어 왔으므로, 한마디로 인간 세상 모든 일들은 전적으로 어리석음의 독무대라 하겠습니다.

공예에 관해 이야기를 하거니와, 재능을 쏟아부어 후손들에게 물려줄 다양한 분야를 이룩하도록 사람들을 부추긴 것은 명성에 대한 굶주림 이외에 달리 무엇이겠습니까? 진정 어리석다 할 이들은 숱한 날들을 지새우며 비지땀을 흘리면서도, 이것이 모르긴 몰라도 어떤 것보다 헛되고 헛된 명성을 얻음으로써 보상된다고 믿었던 것입니다. 여러분은 그와 같이 커다란 어리석음에 힘입어 생활에 편리한 것들을 얻었습니다. 가장 재미있는 것은 여러분이 이렇게 일에 쏟은 타인의 광기를 먹고 산다는 점입니다.

이렇게 하여 용기와 근면이 내게서 비롯되었다는 점을 입증하였으니, 이제 신중한 처신 또한 내게서 비롯되었다는 것을 밝히면 어떨까 합니다. 혹자는 그것이 불과 물을 서로 섞는 일이라며 비아냥거립니다. 하지만 나는 이를 성공적으로

39

40

68

입증할 수 있다고 봅니다. 다만 여러분이 앞서 그랬던 것처럼 진지하게 내 말에 귀를 기울여 준다면 말입니다.

41   먼저 신중한 처신은 밝은 세상 물정에 기초합니다. 그럼 다음 둘 중에 어느 쪽에 이런 명예로운 이름이 잘 어울리겠습니까? 소심함 때문에 혹은 영혼의 유약함 때문에 아무것도 감행하지 않는 현자이겠습니까, 아니면 애초에 갖지 않은 겸손함에 구애받지 않고 미처 생각하지 못한 위험에 방해받지 않으며 아무 일에나 덤벼드는 어리석음이겠습니까? 현자는 선현들의 책 속으로 도피하여 그곳에서 세상에 물들지 않은 지혜를 익힙니다. 어리석은 자는 세상일에 뛰어들어 가까이에서 겪으며 모험을 감행하며 이로써 ── 내 생각이 틀리지 않는다면 ── 신중한 처신 방법을 얻습니다. 이 점을 호메로스도 비록 장님이었지만 알아보았습니다. 그리하여 그는 〈어리석은 자는 겪은 후에야 깨닫는다〉고 말하였던 것입니다. 사태를 파악하는 데 걸림돌이 되는 두 가지 것이 있습니다. 영혼에 구름을 드리우는 소심함과, 위험이 나타났을 때 일에 뛰어드는 것을 막아서는 두려움이 그것입니다. 하지만 어리석음은 이런 것들로부터 자유롭습니다. 소심하지 않음과 아무 일이나 감행함이 얼마나 많은 여러 가지 유익을 가져다주는지 알고 있는 사람은 많지 않습니다.

42   한편 사람들은 세상 물정을 익혀 처신의 신중함을 스스로가 갖추길 원합니다만 여러분, 부디 들으십시오, 그런 신중함을 얻었다고 자처하는 자들이 얼마나 이것으로부터 멀리 있습니까? 무엇보다 알키비아데스가 실레노스에 대하여 말했

던 것처럼[1] 인간사 모든 일들은 서로 너무나 다른 두 개의 얼굴을 갖고 있습니다. 하여 첫눈에 보기에는 죽어 있지만 자세히 들여다보면 생명이 움트고 있는가 하면, 반대로 생명인가 싶더니 죽음인 경우도 있습니다. 아름다움인가 싶더니 흉물이며, 부유한가 싶더니 지독한 가난뱅이입니다. 지청구를 듣기 십상이다 싶더니 칭찬을 받으며, 학문을 익혔는가 싶더니 무학무식한 자입니다. 용맹하고 강건한가 싶더니 허약하고 졸렬합니다. 도량이 넓고 사람됨이 장하다 싶더니 더럽고 야박하고 인색한 자입니다. 밝고 쾌활한 듯 보이나 이내 어둡고 심각합니다. 번영하는가 싶으나 이내 역풍에 내몰립니다. 친구라고 여겼으나 적으로 돌아오며, 유익하다 여겼으나 해를 끼칩니다. 짧게 말하자면 실레노스 상자를 열어 보면 겉보기와는 전혀 다른 면모가 나타납니다. 이를 내가 지나치게 철학적으로 말하고 있는 것처럼 보인다면, 속담에 이르듯이 미네르바는 쉽게 하고, 쉽게 말해 보겠습니다. 군주가 풍요로우며 나라의 주인이라는 것을 누가 부정하겠습니까? 하지만 실제 정신적 풍요는 전혀 알지 못하여 무엇에도 만족할 줄 모르니, 그는 아마도 누구보다 가난한 사람일 것입니다. 더군다나 온갖 돈 욕심에 끌려다니니 그는 비루한 노예에 지나지 않는다 하겠습니다. 동일한 여타의 예들을 열거하며 따

1 플라톤 『향연』 215a4 이하에 알키비아데스는 소크라테스를 실레노스의 조각상과 닮았다고 말한다. 겉으로 보이는 모습은 안쪽의 모습과 전혀 다르다며 알키비아데스는 소크라테스에 대한 칭송 연설을 늘어놓는다. 실레노스의 조각상은 안쪽에 다른 면모를 숨기고 있으며, 이를 열어 확인해 볼 수 있는 구조를 갖고 있었을 것으로 보인다.

져 볼 수도 있겠으나, 이 정도면 충분하다고 봅니다. 무슨 주장을 하려는 것이냐 묻는다면, 우리가 무슨 주장을 하려는 것인지 여러분은 좀 더 들어 보기 바랍니다. 관객들 앞에서 배우들의 타고난 민낯을 밝혀낸답시고 무대에 올라와 한참 연기를 하고 있는 배우들에게서 연극 가면을 벗겨 내려고 시도하는 사람이 있다면 그는 연극을 모두 망쳐 버리는 사람이며, 이런 미치광이 같은 사람을 관객 모두가 돌을 던져 내쫓는 것은 당연하지 않겠습니까? 갑자기 사태의 새로운 국면이 드러나 무대 위의 여인이 남자였음이 밝혀지고, 무대 위의 청년이 노인이었음이 밝혀지고, 전에는 임금이었으나 이제는 다마[2]와 같은 노예로 밝혀지고, 앞서 신이었으나 이제 인간으로 밝혀지면 어떻겠습니까? 이렇게 환영이 제거되면 연극은 통째로 무너질 수밖에 없는바, 관객들의 눈을 사로잡았던 것은 다름 아닌 환영과 화장이었기 때문입니다. 그러므로 인간 삶은 한낱 연극이 아니겠습니까? 그리하여 각자는 각자의 가면을 쓰고 무대로 나가 연출자가 퇴장을 지시할 때까지 자기가 맡은 배역을 수행하는 것입니다. 연출자가 다른 의상으로 갈아입고 무대로 나가도록 명하면, 과거 자줏빛 용포를 입고 군주를 연기하던 배우도 이제는 남루한 옷을 걸친 노예를 연기합니다. 이렇게 세상만사는 일체 환영이려니와, 인생 연극은 그렇게밖에 달리 이루어질 수 없습니다.

43   그런데 어떤 자가 현자랍시고 하늘로부터 떨어져 모두가

2 Dama. 호라티우스, 『풍자시』 1, 6, 38행과 2, 5, 18행과 2, 7, 54행에 등장하는 노예의 이름.

마치 신처럼, 주인처럼 떠받드는 누군가를 가리켜 그가 짐승의 법도에 따라 욕정의 지배를 받고 있으므로 그를 인간 축에 넣을 수 없으며, 욕정을 주인 삼아 온갖 추잡한 주인에게 복종하고 있으므로 비루하기 짝이 없는 노예일 뿐이라고 외친다면 어떻겠습니까? 또 세상을 떠난 아비를 잃고 슬퍼하는 누군가를 지목하여, 이승에서의 삶은 오히려 죽음일 뿐이었으며 아비의 삶은 이제부터 시작된 것이므로 이를 두고 슬퍼하는 자를 조롱하라 주장한다면 어떻겠습니까? 자기 집안의 혈통을 떠벌리는 누군가를 지목하여, 그가 덕과는 거리가 먼 사람이고 덕이야말로 고귀함의 유일한 원천이므로 오히려 비천하고 상스러운 놈이라고 부르리라 한다면 어떻겠습니까? 여타의 일들에서도 이런 식으로 그가 말한다면, 사람들은 하나같이 그를 얼빠진 광인라고 생각하지 않겠습니까? 시대와 불화하는 지혜보다 어리석은 것은 없으며, 세태를 거스르는 처신보다 신중하지 못한 것이 없습니다. 오늘의 세태에 스스로를 맞추지 못하고 세상일에 관심을 갖지 않으며 〈마시든지 떠나든지〉라는 주연의 법도에 아랑곳하지 않는 아둔패기는 연극을 두고 연극이 아니라고 주장합니다. 반대로 신중하게 처신하는 자는 인간에게 허용된 것 이상을 알고자 하지 않으며 세상 사람들이 모두 그러하듯이 짐짓 눈감아 주고 정중하게 속아 주는 척합니다. 이것이야말로 사람들의 말마따나, 나 우신에게서 비롯되는 것입니다. 나는 이를 주장하노니, 저마다 인생 연극을 살아가는 것입니다.[1]

1 43문단, 19행, 〈반대로……〉 이하는 1522년에 추가되었다(ME 32면 참조).

44 불멸의 신들이시여, 다음을 계속해서 말해야 하겠습니까? 아니면 침묵해야 하겠습니까? 이보다 진실한 진실은 없을진 대 내가 왜 입을 닫아야 하겠습니까? 이처럼 커다란 문제에 있어 내심 어쩌면 차라리 헬리콘 산의 무사이 여신[2]들을 모셔 오는 편이 낫지 않을까 싶은 것은, 시인들이 종종 실로 허무맹랑한 일들을 노래할 때에 무사이 여신들을 청하곤 하기 때문입니다. 유피테르의 따님들이여, 나 우신이 길잡이로 나서지 않는다면 누구도 저 위대한 지혜에, 사람들이 그렇게 부르는바 지고 지복의 산성에 들지 못함을 내 말하노니 잠시 곁에 있어 주시기 바랍니다.

45 먼저 모든 정열이 어리석음에 기초한다는 점은 분명합니다. 이것이 어리석은 자와 지혜로운 자를 구별하는 기준이 되는 고로 전자는 정열의 지배를 받으며, 후자는 이성의 지배를 받습니다. 그리하여 스토아학파는 모든 격정을 질병인 양 현자에게서 떼어 놓습니다. 사실 정열은 교육자로서 사람을 지혜의 문턱으로 나아가도록 보살피고, 덕의 수많은 실천에 있어 올바른 행동을 권고하며 박차와 채찍처럼 채근하는데도 말입니다. 그리하여 남들보다 갑절이나 스토아주의자였던 세네카는 실로 용맹하게 소리치며 모든 격정을 현자에게서 벗겨 내야 한다고 주장하였습니다. 하지만 그렇게 함으로써 그는 사람이라 할 수 없는바 차라리 새로운 신적 존재라고 불러야 마땅할 현자를, 어디에도 존재하지 않으며 언

---

2 이에 관해서는 헤시오도스 『신들의 계보』 1행 이하를 보라. 헤시오도스는 헬리콘 산의 샘물가에서 노래하는 무사이 여신들을 청하고 있다.

제고 존재하지 않을 존재를 창조해 냈습니다. 보다 정직하게 말하자면 실로 그는 사람 꼴을 하였으되 아무것도 느끼지 못하며 모든 인간적 감정이 결여된 대리석 조각을 현자라고 내세울 것입니다. 원한다면 물론 스토아학파는 자신들이 창조한 현자와 즐거운 시간을 보내고, 원한다면 연적(戀敵)을 두지 않고 그를 독차지하며 그와 함께 플라톤의 국가에서 혹은 원한다면 이데아 세계에서 혹은 탄탈로스의 정원에서 살아갈 수도 있습니다. 하지만 세상 사람들 가운데 이런 종류의 사람을 마치 괴물이나 요괴와 같이 여겨 도망하고 피하지 않을 사람이 어디 있겠습니까? 모든 자연의 감정에 귀를 막고, 감정이 전무하여 사랑이나 연민에 전혀 동요하지 않으며 단단한 차돌 혹은 파로스 섬[1]의 바위처럼 서 있고, 어떤 실수도 저지르지 않으며 어떤 잘못도 범하지 않고, 마치 륑케우스[2]처럼 어떤 것도 놓치지 않으며 모든 것을 빈틈없이 포착하여 어떤 것도 용서하지 않고, 스스로 자족하여 저 홀로 만족하며 저 홀로 건전하며 저 홀로 군주이며 자유인인바, 한마디로 모든 것에 있어 저 홀로의 생각에 따라 저 홀로일 뿐이니

1 희랍 서정시인 아르킬로코스의 출생지로 알려진 섬. 좋은 대리석이 생산되는 것으로 유명하다.

2 륑케우스는 그의 동생 이다스와 함께 〈아르고 호의 모험〉과 〈칼뤼돈의 멧돼지 사냥〉에 참여한 영웅으로 매우 탁월한 시력을 갖고 있어 멀리 있는 사물을 정확하게 봄은 물론 하계까지 볼 수 있었다고 전한다. 로도스의 아폴로니우스가 지은 서사시 『아르고호 이야기』(강대진 옮김, 작은이야기, 2010) 제1권 151행 이하, 〈한편 아파레우스의 아들들, 륑케우스와 자만심 높은 이다스도 아테네로부터 왔다. 이들은 둘 다 엄청난 힘으로 자신만만하였다. 그런데 륑케우스는 날카로운 눈으로 매우 뛰어났다. 만일 저 사람이 땅속 저 아래까지 쉽사리 분간한다는 소문이 사실이라면.〉

전혀 친구를 갖지도 저 자신이 친구가 되지도 않고, 심지어 신들조차 무시하기 일쑤이며 인간 세상의 모든 일들을 병들었다 비난하고 조롱하는 사람을 말입니다. 따라서 저들이 주장하는 완벽한 절대 현자는 짐승 같은 존재일 것입니다. 문거니와 만일 이를 투표에 부친다면, 어느 나라에서 이런 짐승 같은 관리를 선출하며, 어떤 군대가 그런 장군을 선택하겠습니까? 어느 여인이 이런 사내를 남편으로 섬기며, 어떤 손님이 이런 자와 동석하여 잔치를 즐기며, 어떤 노예가 이런 성격의 주인을 모시겠습니까? 이와는 반대로 누구든 어리석고 어리석은 사람들 가운데 한 명을 선출하지 않겠습니까? 저 스스로 어리석은 자로서 어리석은 자들을 다스릴 줄 알고, 다른 한편으로 자신과 닮은 어리석은 자들을 기쁘게 할 요량으로 그들의 말을 들을 줄 아는 사람을 말입니다. 아내에게 상냥하고 친구들에게 다정하며, 달가운 손님이자 쉽게 사귈 수 있는 식탁의 벗이며, 궁극적으로 세상만사 여기저기에 참섭하지 않으면 안 된다고 생각하는 사람을 말입니다. 현자라는 신물 나는 것들에 대해서는 이쯤에서 마무리하고, 나머지 다른 유익한 것으로 말을 돌리고자 합니다.

46   만약 누군가 하늘 높은 전망대에서 인생을 내려다본다고 한다면 ― 시인들은 유피테르가 그렇게 한다고들 합니다만 ― 아무튼 인간 삶이 얼마나 많은 재앙들로 피폐하고 가련한지, 출생은 얼마나 불결한지, 양육은 얼마나 힘겨운지, 소년은 얼마나 많은 불의에 노출되어 있는지, 청년은 얼마나 많은 노고를 겪어야 하는지, 노년은 얼마나 고단하며, 죽음은

얼마나 엄연한 운명인지, 하여 인생을 살아가는 내내 얼마나 많은 질병들이 떼를 지어 덤벼들며, 얼마나 많은 불운들이 위협하며, 얼마나 많은 재난들이 닥치는지를 알게 될 것이며, 경험하는 일이라고는 오로지 지독하게 쓰디쓴 시련뿐임을 보게 될 것입니다. 또한 인간이 인간에게 저지르는 악행들인바, 착취, 감금, 조롱, 능욕, 고문, 흉계, 기만, 비난, 무고, 사기 등을 볼 것입니다. 나로서는 이루 헤아릴 수 없을 정도이며 마치 〈모래밭에서 모래알을 셈〉하는 꼴입니다. 도대체 인간들은 어떤 업보를 쌓았기에 이런 고난을 겪어야 하는 것이며, 신들 가운데 누가 분노하였기에 인간들을 이런 고통 가운데 태어나게 만들었습니까? 이 문제를 지금 이 자리에서 길게 논할 것은 아닙니다. 아무튼 이런 인생의 형편을 곰곰이 생각해 본 사람이라면, 가히 가여운 예이겠으나 밀레토스의 처녀들이 과연 자살할 만했겠다고 받아들일 것입니다.[1] 그렇다면 과연 이런 삶의 힘겨움 때문에 스스로 목숨을 끊은 자들은 대개 누구였습니까? 이는 지혜와 관련되어 있습니다. 그 가운데 디오게네스, 크세노크라테스, 카토 집안, 카시우스 집안과 브루투스 집안은 말할 것도 없고, 굳이 죽으려 하지 않았다면 영생 불사할 수도 있었을 키론이 끼어 있기에 말입니다.[2] 따라서 여러분은 사람들이 지혜롭게 되면

1 플루타르코스가 전하는 바에 따르면 한때 밀레토스의 처녀들이 거듭 광기에 빠져 자살을 저지르는 기이한 일이 발생했다고 한다. 이런 이상한 일은 자살한 사람의 시신을 벌거벗겨 광장에서 누구나 볼 수 있게 한다는 칙령과 함께 사라졌다.

2 여기 언급된 사람들은 고대에 자살한 것으로 알려진 사람들이다. 키론

장차 어떤 일이 벌어질지를 충분히 예측하실 수 있을 것입니다. 향후 진흙이 필요할 것이며, 제2의 프로메테우스가 흙을 빚어야 할 것입니다. 하지만 나 우신은 부분적으로 무지와 더불어, 또는 일부 아둔함을 통해, 경우에 따라서는 고통의 망각에 힘입어, 때로 행복의 희망을 빌미로, 그러니까 온갖 쾌락들로 꿀을 발라 가며 이런 엄청난 고난 가운데 인생이 목숨을 스스로 끊지 않고 살아가도록 돕고 있습니다. 운명의 여신들이 물레를 더 이상 돌리지 않으며 세상이 인생들을 버렸을 때, 그리하여 이 세상에 머물 하등의 이유가 남지 않았을 때조차 이 몸은 그들이 살아가도록 돕는 것입니다. 누구도 인생의 고단함을 느끼지 못하도록 만들어 주면서 말입니다.

47　　이런 놀랄 것도 없는 나의 능력 덕분에 여러분은 네스토르의 나이에 이른 노인들을 볼 수 있는 것입니다. 사실 그 정도 연령에 이른 노인들에게는 인간다운 면모가 싹 사라지고 없는바, 언어 능력은 떨어지고 사고 능력에도 이상이 생기고 치아는 빠져나가고 머리는 백발이거나 번들하여, 아리스토파네스는 노인네들을 묘사하여 이르되, 냄새나고 구부정하고 볼품없고 쭈글쭈글하고 번대머리에 입은 합죽대며, 고자나 진배없다[3] 했습니다. 하지만 그럼에도 불구하고 나로 인

은 켄타우로스족의 한 명으로 헤라클레스와 아킬레우스를 가르친 것으로 유명하다.

　3 〈고자나 진배없다〉라고 번역한 희랍어는 사실 그 뜻이 모호하다. 어떤 의미에서는 〈발기하여 귀두가 드러나다〉라는 뜻으로 쓰이기도 한다. 여기서는 문맥을 살펴 성기능이 없어졌다는 뜻으로 읽었다.

해 노인네들은 아직까지 쾌락을 추구하며 청춘을 구가합니다. 머리를 염색하기도 하고 남의 머리카락을 덧써 대머리를 숨기기도 하고 아마도 돼지에게서 빌려 온 틀니를 끼우기도 하고,[1] 젊은 처자에게 빠져 가련하게도 사랑을 앓으며 어리석은 연애질에 있어 여느 젊은이를 능가합니다. 이제 관에 들어갈 지경이 된 산송장 같은 노인네도 지참금을 불문하고 샛서방을 용인할망정 — 이는 흔히 있는 일이며 심지어 때로 자랑거리가 되기도 합니다 — 어리고 어여쁜 여인을 아내로 맞아들이곤 합니다.

그런데 이보다 더 재미난 일은 오랜 노년으로 죽음을 바라보며 송장이 무덤에서 다시 나왔다 할 만큼 흉물스러운 할망구들이 노상 입에다 〈빛이여, 안녕〉[2]을 달고 다닌다는 사실입니다. 여기에 보태어 희랍말로 〈카프룬〉[3]이라고 하는바 발정 난 암캐처럼 걸근대는 일, 대단한 화대를 지불하고 청년 파온을 끌어들이는 일,[4] 연지 곤지를 얼굴에 찍어 바르며 거울 앞에 붙어 있는 일, 치부의 음모를 뽑아 정리하며 말라붙어 볼품없는 유방을 드러내는 일, 감탕질로 늘어진 성욕을

48

1 당시 틀니는 치아의 기능 없이 다만 미관을 위해 사용되었을 것이다(ME 109면 참조).
2 이중의 의미를 지닌다. 늙은 할망구가 어둠으로 자신의 모습을 감추고 사랑을 나누기 위해 등잔불을 끄면서 외치는 인사말일 수도 있으며, 다른 한편으로는 그 이후 다시 보는 빛을 향해 생명의 기쁨을 표현하는 말일 수도 있다(ME 109면 참조).
3 καπροῦν. 이는 〈열매를 맺다〉와 〈즐기다〉를 뜻하는바, 에라스무스의 설명은 잘못되었다.
4 전설에 따르면 파온은 레스보스의 시인 사포의 연인이었다.

부추기는 일,[5] 술 마시며 이팔청춘 처녀들에 끼어 춤을 추는 일, 사랑의 편지를 쓰는 일 등을 펼칩니다. 이 모든 일은 모두로부터 가소롭다 조롱을 당하며 보시다시피 어리석음의 소치인바, 그녀들은 저 혼자 좋아 즐거워하며 지극한 쾌감을 만끽하며 전신에 온통 꿀을 바른 듯 살아갑니다. 그러므로 전적으로 나 우신의 덕분으로 그녀들은 행복해합니다. 행여 모든 것들이 지극히 웃기는 꼬락서니라고 여겨진다면, 그녀들이 이런 어리석음 가운데 삶을 달갑게 보내는 것이 좋겠는지 아니면 속담에 이르듯 목을 맬 대들보를 찾는 게 낫겠는지 고민해 보길 바랍니다.

49   물론 많은 사람들은 이런 일들을 불명예스러운 수치라고 하겠지만, 나 우신의 추종자들에게는 하등 문제 될 것이 없는바, 이들은 이를 전혀 치욕으로 생각하지 않으며, 설령 그렇게 생각하더라도 전혀 이에 괘념치 않기 때문입니다. 만약 돌멩이가 날아와 머리를 때린다면 이는 나쁜 일입니다. 하지만 비난, 욕설, 모욕, 비방 등은 사람이 어떻게 받아들이느냐에 따라 달렸습니다. 전혀 나쁜 일로 여기지 않는다면 그 모두가 대수롭지 않을 수 있습니다. 스스로가 자신을 박수로써 격려한다면 만백성이 야유를 보낸다 한들 그게 무슨 아픔이겠습니까? 아무튼 이런 일을 가능케 하는 것은 오로지 나 우신의 성취라 하겠습니다.

50   이쯤 되면 철학자들이 들고일어날 것이라 나는 생각합니

5 〈말라붙어 늘어진 유방〉은 호라티우스 『조롱시』 8, 7행을, 〈성욕을 부추기는 일〉은 호라티우스 『서정시』 4, 13, 5행을 보라.

다. 어리석음을 부여잡고 깨닫지 못한 채 잘못 알고 속으며 무지 가운데 살아가는 것, 그런 것은 불행한 일이라고 철학자들은 말하지만 인간이란 원래 그런 존재입니다. 철학자들이 왜 이것을 불행이라고 부르는지 나는 도무지 이해할 수 없습니다. 여러분은 그렇게 태어나 그렇게 양육되고 그렇게 가르쳐졌으니, 이것은 모두에게 공통된 처지입니다. 새처럼 날지 못하기 때문에, 여타 가축들처럼 네발로 걷지 못하기 때문에, 황소처럼 뿔로 무장하지 않았기 때문에 인류가 불행다고 말한다면 모를까, 어떤 것도 자신의 본성을 따른다 하여 불행하다 할 수 없습니다. 그런 식의 논리라면, 아름답긴 하지만 문법을 모르며 과자를 즐길 수 없기 때문에 말은 불행하다, 씨름을 즐길 수 없기 때문에 황소는 불행하다 해야 할 것입니다. 말의 입장에서 문법을 모른다고 해서 전혀 불행할 것이 없는 것처럼, 인간의 입장에서 어리석음은 하등 불행일 수 없습니다. 그것이 인간의 천품인 까닭입니다.

그런데도 입씨름에 달통한 철학자들은 주작부언, 인간에게 는 특별히 학문적 능력이 주어졌으며, 이에 힘입어 자연이 부여하지 않은 것일지라도 쟁취할 수 있다고 주장합니다. 자연이 모기는 물론이려니와 들풀과 들꽃을 만들면서는 정신을 바짝 차렸건만, 유독 인간을 만들 차례에는 졸다 실수하여 결국 인간에게 학문이 필요하게 되었다는 식으로, 그들은 마치 이를 사태의 진상인 양 설레발칩니다. 하지만 학문은 인류에게 분노한 신 테우트에 의해 만들어져 결국 인간들에게 끔찍한 파멸을 초래하였을 뿐 행복에 기여한 바가 없는 물건이며,

플라톤의 대화편에서 어떤 현명한 왕이 솜씨 있게도 글자의 발명에 반대하였듯이, 행복을 위해 발명되었다곤 하지만 오히려 그것을 이루는 데 방해가 되는 물건에 지나지 않습니다.[1] 학문은 인간 삶을 좀먹는 여러 병폐들 가운데 하나인데, 인간에게 온갖 해악을 초래한 못된 정령들이 또한 학문을 창출하였는바, 못된 정령을 가리키는 희랍어 〈다이몬〉은 원래 〈현자〉를 의미합니다.[2] 어떤 학문도 존재하지 않았으며 다만 자연이 이끄는 대로 살아가던 시절, 그 소박했던 때를 황금시대라 하겠습니다. 모두가 같은 언어를 사용하며 의사소통 말고는 언어로 달리 아무것도 추구하지 않던 때에 도대체 문법학이 왜 필요했겠습니까? 서로 의견을 달리하여 다툴 일이 없던 그때에 도대체 논리학이 무슨 소용이었겠습니까? 누구도 타인과 협상을 벌일 문제가 없던 때에 수사학은 무슨 아랑곳이며, 진정 부도덕이 존재해야 이를 다스릴 선량한 법률이 생겨나는 법이거늘 하물며 법학은 있었겠습니까? 당시 사람들은 경건하였기로 불경한 호기심에 이끌려 자연의 비밀을, 천

1 플라톤 『파이드로스』 274c 이하에서 소크라테스는 이집트의 나우크라티스 지방 토착신인 테우트 신화를 들려준다. 테우트는 수와 계산법과 기하학과 천문학, 장기 놀이, 주사위 놀이를 발명하였으며 문자도 만들었다. 테우트가 이집트를 다스리던 타무스 왕에게 이것들을 인간들에게 보급하자고 말하자, 왕이 그것들에 관해 자세히 물었다. 마침내 이야기가 문자에 이르자, 문자가 사람들의 기억 능력을 높여 줄 것이라는 테우트의 주장에 반하여 타무스 왕은 그것이 오히려 애초에 갖고 있던 기억의 능력마저 쓸모없게 만들 것이라고 반박했다(조대호 옮김, 문예출판사, 2008, 140면 이하).

2 희랍어 δάω는 〈가르치다〉의 의미를 지닌다. 이를 *daemon*의 어원으로 본 것은 플라톤에서 비롯된다. 영어의 *demon*은 흔히 〈악령〉을 의미하지만 어원적으로는 〈정령〉을 가리킨다.

문의 조화와 운동과 영향을, 사물의 숨겨진 원리를 찾아낼 엄두도 내지 않았으며, 필멸의 인간이 주제에 걸맞지 않게 현명해지려고 하는 것은 옳지 않은 일이라 생각했습니다. 하늘 저 너머에는 무엇이 있을까 묻는 탐구의 광기가 아직 마음속에 자리 잡지 않았습니다. 하지만 서서히 황금시대의 순수함이 사라져 감에 따라 내가 앞서 말한 바와 같이 못된 정령들이 학문을 만들어 냈으나, 처음에 학문 분야는 소수였고 소수만이 이를 배웠을 뿐입니다. 그런데 바빌로니아 사람들[1]의 점성술과 희랍 사람들의 백해무익한 경박함이 이를 6백여 개로 늘려 인생이 짊어질 십자가의 형벌만을 보태어 놓았습니다. 실제 문법 하나만으로도 인간에게 형극의 고통을 끊임없이 가하는 데는 충분하고도 넘치는데 말입니다.

아무튼 이런 학문들 가운데 그래도 가능한 한 대중적인 상식에 접근한 것일수록, 그러니까 어리석음에 가까운 것일수록 더욱 큰 가치를 인정받습니다. 하여 신학자들은 밥벌이가 없어 굶주리며, 과학자들은 추위에 떨며, 천문학자들은 남우세를 받으며, 논리학자들은 업신여김을 당하고 있는 상황에 오로지 의사만이 만군(萬軍)의 가치를 누립니다.[2] 의업에 종사하는 사람들도 무식하고 무모하며 경솔할수록 명성이 높으며 훈장을 단 고관대작들에게 큼직한 상을 받습니다. 오

52

1 원문에 〈칼다이아 사람들Chaldaei〉로 되어 있으나, 칼다이아 지방은 바빌로니아 지방에 속한다. 바빌로니아는 점성술로 유명하다(호라티우스 『서정시』 1, 11, 2행 이하를 보라).
2 호메로스 『일리아스』 제11권 514행과 플라톤 『향연』 214b에 인용되어 있다.

늘날 어중이떠중이 아무나 펼쳐 보이는 의학이란 수사학과 다를 바 없는 아첨술의 하위 분과에 지나지 않습니다.[3] 의사 다음 자리는 법률가들에게 주어져 있습니다만, 어찌 보면 첫 번째 자리를 차지하고도 남습니다. 법률가라는 직업은, 철학자들이 대개 이구동성 조롱하는 것처럼, 이런 말을 내 입에 올리긴 싫지만, 멍청한 당나귀들이 차지하고 있습니다. 그럼에도 불구하고 이들 당나귀들의 처결에 따라 크고 작은 문제들이 결정되고 그에 따라 그들의 재산이 점차 자라납니다. 그사이 신과 관련된 온갖 문서들을 샅샅이 파고들어 꼼꼼히 읽어 보는 신학자는 콩을 쪼개 먹으며 벼룩과 이를 상대로 생사를 건 전쟁을 치러야 하는데 말입니다.

이렇게 어리석음과의 친연성이 큰 학문일수록 그만큼 만고에 복되고 복되다고 하니, 따라서 일체 학문과 거래를 끊고 다만 자연이 이끄는 대로 따르는 사람들은 모든 사람들 중에 가장 행복한 사람들입니다. 인간이 주제넘게 그 경계를 범하는 경우라면 모를까, 자연은 모든 면에서 결코 부족함이 없습니다. 자연은 위장을 싫어하며, 일체 학문적 위해를 입지 않은 자연 그대로가 훨씬 더 행복합니다. 그렇다면 묻거니와, 여러분은 학문이라는 것은 전혀 알지 못하고 자연 이외의 어떤 것도 따르지 않는 동물들이 나머지 다른 동물들보다 행복한 삶을 누리고 있다고 생각하지 않습니까? 신체적으로 모든 감각들이 전혀 주어진 것은 아니지만 꿀벌은 누구보

---

3 플라톤 『고르기아스』 463a 이하에서 소크라테스는 수사학을 아첨술과 함께 거짓된 학문으로 여겼다.

다 행복하고 놀라운 삶을 살지 않습니까? 어떤 건축가가 있어 이들이 만들어 놓은 것과 유사한 건물을 세울 수 있으며, 어떤 철학자가 있어 이들이 이룩한 국가를 건설할 수 있습니까? 반대로 말은 인간적 정서에 가까워지며 인간들의 공동생활에 익숙해졌기에 인간들이 겪는 재앙을 함께하게 되었습니다. 종종 창피를 당하는바, 경주에 참여해서는 〈늘어진 배를 질질 끌고〉,[1] 전투에 참여해서는 승리를 찾아 헤매다 크게 상처를 입고 쓰러져 말 탄 사람과 함께 〈입으로 대지를 깨물게〉 됩니다.[2] 늑대 이빨을 한 재갈, 가시 돋은 박차, 감옥과 같은 마구간, 가죽 채찍, 작대기, 고삐, 마부 등, 말이 사나운 인간들을 흉내 내어 무참히 적들에게 복수하려다가 스스로 뒤집어쓴 굴종의 비극을 내가 일일이 언급할 필요는 없을 듯합니다. 무엇보다 바람직한 삶은 파리와 새의 삶이라 하겠습니다. 이들은 인간이 놓은 덫에 걸리지 않는 한 짧은 삶이나마 오로지 자연에 따라 살아갑니다. 새장에 갇혀 인간들의 언어와 소리를 배우게 된 새가 타고난 빛나는 제 목소리를 잃게 되는 것은 놀라울 것도 없습니다. 어떤 경우든지 자연이 창조한 것은 학문적 가공이 꾸며 놓은 것보다는 모든 측면에서 행복합니다.

이런 뜻에서 수탉의 몸으로 환생한 피타고라스는 최고의   54

1 호라티우스 『서간시』 1, 1, 9행 이하. 호라티우스는 폐병을 앓는 늙은 말이 숨이 차서 헐떡이는 모습을 〈배를 끌다〉라고 표현하였다.
2 베르길리우스 『아이네이스』 제11권 418행 이하. 베르길리우스는 전투에서 쓰러져 죽는 것을 〈대지를 이빨로/입으로 깨물다〉라고 표현하였다. 이는 호메로스에서도 마찬가지로 등장한다.

찬사를 누릴 만합니다. 그는 철학자, 사내, 아낙네, 임금, 평민, 물고기, 말, 개구리, 심지어 해면 등 온갖 모습으로 환생을 두루 경험하고 나서, 인간보다 불행한 동물은 없노라 결론을 내렸습니다. 이유인즉 여타의 동물들은 자연이 부여한 한계에 만족하고 있는 반면, 인간만은 유별나게 자신의 한계를 벗어나려고 애쓰기 때문이랍니다. 그래서 피타고라스는 인간이 된다면 많은 측면에서 배우고 힘 있는 자보다는 차라리 그렇지 않은 사람이 되기를 바랐던 것입니다.[3] 또한 〈꾀가 많은〉 오뒷세우스보다 훨씬 더 현명했던 그륄루스는 차라리 돼지우리에서 꿀꿀거리며 지내길 원했으며 그래서 오뒷세우스 곁에서 수많은 고생을 감당하길 거부하였던 것입니다.[4] 이런 의견들에 대하여 허무맹랑한 이야기들의 아비인 호메로스도 다른 견해를 갖고 있는 것 같지는 않습니다. 그는 때로 모든 인간들을 가련하다고 지칭하였으며, 특히 현자의 모범인 오뒷세우스조차 호메로스는 불운한 자라고 호명하였습니다. 하지만 파리스나 아이아스나 아킬레우스는 그렇지 않았습니다. 이는 어찌 된 영문입니까? 이는 오뒷세우스가 꾀가 많고 재주가 뛰어났으며 팔라스 여신에 버금가는 지혜를 가졌으며, 하여 자연의 가르침에서 아주 멀리 벗어나 지나치게 현명한 탓이라 하겠습니다.

55   지혜를 찾아 골몰하는 자들은 인간들 가운데 행복으로부

---

3 루키아노스의 『꿈 혹은 수탉』이라는 작품에서 수탉으로 환생한 피타고라스는 뮈킬로스라는 사람에게 가난을 칭송하는 이야기를 들려준다.

4 그륄루스는 오뒷세우스의 부하로 키르케에 의해 돼지가 되었다. 〈꾀가 많은〉이라는 수식어는 『일리아스』 이래 오뒷세우스에게 붙는 별명이다.

터 가장 멀리 떨어진 사람들입니다. 이들은 실로 두 배나 어리석은 것입니다. 우선 인간으로 태어났기 때문이며 또 그럼에도 불구하고 인간의 조건을 망각하고 불멸의 신들이 누리는 삶을 추구하며 신들에게 덤볐던 거인족처럼 학문의 힘으로 만든 기계로서 자연에 덤벼들어 전쟁을 벌이기 때문입니다. 반면 야생 짐승의 천성인 어리석음을 될 수 있는 한 흉내 내며 결코 인간의 한계를 넘어서려 하지 않는 사람들은 그럼에도 가장 덜 불행하다고 하겠습니다. 그럼 이제 이를 스토아학파의 삼단 논법을 동원해서가 아니라 단지 무식한 예를 하나 들어 증명해 보일까 합니다. 신에게 맹세코 말하거니와, 흔히 멍청이, 바보, 얼간이, 천치[1] 등 내 보기에는 무척 아름다운 호칭들로 이름 불리는 이들은 무엇보다 행복한 존재들입니다. 일견 내가 어리석고 불합리한 주장을 펼치는 듯 보이겠지만, 이것이야말로 무엇보다 진리에 가까운 진리입니다.

우선 이들은 죽음에 대한 두려움이 없으며, 고로 유피테르 56
에게 맹세코 적지 않은 고통에서 해방된 사람들입니다. 양심의 가책으로부터 자유롭습니다. 귀신 이야기에 두려워하지 않으며 두억시니나 야차에도 겁을 먹지 않습니다. 목전에 다가온 불행에 두려워 떨지 않으며, 장차 다가올 행복에 들떠나대지 않습니다. 한마디로 우리 삶에 찌들어 있는 수천 가지 근심 걱정들에 바둥거리지 않습니다. 창피한 줄도 모르고, 두려운 줄도 모르며, 야심이나 질투를 모르며, 욕심도 부

---

1 여기서 〈천치〉로 번역한 단어는 〈비름blitum〉에서 파생된 단어로, 직역하자면 〈비름나물처럼 맛이 없다〉라는 뜻으로 이해할 수 있다.

리지 않습니다. 미욱한 판단력을 보건대 차라리 들에 사는 뭇짐승에 가까우며, 신학자들은 이들이 책임을 묻고 죄를 따질 만한 짓을 하지 않았다 하였습니다. 어리석은 현자여, 당신의 영혼이 전전반측 밤낮으로 사념에 시달릴 적이면 나를 생각할 것이며, 당신이 겪은 온갖 불행들을 한자리에 모을지니 이로써 마침내 당신은 내가 나의 어리석은 종자들에게서 얼마나 많은 고통을 덜어 냈는지를 알게 될 것입니다. 덧붙여 말하거니와 내 종자들은 늘 스스로 즐거워하며 장난치며 노래하며 웃을 뿐 아니라 어딜 가나 모든 이들에게 유쾌함과 흥겨움과 즐거움과 웃음을 선사합니다. 이들은 마치 인간사의 지루함을 신명 나게 풀어 주도록 베풀어진 신들의 선물이 아닌가 싶습니다. 각자 여러 가지로 타인에 대해 감정을 갖기 마련이지만 누구나 하나같은 것은 이들을 제 식구인 양 생각하며 기다리며 대접하며 총애하며 보호하며, 필요한 경우에 후원하며, 무엇을 말하든 행하든 벌하지 않고 용서한다는 것입니다. 더불어 누구도 이들에게 상해를 입히려 하지 않으며, 심지어 사나운 짐승들조차 이들의 순진무구함을 본능적으로 알아채고 이들을 괴롭히지 않습니다. 실로 이들은 신들의, 특히 나의 충복들인 고로 이들 모두가 주변으로부터 그와 같은 명예를 누리는 것은 정당하다 하겠습니다.

57 　한편 이들은 위대한 군주들로부터도 아낌을 받습니다. 어떤 군주들은 이들이 없으면 식사를 거르기도 하고, 행차에 나서지도 않으며 전혀 혹은 한시도 견디지 못합니다. 적잖이 군주들은 바보들을 너무도 총애하는 나머지 심각한 표정

의 현자들보다 귀하게 여깁니다. 후자는 체면 유지상 어쩔 수 없이 옆에 두지만 말입니다. 어찌 군주들이 바보들을 선호하는지, 그 이유는 이론의 여지가 없이 명백하며 그다지 놀랄 것도 없는 일이라고 생각합니다. 그것은 현자들이 군주들에게 오로지 심각한 것만을 말해 버릇하고, 주저하는 기색 없이 함부로 제 학식을 과신하여 쓰라린 진실을 군주의 여린 귀에 기회가 닿을 때마다 박아 넣으려고만 하기 때문입니다. 반면 어릿광대들은 군주들이 언제나 듣기 원하는 것, 농담과 웃음과 폭소와 유흥만을 제공합니다. 또 하나 여러분은 알아야 하는바, 바보들이 제공하는 무시할 수 없는 선물이 있는바, 유일하게 그들만이 순진하게 있는 그대로를 말하는 사람들이라는 점입니다. 있는 그대로의 진실보다 칭송받을 만한 것은 무엇입니까? 플라톤에서 알키비아데스가 속담을 인용하여 술과 어린아이에게 진실을 할당하였지만, 이런 칭송 모두는 마땅히 내가 가져가야 합니다.[1] 이에 대해 에우리피데스의 유명한 언명을 증거로 제시하는바, 그는 〈사람이 어리석으니 말하는 것이 어리석다〉고 노래하였습니다.[2] 즉 어리석은 사람은 가슴에 품고 있는 것이 무엇이든 있는 그대로 얼굴에 드러내며, 말로 표현합니다. 하지만 현자들의 혀는

---

1 플라톤 『향연』을 그대로 옮기면 알키비아데스는 진실을 술에게만 돌렸다. 〈술과 어린아이들이 진실을 말한다〉는 속담 내용 가운데 알키비아데스는 〈어린아이들〉이 진실을 말하고 있는지 아닌지에 관해서는 모르겠다는 태도를 보인다. 따라서 에라스무스의 『향연』 해석은 정확하다고 보기 어렵다.

2 에우리피데스 『박코스의 여인들』 369행에서 〈어리석은 자〉는 테베의 왕 펜테우스를 가리킨다.

두 개인지라, 에우리피데스가 이를 잘 상기시켜 주었는데, 그 가운데 하나로는 진실을 이야기하며, 다른 하나로는 그때마다 편리하다고 생각하는 것을 이야기합니다. 현자들은 흰색도 검다 말하며, 차다 했다가 같은 입으로 금세 뜨겁다 바꾸며, 진심은 가슴속 깊이 숨겨 둔 채 거짓부렁을 지어내곤 합니다. 그러므로 군주는 커다란 행복들 가운데 산다고들 하지만, 진실을 말해 줄 사람들 없고 아첨꾼들만을 친구로 가진 군주는 가장 불행한 자라고 할 것입니다.

58   혹자는 군주들의 귀는 진실을 두려워한다고 주장합니다. 바로 이런 이유에서 군주들은 현자들을 피하는데, 그들 중에 즐거운 것이 아닌 있는 그대로의 진실을 말하기에 서슴지 않을 만큼 자유분방한 자가 행여 끼어 있을까 두려워하기 때문이라고 합니다. 이런 주장이 일면 그르다 할 수 없는 것이, 사실 군주들이 진실을 기피하기 때문입니다. 그런데도 내 어리석은 종자들은 놀라운 능력을 발휘하여 있는 그대로의 진실을 말하며 소리 높여 아우성을 지르지만 군주들은 오히려 이를 즐겁게 듣습니다. 만일 똑같은 소리가 현자의 입술을 넘어 나왔다면 이는 목숨을 잃을 일이지만, 바보의 입술을 넘은 경우에는 불가사의한 즐거움을 동반합니다. 왜냐하면 진실은 본래 사람들을 즐겁게 하는 힘을 가지고 있기 때문입니다. 물론 이때 듣는 사람이 마음 상하지 않도록 접근해야 하는데, 이런 능력은 신들께서 오로지 내 어리석은 종자들에게만 허락하였습니다.

59   아마도 이런 능력 덕분에 바보들은 여인네들에게 값진 즐

거움을 제공하는 것이 아닐까 합니다. 타고나길 여인네들은
시시하고 객쩍은 소리에도 즐거워합니다. 그리하여 그녀들
은 바보들과 동침하며 때로는 크게 걱정할 일을 잉태하기도
하지만 이마저도 그저 가볍고 즐거운 경험으로 치부해 버리
는바, 제가 벌여 놓은 말썽을 감쪽같이 가무리는 데 능수능
란한 재주를 타고난 것이 암컷입니다.

다시 바보들의 행복을 얘기하자면 그들은 재미나게 인생   60
을 살고 나서, 죽음에 대한 두려움이나 심지어는 자각조차
없이 엘뤼시움의 땅으로 곧바로 떠나갑니다. 그들은 그곳에
와서 계속해서 유쾌한 장난으로 편안하게 쉬고 있는 경건한
영혼들을 즐겁게 합니다.

그럼 여기서 현자의 운명과 바보의 운명을 비교하도록 하   61
겠습니다. 먼저 현자의 표본을 상상해 보십시오. 여러분의 현
자는 유년 시절과 사춘기를 내내 학문을 익히는 데 쏟아부었
을 것이며, 인생의 가장 달콤한 시기마저 밤을 새워 노심초사
진력을 다해 학업에 헌납하였을 것이며, 그 외 인생 모든 부
분에서 낙숫물만큼의 쾌락도 맛보지 못했을 것입니다. 늘 가
난하고 궁핍하고 쓸쓸하고 우울했을 것이며, 자신에 대해 엄
격하고 가혹하며 남들에게 신랄하고 잔혹했을 것이며, 창백
하고 수척하고 몸은 쇠약하고 눈은 침침하여 조로(早老)에
조백(早白)하고 조졸(早卒) 또한 면치 못했을 것입니다.[1] 결코

---

[1] 호메로스 『오뒷세이아』 제19권 360행 이하에서 페넬로페는 에우뤼클
레이아에게 오뒷세우스의 발을 씻겨 줄 것을 명령하며 〈사람은 고생을 하게
되면 금세 늙어 버리니까요〉라고 말하고 있다.

한 번도 제대로 살았다 할 수 없는 인생인 것을 죽는다 한들 다를 게 무엇이겠습니까? 이게 현자의 탁월한[2] 초상입니다.

이에 〈스토아철학자 개구리들〉[3]이 내게 다시 한 번 개굴거립니다. 그러면서 무엇보다 가련한 것이 광기로다 개굴개굴 소리칩니다. 그런데 어리석음 가운데 가장 뛰어난 어리석음 은 사실 광기에 가까우며, 차라리 광기 그 자체라 할 수도 있습니다. 사실 정신머리가 어수선한 것과 미친 것을 어찌 다르다 하겠습니까? 스토아 개구리들의 주장은 심하게 길에서 벗어났습니다. 그럼 자, 이들의 삼단 논법을 무사이 여신들의 도움을 받아 분쇄하도록 하겠습니다. 나름 꽤 정교하게 논의를 전개하긴 했지만, 플라톤에서 소크라테스가 베누스 여신과 쿠피도를 둘로 나눈 것처럼,[4] 이들 논리주의 개구리들도 제정신이었다면 광기를 다른 광기와 구별했어야 합니다. 다시 말해 모든 광기가 그 자체로서 재앙은 아니라는 것입니다. 그랬다면 호라티우스는 〈아니면 사랑스러운 광기가 나를 속이는가?〉라고 노래하지 않았을 것이며, 플라톤도 예언자 시인들의 광기를 삶에 절실히 필요한 것으로 여기지 않

2 〈탁월한〉이라는 말을 통해 현자의 초상을 대단히 탁월하게 묘사한 자신의 능력을 우선 스스로가 자랑스러워하고 있음을 알 수 있다(ME 117면 참조).
3 일반적으로 〈스토아철학자들〉의 동의어로 쓰인 표현이다. 개구리는 시끄럽게 떠들어 대는 희극적 존재로 인식되었다.
4 플라톤 『향연』 180d 이하에서 파우사니아스는 아프로디테를 둘로 나누어 〈천상의 아프로디테〉와 〈범속의 아프로디테〉로 구분하며, 이에 상응하여 에로스 또한 둘로 나눈다. 〈천상의 아프로디테〉와 그에 속하는 에로스는 육체가 아닌 정신적 결합에서 만족을 얻는다(강철웅 옮김, 이제이 북스, 2010, 73면 이하).

았을 것이며, 무녀는 아이네아스의 과업을 미친 짓이라 부르
지 않았을 것입니다.[1]

참으로 광기는 두 종류입니다. 하나는 저승에서 온 복수   63
의 여신들이 뱀을 풀어 전해 주는 것으로 전쟁의 욕망, 채워
지지 않는 황금의 갈증, 추악하고 저주스러운 애욕, 부친 살
해, 근친상간, 신전 약탈 등과 같은 역병을 인간 영혼에 불어
넣을 때마다 혹은 복수의 여신들이 양심에 시달리는 죄인을
공포와 귀신 아가리로 위협할 때마다 인간에게 생겨나는 것
입니다. 다른 하나는 이와는 전혀 다른 것으로, 확신하건대
나 우신으로부터 시작되는 것이며 모두가 이를 얻지 못해 안
달하는 것입니다. 이것은 정신의 유쾌한 망상이 가슴 졸이는
근심을 모두 치워 버리고, 마음을 온통 온갖 쾌락으로 뒤범
벅 도색해 놓을 때 생겨납니다. 키케로는 아티쿠스에게 편지
를 쓰면서 이러한 정신적 망상을 신이 주시는 선물이라 하며
갈구하였던바, 이로써 제아무리 큰 불행일지라도 극복할 수
있었던 때문입니다. 예전 아르고스의 귀족은 정신적 망상을
나쁘다고 생각하지 않았습니다. 그는 미쳐서 실제 아무런 공
연도 행해지지 않는데도 불구하고 위대한 비극 공연이 펼쳐
지고 있다고 믿으며 하루 종일 혼자 텅 빈 극장에 앉아 웃으
며, 박수 치며, 즐거워했다고 합니다. 그는 나머지 일상생활
의 의무를 성실히 수행하였으며, 친구들에게는 따뜻하고 〈아
내에게 친절하고, 술독의 봉인이 뜯긴 걸 봐도 성내지 않고

---

1 호라티우스 『서정시』 3, 4, 5~6행. 플라톤 『파이드로스』 244d 이하. 베
르길리우스 『아이네이스』 제6권 135행.

노예들에게 기꺼이 용서를 베풀〉사람이었습니다. 이 사람이 친족들의 도움으로 약을 먹고 병증을 몰아내고 회복되어 제정신을 찾았을 때 가로되, 〈여보게들, 댁네들은 나를 살린 것이 아니라, 죽인 것이네. 나의 즐거움을 없애고, 내 영혼의 감미로운 오류를 앗아 버렸다네〉라고 하였답니다.[2] 이 사람의 말은 백번 옳습니다. 이렇게 유쾌하고 행복한 광기를 나쁜 것이라 말하고 물약을 먹여 내몰아야 한다고 생각했던 친족들이 실로 잘못 생각한 것이며 차라리 그가 아니라 친족들을 박새풀 즙[3]으로 치료했어야 할 것입니다.

또 지각의 오류와 정신의 오류를 모두 광기라고 이름해야 할지, 나는 아직 이를 확정 짓지 못했습니다. 왜냐하면 눈이 어두워 노새를 당나귀로 잘못 본다거나, 엉터리 시구를 마치 대단한 명작처럼 칭찬한다고 할 때 이를 광기로 간주할 수 없는 노릇이기 때문입니다. 반면 지각은 물론이고 정신의 오류가 평균보다 오래 지속될 경우에는, 이를 두고 내게 비롯된 광기에 근접하였다고 하겠습니다. 예를 들어 나귀가 우는 꼴을 볼 때마다 놀라운 합창곡을 듣노라고 생각한다거나, 또는 가난뱅이 천출이면서 마치 스스로를 뤼디아의 왕 크로이소스[4]

2 이상 아르고스의 귀족 이야기는 호라티우스 『서간시』 2, 2, 128~140행을 에라스무스가 고쳐 쓴 것이다.
3 박새풀 즙은 흔히 광기를 치료하는 약으로 알려져 있다. 앞서 아르고스의 귀족이 마신 물약, 친족들이 그에게 준 광기를 치료하는 약이 바로 박새풀 즙이다.
4 헤로도토스 『역사』 제1권에 등장하는 뤼디아의 왕으로, 희랍의 현인인 솔론을 만나 자신이 가진 재산을 자랑하며 자신이 얼마나 행복한가를 보여 주었다고 전한다.

라고 자처할 경우입니다. 그런데 이를 다시 세분하면, 흔히 무엇보다 본인들에게는 물론 미치지 않은 목격자들에게도 즐거움과 적지 않은 유쾌함을 주는 정신적 오류가 있습니다. 이런 종류의 광기는 대중이 생각하는 것보다 넓게 분포합니다. 이를 또다시 구분하면, 광기는 서로 즐거워하며 서로에게 쾌락을 번갈아 선사한다고 할 때, 드물지 않게 여러분도 목도하였겠지만, 더 큰 정신적 오류를 가진 사람이 더 작은 정신적 오류를 가진 사람을 조롱하며, 더욱 다양한 광기를 여럿 지닌 사람일수록 더욱 행복해하는 경우가 있습니다. 나 우신은 이것이 나로부터 비롯되는 광기라고 판단하는바, 줄기차게 한 세월 현명하게 살며 결코 어떤 광기도 보이지 않는 사람이 인류를 통틀어 과연 하나도 없을 정도로 이런 광기는 광범위하게 퍼져 있습니다. 하지만 이를 다시 분할하여 내게서 비롯된 광기를 구별하는 차이는 이렇습니다. 호박을 보고 여자라고 믿는 사람들은 이런 광기를 가졌다는데, 이는 일부 특정인들에게 나타납니다. 하지만 서방질에 이력이 난 아내를 두고도 그녀가 페넬로페보다 정숙하다고 맹세하며 행복한 미망에 빠져 스스로를 더욱 대견해하는 사람을 두고 이런 광기를 가졌다 하지 않는 것은 대부분의 남편들에게 이런 일이 발생하기 때문입니다.[1]

1 우신에게 속하는 광기는 첫째 정신적 오류이며, 둘째 지속적인 것이며, 셋째 즐거움을 주는 것이며, 넷째 많이 가진 사람이 적게 가진 사람을 조롱하는 종류의 것이며, 다섯째 일부 특정인에게 나타나는 것이다. 마치 소크라테스의 산파술처럼 에라스무스는 광기를 단계별로 양분하면서 각각의 단계에 1에서 5까지의 분류 기준을 적용하고 있다.

이런 부류에는 들짐승들을 사냥하기 위해서라면 모든 것들을 물리치며, 소름 끼치는 사냥의 뿔피리 소리를 들을 때면 그리고 사냥개들의 짖어 대는 소리를 들을 때면 믿을 수 없을 만큼 커다란 행복을 느낀다고 공언하는 사람들이 속합니다. 내 생각에 이들은 심지어 개들의 배설물에서조차 계피 향기가 난다고 생각할지도 모릅니다. 이어 사냥한 짐승을 해체하는 일에는 또 얼마나 즐거워하겠습니까? 평민들도 황소나 양을 해체할 수 있습니다만, 들짐승을 도살하는 것은 귀족이 아니고서는 불경한 일입니다. 저기 모자를 벗어 놓고 무릎을 꿇은 채 들짐승 해체 전용으로 만들어진 칼을 들고 (아무 칼이나 들이대는 짓은 불경한 일입니다) 특별한 자세로 특별한 부위를 특별한 순서대로 경건히 자르고 있는 사람이 있습니다. 더욱 놀라운 것은 주변에 침묵을 지키며 둘러서 있는 사람들입니다. 이들은 수천 번이나 이미 보아 온 광경을 마치 신기하고 신성한 일을 보는 것처럼 쳐다보고 있습니다. 게다가 해체된 들짐승의 살점 한 조각이나 맛볼 수 있도록 허락되기라도 하면 마치 자신이 귀족적 신분에 적잖이 다가선 것이라 생각하는 사람도 있습니다. 하지만 들짐승을 맹렬히 사냥하고 잡아먹는 일을 통해 얻는 것은 고작 스스로를 들짐승 수준으로 격하시키는 성과일 뿐인데도 불구하고, 그들은 그럼으로써 자신들이 왕처럼 살았다고 생각합니다.

또 이들과 매우 유사한 사람들로 건축에 대한 물리지 않는 욕구를 불태우는 건설족들이 있습니다. 이들은 둥근 것을 네

모반듯하게 바꾸었다가 다시 네모반듯한 것은 둥글게 바꾸어 놓기를 반복합니다.[1] 이들의 욕망은 도무지 끝을 모르고 적당한 타협을 알지 못하여, 마침내 거주할 공간이나 먹고살 음식물이 전혀 남지 않는 극단적인 궁핍에 처할 때까지 이를 추구합니다. 그런들 어떠합니까? 그저 몇 년 아주 즐겁게 보냈으면 그만이지 않습니까?

내 보기에는 이들에 버금가는 사람들로, 새롭고 경이로운 기술로써 사물의 본질을 바꾸려고 애쓰는 이들이 있습니다. 이들은 사물의 정수라 할 수 있는 제5원소를 찾아 산과 바다를 헤매고 돌아다닙니다. 이들은 달콤한 희망을 먹고 살며 마침내 자신들을 속이고 자신들에게 달가운 속임수를 제공할 무언가를 놀라운 재능으로 생각해 내어, 제아무리 커다란 노고와 비용을 지불할지라도 이를 마다하지 않으며 모든 재산을 탕진하고 마침내 자그마한 화로에조차 불을 넣을 수 없는 지경이 될 때까지 멈추지 않습니다. 그들은 희망의 꿈을 꾸길 포기하지 않으며 주변 사람들마저 그들과 똑같은 행복을 꿈꾸도록 만들기 위해 진력을 다합니다. 마침내 모든 희망이 사라져 버릴 때조차도 그들에게는 하나의 문장이 남아 커다란 위안으로 제공합니다. 〈위대한 일이라면 시도해 보았다는 것만으로도 족하다.〉[2] 이렇게 이들은 그저 위대한

1 호라티우스 『서간시』 1, 1, 100행.
2 프로페르티우스 『엘레기』 2, 10, 6행. 프로페르티우스는 호라티우스와 함께 아우구스투스 황제의 통치기를 살았던 로마의 엘레기 시인이다. 인용된 시구가 포함된 1~6행은 다음과 같다. 〈그러나 이제 다른 합창대를 꾸려 헬리콘을 노래할 시간이며, 하이모니아의 말로 벌판을 달릴 시간이다. 전투

67

일을 성취하기에는 덧없이 부족하기만 했던 인생의 짧음을 원망할 뿐입니다.[3]

또한 노름꾼들도 위와 같은 부류에 속해야 한다는 것에 나는 전혀 의문을 갖지 않습니다. 이들은 노름에 고약하게 중독되어 골패가 굴러가는 소리를 들으면 듣자마자 심장이 춤을 추며 쿵쾅거리니, 이들을 바라보면, 그 어리석음에 실소를 금할 수 없습니다. 이들은 한판 크게 딸 것이라는 희망에 속아 가진 재산 일체를 도박의 암초에 처박고 난파 지경에 이르니, 이것은 말레아 암초[4]만큼 가공할 것인바 배는 깨어지고 몸은 벌거벗겨져 패가망신 간신히 목숨만 구합니다. 그러면서도 이들은 남들에게 우스운 꼴을 당하지 않기 위해, 돈을 따 간 노름판의 승자를 제외한 모든 사람들에게 거짓말로 둘러댑니다. 늙어서 이제는 거의 눈도 보이지 않으면서도 기어코 돋보기를 잡고서라도 노름을 하겠다는데 어찌하겠습니까? 마침내 나이와 함께 정당하게 찾아온 관절염이 관절을 망가뜨렸음에도 자기 대신 주사위를 노름판에 던질 머슴을 품삯을 주

에 용감했던 군단을 회상해도, 나의 장군이 이끌었던 로마 군영을 노래해도 좋으리라. 힘이 부족한들 어떠리? 도전만으로도 칭찬받을 일인 것을. 위대한 일이라면 시도해 보았다는 것만으로도 족하다.〉

3 세네카 『인생의 덧없음에 관하여』 1, 1, 1 〈파울리누스여, 인간들 가운데 많은 수는 자연의 악의에 관해 불만을 토로한다. 우리가 아주 짧은 시간을 살기 때문이며, 우리에게 주어진 인생은 너무나 빨리, 너무나 갑작스럽게 지나가 버리기 때문이다. 그러므로 인간들 가운데 소수를 제외하고 대부분은 인생을 한창 꾸려 가는 도중에 삶을 떠나야 한다.〉

4 말레아*Malea*는 펠로폰네소스 반도의 끝에 있는 곳으로 여기에서 배가 많이 난파하는 것으로 유명하다. 라틴어로 노름을 뜻하는 *alea*가 붙은 〈노름은 암초다*alea Malea*〉라는 격언도 있다.

고 고용한다는데 또한 어찌하겠습니까?[1] 이때까지 노름은 어리석은 장난이지만, 대개 그러하듯 격노로 변질되고 실성의 단계에 이르면 나 우신이 관장하는 영역을 벗어나게 됩니다.

또 우리들과 같은 부류에 속한다고 전혀 의심할 수 없는 인간 유형들이 있는바, 이들은 놀랍고 기이한 사건 사고를 이야기하거나 듣기를 즐기는 자들입니다. 귀신, 원혼, 도깨비, 망령 등 이런 유의 수천 가지 괴상망측한 이야기를 아무리 많이 들어도 이들은 만족을 모릅니다. 이들은 어떤 얘기든 진실에서 멀리 떨어질수록 더 기꺼이 진실이라 믿으며, 귓구멍을 살살 간질이는 달콤한 쾌락을 더욱 강렬하게 느낍니다. 이런 이야기들은 사실 지루한 시간을 때우는 데 놀라운 효험을 가졌을 뿐 아니라 누군가에게는 밥벌이가 되기도 하는바, 특히 사제들과 설교자들에게 그러합니다.

이들과 아주 가까운 사람들로 어리석지만 재미있는 미신을 갖고 있는 사람들이 있는바, 만약 폴뤼페무스와 같은 거인 성자 크리스토포루스의 나무 조각상이나 어떤 그림을 보면 그날은 죽지 않는다는 소리를 믿으며,[2] 만약 성녀 바르바라의 조각상에 경배를 올리며 정해진 주문을 외우면 전쟁에서 무사히

---

1 호라티우스 『풍자시』 2, 7, 14행 이하.
2 성자 크리스토포루스는 시리아에서 출생하여 데키우스 황제의 박해 때 순교하였다고 전한다. 그는 사람들을 어깨에 업고 강을 건너다 주는 일로써 생계를 꾸려 나간 거인이었다고 한다. 〈크리스토포로스〉는 원래 희랍어로 〈그리스도를 어깨에 업고 간다〉는 뜻으로 해석할 수 있다. 폴뤼페모스는 호메로스 『오뒷세이아』 제9권 190행 이하에 언급된 외눈박이 거인이다. 〈그자는 그저 놀랍기만 한 거대한 괴물로 만들어져서 빵을 먹고 사는 인간 같지는 않고 높은 산들 사이에 홀로 우뚝 솟아 있는 숲이 우거진 산봉우리 같았소.〉

돌아올 수 있다는 소리를 믿으며,[3] 만약 성자 에라스부스에게
정해진 기일 동안 정해진 밀랍초를 정해진 기도문과 함께 바
치면 머지않아 부자가 될 것이라는 소리를 믿습니다. 또 마치
제2의 히폴뤼토스[4]를 만들어 내는 것처럼, 성자 게오르기우스
를 제2의 헤라클레스로 만들어 놓습니다.[5] 그리하여 이들은
성자 게오르기우스의 말을 마구와 패물로 경건하게 장식할
뿐만 아니라 새롭게 마련한 작은 예물을 가져다 바치며 은총
을 기원합니다. 또한 이들은 성자 게오르기우스가 쓴 청동 투
구에 걸고 맹세를 하는 것을 진정 군주다운 맹세라 여깁니다.

71   그럼 면죄부라는 거짓 물건을 받아 들고 스스로를 격하게
위무하는 이들은 어떻습니까?[6] 이들은 연옥에서 보내야 할
기간을 물시계로 정확하게 몇 세기, 몇 년, 몇 달, 몇 날, 몇 시
간 단위까지 수학 공식에 따라 한 치의 오차도 없이 계산합
니다. 또 어떤 사람들은 무슨 마법의 주문과 기도문 ── 이런
것들을 성직에 있는 사기꾼들이 재미 삼아 혹은 돈벌이를 위

  3 성녀 바르바라는 그녀의 아버지에 의해 재판에 회부되어 배교하라는
요구를 끝까지 거부하여 사형을 받았고, 그녀의 아버지는 직접 사형을 집행
한 후에 귀가하던 중 번개를 맞아 죽었다고 전한다. 포병과 건축가의 수호성
인으로 공경을 받고 있다.
  4 성자 히폴뤼토스(또는 히폴리토)는 희랍의 영웅 테세우스의 아들 히폴
뤼토스처럼 말에 끌려가도록 하는 방식으로 순교하였다.
  5 성자 게오르기우스(또는 제오르지오)는 십자가로 용을 퇴치하였다고
한다. 영국에서 크게 경배받으며, 그를 상징하는 문장은 흰색 바탕에 붉은
십자가이다. 헤라클레스가 괴물 휘드라를 퇴치한 것에 빗대어 헤라클레스에
비교하였다.
  6 가톨릭교회에서는 〈면벌부〉 혹은 〈대사부〉로 바꾸어 부른다. 에라스무
스 원문에 따라 〈면죄부scelerum condonatio〉라는 단어를 쓰기로 했다.

해 생각해 냈습니다 — 을 달달 외우며 재산, 명예, 쾌락, 풍요, 무궁한 건강, 장수, 정력이 넘치는 노년을 스스로에게 기원합니다. 더불어 이들은 마침내는 천상에서 예수님 옆자리까지 소원하는데 물론 그 자리엔 최대한 나중에 가기를 바라는즉, 악착같이 매달려도 도저히 떠나지 않을 수 없을 때까지 현세의 쾌락을 누리다가 곧바로 천국의 쾌락을 누리길 바라는 것입니다. 그리하여 장사꾼 혹은 군인 혹은 법률가 등은 수많은 약탈로 얻은 재산을 한 푼이나마 지출함으로써 그들이 평생 저지른 레르나 늪[1]처럼 깊은 죄악을 씻을 수 있다고 생각합니다. 수많은 거짓 증언, 방탕, 폭음, 결투, 살인, 사기, 배신, 반역 등이 매매 증서 한 장이면 소멸되며, 이렇게 소멸됨으로써 정결케 되었으니 다시 범죄 세상으로 돌아갈 수 있다고 그들은 믿습니다.

그럼 성경 「시편」의 저 유명한 일곱 행을 매일 반복해서 읽으면 자신에게 그보다 더할 수 없는 구원의 행복이 도래할 것이라 믿는 사람들은 얼마나 어리석은, 아니 얼마나 행복한 것입니까? 영리하지 못하고 실없는 악마가 성자 베르나두스를 재미 삼아 골려 주려다가 불행히도 제 꾀에 넘어가 이 마법의 시행을 알려 주었다고 전합니다.[2] 이는 우신인 나마저

72

1 희랍 신화에 따르면 헤라클레스가 물리친 휘드라가 살았던 곳이다. 〈악의 레르나 늪〉은 우리말의 〈악의 구렁텅이〉처럼 쓰인다.
2 성자 베르나르두스에게 악마가 다가와 구원을 가져다줄 「시편」의 일곱 행을 알기를 원하느냐고 묻고는 가르쳐 주지 않은 채 성자를 놀렸을 때, 성자 베르나르두스는 악마에게 자신은 매일 한 번씩 「시편」 전체를 읽고 있으며 자연스레 그 가운데 일곱 행 또한 읽게 될 것이니 말해 줄 필요가 없다고 대답했다. 이에 악마는 제 이름을 남길 좋은 기회를 놓칠까 두려워 일곱 행

도 얼굴이 붉어질 만큼 부끄러운 어리석음이라 하겠는데, 어리석은 대중은 물론이고 종교에 관해 강론하는 사람들마저 이를 믿고 있습니다.

73   그럼 다음으로 이 또한 거의 같은 경우인바, 각 지역마다 나름대로 신앙하는 성자를 두며, 성자들에게는 나름대로 고유한 영역이 할애되며, 나름대로 고유한 성인 축일이 할당됩니다. 그리하여 어떤 성자는 치통을 낫게 해주며, 어떤 성자는 출산을 수호하며, 어떤 성자는 도둑맞은 물건을 되돌려 주며, 어떤 성자는 난파 직전의 배에 구원의 빛으로 나타나며, 어떤 성자는 가축 떼를 지키는 등 각각의 성자들이 여러 일들과 관련하여 그러합니다.[3] 성자들을 모두 열거하기에는 너무 길겠기에 이만 줄입니다만, 어떤 성자는 혼자서 여러 가지 일들을 돌보기도 합니다. 특히 성(聖)처녀 성모 마리아가 그러한바, 몽매한 대중들은 그녀의 아드님에게보다 오히려 그녀에게 더 많은 힘을 부여합니다.

74   그런데 사람들이 성자들로부터 소망하는 것은 전부 나 우신과 관련된 것들입니다. 여느 교회의 벽과 천장을 온통 채우고 있는 감사의 글들을 살펴보건대, 여러분은 그 가운데 어리석음을 쫓아 주었다거나 새털만큼이나 좀 더 현명하게 해주어 감사하다는 말을 적은 쪽지를 본 적이 있습니까? 어떤 이는 난파하였으나 무사히 헤엄쳐 나왔음을, 어떤 이는

을 알려 주었다고 한다(ME 125면 참조).
3 예를 들어 앞서 언급한 성자들 가운데 성자 크리스토포루스는 치통의 수호자이며, 성자 에라스무스는 출산을 돌보며 난파선을 구호한다. 한편 파도바의 성자 안토니오는 도둑맞은 물건을 되찾아 주었다.

적들의 칼에 찔렸으나 살아남았음을 감사합니다. 어떤 이는 다른 사람들은 계속 싸우고 있을 때 자신은 용감하게 그리고 다행히도 도망했다 하고, 어떤 이는 십자가에 처형될 위기에 놓였으나 도둑놈들을 수호하는 성자의 도움으로 위기를 모면하여 더럽게 넘치는 풍요로 고통받고 있는 사람들의 짐을 계속해서 덜어 줄 수 있게 되었다 합니다. 어떤 이는 옥사를 깨고 도망쳤다 합니다. 어떤 이는 의사들이 달가워하지 않았지만 열병을 털고 일어났다 하고, 어떤 이는 준비하는 일에 시간과 돈을 들인 아내에게는 슬픈 일이지만 독약을 마셨으나 해가 되지 않고 오히려 체증을 해소하는 데 약이 되었다 합니다. 어떤 이는 마차 전복 사고에서 말들을 무사히 건졌다 하고, 어떤 이는 집이 무너졌으나 살아남았다 합니다. 어떤 이는 본서방에게 걸렸으나 도망쳤다 합니다. 이렇게 누구도 어리석음에서 벗어나게 해주어 감사하다는 사람은 없습니다. 온갖 것들로부터 도망쳤음에 감사하지만 나 우신에게서 벗어났음을 감사하는 사람은 없은즉, 어리석은 것만큼 달가운 것은 없다 하겠습니다. 어쩌다 내가 이런 미신의 바다에 이르게 된 것입니까!

내게 1백 개의 혀와 1백 개의 입이 있고
무쇠의 목소리가 있다 한들, 모든 형태의 어리석음을,
어리석음의 모든 이름을 열거할 수 없을 것이네.[1]

아무튼 기독교인들은 하나같이 이런 어리석은 행동들이 차고 넘치는 삶을 내내 살아가고 있으나, 성직자들은 이로부터 무언가 이문이 생긴다는 것을 잘 알고 있기 때문에 이런 어리석음을 기꺼이 허락하며 심지어 조장하기까지 합니다. 이런 와중에 똑똑한 체하는 자가 미움을 사게끔 무언가 사태의 진실을 떠들어 대며 〈바르게 살면 사후의 고통은 없을지니, 돈으로 할 것이 아니라 네가 만약 악행을 고백하고, 눈물로 참회하며, 불철주야 기도하며 금식하고 생활 방식을 완전히 바꾼다면 죄가 사해질 것이다. 또한 그리하여 네가 성자의 삶을 따라 살아가면 성자는 네게 기뻐할 것이다〉라고 말할 때, 내 이르노니, 이런 말 혹은 이런 종류의 말을 현자랍시고 지껄일 때, 중생들의 영혼은 얼마나 행복에서 멀어져 얼마나 큰 두려움에 떨게 되겠습니까?

75   그럼 다음으로 또 같은 광기에 속하는 무리로 살아생전 어떤 상여를 타고 갈지를 부지런하게도 정해 놓는 사람들이 있습니다. 이들은 얼마나 많은 횃불잡이를, 얼마나 많은 상복 행렬을, 얼마나 많은 소리꾼을, 얼마나 많은 곡꾼들을 들일 것인지를 일일이 정하는데, 마치 죽어서도 자신들이 장례식 광경을 지각할 수 있는 것처럼, 혹은 그리하여 장례식이

1 베르길리우스 『아이네이스』제6권 625행 이하, 〈네게 1백 개의 혀와 1백 개의 입이 있고 무쇠의 목소리가 있다 해도 범행의 종류를 하나하나 설명하고 벌의 이름을 빠짐없이 열거할 수는 없을 것이오.〉호메로스 『일리아스』제 2권 488행 이하, 〈그러나 군사들에 관하여 일일이 이름을 들어 이야기한다는 것은, 아이기스를 가지신 제우스의 따님들인 올륌포스의 무사이 여신들께서 일리오스에 간 모든 사람에 관하여 일일이 일러 주지 않을진대, 설사 내게 열 개의 입과 열 개의 혀가 있고 지칠 줄 모르는 목소리와 청동의 심장이 있다 하더라도 나로서는 도저히 감당할 수 없는 일입니다.〉

성대하게 치러지지 않으면 망자일망정 망신을 당할 것처럼, 막 선출된 조영관(造營官)이 국가 축제 혹은 잔치를 준비하면서 그러하듯 못지않은 열성을 보입니다.

바쁘게 가야 하지만, 그럼에도 침묵으로 그냥 지나쳐 버릴 수 없는 무리가 있으니, 이들은 밑바닥 막일꾼들과 전혀 다르지 않으면서도 공허한 귀족 호칭에 스스로 기뻐하는 자들입니다. 이들은 자신들의 집안이 아이네아스에 혹은 브루투스에 혹은 아륵투루스에 이른다고 주장합니다.[1] 이들은 조상들의 조각상과 초상화를 여기저기에 전시합니다. 이들은 할아버지와 할아버지의 할아버지 등 고래의 조상들을 이름까지 하나하나 외웁니다. 하지만 이들 자신은 벙어리 조각상과 크게 다르지 않으며 오히려 이들이 세워 놓은 조각들이나 초상들보다 한참 뒤떨어진다 하겠습니다. 그렇지만 이들은 달콤한 자아도취의 도움으로 행복한 삶을 영위합니다. 한편 이런 들짐승 같은 무리들을 마치 신처럼 떠받드는, 마찬가지로 어리석은 사람들도 있습니다.

자아도취는 실로 놀라울 만큼 다양하게 많은 사람들을 행복하게 만들어 주고 있으므로, 마치 매우 드문 일인 것처럼 이런저런 예를 들어 설명할 필요가 있을까 싶습니다. 어떤 이는 원숭이보다 못생겼으면서도 스스로를 마치 니레우스[2]라

1 이렇게 하여 영국 튜더 왕가에서 주장하는 조상 세 명이 언급되었다. 브루투스는 로마를 건국한 아이네아스의 손자이면서 아더 왕의 조상으로 브리타니아의 건설자라고 알려졌다. 아륵투루스는 목동자리라는 별자리와 관련된 전설의 인물이지만 여기서 에라스무스는 영국의 아더 왕과 연결시키려는 당시의 영국 튜더 왕가의 주장을 그대로 옮겨 적고 있다(ME 127면 참조).

고 생각합니다. 어떤 이는 걸음쇠로 그린 동그라미 안에 작대기 세 개를 그려 넣고는 바로 스스로를 에우클레이데스[3]라고 자처합니다. 또 어떤 이는 〈뤼라를 가진 당나귀〉처럼, 아니 그보다 더 심하게 암탉을 물어뜯는 수탉 같은 소리를 내면서도 자신이 제2의 헤르모게네스[4]라고 믿는 사람도 있습니다. 이들보다 훨씬 더 재미있는 종류의 어리석음으로, 자기 하인들이 가진 재주를 마치 자기의 재주인 양 자랑하고 다니는 사람들입니다. 세네카의 편지에 등장하는 두 배로 행복했던 부자가 바로 그런 사람일 텐데, 이 사람은 무언가 재담을 지어내어야 할 때면 이름을 불러 줄 하인들을 가까이 대령하였으며, 또 살아 있는 것이 기적이라 할 약골 주제에 주먹다짐이라도 벌어질 경우 이를 마다하지 않은 것은 이를 대비하여 집안에 우락부락한 힘 좋은 하인들을 여럿 두었기 때문입니다.[5]

2 호메로스 『일리아스』 제2권 673행 이하, 〈니레우스도 쉬메에서 균형 잡힌 함선 세 척을 이끌고 왔는데 니레우스는 아글라이아와 카로포스 왕 사이에서 태어난 아들이었다. 니레우스는 일리오스에 간 모든 다나오스인들 중에서 나무랄 데 없는 펠레우스의 아들 다음으로 가장 미남이었다. 그러나 그는 힘이 약했고 따르는 백성도 많지 않았다.〉

3 기원전 300년경 알렉산드리아에서 활동한 수학자로 그가 남긴 기하학에 관한 교과서는 오늘날까지도 사용되고 있다. 여기서 언급된 것은 이 교과서의 맨 처음에 설명된 명제이다.

4 호라티우스가 자주 언급하는 가수로(『풍자시』 1, 3, 129행과 1, 9, 25행) 아우구스투스 황제가 아꼈다고 전한다(ME 129면 참조).

5 세네카 『윤리에 관한 서한』 27, 5에 따르면 이 부자의 이름은 칼비시우스 사비누스였다. 해방 노예로 돈은 많으나 기억력은 형편없었던 그는 똑똑한 체하기 위해 교육받은 노예를 사들인 다음 손님들을 초대하여 스스로 호메로스의 서사시를 노래할 때 옆에서 시행을 불러 주도록 시켰다. 마침내 그는 노예들이 알고 있는 것을 마치 자신이 알고 있는 것으로 믿게 되었다.

한편 예술가들의 자아도취에 관해서 말을 보탤 것이 있겠
습니까만, 이들로 말하자면 모두 가운데 가장 독특한 종류
의 자아도취에 빠진 자들입니다. 여러분은 이들 가운데 예술
적 재능에 있어 남들에 뒤진다는 것을 인정하느니 차라리 물
려받은 땅을 포기하겠다는 자들을 쉽게 찾을 수 있을 것입니
다. 이는 특히 배우, 가수, 변사와 시인에게서 두드러지며, 이
들은 능력이 뒤떨어지고 변변치 않을수록 더욱 오만하게 굴
며, 더욱 큰소리치며 자신을 떠벌립니다. 〈그 입에 그 나물〉[1]
이라 하였던가, 내가 주장하다시피 사람들 대다수는 나 우선
에 중독되어 있기 때문에 형편없는 것일수록 더 많은 추종자
들이 들끓는 것이며, 그리하여 제일 볼품없는 재주가 제일 큰
군중을 끌어들이게 됩니다. 그런즉 서툴수록 남들에게 더 많
은 경배를 받는 현실에서, 기예에 서툴면서도 저 스스로 이에
만족하지 누가 굳이 재능을 올바로 갈고닦고자 하겠습니까?
더욱이 올바른 도야는 우선 무엇보다 오랜 수고를 요구하여
염증을 느끼게 하고 두려움을 키우며, 결국에는 이해하는 소
수만을 즐겁게 할 뿐이니 누가 이를 배우려 하겠습니까?

그런데 나는 자연이 인간 개개인에게 자아도취를 갖도록
한 것 말고도 민족과 국가 하나하나에게도 일종의 자아도취
를 심어 놓은 것을 보았습니다. 하여 브리타니아 사람들은
여타 민족들보다 용모에 있어서나 음악에 있어서나 혹은 정
결한 음식에 있어서 탁월하다고 주장하며, 칼레도니아 사람

---

[1] 원문 *similes habent libra lactucas*를 그대로 번역하면 〈입은 제게 맞는
푸성귀를 가지고 있다〉라 하겠다.

들은 귀족적 혈통이나 왕족 혈통에 있어 그리고 논쟁술에 있어 자신만만하며, 갈리아 사람들은 예의범절의 세련됨을 내세우며, 파리 시민들은 신학에서의 성과가 다른 누구도 아닌 오로지 자신들에 의해 이루어졌다고 뻐깁니다. 이탈리아는 문학과 수사학이 자기네 것들이라 권리를 주장하며 이런 권리를 들어 인류 가운데 자신들만이 유일하게 야만의 태를 벗었다고 외치며 스스로 매우 대견해하고 있습니다. 이런 행복으로 치면 로마 시민들이 제일 앞에 설 것인바, 이들은 고대로마의 영광을 아직도 달콤한 꿈처럼 즐기고 있습니다. 베네치아 시민들은 스스로가 명문 귀족의 혈통을 이었다는 생각에 행복해합니다. 희랍인들은 여러 학문을 만들어 낸 장본인들이며 아직도 옛 학문적 영웅들의 명성이 자신들에게 남아 있다고 주장합니다. 투르크 사람들을 포함하여 실로 그 주변에 거주하는 야만인들조차 종교가 자신들에게서 비롯되었다고 주장하며, 기독교인들은 다만 미신에 매달린 사람들이라고 조롱합니다. 그리고 이들보다 훨씬 웃기는 유대인들은 아직도 여전히 자신들의 구세주를 기다리고 있으며 모세를 오늘날까지 질기게 떠받들고 있습니다. 히스파니아 사람들은 전쟁술의 탁월함을 누구에게도 양보하지 않으며, 게르마니아 사람들은 자신들이 몸집이 큰 것과 마법에 밝음을 내세웁니다. 내 생각에 여러분도 아시리라 믿으니 일일이 열거하지는 않겠으나, 이 세상 여기저기에 개인들에게나 민족들에게나 하나같이 자아도취가 만연해 있습니다. 그런데 자아도취에게는 아부라는 동생이 있습니다.

자아도취는 자기 자신을 어루만지는 것에 다름 아니며, 다른 사람들에게 이런 것을 해주는 경우에 이것을 〈아부〉라 합니다. 오늘날 아부를 좋게 생각하는 사람들은 없지만, 그래도 아부는 사태 자체보다는 언어에 현혹되는 사람들 사이에서 여전히 힘을 발휘합니다. 사람들은 아부와 진실함이 서로 모순되기 때문에 도저히 가까울 수 없다고 생각하지만, 말 못 하는 짐승들을 예로 살펴보자면 그런 것도 아닙니다. 개처럼 착 달라붙으면서도 진실한 짐승은 또 어디 있습니까? 다람쥐처럼 알랑거리며 사람들에게 진실한 동물은 또 무엇입니까? 설마 포학한 사자들이나 야성의 호랑이들 혹은 거친 표범들이 인간 삶에 더욱 유익하다고 생각하지는 않을 테니 말입니다. 물론 전적으로 해악을 끼치는 아부도 있는바, 이로써 몇몇 악의적인 냉소주의자들은 상대방을 파멸로 이끌기 위해 가련한 사람들을 유인합니다. 하지만 나 우신을 따르는 아부는 호의적이며 선량하여, 아부와 반대되는 직언, 혹은 호라티우스의 말처럼 우악스럽고 신랄하고 귀 따가운 사설보다는 훨씬 덕에 가깝다 하겠습니다.[1] 이런 아부는 낙담한 영혼을 일으켜 세우며, 어둡고 우울한 사람에게 활기를 주며, 풀 죽어 늘어진 몸에 자극을 주며, 멍청하게 넋이 나간 인간을 일깨우며, 병에 지친 육신에 고통을 덜어 주며, 감사납고 매몰찬 인사를 나긋나긋하게 녹이며, 사랑을 맺어 주며 맺어 준 사랑을 붙잡아 둡니다. 또 어린 학생들이 책을 붙잡고 공부하도록 부추기며, 노년을 느실난실 들뜨게 하며, 송

1 호라티우스 『서간시』 1, 18, 6행

덕을 가장하여 심사 불편이 없게 군주들을 훈계하여 가르칩니다. 정리하면 아부는 누구나 스스로에게 흡족하고 기뻐하도록 만들어 주는 것인바, 이는 행복의 한 부분 혹은 행복의 요체라 하겠습니다. 〈노새끼리 서로 가려운 데를 긁어 주는 것〉보다 제격인 일이 있겠습니까? 아부가 모두가 존경하는 웅변술의 큰 부분을 차지하며, 의학의 상당 부분을 담당하며 문학의 대부분을 차지한다고 주장하지 못할까마는, 아무튼 아부는 인간 삶 전체를 달콤하게 하는 꿀이며, 살맛을 북돋는 양념입니다.

⁸¹ 사람들은 거짓에 속는 것이 불행한 일이라 합니다만, 실은 거짓에 속지 않는 것이 가장 큰 불행입니다. 인간 행복이 사태의 진상에 놓여 있다고 생각한다면 이는 엄청난 착각입니다. 행복은 허상에 달렸습니다. 인간 만사는 변화무쌍하고 황홀난측하여, 철학자들 가운데 가장 덜 오만하다 할 나의 아카데미아 학파 사람들이 옳게 판단하였던바,[2] 무엇 하나 제대로 분명한 사태를 파악하기란 아예 무망한 일이며, 설혹 무언가 사태의 실마리가 엿보였다 한들 이는 드물지 않게 즐거운 인생에 오히려 성가실 뿐입니다. 더군다나 인간의 영혼은 진상보다는 차라리 거짓에 끌리기 쉽게 만들어져 있습니

---

2 〈오만한 태도〉와 관련하여 플라톤 『소크라테스의 변명』 21d 이하(최명관 옮김, 종로서적, 1981, 47면)을 보라. 〈오오 아테네 시민 여러분, 저는 다음과 같은 경험을 했습니다. 그 사람은 다른 많은 사람들에게 지자라고 여겨지고 있고 자기 자신도 그렇게 생각하고 있는 것 같지만, 사실은 그렇지 않다고 저는 생각한 것입니다. 그래서 저는 그에게, 당신은 지자라고 생각하고 있지만 그렇지 않다고 분명히 알게 하려고 힘썼습니다.〉

다. 만약 누군가 이에 대한 명백한 증거를 요구한다 치면, 교회의 설교 시간을 보기 바랍니다. 설교자가 심각한 말씀을 전하려고 하면, 사람들은 모두 꾸벅거리며, 하품하며 싫증을 냅니다. 사제의 사설 ― 아니 설교라고 말하려고 했는데 내가 실수했습니다 ― 에 흔히 있는 일인바 꼬부랑할망구의 옛날이야기가 피어오르면, 사람들은 모두 눈을 번쩍 뜨고 허리를 펴며 입을 벌립니다. 심지어 성인이 이야기를 술술 재미지게 풀어내거나 솔깃하게 지어낸다면, 이에 대한 예로 여러분은 게오르기우스 혹은 크리스토포루스 혹은 바르바라 등의 성인들을 떠올릴 수 있을 터인데, 사람들은 이 성자를 베드로 혹은 바오로 혹은 예수 그리스도보다 더 경건하게 경배할지도 모를 일입니다. 이것은 지금 말길에서 벗어나는 것이니 이쯤 합시다.

그러니 행복은 얼마나 적은 비용으로 가능합니까? 사태의 진실을 파악해야 한다면 이것은 대단한 수고를 지불해야 하는 일이며, 문법과 같이 하찮은 일조차도 값싼 것은 없습니다만, 거짓은 제일 쉬운 일인바 가진 허상만큼 혹은 가진 허상보다 훨씬 큰 행복에 이를 수 있습니다. 어떤 사람이 소금에 절여 삭힌 고기를 먹으며, 어지간한 사람도 그 역겨운 냄새를 견딜 수 없는데도 불구하고 이를 마치 천상의 음식이라고 생각한다면, 내가 묻거니와 이 사람의 행복은 무엇에 달린 것입니까? 반대로 어떤 사람이 별미라 할 상어 알젓을 메스꺼워한다면, 이 사람의 행복은 무엇에 달린 것입니까? 또 만일 무지막지하게 못생긴 아내를 보면서 마치 베누스 여신과 경합을 벌일 만큼 아름답다고 생각하는 남편이 있다면 이는 진실로 아름다운 아내를 가진 것과 진배없는 것이 아닐까 합니다. 만일 주홍과 노랑으로 아무렇게나 그려 놓은 그림을 쳐다보며 경탄을 금치 못하여 아펠레스 혹은 제욱시스[1]의 그림을 가지고 있다고 믿는 사람은, 실제 저 유명한 화가들의 위대한 그림을 비싼 돈을 치르고 구입하여 그림 감상에서 그저 엇비슷한 쾌락을 얻는 사람보다 훨씬 행복하다고 할 것입니다. 나는 나와 같은 이름을 쓰는 이를 알고 있습니다.[2] 그는 새로 얻은 부인에게 선물로 인조 보석을 선물하면서, 청산유수와 같은 말솜씨를 발휘하여 그 보석이 천연의 진품 보석이며 값을 매길 수 없을 만큼 귀한 것이라고 믿게 만들었습니다. 내 묻거니와, 그런 보석으로 눈과 영혼을 충분히 배부르게 먹이고, 가짜 보석을 마치 굉장한 보물인 양 감추고 아끼다면 가짜든 진짜든 여인에게는 무슨 차이가 있겠습니까? 남편은 아내의 착각을 이용하여 비용을 아꼈으며, 많은 돈을 주고 사들인 선물로 아내를 감동시킬 때와 마찬가지로 아내를 자신에게 붙들어 두었으니, 이보다 더 좋을 수 없습니다. 또한 플라톤의 동굴에 묶여 있는 사람들이 온갖 다양한 사물의 그림자와 모상에 경탄을 금치 못하며, 진상이 무엇인지 알기를 원하지 않고 지금 그대로 만족한다고 할 때, 동굴로부터 탈출하여 세상 온갖 사물들의 진상을 알게 된 현자와 이

1 아펠레스는 알렉산드로스 대왕의 궁정 화가였다. 제욱시스는 기원전 425년 이전에 아테네를 찾은 화가로서 소크라테스 등과 교류하였다. 남부 이탈리아 크로톤의 헤라 신전에 헬레네의 초상을 그린 것으로 유명하다.

2 아마도 토머스 모어를 가리키는 것으로 보인다(ME 133면 참조).

들 사이에 어떤 차이가 있다고 여러분은 생각합니까? 루키아노스가 이야기한 부자 뮈킬로스가 만일 영원히 황금의 꿈을 꿀 수 있었다면, 그는 결코 다른 행복을 바라지 않았을 것입니다.

행복을 얻는 데 차이가 전혀 없으며, 차이가 있다 하더라도 나는 차라리 허상에 빠진 어리석은 쪽을 선택하겠습니다. 왜냐하면 먼저 허상을 선택한 경우가 훨씬 비용이 들지 않는 것이 분명한즉, 그냥 그렇게 생각하고 믿어 버리면 그만이기 때문입니다. 게다가 허상의 억견은 대다수의 사람들과 함께 나눈 것이기 때문입니다. 어떤 소유이든지 함께 누릴 사람들이 없다면 하나도 즐거울 수 없는 법입니다. 그러나 지혜는 설령 있다 한들 매우 소수에게만 국한되어 있음은 누구나 알고 있는 사실입니다. 수백 년 동안 희랍인들을 현자로 다만 일곱 명을 헤아리고 있을 뿐입니다. 물론 칠현인을 자세히 파고들면 — 아니면 내 목숨을 내놓겠는바 — 그들 가운데는 2분의 1 현자가 끼어 있으며, 혹은 그들 가운데 3분의 1정도만 현인인 것을 알게 될 것입니다.[83]

바쿠스에 대한 칭송들 가운데 첫 번째는 영혼의 고통을 가볍게 한다는 것입니다. 물론 짧은 시간 동안인데, 그것은 당신이 잠에 빠져 술을 더 이상 못 하게 되자마자, 속담에 이르듯 백마가 끄는 사두마차를 타고 영혼의 고통은 되돌아오기 때문입니다. 그에 비하면 내가 베푸는 은덕은 얼마나 크고 지속적입니까? 나 우신은 일종의 명정 상태를 정신 속에 영원무궁토록 유지하여 즐거움과 행복과 희열을 맛보게 하며,[84]

조금도 골치 아픈 근심을 만들어 주지 않습니다. 나는 이런 나의 선물을 인간들 모두가 받아 가도록 허락하였는바, 다른 신들은 제 선물을 어떤 이에게는 허락하지만 다른 이에게는 그렇지 않습니다. 걱정을 덜어 주고 풍요로운 희망을 갖도록 하는 달콤하고 부드러운 포도주가 아무 데서나 생산되는 것은 아니며, 베누스 여신의 선물인 아름다운 육체는 다만 소수에게만 허락되었습니다. 메르쿠리우스의 선물인 언변은 그보다 더 적은 사람들에게만 주어졌으며, 헤라클레스가 도우사 부를 얻는 것도 많은 사람은 아니며, 호메로스의 유피테르가 모두에게 왕권을 허락한 것도 아닙니다. 마보르스[1]는 전쟁 중에 어느 편도 들지 않으며, 아폴론의 세발솥에서 대부분의 사람들은 좋은 소리를 듣지 못하고 돌아옵니다. 사투르누스의 아들은 심심치 않게 벼락을 던지며, 포에부스는 때로 창을 던져 역병을 퍼뜨립니다.[2] 넵투누스는 많은 사람들의 목숨을 보전하기보다는 오히려 거두어들입니다. 하계의 유피테르 플루토, 미망의 여신,[3] 복수의 여신과 학질의 여신 등, 신이라기보다는 살인마들에 관해서는 언급하지 않

---

1 전쟁의 신 마르스Mars를 가리킨다. 라틴어 Mavors는 Mars의 고어 형태이다.

2 포에부스는 아폴론의 별칭이다. 호메로스 『일리아스』 제1권 초반부에 아폴론은 희랍군의 진영에 화살을 쏘아 보내 역병을 퍼뜨렸다. 여기서 에라스무스는 아폴론의 화살을 〈창〉으로 잘못 적고 있다.

3 〈미망의 여신〉은 호메로스에서 〈아테〉라는 이름을 갖고 있다. 호메로스 『일리아스』 제19권 126행 이하, 〈아무나 가리지 않고 마음의 눈을 멀게 하는 미망의 여신은 다시는 올림포스와 별 많은 하늘로 돌아오지 못할 것이라고 하셨소.〉

겠습니다. 이렇게 볼 때 모든 사람들에게 동등하게 은혜를 골고루 나누어 주는 신은 나 우신이 유일하다 하겠습니다. 나는 누군가의 기도를 듣고서야 움직이는 그런 신이 아니며, 제례에서 무언가를 빠뜨렸다고 해서 이에 대한 속죄를 요구하는 신도 아닙니다. 다른 모든 신들은 초대하면서 나를 빼놓고 희생 제물의 잔치에 참여하지 못하게 했다고 해서 천지를 뒤집어 요란을 부리지도 않습니다. 다른 신들은 이런 일에 있어 참으로 비위를 맞추기 어려운 존재들인지라, 차라리이런 신들을 섬기지 않고 무시해 버리는 것이 안전하고 이로운 일이라고 생각될 정도입니다. 인간들 가운데도 적잖이 이런 사람들을 볼 수 있는데, 까다롭고 걸핏하면 마음 상하기십상인 존재들인지라, 이들과 가까이 벗하기보다는 차라리모르쇠 외면하는 편이 낫습니다.

사람들은 말하길, 나 우신에게 희생제를 바치거나 신전을 세운 사례를 찾아볼 수 없다고 합니다. 진작 말한 것처럼 나도 이렇게까지 내게 고마움을 표하지 않는 것이 기가 막힐 뿐입니다. 하지만 나는 이런 일에 대해서도 괘념치 않으며 그저 좋게 넘어갑니다. 더군다나 나는 그런 보답을 원하지도 않습니다. 나에게는 유향이며, 제사 음식이며, 염소 혹은 돼지를 요구할 하등의 이유가 없습니다. 세상 모든 사람들이 너나없이 나를 몹시도 떠받들고 있으며, 심지어 사제들까지도 그러한 바에야 무엇을 더 바라겠습니까? 인간의 피로 제사를 받는다 하는 디아나 여신을 내가 부러워하겠습니까?[1] 나는 내가 가장 경건하게 숭배받는다고 생각합니다. 모든 사람들이 그들의 마음속에 나를 가득 채우고 있으며, 전통 관습 가운데 나를 각인시키고 있으며, 삶에 나를 반영하고 있으니 말입니다. 기독교인들도 성자들을 이렇게까지 마음을 다해 모시지는 않습니다. 성처녀 성모 마리아에게 어마어마하게 많은 기독교인들이 촛불을 바칩니다. 하기야 그것도 다만 촛불이 필요하지 않는 대낮에만 그리할 뿐입니다만, 그에 비해 그 삶의 고결함과 소박함, 하느님을 향한 지고한 사랑을 따르려고 노력하는 이는 거의 없습니다. 이것이야말로 진정한 믿음이며 하늘에 계신 분들이 진정으로 원하는 것인데 불구하고 말입니다. 게다가 내가 어찌 신전을 요구하겠습니까? 세상 모든 곳이 어디 하나를 예외로 하지 않고 나의 신전이나 진배없으며, 내가 틀리지 않는다면, 제일 아름다운 신전입니다. 인간이 있는 곳이면 어디에나 나 우신에게 교리를 전수받은 사제가 있기 마련입니다. 또한 나는 돌로 조각하거나 물감으로 색칠한 성물을 나에 대한 경배에 쓰도록 요구할 만큼 어리석지는 않습니다. 어리석은 자들이나 투미한 자들은 정작 신들이 아니라 그런 신상(神像)에 대고 경배를 올리는데, 결국 신들을 대리하는 물건에 의해 정작 신들이 구축(驅逐)을 면치 못하는 것이 우리네 현실입니다. 나의 조각상으로 말하자면, 좋든 싫든 나를 대신하는 살아 움직이는 조각상들이 세상 사람 수만큼 있는 셈입니다. 하여 이런

---

1 트로이아로 원정을 떠나는 아가멤논은 이피게네이아를 제물로 바쳤다고 하는데 이때 제물을 받은 여신이 아르테미스, 라틴어 이름으로 디아나 여신이다.

이유에서 나는 여타 신들을 부러워하지 않는데, 그들은 세상 한구석에서 각자의 땅에서만, 그것도 정해진 축일 동안만 경배를 받습니다. 예를 들어 로도스 섬에서는 포에부스 아폴론을, 퀴프로스 섬에서는 베누스 여신을, 아르고스에서는 유노 여신을, 아테네에서는 미네르바 여신을, 올륌포스에서는 유피테르를, 타렌툼에서는 넵투누스를, 람사코스에서 프리아포스를 모십니다.[1] 반면 나에게는 이 세상 모든 곳에서 값진 제물을 하루도 빠짐없이 바칩니다.

나의 이런 주장이 누군가에게는 진실되기보다 황당무계 86 한 억지처럼 보이지 않을까 저어되는바, 나는 잠시나마 인간들의 삶을 들여다보고자 합니다. 이를 통해 사람마다 신분이 고귀하거나 미천하거나 간에 상관없이 하나같이 나를 크나크게 모시며 중요하게 여기고 있음이 분명해질 것입니다.

하지만 삶을 모두 살펴보는 것은 너무 길어질 테니, 여타 87 의 삶을 쉽게 미루어 짐작게 할 만한 대표적인 삶만을 가려 살펴볼 것입니다. 따라서 두말이 필요 없이 나 우신에게 속한다는 것이 분명한 대중과 천민을 살펴볼 이유가 뭐가 있겠습니까? 이들에게는 어리석음의 갖은 양태가 차고 넘치며, 날이면 날마다 새로운 양태를 새롭게 추가하는지라, 데모크

1 호라티우스 『서정시』 1, 7, 1행 〈빛나는 로도스〉에서 보듯 로도스 섬에 붙는 〈빛나는〉이라는 별명은 희랍어 〈포에부스〉와 같은 뜻이다. 위와 같은 시 6행에서 아테네 혹은 미네르바를 〈처녀 신 팔라스의 도시〉라고 하였다. 위와 같은 시 7행 〈말 달리는 아르고스〉에서는 유노 여신을 경배한다고 전한다. 한편 『서정시』 1, 3, 1행에서는 〈퀴프로스의 주인〉으로 베누스를 이야기하고 있다.

리토스가 천 명이 있더라도 이에 하나씩 맡아 웃어 주기에
도 모자랄 판이며, 계속해서 한 명씩 데모크리토스를 거듭하
여 추가로 부를 지경입니다. 말해도 믿지 않을 수 있지만, 어
리석은 인간들이 이렇게 매일매일 그 많은 조롱거리와 그 많
은 장난거리와 그 많은 우스개들을 신들에게 제공하고 있는
것입니다. 무슨 말인고 하니, 신들은 오전 시간에는 입만 아
픈 안건과 청원을 듣는 데 정신을 차리고 할애하지만, 나머
지 시간은 신주를 마시고 한껏 취하여 진지한 일은 어느 것
하나 돌보지 않으려 하며, 다만 하늘 가장 높은 곳에 올라앉
아 몸을 앞으로 숙여 인간들이 무슨 일을 벌이고 있는지 지
켜봅니다. 신들에게 이보다 즐거운 일은 없을 것입니다. 불멸
의 신이여, 어리석은 중생들이 펼치는 이 얼마나 다채로운 소
동이며, 이 무슨 연극이란 말입니까! 나 또한 연극을 감상하
는 신들에 적잖이 가담하곤 합니다. 누구는 젊은 여인을 죽
을 만큼 사랑하는데, 여인이 사랑을 받아들이지 않을수록 절
망 가운데 사랑은 더욱 거세집니다. 누구는 안사람이 아니라
결혼 지참금을 아내로 들입니다. 누구는 제 마누라에게 몸을
팔아 오도록 시킵니다. 누구는 의처증에 시달리며 아르고스
처럼 아내를 감시합니다.[2] 누구는 장례식에, 맙소사, 심지어

2 희랍 신화에 따르면 아르고스는 제우스의 연인인 이오를 감시하기 위
해 헤라 여신이 이오 옆에 붙여 놓은 괴물이다. 오비디우스 『변신 이야기』 제
1권 625행 이하, 〈아르구스의 머리에는 1백 개의 눈이 있었다. 한 번에 두 개
씩 돌아가며 휴식을 취했고 나머지 눈들은 치켜뜨고 파수를 보았다. 그는 어
떤 자세로 서 있는 이오를 감시할 수 있었으니, 설사 그가 등을 돌려도 이오
는 그의 눈들 앞에 있었다.〉

장례식 장면을 공연하는 흡사 배우와 같은 사람들을 고용하여 참으로 어리석은 짓을 행하고 말합니다. 누구는 의붓어미의 무덤에서 울고 있습니다.[1] 누구는 긁어모을 수 있는 만큼 긁어모아 그것을 죄다 밥통에 밀어 넣습니다만, 이내 곧 또 다시 엄청난 허기를 느낍니다. 누구는 잠자고 빈둥대는 것에서 무엇보다 큰 행복을 느낍니다. 누구는 남들에게 닥친 일에는 부지런히 참섭하며 오지랖을 부리지만, 정작 제 일에는 무관심합니다. 누구는 남들에게 돌리거나 빚낸 돈을 가지고 부자로 살며 곧 파산할망정 제가 부자라고 생각합니다. 누구는 상속자를 부자로 만들기 위해서인지 모르겠으나 자린고비 삶에서 행복을 찾습니다. 누구는 있을지 없을지 알 수 없는 조그만 이익을 찾아 온 바다를 누비고 다니며, 백만금을 주고도 다시 찾을 수 없는 생명을 파도와 폭풍에 맡깁니다. 누구는 전쟁을 감행하여 거대한 부를 획득하려고만 하고 고향에서 한가롭게 살아가는 데 재미를 붙이지 못합니다. 자식 없는 할아범들을 붙잡으면 얼마나 손쉽게 한재산을 챙길 수 있겠느냐고 판단하는 여인이 있습니다. 그보다는 할망구들의 비위를 맞추어 행복하게 만들면 동일한 목적에 도달할 수 있다고 생각하는 사내들도 있습니다. 양쪽 모두 결국 자기들이 낚아 보려는 노인네들에게 반대로 보기 좋게 배신을 당할 경우, 이는 구경꾼으로 나선 신들에게 더할 나위 없는 즐거움을 선사합니다. 모든 사람들 가운데 가장 지저분하고 어리석은 것은 장사꾼의 무리입니다. 왜냐하면 이들은 모두 가운

1 희랍 속담을 번역한 것으로 〈위선〉을 지적하는 것이다(ME 137면 참조).

데 제일 지저분한 일을, 그것도 제일 지저분한 방식으로 행하기 때문입니다. 즉 그들은 일상으로 거짓말을 하며, 거짓 맹세를 하며, 도둑질을 하며, 사기를 치며, 농간을 부립니다. 그럼에도 불구하고 이들은 제 손가락 마디마다 금반지를 둘렀으니, 자신들이야말로 세상에서 제일 탁월한 사람들이라고 뻐기고 다닙니다. 사제들 가운데 장사꾼들에게 경배를 바치며 이들은 존경받을 만한 사람들이라고 공개적으로 외치는 형제들이 없지 않은바, 이는 이들이 더럽게 벌어들인 재물 가운데 일부나마 얻어 쓸까 하는 마음에서 비롯된 것이 분명합니다. 또 어디선가 여러분은 이른바 피타고라스학파를 발견할 수 있습니다. 이들은 모든 것이 모두의 공유 재산이라고 생각하는지라, 지키는 사람이 없는 물건을 길에서 발견하면 태연히 이를 챙겨 가면서 마치 당연한 재산을 얻는 양합니다. 누구는 기도만으로 벌써 부자이며, 행복한 꿈만으로 벌써 충분히 행복을 이루었다고 생각합니다. 누구는 집에서 쫄쫄 굶을지언정 집 밖에서 부자로 대접받으면 즐거워합니다. 누구는 부지런히 자신이 소유한 것은 무엇이든 흥청망청 탕진해 버리는가 하면, 누구는 경건한 것이든 불경한 것이든 악착같이 쌓아 둡니다. 누구는 공직 선거에 나선 후보자가 되어 여기저기 돌아다니는가 하면, 누구는 제집 방구석에 즐거이 틀어박혀 나오지 않습니다. 상당히 많은 사람들은 송사를 끊임없이 이어 가며 여기저기서 다툼의 소지를 찾아내는데 결국 재판을 질질 끄는 재판관은 물론이고 재판에 참여하는 변호사만 부자로 만들어 줍니다. 누구는 늘 세상 뒤집는 일에만 매달리며, 누구는 되지 않게 거대한 야심을 좇아갑니다. 아무런 이유 없이 예루살렘, 로마 혹은 성자 야고보를 찾아 아내와 자식들을 내팽개치고 떠나는 사람도 있습니다.[1] 한마디로 정리하자면, 여러분이 만일 수많은 인간 군상들이 펼치는 소동극을 달나라에서 — 지난날 메니포스[2]처럼 말입니다 — 내려다볼 수 있다면, 여러분은 파리 혹은 각다귀 떼 같은 인간들이 자기들끼리 서로 투그리고 싸우고 배신하고 약탈하고 놀아나고 몸을 섞고 태어나고 늙고 죽는 꼴을 보게 될 것입니다. 도저히 믿을 수 없을 만큼 커다란 격랑과 엄청난 비극을 이렇게 하찮은 동물이, 그것도 짧은 인생을 살 뿐인 존재가 만들어 내나니, 작은 전쟁 혹은 역병의 회오리바람에 수천수만의 생명이 목숨을 잃고 죽어 가는 일은 다반사입니다.

그런데 내가 대중의 어리석음과 광증을 형태별로 계속해서 늘어놓는다면, 어떤 데모크리토스가 있어 박장대소 조롱한다 해도 아무 대꾸도 할 수 없을 만큼 어리석은 일이 될 테니, 이쯤에서 정리하고 이제 사람들 사이에서는 지혜롭다는 평가를 들으며 이른바 지혜의 황금 가지를 찾고 있는 자들에게 눈을 돌려 볼까 합니다.

우선 고전어 문법을 다루는 학교 선생들이 있습니다. 이들은 누구보다 끔찍하고 비참한 존재들이며, 만일 내가 그들의

88

89

1 스페인의 산티아고 델 콤포스텔라에 위치한 성자 야고보의 무덤은 중세 이래로 순례자들에게 중요하게 여겨지는 성지다.
2 기원전 4세기에서 기원전 3세기 사이에 활약한, 퀴니코스 학파에 속하는 철학자. 냉소적이고 풍자적인 글을 남겼다.

저주받은 직업에 뭔가 달콤한 어리석음을 곁들이지 않았다면 신들에게까지 버림받을 주제들입니다. 사람들은 학교 선생들이 희랍 격언시에서 언급된 것처럼 다섯 가지 재앙에 의해 다섯 번의 저주를 받았다고 하지만,[3] 어디 그뿐입니까, 실은 6백 가지 저주를 받았습니다. 즉 늘 궁핍하며 너저분한 이들 선생들은 학생 떼거지들과 함께 학교에서 — 내가 학교라고 칭했습니다만, 사실 〈생각 소매점〉 혹은 더 정확하게는 〈학생 바수는 방앗간〉과 〈학생 형장〉이라고 하겠습니다 — 아이들이 치는 사고에 몸은 고달프며, 아이들 떠드는 소리에 귀는 멍하고, 아이들의 악취와 오물에 코는 문드러집니다. 그럼에도 불구하고 나의 은공으로 이들은 스스로를 인간들 가운데 최고의 존재라고 생각하게 되었습니다. 그리하여 조막만 한 어린것들을 성난 표정과 화난 목소리로 겁줄 수 있다는 것과, 가여운 것들을 회초리와 몽둥이와 가죽 채찍으로 치고 패고 조지며, 마치 쿠마의 당나귀[4]처럼 자기 하고 싶은 대로 마음껏 분노를 표출할 수 있다는 것에 선생들은 즐거워합니다. 온갖 지저분한 꼴을 깔끔한 우아함이라고 생각하며, 악취 나는 오물에서 박하 향을 맡으며, 처참한 노예 생활을 왕의 권세를 누린다고 여겨 이를 팔라리스 혹은 디오뉘시

3 팔라다스라는 사람이 남긴 격언시에 따르면, 학교 선생들은 호메로스 『일리아스』 제1권 서두에 언급된 다섯 가지 재앙(1행의 노여움, 2행의 고통, 3행의 하데스, 4행의 개들과 새들의 먹이, 5행의 제우스의 분노)으로 학생들을 가르치기 시작하기 때문에 결코 유복하게 살기를 바랄 수 없다고 한다 (ME 139면 참조).

4 이솝 우화에 사자의 가죽을 뒤집어쓴 당나귀가 등장하는바, 사자의 모습으로 숲 속을 돌아다니며 만나는 동물들을 모두 위협했다고 한다.

오스[1]의 권력과도 맞바꾸려 하지 않습니다. 또한 이들을 더욱 기쁘게 하는 것은 자신들이 독보적인 학식을 갖추었다는 믿음입니다. 대부분 이들은 정신 나간 헛소리를 아이들의 머릿속에 쑤셔 박으면서도, 팔라이몬과 도나투스를 깔보며 자신들만 못하다고 믿습니다.[2] 이렇게 스스로 그러하다고 믿고 있는 바를, 어떤 감언이설로 그렇게 놀라운 일을 이루어 내는지 알 수 없으나, 이들은 어리석고 어리석은 학부모들에게도 믿도록 만듭니다. 이에 덧붙여 이들이 즐거움을 느끼는 것은, 이들 가운데 누군가가 앙키세스의 어미 이름 등 대중에게 잘 알려지지 않는 단어들을, 예를 들어 이까리꾼, 도투각질, 도모[3] 같은 단어들을 낡고 오래된 책에서 찾아낸다거나, 혹은 오래된 비석에서 닳아 보이지 않는 글씨 조각을 읽어 냈을 때입니다. 유피테르여! 이들은 얼마나 의기양양하며, 얼마나 시끄럽게 개선 행진을 하며, 얼마나 떠벌린 자화자찬을 합니까! 마치 아프리카를 정복한 모양새며 바빌론에 입성하는 위세입니다. 또한 이들이 재미있는 것은, 썰렁하기 이를 데 없는 무미건조한 시조를 읊조릴 때에도 이를 칭송하는 자들이 늘 있기에 이들은 마치 자신들의 가슴속에서 베

1 디오뉘시오스는 쉬라쿠사의 왕으로 쉬라쿠사를 카르타고의 지배로부터 구해 낸 인물이다. 그의 아들도 같은 이름을 사용하였는데, 잔혹한 독재로 인해 추방당하여 코린토스에서 학교 선생을 했다고 전한다.
2 렘미우스 팔라이몬은 서기 1세기의 문법학자이다. 도나투스는 서기 350년경 『라틴어 문법』이라는 책을 썼으며 이 책은 이후 에라스무스 시대까지 라틴 문법의 표준 도서로 읽혔다(ME 139면 참조).
3 〈이까리꾼bubsequa〉은 소몰이꾼, 〈도투각질bovinator〉은 트집을 잡으며 자꾸 싸우려 드는 모습, 〈도모(掏摸)manticulator〉는 소매치기를 가리킨다.

르길리우스의 영혼이 환생하였다고 믿는다는 것입니다. 무엇보다 재미를 더하는 것은 이들이 서로 동형 보복의 원리에 따라 칭찬과 경탄을 혹은 혹평을 주고받을 때입니다. 만일 어떤 사람이 단어 하나를 놓치고 실수하기라도 하면, 그런데 이것을 옆에 있던 다른 사람이 우연히 집어내기라도 하면, 맙소사 얼마나 끔찍한 비극이 펼쳐지며, 얼마나 소름 끼치는 난투극이 전개되며, 얼마나 잔인한 말싸움이 벌어지며, 얼마나 악의에 찬 악담 욕설이 오가는지! 내가 한마디라도 거짓을 고했다면 학교 선생들이 한꺼번에 나를 욕해도 좋습니다.

나는 만물박사 팔방미인 하나를 알고 있습니다. 그는 희랍어, 라틴어, 수학, 철학과 의학 등 이런 것들에 있어 제왕 위치에 올라 있습니다. 벌써 60세에 이르렀는데, 지난 20년 이상을 다른 학문들은 버려두고 오로지 문법에 매진하며 스스로를 고문하며 쥐어짜고 있습니다. 그는 살아생전 여태껏 누구도 충분히 밝혀 놓지 못한 희랍어와 라틴어의 여덟 가지 품사 구분을 확립할 수 있다면 여한이 없을 것이라 합니다. 사실 접속사를 품사적으로 부사의 하나로 분류할 수 있는가 등 문법에 관한 문제는 전쟁을 방불하게 하는 논쟁의 대상입니다. 이런 이유에서 문법 선생들의 숫자만큼 많은 문법 책들이 존재하며, 혹은 그 이상의 문법 책이 존재할지도 모르는 것이, 내 친구인 알두스는 혼자서 벌써 다섯 권 이상의 문법 책을 출판하였기 때문입니다.[4] 우리의 만물박사께서는 그

4 알두스 마누티우스는 유명한 인문주의자인 동시에 출판업자였다. 1485년 베네치아에서 출판사를 열었으며, 알두스 출판사는 1500년경 이탈리아 인문

것이 아무렇게나 혹은 제멋대로 만들어진 문법 책일지라도 어느 것 하나 소홀히 간과하지 않으며, 그 누구의 것이건, 그 것이 제아무리 엉터리가 문법 분야에서 이룬 일일지라도, 그 것을 꼼꼼히 살피거나 샅샅이 검토하지 않는 법은 없습니다. 그는 행여 누가 자신이 노리는 영광의 자리를 앞서 차지하 지는 않을까, 행여 지난 수십 년의 노고가 공염불이 되지 않 을까 두려운 것입니다. 여러분은 이를 광기라고 하겠습니까, 아니면 어리석음이라고 하겠습니까? 나로서는 크게 다르지 않습니다. 모든 동물 중에서 가장 가련한 우리의 문법 선생 을 행복하게, 자신의 삶을 페르시아 왕들의 삶과 일체 맞바 꿀 생각을 하지 못할 만큼 행복하게 만들어 준 것이 나의 은 공임을 인정해 주기만 한다면, 아무래도 좋습니다.

다음으로 시인들을 들 수 있는데, 이들은 분명 나 우신에 게 속하는 무리들입니다만 내게 크게 빚지고 있지는 않습니 다. 속담에도 이르듯이 워낙 자유로운 존재들이기 때문입니 다.[1] 이들이 하는 일은 전혀 쓸모없고 실없는 이야기를 가지 고 어리석은 자들의 귀를 간질이는 일 이외의 다른 것이 아닙 니다. 이상하게 들릴지도 모르겠으나, 아무튼 시인들은 이런

주의자들의 구심점이 되었다. 에라스무스는 그의 출판사에서 『격언집』을 출 간하였다. 에라스무스는 『격언집』 2, 1, 1 「천천히 서두르라Festina lente」에서 알두스 출판사를 언급하고 있다. 알두스 마누티우스는 희랍어 문법책 세 종 과 라틴어 문법책 한 종을 출간하였다. 다섯 종이라는 에라스무스의 언급은 정확하지 않은 것으로 보인다.

1 호라티우스 『시학』 9행 이하, 〈화가나 시인이나 똑같이 뭐든 원하는 대 로 할 권리를 늘 갖노라 하겠습니까? 익히 아는 바, 나도 주장한 바, 서로 양 해한 바입니다.〉

이야기들을 통해 스스로에게 불멸과, 신들에 버금가는 영원한 삶을 약속하는 한편 다른 사람들에게도 똑같은 것을 보장하고 돌아다닙니다.[2] 이들과 특히 많이 어울려 다니는 것으로 자기도취와 아부가 있으며, 인간 종속들 가운데 이들보다 시종여일 변함없이 나를 모시는 자들은 없습니다.

다음으로 수사학자들이 있습니다. 이들 가운데 상당수는 철학자들과 공모하여 같이 어울려 다닙니다만, 이들이 나 우신에게 속한다는 것을 다른 많은 것들로 증명할 수 있는 가운데 특히, 많은 헛소리들은 물론이고 참으로 대단한 우스개 이론을 전개하였다는 점을 들어 증명할 수 있습니다. 우스개의 한 종류가 어리석음이라는 것을 『헤렌니우스에게 주는 수사학』[3]을 저술한 수사학자가 주장하였습니다. 또 수사학에 있어 최고 권위자라 할 퀸틸리아누스가 우스개를 『일리아스』보다 길게 주석한 것이 이를 증명합니다. 이들이 어리

---

2 시인들이 영웅들의 이름에 불멸의 명예를 부여한다는 것은 주지의 사실이고, 시인들이 자신들의 작품에 대하여 불멸을 운운한 것은 예를 들어 호라티우스 『서정시』 3, 30, 1행 이하, 〈청동보다 영원할 기념비적 위업을 달성하였다. 피라미드 위에 놓인 제왕의 옥좌보다 높으니, 휩쓸어 먹어 치우는 폭우도, 저를 다스리지 못하는 북풍도 무너뜨리지 못하며, 헤아릴 수 없는 세월의 흐름과 도망치는 시간도 못하리다.〉 그리고 오비디우스 『변신 이야기』 제15권 871행 이하, 〈이제 내 작품은 완성되었다. 이 작품은 유피테르의 노여움도, 불도, 칼도, 게걸스러운 노년의 이빨도 없앨 수 없을 것이다. 원한다면 오직 내 육신에 대해서만 힘을 갖고 있는 그날이 와서 내 덧없는 인생에 종지부를 찍게 하라. 하지만 나는, 나의 더 나은 부분은 영속하는 존재로서 저 높은 별들 위로 실려 갈 것이고, 내 이름은 소멸하지 않을 것이다.〉
3 라틴어로 된 최초의 수사학 관련 도서이며, 작품 연대는 기원전 86년에서 기원전 82년 사이다. 키케로가 썼다고 알려져 있었으나 오늘날에는 무명씨의 작품이라는 견해가 지배적이다.

석음을 크게 치는 것은, 종종 정교한 논리로도 반박할 수 없는 사태를 웃음 하나로 격파할 수 있기 때문입니다. 우스개를 말함으로써 청중의 박장대소를 유도하는 공로, 그것도 매우 기교 넘치게 그렇게 하는 공로를 나 우신 말고 누구에게 돌리겠습니까?

다음으로 시인들과 한 부류에 속하는 자들로 책을 출판하 93여 불멸의 명성을 얻고자 하는 자들이 있습니다. 이들 모두 내게 굉장히 많이 신세 진 부류인데, 특히 순전 헛소리를 천연덕스럽게 종이 위에 그려 놓는 글쟁이들이 그러합니다. 이와 달리 오로지 소수의 학자들만이 알아들을 주장을 현학적으로 휘갈기며 페르시우스와 라엘리우스[1]가 이를 판단해 주길 바라는 학자들도 있습니다. 내 보기에 이들 학자들은 오히려 행복하기보다 불쌍하게 여겨야 할 존재들입니다. 이들은 끊임없이 자신들을 고문하고 있기 때문입니다. 덧대고 바꾸고 치우고, 또다시 가져다 돌이키고 두들기고 친구들에게 보여 주고, 또 9년을 묻어 두지만[2] 결코 스스로도 흡족한 결과를 얻지 못합니다. 그나마 얻는 보잘것없는 보상은 칭찬 몇 마디, 그것도 몇몇 소수의 칭찬일 뿐인데도 불구하고 이것을 얻기 위해 이들이 지새운 밤은 그 얼마며, 모든 것 가운데 가장 달콤한 잠을 설친 세월이 그 얼마며, 흘린 땀은 그 얼마며, 산고의 진통은 그 얼마입니까? 그러는 사이에 육신은 병

1 키케로 『연설가에 대하여』 2, 6, 25에서 페르시우스와 라엘리우스는 당대 최고의 학자로 평가되고 있다.
2 호라티우스는 『시학』 388행에서 피소에게 그가 쓴 시를 9년 동안 묻어 둘 것을 권하고 있다.

들고 청춘은 찌들어 앞을 보지 못할 정도로 눈은 침침해지고, 쾌락은 멀리했건만 가난과 질투심에 시달리다 노년은 때 이르게 찾아오니, 요절은 물론이고 그에 못지않은 것들이 이들에게 들이닥칩니다. 이 모든 불행 가운데 학자들은 단 한 명일지라도 자신을 인정해 주면 그것으로 모든 것을 보상받을 수 있다고 생각합니다. 이들과 달리 나 우신에게 빚진 글쟁이들은 기괴한 헛소리를 더없이 즐겁게 나불거립니다. 결코 밤잠을 설치는 일 없이 머릿속에 떠오르는 대로 종이에 휘갈기며, 나중에는 꿈에서 본 것까지 그대로 글자로 옮기되, 종이 말고는 비용과 수고를 들이는 일이 없습니다. 허섭스레기 같은 글을 마구잡이로 되도록 많이 지껄일수록 그것이 더욱 많은 사람들, 다시 말해 어리석고 무지한 대중들에게 모두 인정받을 것이라는 것을 잘 알고 있기 때문입니다. 어느 학자가 읽을지는 모르겠으나 세 명의 학자들이 이를 읽고 비난한들 이들에게는 대단한 일도 아닙니다. 그런 소수의 현자들이 도대체 그들에게 칭송 칭찬을 아끼지 않는 대중들에 비해 무슨 값어치가 있겠습니까? 그런데 이들보다 좀 더 영악한 부류는 타인의 작품을 마치 자신의 역작처럼 출판하는 자들입니다. 타인의 크나큰 수고와 고통으로 탄생된 영광을 몇 마디 단어를 바꾸어 스스로에게 가져다 붙이는 자들은 이런 짓에 이력이 붙어, 장차 제아무리 삼엄한 비판과 비난을 받더라도 발각될 때까지는 얼마 동안이나마 그것으로 덕을 볼 수 있다고 생각할 만큼 담대합니다.

94　　대중의 칭송을 들을 때, 군중에 둘러싸여 〈저분이 대단한

그분이다!〉라고 지목받을 때, 서점에 자신의 저서가 앞에 전시될 때, 책머리마다 마법사 같은 이국적인 자신의 이름이 적힐 때, 저 글쟁이들이 어찌나 스스로 대견해하는지 그것은 볼만한 구경거리입니다. 하늘에 맹세코 이들에게 이름 몇 자 말고 달리 볼 것은 없습니다. 못 배운 사람들도 취향이 제각각인 법, 이들도 넓고 넓은 세상을 고려할 때 거의 알려지지 않은 이름, 이름 좋다고 칭찬받은 일은 더더욱 없는 이름을 찾아 멋대로 씁니다. 그런 이유에서 이들은 드물지 않게 고대의 서적을 참고하여 이름을 만들어 내거나 거기서 이름을 따오는 것입니다. 어떤 사람들은 텔레마코스를, 어떤 사람들은 스테넬로스 혹은 라에르테스를, 또 다른 사람들은 폴뤼크라테스를, 또는 트라쉬마코스를 이름으로 선호합니다.[1] 그런데 정작 도서명에는 〈얼렁뚱땅〉이나 〈돌대가리〉라거나, 철학자들이 하는 식으로 〈알파〉 혹은 〈베타〉 등으로 아무렇게나 이름 붙이든 상관하지 않습니다.

이들 글쟁이들의 행태 가운데 제일 웃기는 것은 서로 편지나 시나 칭송을 주고받으며 서로를 번갈아 치켜세우는 일인바, 어리석은 자들이 어리석은 자들을, 무식한 자들이 무식한 자들을 칭송하는 꼴입니다. 이쪽이 저쪽을 두고 〈알카이오스〉라고 부르면, 저쪽도 이쪽을 두고 〈칼리마코스〉라고 매깁니다.[2] 저쪽이 이쪽을 두고 키케로에 앞선다 하면, 이쪽

1 텔레마코스는 오뒷세우스의 아들이며, 라에르테스는 오뒷세우스의 아버지이다. 스테넬로스는 호메로스 『일리아스』 제2권 564행의 영웅일 것이다. 폴뤼크라테스는 아테네의 연설가이며, 트라쉬마코스는 아마도 플라톤 『국가』 제1권 말미에 〈힘이 정의다〉라는 명제를 놓고 싸운 남자일 것이다.

은 저쪽더러 플라톤이 울고 가겠다 말합니다. 일부는 일부러 맞서 싸울 적수를 만드는데, 이렇게 경쟁을 벌일수록 명성 또한 커지기 때문입니다. 그리하여 〈군중들이 어찌할 바를 모르고 의견이 갈리면〉,[3] 각각의 군중을 이끌고 멋진 전과라며 승리를 구가하고, 각자 제가 이겼다 개선식을 거행하면서 말입니다. 물론 현자들은 이를 아주 어리석은 일이라 조롱할 것이고, 누구도 이를 부정할 수 없습니다. 그럼에도 이들은 나 우신의 은공으로 즐거운 삶을 영위하니, 자신의 무공이 스키피오 집안이 거둔 전승과도 비교할 수 없다고 여길 정도입니다. 그런데 이를 비웃고 커다란 정신적 쾌락을 만끽하며 이들의 광기를 비난하는 학자들조차도 사실은 내게 적잖이 빚을 지고 있습니다. 배은망덕한 사람들이면 모를까 이는 누구도 결코 부정할 수 없는 명명백백한 사실입니다.

96   다음으로 변호사들이 있는데, 이들은 내게 신세 진 부류들 가운데 제일 앞자리를 요구하며 누구도 자신들과 나란히 앉히기를 꺼려 합니다. 자신들이 시쉬포스의 바위를 굴리는 자들인바 6백여 개의 법조문도 단숨에 외워 내는 독보적 존

---

2 호라티우스 『서간시』 2, 2, 93행 이하에서는 당대 로마의 문학적 행태를 고발하고 있다. 〈얼마나 오만하게 무게 잡으며 로마 시인들을 위해 비워 둔 아폴론 신전을 훑고 다니는지 보십시오! 그리고 만약 한가하다면, 쫓아와 멀리서 우리가 무엇을 어떻게 서로 왕관을 씌워 주는지 보십시오! 우리는 서로 먹이고 먹은 만큼 상대방을 추어올리니, 해 질 녘까지 오랜 공방을 벌이는 삼니움 사람들입니다. 그가 나를 알카이오스라 매기니, 그를 뉘라 매길까요? 칼리마코스 말고 또 있나요? 좀 더 욕심을 낸다면 밈네르모스라 하지요. 바라던 이름에 의기양양합니다.〉

3 베르길리우스 『아이네이스』 제2권 39행.

재라는 것입니다. 많은 법조문들이 어디에 적용되는 것인지에는 무관심한 채, 다만 난해한 단어에 난해한 단어를 더하고, 의견에 의견을 보태며, 결국 법학이 모든 학문 가운데 제일 어렵다는 인상을 심어 주려 합니다. 이들은 그것이 어려운 과제일수록 자신들에게 영광을 가져다줄 것이라 생각하는 것입니다.

다음으로 이에 덧붙여 논리학자 내지 궤변론자가 있습니다. 이들은 도도나의 청동 솥[1]보다 더 수다스러운 자들로서, 한 명이 능히 스무 명의 말 많기로 유명한 여자들을 한꺼번에 대적할 수 있을 정도로 수다스럽습니다. 그저 말만 많고 그악스럽게 싸우려 들지만 않는다면 행복할 것인데, 이들은 염소 털로 양모를 만들 수 있는지를 놓고 목숨을 걸고 끈질기게 싸우며, 싸움에 이기려고만 할 뿐 진실은 아예 안중에도 없습니다. 그럼에도 자아도취에 빠져 이들은 스스로 행복하다고 생각하며 삼단 논법으로 무장하고 한순간의 망설임도 없이 무슨 주제건, 상대가 누구건 덤벼듭니다. 게다가 끈덕지기로는 스텐토르[2]가 대적하더라도 이겨 낼 수가 없습니다.

이들의 아류로 턱수염과 외투로 존경받는 철학자들이 있습니다. 이들은 자신들만이 현자입네 위세를 떨며 다른 사람들은 그림자인 양 여깁니다.[3] 그런데 자신들이 마치 우주 만

1 도도나는 고대 희랍에서 신탁을 받는 성지였다. 사제들은 청동 솥에서 나는 소리를 듣고 신탁을 전했다고 한다.

2 『일리아스』 제5권 785행 이하, 〈그 목소리가 다른 사람 쉰 명만큼 크다는 청동 목소리의 고매한 스텐토르.〉

3 『오뒷세이아』 제10권 493행 이하, 〈아직도 정신이 온전한 저 눈먼 예언

물의 건축가라고 할 자연을 모시던 비서인 양 혹은 신들의
회의에 참석했다가 우리를 방문한 것인 양, 수없이 많은 세
계를 재구성하고, 태양과 달과 별들과 행성들의 크기를 손가
락 혹은 실오리로 측량하고, 천둥 번개나 폭풍이나 일식 등
설명하기 어려운 자연 현상의 원인을 들려주는 데 전혀 주저
함이 없는 이들의 광기는 실로 재미있을 따름입니다. 하지만
자연은 이들과 이들의 억측을 대단히 조롱하는바, 왜냐하면
무엇 하나 분명한 것이 없기 때문입니다. 이에 대한 충분한
논거로서, 이들이 서로 각각의 사태에 대하여 벌이는 끝없는
시시비비 말다툼을 제시하는 바입니다. 완전히 아는 것도 아
니면서 마치 모든 것을 다 아는 양 행동하며, 혹은 대개 눈이
침침해 앞을 보지 못하기 때문인지 아니면 정신이 정처 없이
왔다 갔다 하기 때문인지 모르겠으나, 스스로의 무지를 깨닫
지 못하며 때로 웅덩이나 돌부리를 피하지도 못하는 주제에
보편 형상이니, 보편 개념이니, 개별 형상이니, 제1질료니, 실
체성이니, 개별성이니, 형식성이니 하는 추상적인 것들을 자
신들은 알고 있다고 주장합니다만, 내 생각에는 이런 것들은
링케우스[4]조차도 알아보기 어려운 그런 오묘한 것들입니다.
이들은 또한 대중들을 천박하다며 깔보는바, 삼각형이나 사
각형이나 원 등 수학 도형을 가지고, 또 이런 것들에 유사한
것들을 거듭 끌어들이고 미로와도 같은 도형들을 섞어 놓으
자 테바이의 테이레시아스의 혼백에게 물어보아야만 하오. 그가 슬기롭도
록, 페르세포네는 오직 그에게만 죽은 뒤에도 분별력을 주었던 것이지요. 그
러나 다른 혼백들은 그림자처럼 쏘다니지요.〉

4 45문단의 각주 참조.

며, 더군다나 유식한 문자들을 전장의 병사들처럼 앞세워 한 줄씩 열을 맞추어 진군시킴으로써 문외한인 대중들을 깜깜 절벽으로 몰아붙입니다. 이들 가운데 어찌 별자리를 보고 미래를 읽어 낸다 주장하는 자가 없겠으며, 무언가 훨씬 더 놀라운 것을 약속하지 않는 자가 없겠습니까? 아무튼 이들은 이런 말을 믿어 줄 사람을 또한 찾아내니 행복하다 하겠습니다.

다음으로 교회 학자들은 조용히 지나치는 것이 좋을 듯합니다. 카마리나 늪 혹은 족제비싸리 같은 그런 존재들은 건드리지 않는 편이 이득입니다.[1] 이들은 거만하기 이를 데 없으며 매우 성마른 부류의 사람들이기 때문에, 이들을 잘못 건드리면 이들은 6백 개의 논변을 가지고 떼거리로 달려들어 내가 말실수를 했다고 승복할 때까지 공격할 것이고, 내가 주장을 꺾지 않으면 내내 완악하게도 나를 이단자로 몰아갈 것이기 때문입니다. 이들은 누군가 자신들에게 고분고분하지 않으면 이런 방식의 날벼락으로 사람을 겁주곤 합니다.

그런데 교회 학자들처럼 내가 베푼 은덕에 감사할 줄 모르는 사람들은 또 없을 것입니다. 이들은 간과할 수 없는 항목에 있어 내게 크게 빚지고 있는바, 우선 자아도취가 그것입니다. 이 덕분에 이들은 마치 자신들이 천국에 살고 있는 것처럼 생각하여, 높은 곳에서 내려다보며 다른 중생들을 흙바닥

1 〈카마리나 늪〉을 잘못해서 훼손할 경우, 도시 전체를 파괴시킬 것이라는 신탁이 있었다. 〈족제비싸리〉라고 번역한 *anagyris*는 콩아과의 식물로서 역한 냄새를 풍기는 것으로 알려져 있다.

을 기는 짐승처럼 대단하게도 불쌍히 여깁니다. 다음 현학적 정의, 결론, 부수적 결론, 확증과 함축 등이 그것인데 이런 것들로 군대를 엮어 스스로를 옹호합니다. 이로써 이들에게는 수많은 피난처가 마련된 셈인바, 제아무리 불카누스의 올가미[2]를 던진다 한들 테네도스의 양날 도끼보다 수월하게 그 물코를 자르고 빠져나갈 묘책으로 이들은 개념 구분법을 손에 쥐게 됩니다. 이들은 그때그때 개념들을 만들어 내며 개념들은 풍성하게 샘솟아 납니다. 그 밖에도 이들은 오묘한 교리를 제멋대로 설명합니다. 어떤 원리에 따라 세계가 창조되고 구분되었으며, 어떤 경로를 따라 죄인의 얼룩이 그 후손들에게까지 남게 되었으며, 어떤 방식과 어떤 크기와 얼마 동안의 시간으로 처녀 몸의 자궁에서 그리스도가 분리되었으며, 주님과 한 몸이 되는 성체 성사의 사건은 침실 없이 어떻게 가능하였느냐 등을 말입니다. 이런 문제들은 이미 닳고 닳은 것들이고, 자칭 위대하고 계몽된 교회 학자들에게 어울릴 만한, 이들을 장차 잠에서 깨어나게 할 만한 또 다른 문제가 있습니다. 그리스도 탄생의 정확한 순간은 언제였는가, 그리스도는 아버지가 여럿이었는가, 또 가능한 문제인지 모르겠으나, 하느님 아버지는 아드님을 미워하였는가, 신은 여

2 『오뒷세이아』 제8권 273행 이하에서 헤파이스토스는 아내 아프로디테가 전쟁의 신 아레스와 동침하자 이들을 현장에서 포획하기 위해 그물을 만든다. 〈헤파이스토스는 재앙을 궁리하며 자신의 대장간에 가서 모루대 위에다 큼직한 모루를 올려놓고 그들 둘이 꼼짝 못 하고 거기 그대로 머물도록 부술 수도 풀 수도 없는 사슬들을 만들었다. 그는 아레스에게 화가 나서 이런 올가미를 만들어 가지고 자신의 사랑하는 침상이 있는 방으로 달려가서 침대 기둥들 주위에 사슬들을 드리웠다.〉

성, 악령, 당나귀, 호박, 부싯돌로 변신할 수 있는가, 만약 할 수 있다면 호박이 산상 설교를 행하고, 기적을 보이고 십자가에 못 박힐 수 있는가 등의 문제입니다. 또 그리스도의 몸이 십자가에 못 박혀 있던 바로 그 순간에 만약 베드로가 성별(聖別)되었다면 과연 어떻게 성별된 것인가, 또 그리스도는 동시에 인간이었는가, 또 몸이 다시 사는 부활 이후 사람들에게 먹고 마시는 것이 허용될 것인가 등의 문제인데, 벌써부터 이들은 장래의 굶주림과 갈증을 대비하여 많은 것들을 비축해 두고 있습니다.

이상의 문제보다 훨씬 더 오묘한 문제들이 셀 수도 없이 많습니다.[1] 개념, 관계, 운동, 형식, 실체, 개별 등 이런 것들은 도저히 누구도, 깊은 어둠을 뚫고 존재하지도 않는 물건을 찾아낼 수 있는 륑케우스라면 모를까, 눈이 있어도 알 수 없는 문제들입니다. 여기에 교회 학자들의 금언들을 덧붙일 수 있는바, 이것들은 어찌나 말도 안 되는 소리인지, 말 안 되는 소리로 유명한 스토아학파의 신탁조차도 이에 비하면 쉽고 평범해 보일 정도입니다. 예를 들어 그들은 주일에 가난한 자의 신발을 고쳐 주는 일은 1천 명의 사람을 죽인 것보다 더 큰 죄라고 가르칩니다.[2] 또 한마디 제아무리 사소한 것이라도 거짓말을 하는 것보다 차라리 온 세상이 속담처럼 음식과 의복과 함께 소멸하도록 놓아두는 것이 바람직하다고 가

101

1 101~104문단은 1514년에 추가되었다(ME 30면 참조).
2 「마태오 복음서」 12장 10절 이하, 〈사람들은 예수님을 고발하려고 《안식일에 병을 고쳐 주어도 됩니까?》하고 물었다.〉

134

르칩니다. 또 이렇게 미묘하고 섬세한 문제를 더욱 미묘하고 섬세하게 만드는 미묘하고 섬세한 스콜라주의자들이 있습니다. 하여 실재론자들과 유명론자들, 토마스주의자들과 알베르투스주의자들, 오캄주의자들과 스코투스주의자들 등의 구덩이에서 빠져나오기가 아마도 여러분에게는 미로에서 빠져나오는 것보다 훨씬 더 어려운 일일 것입니다. 모든 파벌들을 열거한 것도 아니고, 그 가운데 몇몇 특정 파벌만을 열거했을 뿐인데도 말입니다.

102   이들 교회 학자들의 파벌에서 논의되는 문제들은 어찌나 복잡하고 어찌나 난해한지, 만약 새롭게 등장한 이 교회 학자들과 설전을 벌여야 한다면 사도들조차도 또 하나의 성령이 필요할지도 모를 일이라고 나는 생각합니다. 사도 바오로는 믿음을 몸소 보여 주었으며, 〈믿음은 우리가 바라는 것들의 보증이며 보이지 않는 실체들의 확증입니다〉라고 설명함으로써 믿음을 저 교회 학자들과 달리 쉽게 정의하였습니다.[3] 또 사도는 사랑을 몸소 보여 주었으며, 「코린토 신자들에게 보낸 첫째 서간」 13장에서는 사랑을 간명히 말하되, 변증법적 원리에 따라 전혀 나누거나 쪼개지 않았습니다. 또 사도들은 경건하게 성체 성사를 성별하였으되, 성체 성사의 연원이나 목적, 성체 변화 등의 문제, 어떻게 동일한 몸이 두 장소에 있을 수 있는가, 그리스도의 몸이 하늘에 있을 때와 십자가에 매달렸을 때와 성사에 참여할 때가 어떻게 다른가, 크기가 시간적 연속 가운데 구분된다고 할 때 성체 변화는

3 「히브리인들에게 보낸 서간」 11장 1절 이하.

성사의 어느 시점에 실현되는가 등의 문제를 따지지 않았으며, 설령 따져 물었다 한들 내 생각에는 스코투스주의자들이 쩍고 빨는 것처럼 그렇게 첨예한 대답을 주지도 않았을 것입니다. 사도들은 개인적으로 예수 그리스도의 모친을 알고 있었으되, 그들 가운데 누구도 오늘날 우리네 교회 학자들처럼 철학적으로 시시콜콜 어떻게 성모 마리아가 아담의 원죄로부터 벗어날 수 있었는가를 증명하려 들지 않았습니다. 베드로는 열쇠를 받았는데, 열쇠를 아무에게나 맡기지 않으실 분으로부터 그는 열쇠를 받았으며, 베드로가 학식이 있었는지 내가 알 도리는 없지만, 분명한 것은 과연 학식이 없는 자가 어떻게 분간의 열쇠를 가질 수 있는가라는 문제를 그는 첨예하게 따지지 않았다는 것입니다.[1] 사도들은 세례를 주었으되 세례의 형상인, 질료인, 운동인, 목적인을 묻지도 않았으며, 사도들은 성사적 인호(印號) 가운데 소멸하는지 불변하는지를 전혀 따지지도 않았습니다. 사도들은 예배하였으되, 오로지 성령을 두고 예배하였으니, 〈하느님은 영이시다. 그러므로 그분께 예배를 드리는 이는 영과 진리 안에서 예배를 드려야 한다〉[2]는 말을 오로지 따른 것입니다. 그렇다면 벽에 숯으로 그려 놓은 예수 그리스도의 초상에 만약 두 손가락이

---

1 단테 『신곡』, 「연옥편」, 제9곡 118행 이하에서 연옥의 문지기가 베드로로부터 건네받은 두 개의 열쇠에 관해 읽을 수 있다. 하나는 사람의 죄를 푸는 신권을, 다른 하나는 참회자의 참뜻과 법에 따라 판단하는 청죄 사제의 재량을 나타낸다. 〈분간의 열쇠〉는 후자의 것으로 죄인의 죄와 그 참회하는 마음의 참뜻을 잘 판단해서 죄를 사할 것인가 아닌가를 정하는 것을 의미한다(최민순 옮김, 을유, 1960, 312면).

2 「요한 복음서」 4장 24절.

펴져 있고 머리카락이 길게 늘어지고 머리 뒤의 후광에 세 개의 표식이 있으면 이런 그림에 대하여, 그리스도께 예배하는 것과 동일한 방식으로 예배를 드려야 한다는 계시가 사도들에게 내려진 것은 아닌가 봅니다. 이런 복잡하고 난해한 문제를 도대체 누가, 아리스토텔레스와 스코투스의 책에 묻혀 36년을 내내 공부하지 않고서 알 수 있겠습니까? 또 사도들은 은총을 거듭해서 가르쳤으되, 결코 이를 구분하여 도움의 은총과 생명의 은총으로 나누지 않았습니다.[3] 사도들은 성사(聖事)를 독려하였으되, 그것이 성사를 행하는 사람에 달렸는지, 아니면 성사 범절에 달렸는지에 관해서는 따지지 않았습니다.[4] 또한 사도들은 자비를 거듭해서 가르쳤으되, 타고난 자비심과 얻어진 자비심을 나누지 않았으며, 이것이 우연적이냐 아니냐를 묻지 않았으며, 이것이 본질적인지 비본질적인지, 창조된 것인지 아닌지도 따지지 않았습니다. 사도들은 죄짓는 것을 금하였으되, 내 목숨을 걸고 맹세하노니, 사도들은 우리가 죄라고 부르는 것이 도대체 무엇인지를 신학적으로 정의할 줄 몰랐습니다. 이런 것은 스코투스주의자들의 정신에 따라 철저하게 배우고 나서야 가능한 일일 겁니다. 나는 믿거니와 사도 바오로는 — 우리는 사도 바오로 한 명의 학식으로 다른 사제들 모두를 대표할 수 있습니다 — 난해한 질문들과 논쟁들과 계보들과, 바오로의 용어를 빌리

3 이 문장은 1522년에 추가되었다(ME 32면 참조).
4 〈인효(人效)opus operantis〉와 〈사효(事效)opus operatum〉를 구분하는 것. 그런데 여기서 에라스무스는 opus operans라는 용어를 사용하고 있다. 에라스무스의 용어가 원래적 형태인 것으로 보인다(ME 155면 참조).

자면 〈설전〉[1] 이 도를 지나칠 경우, 이를 결코 용납하지 않았습니다. 더군다나 사도 바오로 당시의 논쟁과 설전은 오늘날 크뤼시포스의 난해함보다 더 심하게 난해하고 어려운 논쟁에 비하면, 다만 촌스럽고 평범한 것이었을 텐데도 말입니다.

그럼에도 이들 교회 학자들은 매우 점잖은 축에 든다 하겠 103습니다. 사도들이 남긴 증언들이 좀 거칠고 그다지 학자풍의 솜씨가 아니라는 이유로 이들을 비난하지 않는 것을 보면 말입니다. 대신 이들은 사도들의 글을 편리하게 해석하면서 부분적으로 옛글에 명예를 덧붙이며 부분적으로 사도들의 이름을 드높입니다. 사도들이 그들의 스승으로부터 일언반구도 듣지 못했던 것들에 관해 사도들에게 학자연한 것을 요구하는 것 자체가 공정하지 못한 일이겠는바, 거친 글이 크뤼소스토모스, 바실레이오스, 히에로뉘무스에서 보이기라도 하면 거기에다 〈수용 불가〉라는 딱지를 붙이고도 남을 교회 학자들이 말입니다.[2] 사도들도 이교도 철학자들과, 천성이 완고하기로는 둘도 없는 유대 신학자들을 돌려세운바, 이는 오로지 사도들의 실천하는 삶에 나타난 이적과 기적의 힘이었습니다. 결코 삼단 논법의 힘이 아니었으니, 당시 스코

1 λογομαχία. 「티모테오에게 보낸 첫째 서간」 6장 4절.
2 바실레이오스는 서기 329~379년에 살았으며 소아시아 카파도키아의 카에사레아의 주교였다. 요한 크뤼소스토모스는 서기 345~407년에 살았으며, 콘스탄티노폴리스의 주교였다. 히에로뉘무스는 서기 340~420년에 살았으며 교회 학자였다. 에라스무스는 히에로뉘무스의 불가타 성서 번역을 편집했다.

투스의 〈임의 문제 토론집〉이 있지도 않았으며, 있었다 한들 따라가지도 못할 만큼 난해한 글을 가지고는 아무도 회심케 하지 못했을 겁니다.[3] 오늘날 이교도 혹은 이단자들은 그런 난해한 글에 회심치 않으니, 다만 이를 이해하기에는 둔한 사람들이거나, 이를 조롱할 만큼 뻔뻔한 사람들이거나, 혹은 마치 마법사가 비슷한 능력의 마법사와 맞붙고, 검투사가 엇비슷한 실력의 검투사와 맞붙는 것처럼, 하여 페넬로페가 베틀에 천을 짰다가 풀었다 하는 것처럼 매번 제자리를 맴돌며 대등한 싸움을 벌일 수 있을 만큼 비슷한 궤변에 익숙한 사람들만이 꼬여 드는 상황입니다. 그러므로 만약 이러지도 저러지도 못하는 전쟁을 벌이고 있는 미련스러운 군대를 대신하여, 고함치는 스코투스주의자들과 완고한 오캄주의자들과 불굴의 알베르투스주의자들을 하나로 묶어 현명한 교회 학자들의 군단을 만들어 투르크족과 사라센족을 대항하도록 파견한다면, 나는 기독교인들이 그간의 모든 전쟁 가운데 가장 훌륭한 전쟁을, 이전에 한 번도 본 적 없는 승리를 목격하게 될지도 모른다고 생각합니다. 교회 학자들이 가진 발군의 말재주는 냉정한 사람마저 격앙케 할 것이며, 지독한 혓바닥은 무던한 사람마저 격분케 할 것이며, 칠흑 같은 논리는 밝은 눈마저도 가릴 것이기 때문입니다.

104   이런 모든 것을 말하는 내가 여러분들에게 조롱하는 것처럼 보일 테지만, 이는 놀랄 일도 못 됩니다. 교회 학자들 가운

3 토마스 아퀴나스 『신학대전 14』, 이상섭 옮김, 정의채 감수, 바오로딸, 2008, 29면 참조.

데서도 좀 더 많이 배운 이들은 사실 자신들이 생각하기에도 사소한 저들의 신학적 세밀함에 역겨움을 느끼고 있으며, 또 예배를 드리기보다는 설명을 앞세우며 더러운 입으로 논증하고, 이교도의 세속적 논리로 변론하고, 오만불손하게 정의하고, 신학의 성스러운 위엄을 건방지고 지저분한 어휘와 문장으로 손상시키는 행위를 마치 성물 절도와 같은 종류의 극악한 불경으로 간주하는 사람들도 있으니 말입니다.

그러나 교회 학자들은 스스로의 모습에 취하여 스스로에게 격려의 박수를 보내며, 밤낮을 가리지 않고 달콤하기 그지없는 제 노래에 취하여, 복음서나 바오로의 서신을 읽는 것은 고사하고 들출 여유조차 없습니다. 이들은 따지고 물으며 쓸데없는 소리를 지껄이지만, 스스로는 교회 전체를 자신들이 떠받치고 있다고 생각합니다. 시인들이 말하는 아틀라스가 어깨 위에 하늘을 떠받치고 있는 것처럼 자신들이 삼단논법의 기둥으로 교회 전체를 지탱하였기에 망정이지 그러지 않았다면 교회가 무너졌을 것이라고 이들은 믿습니다. 이들이 말씀의 비밀을 마치 밀랍처럼 이렇게 주물렀다가 또 저렇게 멋대로 주무르며 얼마나 행복해하는지 여러분은 아십니까? 심지어 이들은 자신들이 얻어 내고 겨우 몇몇 교회 학자들이 날인한 견해를 솔론의 법률과 교황의 교령보다 앞세웁니다. 또 이들은 마치 자신들이 풍기 감찰관이라도 된 양, 자신들의 견해에 분명하게든 혹은 암시적이든 정확히 부합하지 않는 주장은 취소하도록 강요하며, 마치 신탁을 받은 것이나 다름없이 〈이 주장은 거짓이다, 이는 전혀 존중할 가치가 없다, 이는 이교도의 냄새가 난다, 이는 사악한 헛소리다〉라고 선포합니다. 그리하여 세례도 복음서도 바오로도 베드로도 성자 히에로뉘무스와 아우구스티누스, 그리고 위대한 아리스토텔레스주의자 토마스 아퀴나스마저, 이들 교회 학자들이 동의하지 않으면, 단 한 명도 기독교인으로 만들 수 없습니다. 그만큼 이들의 판단 기준은 까다롭고 엄격합니다. 지혜로운 교회 학자들이 가르쳐 주지도 않았는데, 감히 〈너는 요강 냄새가 난다〉나 〈요강은 냄새난다〉에서, 혹은 〈그릇들이 끓는다〉나 〈그릇이 끓는다〉에서 각각의 경우 양쪽 문장이 공히 문법적으로 정확하다고 말하는 자는 기독교인이 될 수 없다는 것을 도대체 누가 생각이나 했겠습니까?[1] 교회 학자들이 이런 오류들을 커다랗게 인가 도장을 찍어 출판하였기에 망정이지, 만약 이런 오류들에 관한 책이 전무하였다면 도대체 어느 누가 이런 오류들의 어두운 그림자로부터 교회를 해방시켰겠습니까? 이런 오류를 지적할 때에 이들은 참으로 행복해합니다. 또 하계에서 마치 수십 년간 지내기라도 한 것처럼 지옥의 일들을 시시콜콜 아주 정확하게 묘사할 때는 어떠합니까? 또 자신들의 판단에 따라 새로운 천구를 하나 덧붙일 때는 어떠합니까? 이들은 천상의 영혼들이 편리하게 산책하고 만찬을 벌이는가 하면 심지어 공놀이를 할 친구가 없어서는 안 된다며 제일 넓고 아름다운 천구를 하나 더 가져다 붙였습니다. 또한 수천 가지 이런 종류의

---

1 〈*matulā putes*(너는 요강 냄새가 난다)〉, 〈*matulă putet*(요강은 냄새 난다)〉 또 〈*ollae fervěre*(그릇들이 끓는다)〉, 〈*ollam fervēre*(그릇이 끓다)〉.

쓸데없는 것들로 교회 학자들의 머리는 부풀어 오르고 가득 메워져 있어, 내 생각하기에 이에 비하면 유피테르가 팔라스 아테네를 낳을 무렵 머리가 터질 정도로 크게 부풀어 올라 불카누스의 도끼를 찾을 때는 오히려 대수롭지 않았다고 하겠습니다. 그러므로 교회 학자들이 머리에 수많은 끈으로 장식한 모자를 부지런히 눌러쓰고 공개 토론장에 모습을 나타날 때에 여러분은 놀라지 마시기 바랍니다. 그렇게 하지 않으면 그들의 머리는 터져 버릴지도 모릅니다.

우신인 나조차도 가끔 실소를 금할 수 없을 때가 있으니, 그것은 거칠고 구역질 나는 언어를 잘 구사할수록 그만큼 더욱 위대한 신학자가 된다고 교회 학자들이 생각한다는 점입니다. 또 말더듬이나 겨우 알아들을 수 있을 만큼 말을 토막 토막 지껄이며 대중이 이해하지 못하는 소리를 하면서도, 이것이 자신들의 심오한 학식에 기인한다고 생각한다는 것입니다. 자신들에게 문법 규칙에 따르라고 강요한다면, 이들은 이것이 성서적 존엄에서 벗어나는 일이라고 주장합니다. 문법적으로 엉터리 말을 사용할 수 있는 것이 오로지 이들 교회 학자들에게만 허락되었다면 이는 이들의 놀라운 위엄이겠지만, 실로 이는 길거리의 장사치들과 이들이 공유하는 바입니다. 또 사람들이 이들을 〈교수님 *magister noster*〉이라고 부르며 경건하게 인사를 붙일 때마다 이들은 자신들이 신들에 버금가는 인물이라도 되는 양 우쭐하는데, 이들은 이 호칭에 유대 사람들의 〈야훼〉란 뜻이 담겨 있다고 생각하는 것이 아닌가 싶습니다.[1] 그러므로 이들은 〈MAGISTER NOSTER〉라고 대문자로 적어야 하며 그러지 않으면 불경이라고 주장합니다. 앞뒤를 바꾸어 〈NOSTER MAGISTER〉라고 행여 적기라도 한다면, 이것 하나로 〈교수〉라는 호칭의 신학자적 존엄을 한꺼번에 훼손하게 될지도 모를 일입니다.

107　　이상 교회 학자들의 행복에 맞먹는 인물들이 있는바, 은수사(隱修士) 혹은 수도승이라 불리는 자들입니다. 그런데 이들의 호칭부터가 잘못되었습니다. 왜냐하면 이들 가운데 상당수는 수도 생활과 상당히 거리가 멀기 때문이며, 세상 도처를 이들만큼 싸돌아다니는 사람은 없기 때문입니다. 이들을 여러모로 내가 돕지 않았다면, 아마도 이들은 누구보다 불쌍한 종자들이 되었으리라 나는 생각합니다. 사람들이 이들 모두를 어찌나 싫어하고 기피하는지, 우연히 이들을 마주치기라도 하면 그날은 재수 옴 붙었다고 생각하지만, 정작 이들은 자아도취에 빠져 스스로가 대단한 줄 압니다. 우선 이들은 무학무식에 글자를 전혀 읽을 줄 모르는 것이 최고의 신앙이라고 생각합니다. 또 이들은 찬송가를 부를 때면 이를 다만 번호 붙은 대로 따라 욀 뿐 전혀 음미하고 이해하려 들지 않는 당나귀들로서 그저 먹따는 소리로 교회당을 채우면 성자들이 마냥 즐거워할 것이라고 믿습니다. 이들 가운데 몇몇은 불결한 걸인 생활을 탁발 수행입네 크게 팔아 먹고사는바, 남들 집 앞에서 큰소리치며 빵을 구걸하며 심지어는 찾아가는 여관마다, 얻어 타는 마차마다, 얹혀 가는 나룻

1 원문 τετραγράμματον는 자음 네 글자로 구성된 〈YHWH〉을 가리킨다. 이는 유대의 하느님을 뜻한다.

배마다 어디서나 소란을 피웁니다. 정작 걸인들은 이들 때문에 적잖은 손해를 입습니다. 하여 이들 지극히 유쾌한 자들은 이런 방식으로 불결하고 무식하고 촌스럽고 뻔뻔스럽게 행동하면서도 제 딴에는 사도들의 삶을 우리에게 재현해 보여 준다고 말합니다.

하지만 더욱 재미있는 것은 이들이 이런 모든 것들을 마 ¹⁰⁸치 한 치의 오차도 허용하지 않는 수학적 원리를 적용하듯 규율에 따라 행한다는 사실입니다. 신발 끈의 매듭 수, 각 수도복의 색깔, 각 수도복의 형태 차별, 허리띠의 소재와 한 가닥의 너비, 웃옷에 달린 쓰개의 형태와 크기, 삭발 기준 손가락 몇 마디까지, 수면 단위 몇 시간까지 정해져 있습니다. 하지만 이러한 평등이 신체적, 정신적 차이가 아주 큰 상황에서 얼마나 불평등한 조치인지를 도대체 누가 모르겠습니까? 이런 하찮고 자질구레한 규율들로 이들 쓸모없는 자들은 스스로를 다른 사람들과 구별하는 한편, 서로가 서로를 비방하여 남이 조금이라도 달리 염색된 옷을 입는다거나 조금이라도 더 어두운 색깔의 옷을 입었다는 이유로, 스스로 사도의 은총을 선포한다고 떠들던 이들이 끔찍한 비극을 초래합니다. 하여 여러분은 아주 엄격한 수사들을 만나 볼 수 있을 텐데, 겉에 킬리키아 모직 옷을 입고 안에는 밀레토스 면직 옷을 고집하는 독실한 수사가 있는가 하면, 반대로 안에 아마포를 고집하고 겉에 면을 고집하는 독실한 수사가 있습니다. 또 어떤 수사는 돈을 만지는 것을 마치 바꽃 독약처럼 기피하면서도 포도주와 여자는 대단히 절제하지 않습니다. 이렇게 볼 때 이들은 모두가 보기에 놀라운 열정으로 서로 다른 생활 규칙을 따르고 있습니다. 하지만 이것은 예수 그리스도를 닮기 위해서라기보다는 오히려 서로 다르게 보이기 위해서가 아닐까 합니다.

109 그러므로 이들에게 커다란 기쁨을 주는 것은 이들 각자가 나름대로 사용하는 별칭입니다. 이들은 스스로를 〈허리띠를 졸라맨 수사〉라고 부르는 한편, 자기들끼리 편을 먹고 콜레트회, 작은 형제회, 미니모회, 불리스타회 등으로 갈라섰습니다. 또 베네딕토회, 베르나르도회, 브리지다회, 아우구스티노 은수사회, 귈리엘미트회, 야고보회 등이 있는데, 이들은 공히 기독교도라고 불리길 원하지 않는 것 같습니다. 그들이 행하는 것이 겨우 나름대로 제정한 의례들과 인간적인 사소한 규칙들임에도 불구하고, 이들 가운데 상당수는 이를 커다란 공헌으로 여겨 이에 합당한 보상으로 천국 하나로는 부족하다고 생각합니다.[1] 장차 그날에 그리스도는 다른 모든 것들은 버려두고 오로지 하나, 사랑의 계명을 실천하였는지를 물으실 텐데, 이를 이들은 깨닫지 못하고 있습니다. 어떤 수사는 온갖 종류의 생선으로 가득 찬 아랫배를 보여 줄 것입니다. 어떤 이는 1백 편의 찬송가를 쏟아 낼 것이며, 어떤 이는 무수히 많은 금식 기도 날짜를 — 물론 매번 아침 식사는 배가 터질 만큼 든든히 먹었으면서 — 계산할 것입니다. 어떤 이는 일곱 척의 배에 나누어 실어도 모자랄 만큼 많

---

1 109문단 7행, 〈그들이 행하는 것이……〉에서 113문단 30행, 〈……않을 것이라 하였습니다〉까지는 1514년에 추가되었다(ME 30면 참조).

은 예배 절차들을 한가득 내세울 것입니다. 어떤 이는 예순 평생 단 한 번도 돈을 손에 — 물론 손가락을 감싼 주교 장갑으로였으니 틀리다고 할 수 없는바 — 대지 않았다고 떠벌릴 것입니다. 어떤 이는 뱃사람들마저 걸치려 하지 않을 만큼 때 타고 지저분한 쓰개 모자를 가져올 것입니다. 어떤 이는 자신이 마치 해면처럼 한 장소에 붙어 50년 이상을 살았음을 상기시킬 것입니다. 어떤 이는 맹렬한 찬송으로 쉬어 버린 목소리를 내세울 것이며, 어떤 이는 남을 만나지 않고 홀로 고행하여 정신이 혼미함을, 어떤 이는 오랜 침묵 수행으로 혀가 마비되었음을 자랑할 것입니다. 하지만 그리스도는 끝날 줄 모르는 이러한 자아도취들을 가로막으며 물어 말하실 것입니다. 〈이들 새로운 유대인들은 도대체 어디에서 비롯되었는가? 나는 오로지 나의 율법으로 삼은 단 하나의 계율을 알고 있는바, 이에 관해서는 어느 누구도 말하지 않았다. 과거 나는 비유를 전혀 사용하지 않고 명명백백히 아버지의 왕국을 약속하였다. 이는 머리에 쓴 쓰개로도 아니요, 노래하는 찬송으로도 아니요, 실천한 금욕으로도 아니며, 이는 오로지 믿음과 사랑의 의무를 다함으로만이 가능한 것이라. 나는 자신의 과업을 지나치게 알아 달라 내세우는 자들을 받아들이지 않는다. 하니 나보다도 경건하게 보이길 원하는 자들은 떠나되, 원한다면 아브락사스의 하늘에 거하라. 나의 가르침을 따르기보다는 저들의 하찮은 계율들을 우선시한다면, 저들에게 새로운 천국을 건설해 달라고 하라.〉 이런 말씀을 이들 수사들이 듣는다면, 그리고 그리스도가 뱃사람이나 마부들을 이들보다 높이 사는 것을 본다면, 여러분은 이들이 어떤 표정으로 서로를 쳐다볼 것이라 생각합니까?

110   이렇게 이들이 자기도취에 빠져 행복해하는 것은 나 우신의 도움이 없었다면 가능하지 않은 것입니다. 그런데 누구도 이들을 우습게 보지 못합니다. 이들이 국가 권력과는 멀리 떨어져 있고 더군다나 구걸에 가까운 생활을 하지만 말입니다. 왜냐하면 이들은 모든 사람들의 모든 비밀을 소위 고해 성사라고 부르는 일을 통해 손에 쥐고 있기 때문입니다. 물론 이런 비밀을 세상에 알리는 것은 불경한 일임에도 불구하고, 술을 마시다가 유쾌한 이야기로 좌중을 흥겹게 만들고자 할 때는, 이름은 언급하지 않으며 다만 모두의 추측에 맡겨 둔 채, 이를 발설하길 마다치 않습니다. 이들 말벌들을 누군가 행여 건드리기라도 하면, 대중 설교 가운데 제대로 이를 앙갚음하는데, 넌지시 말을 돌려 가며 원수 된 자의 일을, 누군지를 짐작하는 사람은 누구나 다 알 수 있도록 말해 버립니다. 이들은 여러분이 자신들 입에 무언가 먹이를 던져 줄 때까지 멈추지 않고 짖어 댑니다.

111   어떤 희극 배우가, 어떤 장돌뱅이 약장수가 대중 설교에서 연설가연할 때의 이들보다 보기에 더 재미있을 수 있겠습니까? 이들은 아주 우스꽝스럽게 그러나 딴에는 자랑스러워하며 연설술에 관해 수사학 선생들이 남겨 준 가르침을 흉내 냅니다. 불멸의 신이시여, 이들이 취하는 몸짓, 이들이 그때그때 바꾸는 목소리, 이들의 낮게 깔아 토하는 저음, 손짓 발

짓 하는 몸동작, 연이어 이렇게 저렇게 바뀌는 얼굴 표정, 고함을 동반한 이 모든 것들을 굽어살피소서. 설교를 잘하는 기술 혹은 뭐랄까, 숨겨 둔 비결은 형제로부터 형제로 전수되며 이어집니다. 내가 이런 비결을 전수받는 것은 불경한 일인지라 전수받지 못하였으나, 그럼에도 불구하고 나는 추측으로 그것이 어떤 것인지를 짐작하고 있습니다.[1]

설교 첫 부분에서 이들은 기원의 문구로부터 설교를 시작합니다. 이것은 이들이 시인들로부터 도입한 것입니다. 두 번째 부분에서 이들은, 가령 사랑을 이야기하고자 할 때마다 나일 강으로부터 서두를 꺼냅니다. 혹은 십자가의 신비를 설명하고자 할 때마다 바빌론의 용 벨로부터 기꺼이 이야기를 시작합니다. 혹은 금식에 관하여 논하고자 할 때마다 열두 황도로부터 이야기의 단초를 발견합니다. 혹은 신앙에 관해 언급하고자 할 때마다 한참 동안 원의 면적 구하는 방법을 설명합니다.[2] 나는 한번 어떤 대단히 어리석은 — 잘못 말했습니다. 〈대단히 현명한〉이라고 말하려 했습니다 — 분의 설교를 들었습니다. 그는 사람들이 열광하는 설교 가운데 삼위일체의 신비를 설명하고자 하였으며, 자신의 범상치 않은 학설을 제시하여 교회 학자들의 귀를 만족시키기 위해 전혀 새로운 방법을 사용하였습니다. 그는 자모와 음절과 문장을 말하고, 이어 명사와 동사의 일치를 논하고 형용사와 명사의

₁₁₂

1 앞서의 언급처럼 〈형제〉들에게만 전수되는 내용이므로 당연히 〈여자〉인 우신에게 전수되는 것은 금지되었다는 뜻이다(ME 163면 참조).
2 전혀 상관없는 이야기로부터 말을 시작하는 예 네 가지를 언급하고 있다. 〈바빌론의 용 벨〉은 「다니엘서」 14장 1절 이하에 언급된다.

일치를 논하였습니다. 하여 사람들이 이를 보고 놀라며 대부분이 자기들끼리 수군거리며 〈냄새나는 이 모든 것들은 도대체 무슨 아랑곳이람?〉이라고 호라티우스의 문구를 말합니다.[3] 마침내 그는 결론에 이르러, 문법의 기초 상식에도 벌써 삼위일체의 모상이 완벽하게 표현되어 있으며, 어떤 수학자도 이보다 명백하게 이를 모래판 위에 그려 증명하지 못할 것이라고 주장합니다. 이런 설교를 준비하는 데 위대하고 위대한 이 신학자는 지난 여덟 달 꼬박 열정을 쏟았으며 그 결과 오늘에 이르러 두더지보다 더 시력이 약화된바, 아마도 안광의 정력이 온통 사유에 소모되었나 봅니다. 그는 시력을 잃을 정도로 일한 것을 후회하지 않으며 오히려 적은 대가를 지불하고 영광을 얻었다고 생각합니다.

113   여기서 잠깐 나는 여든 살 먹은 현역 교회 학자의 이야기를 들려 드리겠습니다. 스코투스가 이 사람의 몸을 빌려 다시 태어난 것은 아닐까 싶을 정도입니다. 그는 〈예수〉라는 이름에 담긴 신비를 해명하고자 하였으며, 놀라울 정도로 정교하게 이 단어에 숨겨진 것, 그러니까 예수에 관한 무언가를 드러내 보여 주었습니다. 〈예수Jesus〉라는 단어는 세 가지 격변화형만을 갖고 있는바 이는 삼위일체의 신비를 상징하는 것이 분명하다고 주장합니다. 주격 〈예수는Jesus〉은 〈s〉로 끝나고, 목적격 〈예수를Jesum〉은 〈m〉으로 끝나고, 여타의 격들은 〈예수의Jesu〉이며 이는 〈u〉로 끝나고 있는바, 이는 말로는 차마 표현할 수 없는 신비를 간직하고 있는데, 세 글

3 호라티우스 『풍자시』 2, 7, 21행.

자는 각각 〈정상summum〉, 〈중간medium〉, 〈말미ultimum〉
을 나타낸다 말합니다. 여기에 또한 더욱 심오한 신비가 숨
겨져 있다 합니다. 수학적 원리에 따라 〈예수Jesus〉는 가운데
〈s〉를 〈제5음보 휴지 마디〉로 하여 앞뒤가 같은 크기로 정확
하게 이등분된다는 것입니다.[1] 또 그는 이 글자를 유대 문자
로는 〈w〉라고 적는데 이를 〈쉰syn〉이라고 소리 내는바, 이는
스코틀랜드 방언에서 〈죄악〉을 뜻하며 이로 미루어 볼 때 예
수는 세상의 죄악을 모두 청산한 분임이 명백하다고 주장합
니다. 이런 새로운 서두에 모두가 놀라 입을 크게 벌리며, 특
히 교회 학자들은 과거 니오베가 겪었던 것과 같은 운명을 겪
습니다. 나에게도 무화과나무로 깎은 남근 신 프리아포스가
카니디아와 사가나의 밤중 제사를 목격하였을 때 그에게 생
겼던 일과 흡사한 일이 생겼습니다.[2] 이는 너무도 당연한 것
이, 결코 희랍인 데모스테네스 혹은 로마인 키케로가 이런 식
으로 말머리를 꺼낸 적이 없기 때문입니다. 희대의 두 연설가
들은 이렇게 사태의 본질과는 무관한 것으로 시작하는 서두
는 잘못되었다고 생각하였으며, 자연을 스승 삼아 독학한 돼

1 〈제5음보 휴지 마디penthemimeres〉는 여섯 걸음 운율의 서사시에 사용
되는 휴지 단락 가운데 하나다. 이는 서사시의 한 행에서 첫 두 음보에 이어
지는 장음절(즉 제5음보) 바로 뒤에서 휴지하는 경우를 가리킨다.
2 오비디우스 『변신 이야기』 제6권 302행 이하에서 니오베는 자식들을
잃고 〈슬픔으로 딱딱하게 굳어진 채, 그녀의 머리털은 미풍에 흔들리지 않았
고, 얼굴은 핏기 없이 창백했으며 두 눈은 슬픔에 잠긴 눈구멍 안에 멍하니
서 있었다. 그 모습에는 살아 있는 것이라고는 아무것도 없었다.〉 남근 신 프
리아포스의 이야기는 호라티우스 『풍자시』 1, 8, 44행 이하에 등장한다. 무
서운 광경을 목격하고 두려움에 갈라졌다고 한다.

지치기들조차도 그와 같이 말을 시작하지 않을 것이라고 하였습니다. 그런데 우리의 현학들께서는 자신들이 사용하는 서론 방법, 그들 나름대로는 〈예비적 변죽〉이라는 것이 자신들을 위대한 연설가로 만들어 줄 것이라고 믿으며 연설 주제와는 절대 무관한 것으로 말머리를 꺼내는데, 청중들은 이에 당황하여 혼자 속으로 중얼거립니다. 〈저놈은 대체 어디로 기는 중이냐?〉[3]

서두에 이어 세 번째로 본론 서술에서는 복음서의 일부를 달음박질치듯 그리고 다만 부수적인 것처럼 슬쩍 지나칩니다. 정작 다루어야 할 핵심인데도 말입니다. 네 번째 부분에서는 가면을 바꿔 쓰고 〈하늘에서처럼 땅에서도 논의된 바 없는〉 신학자풍의 문제를 제시하게 합니다. 이것이 이들 나름대로의 연설 비법에 해당한다고 이들은 믿습니다. 이 부분에서 특히 이들의 신학자적 자부심이 한껏 드러나는데, 이들은 청중에게 존엄 박사, 엄밀 박사, 극엄밀 박사, 거룩 박사,[4] 순진 박사, 숭고 박사, 무류 박사[5] 등 듣기에 그럴듯한 호칭들을 들먹입니다.[6] 이어 삼단 논법, 대전제, 소전제, 결론, 부가 결론, 추정 등 그 밖에도 많은 스콜라 철학의 개념들을 알아듣지도 못하는 대중들 앞에서 언급합니다. 이제 제5막이

3 베르길리우스 『목가시』 3, 19행.
4 〈거룩 박사〉는 1532년에 추가되었다.
5 〈숭고 박사〉, 〈무류 박사〉는 1522년에 추가되었다.
6 토마스 아퀴나스는 〈천사 박사*doctor angelicus*〉, 스코투스는 〈엄밀 박사*doctor subtilis*〉, 보나벤투라는 〈거룩한 사제*Pater seraphicus*〉, 오캄은 〈불굴의 박사*doctor invincibilis*〉, 헤일스의 알렉산더는 〈무류 박사*irrefragabilis*〉라는 칭호로 불렸다.

이어지는데,[1] 여기서 배우는 자신의 최고 연기를 보여 주는 바, 이들은 『역사 보감』 혹은 『로마사』에서 어리석고 무지한 이야기를 청중 앞에 끄집어내어 그것을 우의적으로, 비유적으로, 영적으로 해석합니다. 이런 방식으로 이들은, 호라티우스가 〈사람 머리에〉로 시작하는 작품을 쓰면서 만들어 낸 그런 괴물도 감히 따라갈 수 없는 자신들의 키메라를 하나 완성하는 것입니다.[2]

이들은 누구로부터 들었는지는 알 수 없지만 아무튼 설교 115 의 시작은 차분하고 가능한 한 작은 목소리로 말해야 한다고 믿습니다. 하여 시작 부분에서는 스스로도 자신의 목소리를 들을 수 없을 정도로 작게 말을 하는바, 이를 두고 아무도 못 알아먹을 소리를 한다고 할 수도 있습니다. 또 이들은 때로 청중의 감정을 자극하기 위해 고함 소리를 사용해야 한다고 믿습니다. 꾹꾹 누른 목소리로 설교를 하다가 갑자기 굳이 필요하지도 않은 부분에서까지 미친 듯 포효하는 목소리를 냅니다. 언성을 높이는 것은 전혀 불필요한바, 누군가 이

---

1 키케로의 『발견론 De Inventione』 제1권 20이하를 보면, 전통적으로 연설문은 〈서론 exordium〉, 〈사건 기술 narratio〉, 〈논점 제시 partitio〉, 〈입증 confirmatio〉, 〈반박 reprehensio〉 〈결론 conclusio〉 등으로 구성된다. 여기서 〈제5막〉이라고 하는 것은 연설을 연극에 빗대어 〈마지막 부분〉을 가리킨다. 호라티우스는 『시학』 189행에서 〈극은 다섯보다 적거나 많지 않은 막으로 구성하시라〉고 썼다.

2 호라티우스 『시학』 1행 이하, 〈사람 머리에 말 모가지를 손 서투른 화가가 붙여 놓고, 만약 짐승의 팔다리를 사방팔방 주워 달며 별의별 새털을 덧대어, 아랫도리는 거무데데 꼴사나운 생선의 것인데 우를 보니 곱상한 여인이라면 친구들아, 이를 보고 웃음을 참을 재간이 있겠습니까?〉

런 자들에게는 그런 광기를 치료할 박새풀이 필요하다고 선언할지도 모릅니다. 또한 이들은 어디서 들었는지 설교를 진행해 가면서 점차 열을 내야 한다고 믿습니다. 하여 각 부분별로 보면, 서두는 차분하게 끌어가며, 이어 사안 자체는 전혀 열을 낼 필요도 없는데도 불구하고 목청이 터져라 소리지르며, 숨이 턱까지 차올라 마지막에는 숨이 멎은 듯 갑자기 막을 내립니다.

116   이들은 수사학자들로부터 웃음에 관해 배웠으며, 하여 농담을 일부 설교 가운데 뿌려 보고자 애쓰고 있습니다. 하지만 친애하는 아프로디테여, 이 얼마나 많은 기막힌 재미이며 이 얼마나 어이없는 적재적소입니까! 실로 영락없이 〈당나귀가 뤼라를 치는 꼴〉입니다. 신랄한 풍자를 한다지만 결국 상대를 상처 입혔다기보다 오히려 간질였다고 해야 옳을 판입니다. 직설적으로 말한다고 하지만 실제로는 이보다 더한 아부는 없다고 해야 할 것입니다. 이런 모든 행동을 종합해 보건대, 이들은 이들보다 훨씬 말재주가 뛰어난 시장 바닥의 떠돌이 약장수에게서 설교를 배운 것이 틀림없다고 여러분은 맹세할 것입니다. 이들의 연설술과 약장수의 연설술은 사실 누가 누구에게서 배웠다고 말할 수 없을 만큼, 그래서 서로가 서로에게서 배웠다고 말해야 할 만큼 서로 닮은 것이 사실입니다.

117   그럼에도 불구하고 아무튼 이들도 나 우신의 놀라운 수고 덕분에 그들의 말을 원조 데모스테네스와 키케로의 연설처럼 들어 줄 청중을 확보하였습니다. 이들이 청중의 귀를 즐

겁게 해주려고 할 때에 청중 가운데는 특히 장사꾼들과 여인네들이 많은데, 이들은 장사꾼들을 애무함으로써 장사꾼들이 더럽게 벌어들인 재산에서 조금이나마 콩고물이 떨어지지 않을까 기대합니다. 여인네들이 이들을 좋아하는 이유는 다종다양합니다만, 그중에서도 제일은 남편들에게 화가 나는 일이 있을 때 이들에게 그것을 실컷 배설할 수 있기 때문일 것입니다.

수사들의 부류가 어느 정도 나 우신에게 신세를 지고 있는지, 이들이 예배에 있어서 우습지도 않은 헛소리들과 고함으로 일종의 독재 권력을 사람들 사이에서 어떻게 행사하는지를 여러분은 보았습니다. 이들은 자신들이 바오로와 안토니오라고 믿습니다. 이제 나는 이렇게 내가 베푼 은공을 모른체하는 배은망덕한 배우 나부랭이들, 경건함을 가장하는 불경한 위선자들에 관해서는 그만 이야기하고자 합니다. ¹¹⁸

이제는 군주들과 궁정 귀족들에 관해 몇 가지 언급하겠습니다. 이들은 타고난 혈통에 어울린다 싶게 탁 터놓고 솔직담백하게 나 우신을 숭배합니다. 콩알 반쪽만큼이라도 생각이 있는 사람들이라면 이들의 삶을 무엇보다 시답지 못한 것으로 기피할 것입니다. 군주의 자리에 앉는 것으로 인해 어깨에 엄청나게 커다란 짐을 져야 한다는 것을 깨달은 사람이라면 모두가, 배신과 부친 살해를 저지르면서까지 권력을 얻으려 하지는 않을 것입니다. 군주의 자리란 곧 사적인 것이 아닌 공적인 업무를 수행함이며, 국가의 공익 이외에는 어느 것도 생각하지 않음이며, 법률의 제정자이며 실행자로서 법 ¹¹⁹

률에서 손톱만치도 벗어나지 않음이며, 모든 공직자들과 행정관들을 청렴결백하게끔 이끌어 감이며, 행운의 별처럼 도덕적 탁월함으로 인민에게 커다란 안녕을 가져다줄 수도 있고 불운의 행성처럼 심각한 불행을 가져다줄 수 있는 자로서 만인의 시선을 한 몸에 받는 자리이며, 필부의 과오처럼 그의 잘못을 장차 아무도 모르게 깊이 숨길 수 없는 자리이며, 아주 조금이나마 정직함을 잃으면 그 결과 엄청나게 많은 사람들에게 회복 불가능한 역병을 초래하는 자리이며, 군주의 운명에 동반하는 많은 것들이 그를 정의로부터 끌어내릴 것이기 때문에 설령 속임수에 의해서라도 쾌락과 방종과 아첨과 사치 등에 빠지지 않도록 더욱 노력하고 더욱 염려해야 하는 자리입니다. 마지막으로 반역과 원한과 전쟁과 폭력은 말고라도 제아무리 사소한 잘못일지라도 죗값을 치르게 하시며 행사한 권력만큼 이를 더욱 엄중히 따져 물으실 왕 중 왕을 항상 두려워해야 할 자리가 군주의 자리입니다. 내 말하노니, 이런 것들과 이런 종류의 많은 것들을 생각한다면 — 물론 이를 생각할 수 있을 만큼 현명하다면 말이지만 — 군주 된 자는 결코 잠과 식사를 즐겁고 유쾌하게 누릴 수 없을 것입니다.

120   하지만 오늘날 군주들은 나 우신의 도움을 받아 모든 근심 걱정을 신들에게 맡겨 두고 염려와 고민을 치워 둔 채, 영혼에 불쾌감이 들지 않도록 듣기 좋은 말만을 하는 자들에게 귀를 기울입니다. 이들은 열심히 사냥하고, 명마를 사육하고, 행정과 군인 요직을 판매하고, 백성들의 주머릴 털

어 자신의 금고를 채울 새로운 방법을 매일매일 고안하고, 제아무리 불공정한 일일지라도 명목을 바꾸어 공정하게 포장하는 것으로 자신들이 군주의 본분을 충실하게 수행하였다고 믿습니다. 여기에 덧붙여 백성들의 마음을 제 편으로 얻기 위해 백성들에게 아첨하는 데도 힘을 기울입니다. 여러분, 한번 그려 보기 바랍니다. 법률적 지식은 전무하고, 공공의 이익에 반하는 흡사 적대자이고, 개인적인 이익만을 추구하고, 쾌락에 흠뻑 젖어 학문과 자유와 진리를 혐오하고, 국가의 안녕은 전혀 생각하지 않으며 오로지 모든 것을 자신의 욕망과 편리에 따라 측정하는 인간들을 말입니다. 더불어 이들이, 모든 덕목을 하나로 묶어 상징하는 황금 목걸이를 걸고 있으며, 모든 영웅적 용기에 있어 어느 누구도 따라올 수 없음을 뜻하는 진귀한 보석 왕관을 쓰고 있으며, 정의와 어느 경우에도 흔들리지 않는 공정을 상징하는 왕홀을 쥐고 있으며, 마지막으로 국가에 대한 극진한 헌신을 뜻하는 자줏빛 용포를 입고 있는 모습을 생각해 보기 바랍니다. 오늘날 군주들이 이런 장식물들에 비추어 자신들의 삶을 돌아본다면, 내 생각에 이들은 스스로 부끄러워하며 행여 익살스러운 해설자가 나타나 이런 모든 비극적 의복을 조롱하지 않을까 염려할 것입니다.

그럼 궁정 귀족들은 어떻습니까? 이들 대부분은 더할 수 없을 만큼 알랑거리며 비굴하고 어리석고 천박합니다. 그러면서도 이들은 자신들이 모든 일에 있어 제일 앞서 가야 한다고 믿습니다. 다만 한 가지 겸손을 보이며 양보하는 것

121

이 있는바, 금붙이며 보석들이며 자줏빛 관복 등 덕과 지혜를 상징하는 장신구들로 몸을 휘감은 반면 정작 덕과 지혜의 연마 자체는 남들에게 양보합니다. 이들은 자신들에게 군주를 〈주인님〉이라고 부를 수 있는 지위가 주어졌음에, 군주에게 몇 마디 인사를 건넬 수 있음에, 군주를 부르며 〈근엄하시고 존엄하시고 위대하신〉 등의 굉장한 호칭을 줄줄이 엮어 넣을 줄 앎에, 이런 낯간지러운 짓을 아무렇지도 않게 행함에, 이런 아부를 멋들어지게 해냄에 즐거워합니다. 바로 이런 것들이 궁정 귀족 된 자들이 갖추어야 할 기술이기 때문입니다. 만약 이들의 삶을 좀 더 가까이에서 자세히 살펴본다면, 여러분은 이들이 진정한 파이아케스 사람들 혹은 페넬로페의 청혼자들임을 알게 될 것입니다. 자세한 것은 나보다 메아리의 여신이 더 잘 전달해 줄 것입니다.[1] 이들은 벌건 대낮까지 잠을 자는데, 사제들을 고용하여 침대 옆에 대기시켜 놓았다가 침대에 누운 채로 재빠르게 예배를 마치고 나서 곧 조반을 먹는데 아침 식사를 마치자마자 곧 점심 식사가 이어

---

1 〈파이아케스 사람들〉에 관해서는 『오뒷세이아』 제6권에서 읽을 수 있다. 오뒷세우스는 칼립소의 섬을 떠나 파이아케스 사람들의 땅에 도착한다. 이들은 무척 행복하게 살고 있었다. 〈페넬로페의 청혼자들〉에 관해서는 『오뒷세이아』 제1권 144행 이하에서 잔치를 거창하게 벌이며 가무를 즐기고 있는 청혼자들을 볼 수 있다. 호라티우스 『서간시』 1, 2, 26~31행, 〈페넬로페의 청혼자들은 아무짝에도 쓸모없는 인간들, 이들 알키누스를 따르는 무리들은 지나칠 정도로 피부를 가꾸었으며, 이들에게 벌건 대낮까지 잠을 자는 것, 그것도 키타라의 반주에 맞추어 잠을 청하는 것이 아름다운 일이었다〉에서도 볼 수 있다. 에라스무스가 〈메아리의 여신〉 운운하는 것은 이하에서 호라티우스의 말을 거의 그대로 인용하고 있기 때문이다.

집니다. 그러고는 주사위 놀이, 장기 놀이, 점치기, 어릿광대, 익살꾼, 매춘부, 색정 희롱, 음담패설 등이 이어집니다. 그 사이 한두 번의 간식이 있습니다. 다시 이어 저녁 식사, 그리고 술잔치가 유피테르에게 맹세코 한 판 이상 벌어집니다. 이런 방식으로 이들은 이런 삶에 물리지도 않는지 몇 시간, 몇 날, 몇 달, 몇 년, 몇 백 년이고 이렇게 살아갑니다. 나 우신조차도 때로 이들이 허풍 허세를 칠 때면 역겨움을 느낄 정도인바, 귀족 여인들은 하나같이 모두 치맛자락을 남들보다 길게 늘어뜨릴수록 더욱 신적으로 보인다고 믿는가 하면, 귀족 사내들은 남들보다 그들이 모시는 유피테르와 가까운 사이로 보일 수 있도록 다른 사람들을 팔꿈치로 밀쳐 내며, 목에 걸고 있는 목걸이가 남들보다 무거울수록 더욱 스스로 대견해합니다. 그래 봐야 결국 돈 자랑에 힘자랑밖에 안 되는데도 말입니다.

궁정 귀족들의 모습에 열심으로 도전하는 혹은 거의 능가하는 자들로 교황들과 추기경들과 주교들이 있습니다. 이들의 외관을 가까이 자세히 살펴볼 것 같으면 이렇습니다. 줄무늬 장식이 있고 눈처럼 흰 것이 인상적인 복장은 한 점의 과오가 없는 삶을 의미하며, 쌍으로 모자 뿔을 세우고 그 꼭지에 매듭 하나를 매어 둔 주교관은 이를테면 구약과 신약에 대한 공히 절대적인 지식을 상징하며, 손을 두루 감싸고 있는 주교 장갑은 인간 세속 어떤 일에도 손대지 않으며 오로지 성사만을 주관하는 정결함을 나타내며, 지팡이는 그들에게 맡겨진 양 떼를 지극한 정성으로 돌보며 깨어 있음을 가리키며, 앞에 내세운 십자가는 분명코 모든 인간적 욕망을 이겨 냈음을 웅변합니다. 만약 이들 가운데 누군가가 자신의 복장과 기구가 갖는 이런 의미들을 음미해 보았다면, 내 말하노니, 그의 삶은 온통 두려움과 불안에 시달렸을 것입니다. 하지만 오늘날 이들은 스스로의 만족에만 매달려 매사 즐겁게 지내고 있습니다. 나머지 모든 과업들은 예수 그리스도에게 혹은 거느린 수사들에게 혹은 소위 보좌 사제들에게 맡겨 둔 상태입니다. 이들은 자신들이 가진 호칭 가운데 〈주교〉가 뜻하는 것이 무엇인지를 의식하지 못하며, 주교란 수고하고 돌보고 간수하는 자임을 간과하고 있습니다. 하지만 돈을 긁어모으는 일에 관하여 그들은 〈주교직〉을 아주 정확히 수행하는바, 〈눈먼 파수를 보지〉 않습니다.[1]

마찬가지로 추기경들도 자신들이 사도들의 자리를 이어받았으며, 자신들에게 그들의 선구자이신 사도들과 동일한 것이 요구되며, 자신들이 영적 재산의 주인이 아니라 다만 관리자로서 장차 이에 관해 엄정한 감사를 받을 것임을 고려하였다면, 그렇게 차려입고 잠시나마 심사숙고하였다면, 다음과 같이 물었다면 어떠했겠습니까? 〈눈처럼 흰 복장은 무엇을 의미하지? 지극하고 숭고한 결백함이 아닐까? 안에 입은 자줏빛 주교복은 무엇을 의미하지? 하느님을 향한 불꽃 같은 사랑은 아닐까? 밖에 걸친 풍성하게 주름 잡혀 흘러내

---

1 〈주교epi-scopus〉는 〈주변을 살피다〉라는 뜻이며, 여기서 그 반대말로 쓰인 〈눈먼 파수alao-scopie〉는 호메로스의 서사시에 자주 등장하는 표현으로 예를 들어 『오뒷세이아』 제8권 285행에도 등장한다.

려 존귀하신 주교를 태운 노새 전체를 다 덮고도 남을 만큼 품이 넓은 외투는, 아니면 어쩜 낙타 한 마리쯤은 충분히 덮고도 남을 만큼 큰 외투는 어떤가? 가르치며, 북돋으며, 위로하며, 야단치며, 훈계하며, 전쟁을 중단시키며, 오만한 군주들과 싸우며, 그리스도를 따르는 자들을 위해 재산뿐만 아니라 피라도 기꺼이 희생하여 지극히 큰 사랑을 만인에게 골고루 베풀며 모두를 감싸는 것을 의미하지 않겠는가? 가난하게 살았던 사도들을 대신하는 자들에게 도대체 재산이 무슨 소용이란 말인가?〉 이렇게 그들이 한 번이라도 고려하였다면, 내 말하노니, 추기경들은 지금 그들이 차지한 자리에 머물지 않고 이를 기꺼이 버렸을 것이며 옛날 사도들이 살았던 것과 마찬가지로 세상을 염려하고 근심하며 평생을 보냈을 것입니다.

예수 그리스도를 대리하는 교황들이 예수와 동일한 삶을 ¹²⁴ 살아가고자 노력하였다면, 다시 말해 청빈과 고난과 가르침과 십자가와 생명의 희생을 닮고자 하였다면, 하다못해 교황 내지 사제라는 성스러운 호칭을 고민하였다면, 이는 누구보다 근심과 염려가 가득한 자리일 것입니다. 이럴진대 모든 수단을 동원하여 교황 자리를 사려는 자는 누구이며, 일단 사고 나서도 칼과 독약과 온갖 폭력으로 이를 보존하려는 자는 누구입니까? 만약 교황들이 직분에 대한 현명한 깨달음을 얻는다면 이들은 누리던 엄청난 행복을 잃고 걱정하게 될 것입니다. 내가 현명한 깨달음이라고 했습니까? 깨달음까지는 필요 없고, 다만 예수 그리스도가 말한 소금 알갱

이 하나면, 그들은 많던 재물, 많던 명예, 많던 권력, 많던 전리품, 많던 의식, 많던 면책, 많던 세금, 많던 면죄부, 많던 말과 당나귀와 호위병들, 많던 쾌락들을 잃게 될 것입니다. 이런 몇 단어들로, 여러분은 내가 얼마나 많은 밀거래를, 얼마나 많은 장사를, 얼마나 많은 상품의 바다를 담아내고 싶었는지를 알기 바랍니다. 이런 것들이 사라지고 대신 철야와 금식과 눈물과 설교와 강론과 연구와 탄식 등 수천 가지 고행들이 교황들을 기다릴 것입니다. 여기서 잊고 넘어갈 수 없는바, 수많은 서기들과 수많은 필경사들과 수많은 공증인들과 수많은 변호사들과 수많은 교구 검사들과 수많은 비서들과 수많은 노새꾼들과 수많은 마부들과 수많은 주방장들과 수많은 포주들, 좀 더 부드러운 단어를 선택하려고 하였는바, 행여 귀에 거슬리지 않을까 저어됩니다만, 통틀어 한마디로 한다면 인간 떼거지, 로마 교황청의 관직을 더럽히는 — 아니, 말실수 — 드날리는 군상들은 결국 굶주리게 될 것입니다. 하기야 이들을 생각한다면, 교회의 최고 수장들이 진정한 세상의 빛이 되어 지팡이와 바랑을 맨 목자의 삶으로 되돌아간다는 것은 참으로 비인간적이며 몰인정하고 더 나아가 저주스러운 일입니다.

125   오늘날 교황들은 수고스러운 것들은 베드로와 바오로에게 맡겨 두고 넘쳐 나는 여가를 즐기며, 빛나고 즐거운 일을 맡고 있습니다. 결과적으로 이들은 나 우신 덕분에 인간 종족들 가운데 어느 누구보다 여유롭게 살아가며 근심이라고는 전혀 없으며, 다만 신비스러운 흡사 무대 의상을 걸치고

예배를 거행하며 복된 자, 존경스러운 자, 신성한 자라는 칭호를 휘두르며 축복과 저주로 파수꾼의 일을 수행하기만 하면 예수 그리스도의 뜻을 충족시킬 것이라 믿습니다. 기적을 행하는 것은 낡고 진부하며 오늘날에는 어울리지 않는 일이며, 대중을 교화시키는 것은 힘겨운 일이며, 성서를 해석하는 일은 학교에서나 할 일이며, 기도를 올리는 일은 한가한 일이며, 눈물을 흘리는 일은 미욱한 여인들의 일이며, 가난을 실천하는 것은 역겨운 일이며, 남들에게 업신여김을 당하는 것은 위대한 왕들에게조차 지복의 발바닥에 입 맞추는 것을 허용하지 않는 자신들로서는 치욕스럽고 가당치 않은 일이며, 죽는 것도 끔찍한 일인데 십자가에 못 박히는 것은 만부당한 치욕이라 교황들은 생각합니다.

이들의 유일한 무기는 바오로가 경계하였던바 달콤하고 비위에 맞는 말이며[1] 또한 이들이 후하기 이를 데 없이 베푸는 성무 면직, 성무 집행 정지, 제1차 제명 및 제2차 제명, 파문, 사람들의 영혼을 고갯짓 한 번으로 지옥에 보내 버릴 수 있는 무시무시하고 벼락같은 파문자들의 초상 전시 등입니다. 예수 그리스도의 지극히 성스러운 사제들과 대리자들이 할 본분은 악마에게 충동받아 베드로의 유산을 들어먹고 탕진하는 자들을 무엇보다 매섭게 나무라는 일입니다. 그런데 베드로의 복음에 따르면 〈저희는 모든 것을 버리고 스승님을 따랐습니다〉[2] 하였거늘, 교황들은 이와 달리 토지와 도시

1 「로마 신자들에게 보낸 서간」 16장 18절.
2 「마태오 복음서」 19장 27절.

와 세금과 통행료와 권력을 베드로의 유산이라 부릅니다. 하여 교황들은 그리스도에 대한 사랑을 불태우며 칼과 불로써 기독교인들의 엄청난 유혈 사태를 불사하는바, 이렇게 하는 것이 사도들이 하였던 것처럼 용감하게 소위 타락한 적들을 척결하여 그리스도의 신부(新婦) 된 교회를 지키는 것이라 믿습니다. 하지만 사실 교회의 가장 무섭고 지독한 적은, 그리스도가 세상에서 잊히도록 침묵으로 방치하며, 장사치의 법률로 그리스도를 결박하며, 억지 해석으로 그리스도의 가르침을 왜곡하고, 역병 같은 삶으로 그리스도를 살해하는 불경한 교황들입니다.

127   그리스도의 교회는 피로 세워졌으며, 피로 굳건해졌으며, 피로 성장하였으며, 이렇게 자신의 방법으로 그의 백성들을 지키고자 하였던 예수 그리스도가 돌아가셨으니 이제는 자신들이 칼을 들어야 할 것처럼 교황들은 전쟁을 불사합니다. 전쟁은 끔찍하기가 짐승이 아닌 인간에게는 어울리지 않으며, 시인들이 말하는바 복수의 여신들이 보낸 것이라 할 만큼 미친 짓이며, 세상을 한꺼번에 휩쓸어 가는 역병처럼 치명적이며, 흉악무도한 날강도들이 제일 잘 수행하곤 하는 무법한 일이며, 그리스도와는 무관한 불경한 일인바, 그럼에도 불구하고 교황들은 다른 것들은 아랑곳하지 않으며 오로지 전쟁을 수행합니다. 이 가운데 여러분은 백발이 성성한 교황들조차 청춘의 열정과 힘을 과시하는 것을, 엄청난 비용에 괘념치 않는 것을, 역경과 고난에 지치지 않는 것을, 국법과 종교와 평화와 인간 만사가 모조리 뒤죽박죽 엉망이 되는 것

163

에도 굴하지 않는 것을 목격하였습니다. 그들 옆에서 학식을 갖춘 아첨꾼들은 명백한 광기를 열정과 경건과 용기라고 부르며, 어떤 사람이 치명적인 칼을 뽑아 형제의 복부를 찌르면서도 그리스도의 크나큰 사랑과 기독교인이 따라야 할 그리스도의 가르침으로부터 조금도 벗어나지 않을 수 있는 놀라운 방법을 찾아내고 있습니다. 이런 일들에 있어 게르마니아의 주교들이 선례를 제공한 것인지, 아니면 그보다는 차라리 그들도 선례를 따른 것인지 아직까지 나는 확신을 갖고 있지 못합니다. 게르마니아의 주교들은 공공연히, 관복을 벗어 놓고 심지어 축도는 물론이고 그런 모든 종류의 예배 의식까지 생략한 채, 페르시아의 태수 노릇을 하는바, 이들은 전쟁터의 최전방 이외의 장소에서 자신의 영혼을 하느님에게 바치는 것은 비겁함이며 주교의 직분에 어울리지 않는 태도라고 판단합니다.

그리고 사제들의 무리도 자신들이 주교들의 이런 성덕에 128 뒤처지는 것을 불경이라 여겨, 십일조의 의무를 다하기 위해 병사처럼 칼을 들고, 창을 잡고, 돌을 던지며 온갖 무기들을 갖고 참전합니다. 또한 개중 눈 밝은 자들은 옛 문서를 뒤져 백성들을 위협하여 십일조 이상을 쟁취하기 위한 문구를 찾아냅니다. 반면 그 외에 여기저기서 발견되는바 그들이 백성들에게 제시해야만 하는 많은 다른 의무들은 그들의 안중에 들어오지 않습니다. 깔끔하게 밀어 낸 머리카락도 이들에게, 모름지기 사제란 이 세상의 모든 욕망을 버려야 하며 오로지 천국의 일만을 명상해야 할 존재임을 알려 주지 못합니다.

하지만 마냥 즐거운 이 인간들은 박약한 기도를 중얼거리는 것으로 스스로 해야 할 의무를 정당하게 다했노라 믿습니다. 그들의 귀에 대고 크게 소리쳐도 스스로도 알아듣거나 이해하지 못할 그런 기도를, 나 우신조차도 놀라움을 금치 못하는바 어느 신(神)도 듣거나 혹은 알아들을 수 없을 그런 기도를 말입니다.

129   사제들 모두가 수익을 올리는 데 밤낮을 가리지 않으며, 그와 관련된 법률에 정통하다는 점에서, 그들은 세속인들과 다르지 않습니다. 또 커다란 부담을 져야 할 경우 이를, 마치 공을 다른 사람에게 받아서 또 다른 사람에게 전달할 때처럼 영리하게 다른 사람에게 전가하는 것을 공통점으로 들 수 있습니다. 세속 군주들은 흔히 국가를 다스릴 과업을 비서들에게 떠맡기고, 다시 비서들은 비서의 비서들에게 하청을 주는 것처럼, 사제들은 사양지심(辭讓之心)을 발휘하여 긍휼의 과업을 모두 백성들에게 양보합니다. 그러면 백성들은 이를 다시, 자신들이 교회와 무관하고 세례 서원을 행하지 않은 듯 〈교회 식구들〉이라고 부르는 사람들에게 맡깁니다. 교회 식구들 가운데, 그리스도가 아니라 세속에 헌신하기로 맹세나 한 듯 자신들을 〈재속 사제〉라고 부르는 자들은 다시 이를 〈수도회 사제〉들에게 굴려 보냅니다. 수도회 사제들은 이를 다시 수도승들에게, 다시 유연 수도승은 강직 수도승에게, 다시 모두는 탁발 수도승에게, 다시 탁발 수도승은 이를 카르투시오 수도회의 은수자들에게 맡깁니다. 하여 오로지 카르투시오 수도회 은수자들에게서 긍휼은 은밀히 간직되어

165

있는바, 어찌나 잘 감추어져 있는지 여간해서는 보이지 않을 정도입니다. 마찬가지로 교황들은 예배를 통해 금전을 부지런히 모으는 데 바빠 사도의 막중한 과업은 주교들에게 이양하며, 주교들은 사제들에게 이양하고, 사제들은 부제들에게, 부제들은 탁발하는 형제들에게 이양합니다. 그럼 탁발 수도승들은 이를 다시 양털을 깎는 목자들에게 전가합니다.

이상 내 연설의 목적은 칭송이라면 모를까, 교황들과 사제들의 삶을 들추어내어 풍자하는 데 있지 않습니다. 내가 훌륭한 군주들을 욕보이거나 악한 군주들을 칭송하지 않는 것처럼 말입니다. 나는 나 우신을 받아들이고 나 우신을 가까이하지 않으면 인간들 가운데 누구도 행복하게 살 수 없음을 밝혀내기 위해 이를 약간 살펴보았을 따름입니다. 130

람누스에 모셔진 여신이 인간사의 행불행을 다스리매 나 우신과 뜻을 같이하여, 현자들을 언제나 적대시하며 어리석어 졸고 있는 사람들에게는 늘 좋은 일만을 가져다주는 것은 어찌 된 것입니까? 여러분은 티모테오스를 알고 있을 텐데, 그의 별명을 들어 보았을 것이며, 속담에 〈잠든 사람의 망태가 낚시를 한다〉는 말이나 〈부엉이가 날갯짓한다〉는 말을 들어 보셨을 것입니다.[1] 반대로 현자들에 대해서는 〈녁 달 만에 131

---

1 람누스는 아테네에서 속한 아티카 지방의 한 도시로 〈복수의 여신 네메시스〉의 신전이 모셔진 곳이다. 〈티모테오스〉는 기원전 4세기 아테네의 장군으로 그의 이름을 풀면 〈신들의 도움을 받는 자〉라는 뜻이다. 티모테오스의 별명은 또한 〈행운아〉다. 〈부엉이가 날갯짓한다〉라는 속담은 아테네인들을 조롱하는 말로 그들이 그런 부귀를 누릴 만한 자격이 없음에도 불구하고 아테네 여신의 도움으로 그들이 권세를 누렸다는 뜻이다(ME 177면 참조).

태어났다〉라든지, 〈세야누스의 준마〉나 〈톨로사의 황금〉이
란 말을 들어 보셨을 것입니다.[2] 하지만 여기서 속담을 늘어
놓는 것은 그만두어야겠습니다. 자칫 나를 따르는 에라스무
스의 책을 내가 표절한 것처럼 보일 수도 있기 때문입니다.[3]

132 　요점으로 돌아가, 운명의 여신은 생각이 없는 사람을 사랑
하며, 무모한 사람들을 사랑하며, 〈주사위는 던져졌다〉라는
말을 좋아하는 사람을 사랑합니다. 반면 지혜는 사람을 소
심하게 만드는바, 결국 지혜로운 사람들이 가난과 기아와 헛
된 희망 가운데 천대받으며 각광은 고사하고 관심조차 받지
못하고 살아가는 것을 여러분은 보았을 겁니다. 하지만 어
리석은 자들은 돈을 굴리며, 국가의 통솔에 참여하여 손쉽게
모든 면에서 성공을 구가합니다. 만일 군주들의 마음을 얻
어 금은보화로 치장한 흡사 신들 가운데 살아가는 것이 행
복이라면, 이런 면에 있어 지혜만큼 쓸모없는 것이 무엇이며,
지혜로운 자들 가운데 머무는 것보다 더한 저주는 무엇입니
까? 부를 획득하고자 할 때, 만일 자본가가 지혜를 따르고
억견을 배척한다면, 거짓말을 하면서 얼굴을 붉힌다면, 사기

2 〈넉 달 만에 태어났다〉라는 속담은 헤라클레스를 빗대어 하는 말로서, 헤
라클레스는 넉 달 만에 세상에 나왔다. 그는 온갖 고생을 하다 마침내 고통 속
에서 세상을 떠났다. 〈세야누스의 준마〉는 아주 아름다운 말을 소유했던 세
야누스뿐만 아니라 이어 이 말의 주인이 되었던 모든 사람들이 파멸을 겪어야
했던 전설에서 유래한다. 〈톨로사의 황금〉은 로마 장군 퀸투스 카이피오에 의
해 점령된 톨로사(오늘날 툴루즈)의 신전에서 발견된 황금을 가리킨다. 이 황
금에 손을 댄 사람들은 고통스러운 죽음을 맞았다고 한다(ME 179면 참조).
3 에라스무스는 『격언집』을 통해 수많은 속담과 격언 등을 전해 주었다.
『우신예찬』이 쓰일 당시 이미 『격언집』은 널리 세상에 알려져 있었다.

와 고리대금에 대해 현자의 양심으로 작으나마 가책을 느낀다면 어떻게 재산을 긁어모을 수 있겠습니까? 만일 누군가가 교회의 위엄과 재산을 얻고자 한다면, 이런 데는 당나귀나 물소가 현자보다 빠르게 도달할 것입니다. 만일 쾌락을 원한다면 말하거니와, 여인들은 — 지금까지 이야기에서 매우 중요한 역할을 담당하였던바 — 아주 어리석은 사람들에게 반하기 마련이며 현자들은 마치 전갈을 피하듯 두려워하며 도망칩니다. 마지막으로 지금보다 조금 더 즐겁게 그리고 행복하게 살려는 사람들이라면 누구나, 주변에서 지혜는 최우선적으로 제거해야 할 것이며 무엇이든 동물적인 것을 받아들여야 합니다. 간단히 말해서 교황들이나, 군주들이나, 재판관들이나, 행정관들이나, 친구들이나, 적들이나, 지위가 높은 자들이나, 지위가 낮은 자들이나 할 것 없이 여러분이 고개를 돌리는 곳 어디에서나 돈은 막강한 힘을 갖고 있습니다. 그런데도 현자들은 돈을 조롱하고 있으니, 이런 자들을 치워 버리는 데 노력을 경주해야 할 것입니다.

나 우신의 칭송거리로 말하자면 끝은 없으며 한계는 무량하다 하겠습니다만, 연설은 무릇 언젠가는 끝나야 할 것입니다. 하여 이제 말을 마치고자 합니다. 하지만 연설을 끝맺기 전에 잠시 위대한 작가들을 여러분에게 소개할까 합니다. 이들은 그들의 글솜씨와 실천을 통해 나 우신을 빛나게 하였는바, 이들을 소개하는 것은 나 우신이 어리석게도 그저 나 잘난 맛에 취해 있다고 생각하지 않도록, 혹은 까다로운 자들이 내가 아무것도 입증하지 못했다고 고발하지 않도록 만들고자 하기 때문입니다. 나는 이들로써 내 주장에 대한 구체적 증거를 제시하고자 합니다. 〈그저 말로만 그런 것이 아닙니다.〉[1]

우선 널리 사람들이 인정하는 격언에 이르길, 〈진짜가 없는 곳에서 진짜를 가장한 것이 최고다〉 하였고, 어린아이들에게 〈적당한 때에 어리석음을 가장하는 것이야말로 최고의 지혜다〉가 올바른 것으로 가르쳐지고 있는바, 여러분은 벌써 이로써 나 우신이 얼마나 훌륭한지를 짐작할 텐데, 나 우신을 가장한 거짓 그림자 내지 모방물조차도 그와 같은 커다란 칭송을 현자들로부터 받고 있으니 말입니다. 또한 이보다 훨씬 분명하게, 포동포동 살진 에피쿠로스의 돼지가 표명한바, 〈잠깐 동안〉이라는 제한이 붙긴 했어도 〈어리석음을 지혜에 섞으라〉 명하였습니다. 곧이어 〈때로 어리석음도 즐거운 일이다〉라고도 하였습니다.[2] 또 호라티우스는 다른 곳에서 〈차라리 나는 넋 나가고 못 배운 시인으로 보이며 형편없는 시를 즐겨도 이를 아예 깨닫지 못하길!〉이라고 말했습니다.[3] 또한 시인 호메로스에서 여러 방면에서 텔레마코스를 칭송하며 그를 〈어리석다〉고 하였으며, 〈어리석다〉라는 단어를 비극 시인들은 순진무구의 뜻을 담아 기꺼이 어린아

1 아리스토파네스 『여인들의 민회』 751행.

2 〈에피쿠로스의 돼지〉는 『서간시』 1, 4, 15~16행에서 호라티우스가 자기 자신을 가리켜 했던 말이다. 호라티우스 『서정시』 4, 12, 25행 이하, 〈장사 일과 이문을 남길 사업은 버려두시라. 허락된다면, 장례식의 불꽃을 생각하시라. 짧은 어리석음을 인생 계획에 섞어 넣으시라. 때로 어리석음도 즐거운 일이다.〉

3 호라티우스 『서간시』 2, 2, 126~128행.

이들과 소년들에게 별명으로 사용하곤 하였습니다.[1] 『일리아스』라는 성스러운 서사시를 〈어리석은 군주들과 백성들의 뜨거운 열정〉말고 달리 무엇이라 정의하겠습니까?[2] 또한 〈전체가 어리석음으로 가득하다〉는 키케로의 말은 나에 대한 절대적인 칭찬이라 하겠는바, 대저 좋은 것일수록 널리 퍼져 있으며 그만큼 빛난다 하였던 격언에 비추어 보면 그렇습니다.

그런데 기독교도들에게는 어쩌면 이런 작가들이 신통치 않게 느껴질지 모르겠는바, 이제 나 우신을 칭송하였던 증거를 가능하다면 성서적 증언들에서 찾아보거나 혹은 학자풍으로 논증해 보도록 하겠습니다. 먼저 교회 학자들에게 양해를 구하는바, 그들이 내게 이를 허락해 주었으면 합니다. 다음으로 이런 험난한 과제를 시작하게 되었기에 하는 말인데, 무사이 여신들을 헬리콘 산으로부터 여기까지 길고 긴 여정을 감당하시라 불러 모시는 것도 불경스러운 일이려니와, 더군다나 무사이 여신들과는 무관한 일이므로, 또 이왕 교회학자 시늉을 내기로 하여 고행의 가시밭길을 걸어야 하므로 어쩌면 차라리 스코투스의 영혼을 소르본 대학으로부터 불러 내 가슴속에 들어가게 하는 편이 좀 더 합당한 일일지 모르겠습니다. 잠시 그러고 나서 신경질적이며 고슴도치보다

1 〈어리석다νήπιο〉는 〈아직 말도 못 하는〉이라는 뜻으로도 사용된다 (『일리아스』 제22권 445행). 텔레마코스에 대하여 이런 형용사를 붙이는 경우에는, 아직 나이가 어려 〈말을 배우지 못하였다〉는 뜻으로 사용되었다 (『오뒷세이아』 제11권 449행).
2 호라티우스 『서간시』 1, 2, 8행.

가시가 많은 그를 그가 원하는 곳 아무 데로나 보내거나 혹은 〈까마귀밥〉이 되도록 버려도 좋을 것입니다. 그러니 내가 다른 사람의 얼굴을 하고 교회 학자의 옷을 입는 것을 허락하기 바랍니다. 하지만 그래도 두려운 것은, 내가 신학과 관련된 많은 것을 제시하는 것을 보고 내가 나를 따르는 신학 박사들의 은밀한 비밀을 표절하였다고 행여 누군가 나를 절도범으로 고발하지 않을까 하는 것입니다. 하지만 이것은 과히 놀라운 것도 아닌 것이, 내가 가지고 있는 학식들은 가깝게 지내던 교회 학자들로부터 내가 주워들은 것들이기 때문입니다. 무화과나무로 깎은 남근상 프리아포스도 신학 박사들이 읽는 소리를 듣고 희랍어를 외웠다 하며, 루키아노스가 말한 수탉도 오랫동안 사람들과 함께 지내다 보니 사람들의 대화를 모두 이해하게 되었다 하지 않습니까?

136   그럼 양해를 받았다 치고 본론으로 가겠습니다. 「코헬렛」의 첫머리에 이르길, 〈어리석음은 이루 헤아릴 수 없다〉 하였습니다.[3] 여기서 헤아릴 수 없다 하였으니, 이는 인간 족속 모두를 포섭한다는 말입니다.[4] 물론 극소수는 예외를 둘 수 있지만 나로서는 언제 누가 이런 예외적 인간을 만났을까 싶습니다. 또한 이보다 더욱 분명하게 「예레미야서」에 말

3 『새번역 성경』(2005)에 따르면 「코헬렛」(혹은 「전도서」) 1장 15절은 〈구부러진 것은 똑바로 될 수 없고 없는 것은 헤아릴 수 없다〉라고 하였다. 라틴어 원문은 *perversi difficile corriguntur et stultorum infinitus est numerus*이며, 이 가운데 *stultorum*을 〈없는 것〉이라 번역하였다. 이에 대한 희랍어 원문 ὑστέρημα는 〈결핍〉을 뜻한다.

4 136문단 3행, 〈여기서 헤아릴 수……〉에서 145문단까지는 1514년에 추가되었다(ME 30면 참조).

하되 〈사람은 누구나 그 지식으로 인하여 어리석다〉 하였습니다.[1] 예레미야는 지혜를 오로지 하느님에게 돌렸으며, 인간 일체에게는 어리석음을 남겨 두었던 것입니다. 그는 또한 이에 조금 앞서 〈인간은 제 지혜를 자랑하지 말라〉 하였습니다.[2] 어찌하여 당신은 인간으로 하여금 지혜를 자랑하지 말라고 하였습니까, 예레미야여? 예레미야는 대답하여 말하되, 놀라울 것도 없는바 인간은 지혜를 갖고 있지 않기 때문이라 할 것입니다. 다시 「코헬렛」으로 돌아와 〈허무로다, 허무! 모든 것이 허무로다〉를 보면서 여러분은 무엇을 느낍니까? 이 말은 결국 내 방식대로 말하자면 인간 삶은 다만 어리석음의 연극이라는 것인데, 이로써 코헬렛은 매우 정당하게 여러 번 언급되어 마땅한 키케로의 말, 다시 언급하면 〈전체가 어리석음으로 가득하다〉에 찬성표를 보태고 있는 것입니다. 또한 지혜로운 「집회서」의 저자는 〈미련한 자는 달처럼 변하나, 경건한 이의 말은 태양처럼 항상 지혜롭다〉 하였습니다.[3] 흔히 달은 인간을 가리키고, 모든 빛의 원천인 태양은 하느님을 가리키는바, 이로써 그는 인간 종족은 모두 어리석으며, 오로지 지혜롭다는 이름은 하느님에게만 가능하다고

---

1 「예레미야서」 10장 14절, 〈사람은 누구나 어리석고 지식이 모자란다.〉 하지만 라틴어 성경 구절에는 〈사람은 누구나 그 지식으로 인하여 어리석다 *stultus factus est omnis homo ab scientia*〉라 하였다.

2 에라스무스는 「예레미야서」 9장 23절의 라틴어 성경 구절 〈하느님이 말씀하시되 인간은 제 지혜를 자랑하지 말라*haec dicit Dominus non glorietur sapiens in sapientia sua*〉를 변용하였다.

3 「집회서」 27장 12절의 라틴어 성경 구절 *homo sanctus in sapientia manet sicut sol, nam stultus sicut luna inmutatur*를 그대로 옮겼다.

한 뜻을 표현하였습니다. 이 말에 찬동하여 예수 그리스도가 몸소, 복음서에 기록된바, 오로지 하느님을 제외하고 누구도 선하지 않다 하였습니다.[4] 그런데 선하다는 것은 지혜롭다는 것이며, 지혜롭지 않다는 것은 어리석다는 것이므로, 결론적으로 스토아적 논리에 따라 모든 인간은 필연적으로 어리석음에 포섭될 수밖에 없습니다. 또 솔로몬은 「잠언」 15장에서 〈어리석음은 어리석은 자에게 즐거움이다〉[5] 하였는데 이는 다름 아니라 어리석음이 없다면 인간은 결코 달콤할 수 없다는 것을 분명히 밝힌 것이라 하겠습니다. 이와 동일한 뜻을 전하는 것으로 〈지혜가 많으면 걱정도 많고 지식을 늘리면 근심도 늘기 때문이다〉 하였습니다.[6] 이 말을 한 설교자는 다시 7장에서 대단한 고백을 합니다. 〈지혜로운 이들의 마음은 초상집에 있고, 어리석은 자들의 마음은 잔칫집에 있다.〉[7] 하여 이 설교자는 지혜를 터득하는 것으로 충분하지 않다 생각하며, 나 우신을 또한 알아야 한다고 말하고 있습니다. 이 말이 전혀 믿기지 않는다면, 이 설교자가 직접 기록한 말을 들어 보기 바랍니다. 〈나는 지혜와 지식, 우둔과 우매를 깨치려고 마음을 쏟았다.〉[8] 여기서 말의 순서에 주목해야 하는데 어리석음을 마지막에 언급함으로써 어리석음을 칭송하고 있

4 「마태오 복음서」 19장 17절 〈어찌하여 나에게 선한 일을 묻느냐? 선하신 분은 한 분뿐이시다.〉
5 에라스무스의 뜻에 맞추어 「잠언」 15장 21절 〈지각없는 자는 미련함을 즐기지만〉을 달리 번역하였다.
6 「코헬렛」 1장 18절.
7 「코헬렛」 7장 4절.
8 「코헬렛」 1장 17절.

다고 하겠습니다. 설교자 코헬렛이 이렇게 기록한 것은 교회 서열에 따른 것인데, 위엄에 있어 최고 어른이 제일 마지막에 등장하는 것이 교회 서열이니, 이런 부분에서 나는 복음서의 가르침을 떠올립니다.[1]

「집회서」의 저자는 분명하게 44장[2]에서 어리석음이 지혜로움보다 빛난다 하였으니 이를 인용으로 입증하지 않고, 나의 문답 유도에 맞추어 플라톤의 작품에서 소크라테스와 함께 문답식 토론을 벌이는 사람들이 흔히 그러하였듯, 여러분이 알맞은 대답을 하는 방식으로 이를 설득해 보고자 합니다. 사람들이 흔히 숨겨 두는 물건은 세상에서 보기 드물고 값진 물건입니까, 아니면 흔하고 값싼 물건입니까? 여러분, 왜 침묵하고 있습니까? 여러분이 모르는 척 외면해도 희랍인들이 널리 사용한 격언이 여러분을 대신하여 대답하고 있습니다. 〈물동이는 문밖에〉라는 속담인데, 이를 논거로 인정하지 않으실까 봐 말씀드리자면, 나를 따르는 박사들이 신처럼 모시는 아리스토텔레스가 이 격언을 언급하였습니다.[3] 여러분 가운데 누구도 금은보화를 길가에 버려둘 만큼 어리석

1 「마태오 복음서」 19장 30절, 〈그런데 첫째가 꼴찌 되고 꼴찌가 첫째 되는 이들이 많을 것이다.〉 20장 16절, 〈이처럼 꼴찌가 첫째 되고 첫째가 꼴찌가 될 것이다.〉 「마르코 복음서」 10장 31절과 「루카 복음서」 13장 30절에서도 이와 같다.

2 〈44장〉이라 한 것은 에라스무스의 실수로 보인다. 『새번역 성경』의 「집회서」 41장 15절, 〈어리석음을 감추는 사람이 자기 지혜를 감추는 사람보다 낫다melior est homo qui abscondit stultitiam suam quam homo qui abscondit sapientiam suam.〉

3 아리스토텔레스의 『수사학』 1,363.

지 않습니다. 나는 그렇게 생각합니다. 귀중한 보석들은 아주 깊숙이 땅을 파고, 이것으로도 부족하여 철옹성으로 보호막을 둘러 만든 굉장히 비밀스러운 장소에 숨길 것이며, 지저분한 쓰레기는 밖에 둘 것입니다. 귀하고 소중한 것은 감추고, 천하고 지저분한 것은 밖에 버려둘 것인바, 이를 미루어 지혜를 은폐하기보다는 어리석음은 감추라고 하셨으니, 지혜는 어리석음보다 값어치가 헐한 것이 아니겠습니까? 이제 여러분에게 「집회서」의 증언을 전하자면, 〈어리석음을 감추는 사람이 자기 지혜를 감추는 사람보다 낫다.〉

138   성경에서는 영혼의 정결함을 어리석은 자에게 두었는데, 지혜로운 자는 누구도 자기에게 견줄 만하지 못하다고 믿는다 하였습니다. 하여 나는 코헬렛이 10장에 기록한 바를 알고 있습니다. 〈어리석은 자는 길을 걸으면서도 지각이 모자라서 만나는 사람마다 바보라고 생각한다.〉[4] 모든 사람들을 자신과 동등하게 놓고 스스로를 높이지 않는 사람들이 없는 세상에서, 모두에게 자신의 명예를 같이 나누려고 하는 것은 정결함의 매우 훌륭한 증거가 아니겠습니까? 예루살렘의 임금 또한 이런 호칭을 부끄러워하지 않아 「잠언」 30장에 〈정녕 나는 여느 사람보다 멍청하였고〉[5]라고 하였습니다. 만백

---

4 『새번역 성경』의 「코헬렛」 10장 3절은 〈어리석은 자는 길을 걸으면서도 지각이 모자라서 만나는 사람에게마다 자신을 바보라고 말한다〉라고 되어 있으나, 라틴어 원문 *sed et in via stultus ambulans cum ipse insipiens sit omnes stultos aestimat*에 따르면 〈길에서 만나는 다른 모든 사람들을 어리석다고 생각한다〉에 가깝다.

5 「잠언」 30장 2절.

성을 가르친 선생 바오로는 「코린토 신자들에게 보내는 서간」에서 기꺼이는 아니지만 아무튼 스스로에게 어리석다는 별칭을 붙였습니다. 〈나는 훨씬 더 어리석게 말합니다〉[1]라고 하였는바, 그는 어리석음에 있어 남에게 뒤처지는 것을 창피스러운 일로 생각한 듯합니다.

저기 희랍어를 좀 안다는 인문학자들이 내게 야유하고 있습니다. 이들은 까마귀들 혹은 오늘날의 교회 학자들을 눈멀게 만들고 있는데, 마치 연막 같은 주해서들을 다른 사람들에 유포시킴으로써 말입니다. 이들 무리 가운데 우두머리는 아니더라도 제2인자는 되는 자가 바로 나의 시종 에라스무스입니다. 나는 칭찬을 위해 이 이름을 여러 번 언급하였습니다. 그들이 저기서 이렇게 악을 쓰고 있습니다. 〈참으로 어리석은 우신다운 인용이라 하겠다. 사도의 생각은 댁이 꿈꾸고 있는 것과는 천양지차다. 바오로는 자신이 남들보다 어리석게 보이려고 그런 말을 한 것이 아니다. 바오로가 《그들이 그리스도의 일꾼입니까? 나도 그러합니다》라고 했던 것은, 이런 일에 스스로를 떠벌리는 거짓 사도들과 자신을 짐짓 동등하게 놓은 것이며, 하지만 이어 바로 《나는 훨씬 더 그러하다》라고 고쳐 말함으로써, 복음을 전하는 일에 있어 자신이 여타 사도들과 같은 일을 하고 있으나, 다른 한편 거짓 사도들보다 자신이 월등함을 주장한 것이다. 하지만 이런 진실을 알림에 있어 아무튼 잘난 체하는 발언으로 다른 사람들의 귀

1 「코린토 신자들에게 보낸 둘째 서간」 11장 23절을 에라스무스의 뜻에 맞추어 변용하였다.

를 거스르지 않도록 바오로는 《어리석은 내가 말하노니》라
는 말로써 어리석음을 가장했을 뿐이다. 다른 사람들의 마음
을 상하게 하지 않고 진실을 말할 수 있는 특권은 오로지 어
리석은 자들에게 주어져 있음을 바오로가 알았기 때문이다.〉

바오로가 이런 발언으로 무엇을 이야기하고 싶었는지를
따지는 일은 그렇다면 저기 희랍의 인문학자들에게 맡겨 두
겠습니다. 나는 덩치 크고 풍성하고 무게 있고 대중에게 인
정받는 교회 학자들을 따르겠습니다. 대부분의 박사들도 이
들을 추종하여 제우스에게 맹세코 기꺼이 아무렇게나 해석
하길 원하기 때문이며, 희랍 문헌학자들처럼 희랍어와 라틴
어와 히브리어 등 외국어 3종을 배워 정확히 알기를 원하지
않기 때문입니다. 교회 학자들 가운데 누구도 희랍 문헌학
자들을 희한한 까마귀쯤 이상으로 여기는 사람은 없습니다.
특히 대단히 자신의 영광을 떠벌리는 교회 학자 한 분은, 여
기서 그분의 이름을 언급하기가 조심스러운데 이름을 언급
하면 우리의 희한 까마귀들이 〈당나귀 칠현금〉이라는 희랍
격언으로 당장 조롱하려 들 것인바, 아무튼 그분은 대가다운
면모와 교회 학자다운 자세로 앞서 바오로의 구절 〈나는 훨
씬 더 어리석게 말합니다〉에 대하여 해석의 신기원을 이룩하
였으며, 엄청난 논리로만이 가능한 해석의 미답지를 개척하
였습니다. 여기서 그분의 말을 순서 하나, 낱말 하나 바꾸지
않고 그대로 옮겨 놓는다면, 그분은 저 구절을 이렇게 풀어
놓고 있습니다. 〈말씀하신 《나는 훨씬 더 어리석게 말하노
니》라는 구절은 즉 《내가 나 자신을 거짓 사도들과 대등하

140

게 놓을 때 여러분이 나를 어리석은 자로 생각한다면, 이에 맞추어 내가 나 자신을 거짓 사도들보다 우월하게 놓았을 때 여러분이 나를 훨씬 어리석게 생각할 것이니》의 뜻이다.〉그러고는 이내 제정신을 놓은 사람처럼 엉뚱한 것들을 늘어놓기 시작했습니다.

하지만 왜 내가 이 한 가지를 놓고 저들과 논쟁을 벌어야 합니까? 교회 학자들조차도 하느님을, 다시 말해 성서의 말씀을 마치 가죽 잡아 늘이듯 할 수 있는 공인된 특권을 누리고 있는데 말입니다. 다섯 언어에 능통한 히에로뉘무스의 말을 그대로 따르면, 사도 바오로는 그 자체로는 전혀 문제 될 것 없는 종교적인 문구를 비판하였다고 합니다. 어느 날 바오로가 아테네에서 발견한 신전 제단의 문구를 기독교 신앙에 맞게, 자신의 뜻에 부합하지 않는 단어들은 지우고 뒤의 두 단어만을 남겨 둠으로써 뜻을 왜곡하였다고 합니다. 하여 〈알지 못하는 신에게〉라는 두 단어만이 남게 되었는데,[1] 이 마저도 약간 문구를 수정한 것인데, 사실 제단 문구 전체를 보면 〈아시아와 에우로파와 아프리카의 신들에게, 알지 못하는 이방의 신들에게〉입니다. 이런 종류의 사례를 본받아, 나 우신이 보기에 많은 〈교회 학자들의 후예들〉은 여기저기 네다섯 단어를 오려 내어, 경우에 따라서는 어형을 바꿈으로써 자기들의 편리에 맞추어 해석합니다. 심지어 인용된 단어의 앞 문맥과 뒤 문맥을 살펴보건대 그런 뜻이 전혀 아니거나 오히려 모순되는 경우에도 그러합니다. 참으로 행복한 무

<small>141</small>

1 「사도행전」 17장 23절.

지에 기댄 이들의 이런 행동 때문에 드물지 않게 변호사들도 교회 학자들을 부러워하는 것입니다.

이들에 못지않게 방금 언급한 위대한 교회 학자는 — 자칫 실수로 그의 실명을 입 밖에 낼 뻔했으나 희랍 격언이 두려워 다시 삼켜 버렸습니다만 — 이분은 「루카 복음서」에서 몇 마디를 잘라 내어, 이를 그리스도의 정신에 물과 불을 합쳐 놓은 듯 부합하도록 일치시킵니다.[2] 그때 예수 그리스도가 하고자 하신 것은, 흔히 진정한 충복들이 모든 힘을 총동원하여 주인에게 달려와 그를 위하여 함께 싸우곤 하는 최후의 순간이 만일 닥쳤을 때 이런 조력자들에게 기대는 의존심을 제자들의 마음에서 없애고자 하였으니, 예수 그리스도는 제자들에게 물어, 그가 그들을 돈주머니도 없이 보냈을 때, 가시와 돌부리의 불의를 막아 줄 신발도 없이 보냈을 때, 배고픔을 덜어 줄 여행 보따리도 없이 보냈을 때 그들에게 부족한 것이 있었느냐고 말했습니다. 제자들이 아무것도 없다고 대답하자, 예수 그리스도는 이렇게 보태어 말했습니다. 〈그러나 이제는 돈주머니가 있는 사람은 그것을 챙기고, 여행 보따리도 그렇게 하여라. 그리고 칼이 없는 이는 겉옷을 팔아서 칼을 사라.〉예수 그리스도의 가르침은 오로지 제자들에게 온유와 인내와 희생을 가르치려 한 것이니, 이 구절이 무엇을 의미하는지는 모두에게 아주 명백합니다. 예수 그리스도가 더욱 바랐던 것은 제자들이 모든 것을 포기하는 것이며, 신발과 여행 보따리를 버려두는 것은 물론이려니와 속옷

2 「루카 복음서」 22장 35절 이하.

마저 치워 버리고 벌거벗은 채로 홀가분하게 복음을 전하라
명한 것입니다. 다만 칼을 준비하라 하였는데, 이는 도적들
과 살인자들에게 소용되는 칼이 아니라 영혼의 칼이라, 마음
속 깊은 곳에 소중히 간직할 칼이라, 이로써 가슴속에 자라
나는 온갖 고통을 자르며 마음속에는 오로지 사랑만을 섬기
게 할 칼이었습니다.

이제 부디 저 저명한 교회 학자가 이를 어떻게 왜곡하고 143
있는지를 보기 바랍니다. 그는 칼을 박해에 대한 자기방어로
해석하며, 여행 보따리를 여행을 위한 충분한 비축으로 해석
합니다. 마치 예수 그리스도가 전혀 왕 중 왕의 기품에 어울
리지 않게 사도들을 보내는 것이 아닐까 걱정하여 이내 생각
을 바꾸어 앞서 내린 가르침을 취소한 듯 말입니다. 혹은 예
수 그리스도가 제자들에게 모욕을 당하고 박해를 겪으며 거
짓 고발로 고생할 때에 실로 행복하다 말한 것과, 포악한 자
가 아니라 온유한 자라야 행복할지니 악행에 대항하지 말라
가르친 것과, 참새와 나리꽃을 따르라 한 것을 까맣게 잊고,
이제 제자들이 칼 한 자루 없이 길을 나서는 것이 싫어 속옷
이라도 팔아 칼을 구입하라 명하고 칼을 허리에 차고 길을
나서지 않을 바에야 아예 벌거벗고 떠나라 말한 것처럼 그
는 해석합니다.[1] 여기 더하여 그는 칼이라는 명사가 힘을 행
사하는 모든 것을 포함하고 있다고 생각하며, 돈주머니라는
명사는 온갖 생활필수품들을 대표한다고 이해합니다. 이렇
게 주님을 뜻을 해석하는 이 양반은 사도들이 창과 투석기와

1 「마태오 복음서」 5장 11절~6장 30절 참조.

줄팔매와 대포로 무장하고 십자가의 설교를 감당하였다고 늘어놓습니다. 또한 사도들이 아침밥을 든든히 챙기고서야 여관방을 나설 수 있었기에 돈주머니와 가죽 부대와 돈 상자로 부담을 지고 다녔다고 말합니다. 예수 그리스도는 앞서 사라 명한 칼을 이내 질책하며 다시 칼집에 넣어 두라고 하였고,[2] 또한 사도들이 이교도들의 폭력에 칼과 방패로 대항하였다는 가당치 않은 소문은 들어 보지도 못하였건만, 그는 이에 흔들리지 않고 예수 그리스도가 이를 알았다면 그런 것들을 사용하라 했을 것이라 설명하고 있습니다.

144 　이와 유사한 또 다른 교회 학자가 있는데, 그의 명예를 고려하여 나는 실명을 거론하지 않겠습니다만, 그는 맨 앞자리를 차지할 고명한 사람입니다. 그는 「하바쿡서」의 〈미디안 땅의 천막 휘장들이 흔들리는 것을 보았다〉에서 말한 천막을 성자 바르톨로메오의 벗겨진 살가죽과 연관시키곤 합니다.[3] 나는 몸소 최근 신학 토론회에 참석하였는데 — 나는 그런 곳에 꼭 참석하는 편입니다 — 이단을 말로써 설득하기보다 불로써 처형하도록 한 명령은 도대체 어떤 성서적 권위를 갖고 있느냐고 어떤 이가 물음을 제기하였습니다. 그러자 심각한 표정의 노인네가 대답했습니다. 그의 거만한 태도는 그가 교회 학자임을 말해 주고 있었습니다. 심히 불쾌한

2 「마태오 복음서」 26장 52절, 〈칼을 칼집에 도로 꽂아라. 칼을 잡는 자는 모두 칼로 망한다.〉「요한 복음서」 18장 11절.
3 〈군사용 천막pellium〉을 〈살가죽pellis〉으로 보고, 군사용 천막이 마치 사람의 살가죽을 벗겨 만든 것처럼 잘못 해석하였다. 이하에서 성서를 잘못 해석하는 예 가운데 어원을 왜곡하는 예를 들고 있다.

얼굴로 그는 이런 율법은 바로 사도 바오로가 제정한 것이라 말했습니다. 그는 〈분파를 일으키는 사람을 한 번 또 두 번 경고한 다음에 저 멀리 두십시오〉 한 바오로의 말을 인용하였습니다. 그는 이 말을 여러 번 강조하여 소리쳐 읽었으며 마침내 참석한 대부분의 사람들은 〈분파를 일으키는 사람〉이 당하게 될 운명에 놀라지 않을 수 없었습니다. 그는 〈저 멀리 두십시오〉를 〈저승 멀리 보내십시오〉로 설명하여 이단자를 죽여야 한다고 설명한 것입니다.[1] 많은 사람들이 웃음을 터뜨렸고, 하지만 그럼에도 불구하고 이것이 참다운 교회 학자의 해석이라고 생각하는 사람들이 없지 않았습니다. 물론 이런 해석을 반박하는 몇 사람들이 있었지만, 그는 도저히 반박할 수 없는 인물, 속담에 이르듯 〈테네도스의 재판관〉[2]이었습니다. 〈여러분 내 말을 들으라. 성경에 이르길 《악행을 하는 자[3]는 죽임을 당해야 한다》고 말했다. 모든 이단은 악행이다. 따라서……〉 사람마다 모두 그의 놀라운 논리에 경탄하며, 가죽 장화를 신은 발로 그의 의견에 찬동하였습니다. 그 자리에 있던 누구도 그 율법이 점쟁이와 마법사

1 「티토에게 보낸 서간」 3장 10절. 『새번역 성경』의 번역을 문맥에 맞추어 바꾸었다. 라틴어 *devita*는 〈피하라〉 내지 〈멀리하라〉의 뜻인데, 이를 *de-vita*로 나누어 〈생명을 빼앗다〉라는 식으로 잘못된 어원 분석을 하고 있다.

2 희랍 격언이다. 테네도스의 왕은 도끼를 든 사람을 재판관의 뒤편에 세워 놓고, 재판관이 만일 거짓된 판결을 내릴 경우 가차 없이 내려치도록 명령하였다는 데서 유래한다. 〈진실만을 말하는 사람〉이라는 뜻으로 쓰인다.

3 「신명기」 13장 5절에서 불가타 번역은 *fictor somniorum*으로 되어 있으나, 히브리어를 라틴어로 문자 그대로 옮기면 *maleficus*(악행을 하는 자)라고도 번역할 수 있다. *fictor somniorum*는 〈꿈꾸는 자〉 또는 〈환몽가〉로 번역되었다.

와 마술사들에게 적용되는바, 이런 자들을 히브리 사람들은 〈메카세핌〉, 다시 말해 〈악행을 하는 자〉라고 불렸다는 사실을 미처 생각해 내지 못했습니다. 이런 식으로 하자면 결국 간음한 자와 술주정뱅이도 사형으로 처벌해야 할지도 모릅니다.

145   하지만 이런 식의 어리석음을 내가 열거하기로 하면, 크뤼시포스의 책들로도 디뒤모스의 책들로도 그 모두를 감당할 수 없을 만큼 많을 것입니다.[4] 내가 정확하게 인용하지 못한다 하더라도, 이런 짓들이 신학 박사들에게 허용되는 것처럼 나에게도, 그러니까 왕초보 신학자라 할 수 있는 나에게도 허용되어야 한다고 나는 말하고자 합니다.

146   이제 다시 바오로의 말로 돌아가겠습니다. 바오로는 자기 자신을 염두에 두고 〈여러분은 슬기로운 사람이어서 어리석은 자들을 잘도 참아 줍니다〉라고 말하였습니다.[5] 또 〈나를 어리석은 대로라도 받아 주십시오.〉[6] 또 〈주님의 뜻에 따라 하는 것이 아니라 어리석음에 빠진 자로서 하는 말입니다.〉[7] 또 〈우리는 그리스도 때문에 어리석은 사람이 되었다.〉[8] 이로써 여러분은 어리석음에 대한 참으로 위대한 사람의 참으로 위대한 찬양을 들었습니다. 바오로는 더 나아가 어리석음

4 크뤼시포스는 기원전 3세기의 스토아 철학자로, 전하는 바에 따르면 705권의 책을 저술하였다고 한다. 디뒤모스는 기원전 1세기의 알렉산드리아 학자였으며 4천여 권의 책을 저술하였다고 한다.
5 「코린토 신자들에게 보낸 둘째 서간」 11장 19절.
6 「코린토 신자들에게 보낸 둘째 서간」 11장 16절.
7 「코린토 신자들에게 보낸 둘째 서간」 11장 17절.
8 「코린토 신자들에게 보낸 첫째 서간」 4장 10절.

이 생명을 살리는 가장 필수적인 것이라고 공개적으로 가르쳤습니다. 〈여러분 가운데 자기가 이 세상에서 지혜로운 이라고 생각하는 사람이 있으면, 그가 지혜롭게 되기 위해서는 어리석은 이가 되어야 합니다.〉[1] 「루카 복음서」에 따르면 그리스도가 길을 가던 두 제자에게 나타나서 〈어리석은 자들〉이라고 불렀다 합니다.[2] 또한 성스러운 사도 바오로는 하느님에게도 약간의 어리석음을 돌렸다고 하는데, 이는 지극히 당연한 일이라 하겠습니다. 〈하느님의 어리석음이 사람보다 더 지혜롭다.〉 그런데 오리기네스는 이를 해석하면서 하느님의 어리석음은 인간의 짧은 식견으로는 전혀 이해할 수 없다 하였습니다. 이와 관련하여 바오로는 〈멸망할 자들에게는 십자가에 관한 말씀이 어리석은 것이다〉[3] 하였습니다.

내가 이렇게 많은 전거들을 인용하며 내 주장을 입증하고자 애를 쓰고 있지만, 사실 예수 그리스도가 하느님께 오묘한 「시편」을 인용하여 〈당신께서는 저의 어리석음을 아시며〉라고 말한 바에야 이것이 다 무슨 소용입니까? 이와 같이 예수 그리스도가 어리석은 자들은 하느님께 커다란 기쁨일 것이라 생각한 것은 매우 의미심장한 일입니다. 위대한 장군들은 지나치게 영리한 자들을 의심하며 질투하는 반면, 비둔하고 단순한 자들을 달가워하였는데, 예를 들어 율리우스 카이사르는 브루투스와 카시우스를 두려워했으며 술주정뱅

147

---

1 「코린토 신자들에게 보낸 첫째 서간」 3장 18절.
2 「루카 복음서」 24장 25절.
3 「코린토 신자들에게 보낸 첫째 서간」 1장 18절.

이 안토니우스에게는 그러하지 않았다고 하며, 네로는 세네카를, 디오뉘시오스는 플라톤을 의심하였던 것처럼, 내 생각에 이와 마찬가지로 이로써 예수 그리스도는 스스로의 지혜를 과신하는 현자들을 늘 기피하고 혐오하였던 것을 말한 것입니다. 바오로는 〈하느님은 이 세상의 어리석은 것을 선택하셨습니다〉[4]라고 말하고, 또 하느님이 〈지혜로써 세상을 다시 일으켜 세우는 것은 불가능하기 때문에 어리석음을 통하여 세상을 구원하기로 하였다〉[5]고 말하고 있습니다. 바오로는 같은 생각을 선지자의 입을 빌려 선포함으로써 자신의 입장을 분명히 하였습니다. 〈나는 지혜롭다는 자들의 지혜를 부수어 버리고 슬기롭다는 자들의 슬기를 치워 버리리라.〉[6] 또한 예수는 하느님께, 구원의 신비를 지혜로운 자들에게서 숨기시고 철부지들에게, 다시 말해 어리석은 자들에게 드러내 보이심을 감사드렸다 합니다.[7] 여기서 〈철부지〉라는 말은 〈지혜로운 자〉와 대립을 이루고 있습니다. 이와 관련하여 복음서에서 예수 그리스도가 바리사이 사람들과 율법 학자들을 비난하며, 어리석은 대중을 옹호한 말이 전하는바, 〈불행하여라, 너희 위선자 율법 학자들과 바리사이들아〉라고 한 말은 〈불행하여라, 너희 지혜로운 자들아〉라는 뜻이라 하겠습니다.[8] 예수 그리스도는 아마도 철부지 어린아이들과 여인

4 「코린토 신자들에게 보낸 첫째 서간」 1장 27절.
5 「코린토 신자들에게 보낸 첫째 서간」 1장 21절.
6 「코린토 신자들에게 보낸 첫째 서간」 1장 19절, 「이사야서」 29장 14절.
7 「마태오 복음서」 11장 25절과 「루카 복음서」 10장 21절.
8 「마태오 복음서」 23장 13절 이하.

들과 어부들에게서 가장 커다란 기쁨을 얻었던 것입니다. 또한 예수는 짐승들 가운데에서도 여우의 영리함과 가장 거리가 먼 짐승을 사랑했습니다. 하여 예수는 만약 원했다면 사자의 등엔들 오르지 못했을까마는, 당나귀의 잔등에 앉기를 원했습니다. 또한 성령은 비둘기의 형상으로 내려왔으며, 독수리나 솔개의 모습이 아니었습니다. 그 밖에도 성경에는 사슴과 노새와 양들에 대한 언급이 풍성하게 이어집니다. 그리스도는 영생을 얻은 그의 사람들을 양 떼라 부르기도 하셨습니다. 그런데 양만큼 어리석은 짐승들도 없습니다. 이에 대한 증거로 아리스토텔레스가 언급한 〈양 떼의 습성〉이란 속담을 제시하는바, 이 말은 양의 어리석음에서 유래한 말로 어리석고 우둔한 자들을 욕할 때 사용되곤 한답니다. 예수 그리스도는 스스로를 이런 습성의 양 떼를 돌보는 목자로 내세웠는데, 이에 못지않게 스스로가 양이라 불리는 것에 기뻐했습니다. 선지자 요한은 예수를 가리켜 〈보라, 하느님의 어린 양이시다〉 하였나니, 「요한 묵시록」에서도 이는 여러 차례 언급되었습니다.

이는 인간들 모두가, 심지어 기독교인들조차도 어리석다는 것을 웅변하고 있습니다. 또한 이는 하느님 아버지의 지혜임에도 불구하고 인간들의 어리석음을 돕고자 하여 예수 그리스도가 인간의 본성을 가진 인간의 모습을 함으로써 어리석은 자가 되었음을 말하고 있습니다. 이는 예수가 죄지은 자를 사하기 위해 스스로 죄인이 된 것과 같은 이치입니다. 예수는 오로지 십자가의 어리석음으로, 단순하고 어리석은 사도들을 통해 세상을 구원하고자 했습니다. 예수는 제자들에게 어리석음으로 열심히 가르쳤으며, 지혜를 멀리하게 했습니다. 제자들에게 철부지들의, 나리꽃의, 겨자씨의, 참새들의 예를 설파했는바 이것들은 오로지 어리석으며 천진하며 자연에 따라 꾸미지도 않고 가꾸지도 않으며 살아가는 존재들입니다. 게다가 예수는 제자들로 하여금 재판장들 앞에 나아가 무슨 말을 해야 할지 걱정하지 말라 금지했으며, 또한 그때와 시기를 알려 하지 말라 제한했으니, 이는 분명코 제자들이 저들의 지략에 의존하지 않으며 오로지 온 마음을 다하여 예수께 의존케 하고자 함이었습니다. 같은 이유에서 세상을 창조하신 조물주 하느님은, 지혜가 마치 행복을 방해하는 독약이나 되는 듯 지혜의 나무에 열린 과실을 따 먹지 못하게 금기한 것입니다. 하여 바오로는 공개적으로 지혜가 사람을 교만케 하는 위험한 것이라 비난하였습니다. 내 생각에 성자 베르나르도는 바오로의 말에 따라 지혜의 산을 악령이 자리한 산으로 해석한 것이 아닌가 합니다.

빼먹어서는 안 될 주장이 있습니다.[1] 하늘나라에서 어리석음은 축복이라는 주장인바, 죄의 용서가 오로지 어리석음에만 주어질 것이며, 지혜로운 자들은 용서받지 못할 것이기 때문입니다. 흔히 사람들이 용서를 구할 때, 분명히 알면서 잘못을 저지르고도 어리석었음을 핑계로 삼거나 이를 변호인으로 부르곤 합니다. 그와 같이 아론이 「민수기」에서 벌받은 누이를 위해 용서를 구할 참에, 내가 올바르게 기억하

---

1 149문단은 1514년에 추가되었다(ME 30면 참조).

고 있다면, 이렇게 고하였습니다. 〈나의 주인님, 우리가 어리석게 행동하여 저지른 죄의 값을 우리에게 지우지 마십시오.〉[1] 또한 사울이 다윗에게 죄를 용서받으려 이렇게 말했습니다. 〈내가 정말 어리석은 짓을 하여 매우 큰 실수를 저질렀구나.〉[2] 또한 다윗이 주님께 이렇게 용서를 빌었습니다. 〈주님 당신의 종의 죄악을 없애 주십시오. 제가 참으로 어리석은 짓을 저질렀습니다.〉[3] 다윗은 여기서 마치 자신의 어리석음과 무지를 핑계 삼지 못하면 용서를 얻지 못할 것처럼 말하고 있습니다. 이보다 더욱 설득력 있는 예로 말하자면, 십자가에 못 박힌 예수는 그의 원수를 위해 기도하여 〈아버지, 저들을 용서해 주십시오〉라고 하면서, 저들의 어리석음을 유일한 변명거리로 내놓으며 〈저들은 자기들이 무슨 일을 하는지 모릅니다〉라고 하였습니다.[4] 이와 동일한 방식으로 바오로는 티모테오에게 편지를 쓰며, 〈그러나 내가 믿음이 없어서 모르고 한 일이기 때문에, 하느님께서는 나에게 자비를 베푸셨습니다〉[5]라고 적었습니다. 여기서 〈모르고 했다〉는 말은 결국 악의가 있어서가 아니라 어리석음 때문에 그리하였다는 뜻이 아니고 무엇이겠습니까? 또 〈나에게 자비를 베푸셨습니다〉라고 한 것은 어리석음을 핑계 삼았기에 그런 용서를 얻었다는 것을 의미할 것입니다. 우리를 위하여 「시

1 『민수기』 12장 11절.
2 『사무엘기 상권』 26장 21절.
3 『사무엘기 하권』 24장 10절.
4 『루카 복음서』 23장 34절.
5 『티모테오에게 보낸 첫째 서간』 1장 13절.

편」을 지은 존엄한 분 또한 말하였으니, 내 이를 제때에 기억하지 못하여 이제 와 밝히는바, 〈제 젊은 시절의 죄악과 저의 무지들을 기억하지 마소서〉라고 하였습니다. 이분이 두 가지 변명거리를 제시하고 있는 것을 여러분은 들었으니 나 우신을 늘 따라다니는 청춘과, 또 하나 무지들이 그것입니다. 내가 〈무지들〉이라고 굳이 복수로 이야기한 것은 어리석음의 위력을 강조하고자 함입니다.

150 이렇게 계속하자면 예가 무한할 것인지라 정리하여 말하자면, 전적으로 기독교는 일종의 어리석음과 친연성을 가지고 있는 종교이며 지혜와는 무관한 종교입니다. 이에 대한 논거를 여러분이 요구한다면 말하노니, 우선 주목할 사실은 성사에서 즐거움을 얻는 것은 다른 누구보다도 철부지들, 노인들, 아낙네들 그리고 여타 순진한 자들이라는 점이며, 이들이 분명코 오로지 타고난 본성에 이끌려 교회에 늘 가까이 붙어 있다는 점입니다. 또한 기독교의 초창기 교부들은 놀라우리만큼 순진무구함을 갖고 있었던 반면, 문자 풍월은 대단히 멀리하였다는 점을 여러분은 기억하기 바랍니다. 마지막으로 기독교적 신앙의 열정에 전적으로 스스로를 헌신하는 사람들만큼 어리석은 사람들이 또 없다는 점입니다. 이들은 자기 재산을 모두 헌납하며, 세상의 손가락질에 괘념치 않으며, 속임을 당해도 참으며, 친구들과 원수들을 가리지 않으며, 쾌락을 멀리하며, 굶주림과 불면과 눈물과 고통과 천대를 물리도록 받으며, 세상사를 조롱하며, 오로지 최후의 날을 고대하는바, 다시 말해 모든 세속적 감각들은 마비된 것

처럼 보이는데 마치 스스로의 육신으로 사는 것이 아니라 오로지 스스로의 영혼으로 사는 듯 보입니다. 이런 모든 것들은 어리석음이 아니면 달리 무엇이겠습니까? 사도들이 새 포도주에 취한 듯 보인 것이나, 바오로가 페스투스에게 미치고 말았다는 소리를 들은 것은 어찌 보면 너무도 당연한 것이라 하겠습니다.[1]

이왕지사 〈사자 가죽〉을 걸친 이상, 나는 이것 또한 말하고자 합니다. 기독교인들이 수많은 고통을 불사하고 찾는 행복은 일종의 어리석음과 광기라는 것을 말입니다. 말 때문에 반감을 갖지 말고 여러분은 객관적 사태를 살펴 주기 바랍니다. 우선 기독교는 플라톤주의와 어느 정도 공통되는 바를 갖고 있는데, 육체라는 감옥 내지 육체적 비둔함에 묶이고 갇혀 영혼이 자유롭지 못하며 따라서 참된 존재를 직관하고 만끽하지 못한다고 생각하는 점이 그것입니다. 다음으로 플라톤은 철학을 죽음을 위한 준비라고 정의하였는데, 철학이 죽음과 마찬가지로 가시적이고 물질적인 세계로부터 영혼을 떼어 놓는다는 것 때문이었습니다. 그런데 영혼은 신체 기관을 올바르게 사용하는 한에서 건강하다는 소리를 듣습니다. 반면 사슬을 끊고 영혼이 마치 감옥에서 탈출하듯 자신을 해방시키려고 한다면, 미쳤다는 소리를 듣습니다. 만약 이것이 신체적 질병 혹은 결함에서 비롯된다면, 이것이 광기라는 데 모두 동의할 것입니다. 이런 종류의 사람들이 우리는 미래를 예언한다거나, 전에는 한 번도 배워 본 적 없는 언어나 문자

151

1 「사도행전」 2장 13절과 26장 24절.

를 알아본다거나, 무언가 신비로운 것을 보여 주는 것을 볼 수 있습니다. 이런 현상은 의심할 바 없이 영혼이 육체적 접속으로부터 약간이나마 이탈하여 자신의 자연적 위력을 과시하는 데서 발생합니다. 죽음을 앞둔 사람들에게서 이런 유사한 일이 생겨나 그들이 뭔가에 홀린 듯 이상한 소리를 토하는 것도 이와 같은 이유에서라고 나는 생각합니다.

152 　이런 일이 열렬한 신앙에서 비롯된 것이라 할 때, 어쩌면 광기가 아닐 수도 있겠지만, 그럼에도 대부분의 사람들이 그것을 광기라고 판단할 만큼 그것은 광기에 가까이 놓여 있습니다. 대다수는 평생 세속적인 삶의 방식에서 크게 벗어나지 않으니 말입니다. 그러니까 내 생각에는 플라톤의 동굴 비유에서 일어났던 일, 탈출했던 어떤 사람이 동굴로 돌아와 동굴에 갇혀 그림자를 보는 사람들에게 사태의 진상을 보았노라 말하고, 그림자 이외에 어떤 것도 없다고 믿는 그들에게 속고 있노라 말했을 때 발생했던 일과 흡사한 일이 여기서도 발생하곤 합니다. 그래서 진상을 본 현자는 사람들의 어리석음을 불쌍히 여기며, 이들이 거짓에 사로잡혔다고 안타까워합니다. 반면 동굴 속의 사람들은 현자를 미친 사람이라 비웃으며 욕할 것입니다. 이와 마찬가지로 대부분의 중생들은 물질적인 것을 최고라고 경배하며 물질적인 것만이 유일한 것이라 생각합니다. 반면 기독교인들은 물질적인 것에 가까운 것일수록 그것을 경시하며 오로지 눈에 보이지 않는 것을 관조하는 데 사로잡혀 있습니다. 일반적으로 사람들은 재물을 최우선으로 여기며, 육체의 안락을 두 번째로 생각하며,

영혼은 제일 마지막에 둡니다. 이들 대부분은 눈에 보이지 않는다는 이유에서 영혼이 존재하지 않는다고 믿습니다. 반면 기독교인들은 먼저 전적으로 하느님을 우선으로 놓는바, 만물 가운데 가장 단순하신 분께 의지합니다. 이들은 하느님 다음으로 하느님께 가장 가까운 것인 영혼을 생각하며, 육체적인 것은 염려하지 않으며 금전은 마치 껍데기처럼 하찮게 여겨 멀리합니다. 어쩔 수 없이 돈을 만져야 할 경우라면, 이를 힘들어하며 강한 거부감을 느껴 돈이 있어도 없는 것처럼, 재산이 있어도 없는 것처럼 생각합니다.

또한 동일한 일들도 경우에 따라 커다란 차이를 보입니다. 153 감각은 모두 육체와 관련을 갖지만, 이들 가운데 육체와 긴밀히 붙어 있는 것으로는 예를 들어 촉각, 청각, 시각, 후각, 미각이 있으며, 육체와는 좀 떨어져 있는 것들로는 기억, 인지, 의지가 있습니다. 그 가운데 영혼이 어느 쪽으로 기우느냐에 따라 영혼은 그쪽에 가까워집니다. 그런즉 기독교인들의 영혼은 육체와 긴밀히 붙어 있는 것들을 멀리하게 되며, 이런 것들을 접하면 혼비백산 기절초풍합니다. 반면 일반인들은 육체적인 것에 몰두하고, 다른 것에는 개의치 않습니다. 하여 우리는 몇몇 성인들에게서 기름을 포도주로 착각하고 마셔 버렸다는 일화를 심심치 않게 듣게 됩니다.

또한 감정에 있어서도 육체와 밀접히 붙어 있는 것으로는 154 예를 들어 욕정, 식욕, 수면욕, 분노, 경멸, 질투 등이 있습니다. 이런 것들에 대하여 기독교인들은 도저히 화해할 수 없는 전쟁을 벌이고 있는데, 반면 대중들은 이런 것들이 없이는 삶이 있을 수 없다고 생각합니다. 또한 중립적 감정으로 흡사 자연적인 감정처럼 모두에게 존재하는바, 예를 들어 조국애, 자식과 부모와 친구에 대한 사랑이 있습니다. 대부분의 중생들은 이런 것들에 휩쓸립니다. 하지만 기독교인들은 이마저도 영혼에서 없애려고 하지만, 다만 이것이 영혼의 가장 숭고한 부분에 닿아 있는 한에서만 이를 받아들이는데, 예를 들어 아비를 사랑하는 것은 아비이기 때문이 아닌바, 아비는 다만 몸을 낳아 주었을 뿐이며, 이는 또한 사실 하느님 아버지에게서 비롯된 것입니다. 아비를 사랑하는 것은 아비가 거룩한 영혼을 닮아 빛나는 훌륭한 사람임을 발견하였을 때인데, 거룩한 영혼을 기독인들은 최고의 선이라 부르며 이것 말고는 어떤 것도 사랑하지도 구하지도 않는다고 선포합니다.

155 　이것이 기독교인들이 인생의 나머지 모든 의무들을 측량하는 척도입니다. 눈에 보이는 것이라 해서 무턱대고 나쁘다 하지는 않지만 아무튼 눈에 보이는 것은 이들에게 있어 눈으로 볼 수 없는 것에 비해 훨씬 낮게 평가됩니다. 기독교인들은 성사와 신앙의 의무에 있어 영혼과 육체가 함께 관여한다고 말합니다. 예를 들어 금식을 다른 사람들은 절대적인 것으로 생각할 수도 있겠지만 기독교인들에게 금식은 전부가 아닌 작은 일부이며 그저 기름진 고기와 화려한 만찬을 삼가는 것으로, 이로써 정념을 덜어 내는 효과를 얻는바, 평소보다 분노가 덜 생겨나며 질투가 덜 생겨나며, 하여 이럴 때 영혼은 육체적 부담을 덜 느끼게 되고 천상의 행복을 만끽하며 즐기게 됩니다. 미사 집전의 경우도 이와 마찬가지로 이

들은 제례 형식이 때로 영적인 것이 아닌 영을 상징하는 시각적이고 물질적인 것에 치우칠 경우 유익하지 않으며 때로 해로울 수도 있지만, 그럼에도 불구하고 이를 하찮게 여겨서는 안 된다고 말합니다. 왜냐하면 그리스도의 죽음을 상징하는 미사는 육체적 정념을 억제하고 제거하고 척결하고 그리스도의 죽음을 몸소 체험하는 것이며, 이로써 생명의 새로움 가운데 다시 태어나 예수 그리스도와 하나가 되며 또한 서로 간에 하나가 될 수 있기 때문입니다. 기독교인이 이러한 일들을 행하는 것은 이런 것들을 목적으로 합니다. 반면 비기독교인들의 생각에 따르면, 미사는 그저 제단 앞에 모이는 것, 제단 앞에 가능한 한 가까이 모이는 것, 설교자의 목소리를 듣는 것, 여러 가지 예배 의식을 구경하는 것 이상의 다른 의미를 갖지 않겠지만 말입니다.

내가 예로써 여기 제시한 것들에서뿐만 아니라, 기독교인 ¹⁵⁶은 온전히 삶의 모든 영역에서 육체와 연관된 것을 멀리하며 다만 영원한 것, 눈에 보이지 않는 것, 영적인 것을 추구합니다. 따라서 기독교인들과 비기독교인들 사이에는 모든 면에서 커다란 차이가 있기 때문에 서로에게 상대방이 어리석은 사람들로 보이는 일도 생겨나는 것입니다. 하지만 어리석다는 말은 비기독교인들에게보다는 기독교인들에게 더욱 잘 어울린다고 나는 생각합니다. 여러분도 이것을 분명한 사실로 받아들일 것입니다. 만약 내가 앞서 약속한 대로, 그들 인생 최고의 보상은 바로 어리석음임을 간단히 증명해 보인다면 말입니다.

157   여러분이 먼저 생각해야 할 것인바, 플라톤은 이런 생각을 가졌던 사람입니다. 그는 사랑의 광기야말로 모든 것 가운데 최고의 행복이라고 주장하였습니다. 미치도록 사랑에 빠진 사람은 자기 자신으로 살지 않으며 오로지 사랑하는 것에 빠져 살며, 멀리 자기 자신을 버리고 사랑하는 것에게로 빠져들수록 그만큼 더욱 행복해합니다. 마찬가지로 영혼이 육신을 떠날 것을 생각하며 자신의 신체에 제대로 붙어 있길 사양한다면, 여러분은 이것을 두고 정신 나간 일이라 할 것입니다. 〈정신이 제자리에 박혀 있지 않다〉 혹은 〈정신을 차리다〉 혹은 〈정신이 제대로 돌아오다〉 등 뭇사람들이 쓰는 이런 표현들은 달리 무엇을 뜻하겠습니까? 하지만 사랑이 깊으면 깊을수록 광기는 커지고 그만큼 행복 또한 더욱 커집니다. 그렇다면 기독교인들의 마음이 열광적으로 사랑하는 하늘의 삶은 장차 어떠하겠습니까? 영혼은 강해질수록 승리자가 되어 육신을 소진시킬 것입니다. 영혼이 한편으로 이런 변화를 준비하며 삶에서 육신을 일찍이 정화하고 육신의 힘을 감소시켜 왔다면, 다시 말해 영혼이 제 왕국에 살고 있다면 영혼은 이를 보다 쉽게 성취할 것입니다. 다음으로 영혼마저, 광대무변한 만유보다 강력하며 거룩한 성령에 의해 다시 한 번 소진될 것입니다. 마침내 사람은 온전히 자기 자신에게서 벗어나며, 자기 자신에게서 벗어났기에 행복해하며 만물을 제 품에 담고 있는 절대 선으로부터 형언할 수 없는 무언가를 만끽하게 될 것입니다.

158   행복을 마침내 완벽하게 얻게 되는 것은 물론 영혼이 영생

을 얻어 몸이 다시 살았을 때이지만, 기독교인들의 삶은 영생을 관조하는 것이거나 혹은 영생의 그림자와 같은 것이기 때문에 미래의 행복을 조금이나마 미리 맛보고 냄새 맡을 수 있습니다. 이는 영원한 행복의 샘물에 비하면 작디작은 물방울 정도에 지나지 않지만, 그럼에도 불구하고 이런 행복은 모든 사람들이 모든 육체적 쾌락을 한 사람에게 몰아주었을 때의 행복을 크게 능가합니다. 이렇게 영적인 것은 육체적인 것보다 위대하며, 눈에 보이지 않는 것은 눈에 보이는 것보다 위대합니다. 이는 분명코 선지자가 약속하였던 것입니다. 〈어떠한 눈도 본 적이 없고 어떠한 귀도 들은 적이 없으며 사람의 마음에도 떠오른 적이 없는 것들을 하느님께서는 당신을 사랑하는 이들을 위하여 마련해 두셨다.〉[1] 삶이 이렇게 변화할 때에도 없어지지 않고 오히려 더욱 완벽해지는 것은 나 우신의 영역입니다. 하여 행복을 약간이나마 — 물론 아주 적은 부분이지만 — 맛본 사람들은 일종의 광기를 접하게 되어 충분히 앞뒤가 맞지 않는 소리나 세상사에 부합하지 않는 말을 지껄이며, 아무 의미 없는 소리를 내지르며, 모습과 태도가 갑자기 수시로 변화합니다. 비명 지르다가 기진맥진 늘어진다거나, 울음을 울다가 갑자기 웃음을 웃다가 다시 크게 한숨을 쉬는 등 한마디로 제정신을 놓고 살아갑니다. 곧 제정신을 차리지만, 자신이 어디에 있었는지, 몸 밖에 있었는지 몸 안에 있었는지, 깨어 있었는지 잠을 자고 있었는

---

1 「코린토 신자들에게 보낸 첫째 서간」 2장 9절. 이는 「이사야서」 64장 3절을 바오로가 다시 인용한 것이다.

지 전혀 기억하지 못합니다. 무엇을 들었는지, 무엇을 보았는지, 무엇을 말했는지, 무엇을 행했는지, 전혀 기억하지 못하며 다만 어두운 안개 속과 같은 꿈속을 헤맨 듯 하며, 알고 있는 것이라고는 정신을 놓고 있었을 때 무엇보다 행복하였다는 것뿐입니다. 하여 제정신이 돌아온 것을 한탄하며 이런 광기 가운데 영원히 광기에 젖어 살기를 무엇보다 희망합니다. 영원무궁한 미래의 행복을 조금 맛본 것이 이러합니다.

159   나는 내 본연의 모습을 망각하고 〈한계선을 넘어서 버렸습니다〉. 내가 말한 것이 좀 지나치거나 수다스럽게 보이겠지만, 여러분에게 바라건대 어리석은 여인네인 우신이 말했음을 생각해 주었으면 합니다. 또한 동시에 여러분, 희랍 격언을 잊지 말기 바랍니다. 〈어리석은 사내도 때로 올바른 소리를 한다.〉이 말을 여인네에게 적용하지 말하는 법은 없습니다.

160   여러분이 맺음말을 고대하고 있음을 나는 알고 있습니다. 이렇게 엄청난 언어의 잡동사니를 늘어놓았으니 여태까지 한 말을 나 스스로도 기억하지 못하는 것이 당연하거니와, 내가 이를 기억하고 있으리라 기대한다면 이는 말도 안 되는 어리석은 생각입니다. 옛말에 〈같이 마시고 다 기억하는 놈을 나는 증오한다〉라는 말이 있습니다. 이를 새롭게 고쳐 〈다 기억하는 청중을 나는 증오한다〉. 그러므로 이제 여러분, 안녕히! 박수 치라! 행복하라! 부으라, 마시라! 나 우신의 교리에 탁월한 여러분이여.

부록 1
에라스무스가 위대한 신학자
마르탱 반 도르프에게 인사를 전합니다

　당신의 편지가 내게 배달되지 않았습니다. 다만 복사본을 보았습니다. 안트베르펜의 어떤 친구가 어떻게 그리했는지 모르겠으나 이를 하나 보관해 두었습니다. 당신은 내가 『우신예찬』을 출판한 것에 매우 안타까운 마음을 표하였고, 히에로뉘무스의 책을 복간하는 일에서는 나의 열정을 높이 평가하였으며, 신약 성경을 편찬하는 일은 관두라고 말하였습니다. 친애하는 도르프 씨, 당신의 편지에 나는 전혀 불편한 마음을 갖지 않았으며, 오히려 더욱 당신에 대한 우애가 깊어졌습니다. 물론 전에도 더할 수 없는 우애를 갖고 있었지만 말입니다. 당신의 조언은 그만큼 진지하고, 당신의 충고는 그만큼 친절하고, 당신의 지적에서는 그만큼 애정이 묻어났습니다. 이는 분명 기독교의 사랑일지니, 비록 격분을 드러낼 때조차도 그 따뜻함을 감출 수 없나 봅니다. 매일 나는 고명한 학자들로부터 수많은 편지를 받고 있으며, 이들은 나를 게르마니아의 영광이라고 치켜세우는가 하면, 태양이니 달이니 하는 굉장한 수사를 덧붙입니다만, 나로서는 그저 영광스럽기보다 부담스러울 뿐입니다. 하여 목숨을 걸고 맹세하거니와 나를 비판하려고 쓴 도르프 씨의 편지만큼 나를 기쁘게 하는 것도 없었습니다. 사도 바오로는 얼마나 올바른 길을 걸어간 것인지! 그리스도의 사랑은 결코 죄를 짓지 않습니다. 사랑은 아부를 떨지라도 도움을 주고자 아부를 떠는 것이며, 화를 낼지라도 이 또한 도움을 주고자 화를 내는 것입니다. 나는 당신의 편지에 기쁜 마음으로 답장을 하고자 하며, 귀한 우정에 기쁨을 주고자 합니다. 왜냐하면 나는 진정으로 내 하는 일에 있어 당신의 동의를 구하는 바이며, 당신의 거의 신적인 지혜와 탁월한 지식과 예리한 판단력을 높이 존경하는 바이며, 수천 명의 찬성표보다는 당신 단 한 사람의 정성 어린 찬성표를 더욱 의미 있게 받아들이는 바이기 때문입니다. 나는 바다 여행으로 지쳐 있고, 이어진 마상 여행으로 피곤한 상태이며, 더욱이 짐을 꾸리는 일로 매우 바빴습니다. 하지만 나는 그럼에도 당신에게 편지를 쓰는 편이 좋겠다고 생각하였습니다. 당신이 그런 생각을 스스로 하게 되었든지 아니면 어느 누구가 당신 머릿속에 심어 놓았든지, 아무튼 당신이 생각하는 대로 생각하게 방치할 수 없었습니다. 내게 편지를 쓰도록 당신을 부추긴 자들은 어쩌면 당신을 자기들 의도대로 이용한다 싶었던 것입니다.

먼저 아주 솔직하게 말하자면 나는 『우신예찬』을 출판한 것을 후회하고 있습니다. 그 작은 책자가 나에게 상당한 명성을 — 혹은 당신은 오명이라고 할 테지만 — 가져다준 것은 사실입니다. 나는 나쁜 의도와 짝을 이룬 이런 평판을 크게 여기지 않았습니다. 하늘에게 맹세코 세상 사람들이 명성이라고 부르는 것은 다만 세속의 잣대에 따른 허명이 아니고 무엇입니까? 기독교인들 가운데에도 그런 것들이 꽤 많이 살아남아 있어, 사람들은 후대에 이름을 남기는 것을 〈불후〉라고 부르며, 어떤 문학적 장르에서 관심을 끄는 사람을 〈문호〉라고 부르곤 합니다. 하지만 내가 출판한 책들에서 내가 오로지 관심을 갖고 있었던 것은 유익함을 찾고자 한 것이며, 이것이 불가능하다면 최소한 이에 피해를 입히지 않는 것이었습니다. 우리는 많은 위대한 문학가들조차 자신의 개인적인 감정을 쏟아 내는 일에 재능을 낭비하는 것을 봅니다. 어리석은 사랑을 노래한다거나, 호의를 얻으려고 수다를 떤다거나, 다른 사람에게 상처를 주기 위해 연필을 든다거나, 혹은 자신의 승리를 떠벌리며 자기 자랑을 늘어놓는 일에 있어 타르소 혹은 퓌르고폴리니케스를 능가합니다.[1] 이게 그러합니다. 그런데 나로 말하자면 작은 재치와 미천한 학식에도 불구하고 나는 오로지 한 가지를 목표로 삼았는바, 가능한 한 유익을 가져오는 것이며, 이것이 불가능하다면 누구에게도 피해를 입히지 않는 것입니다. 호메로스는 테르시테스에 대한 미움을 씻어 내고자 그의 작품에서 그에게 보기에 흉측한 외모를 부여하였습니다. 플라톤은 그의 대화편에서 실명을 들어 많은 사람들을 비판하였습니다. 아리스토텔레스는, 그가 플라톤이나 소크라테스를 비판하였거늘, 누군

1 타르소는 테렌티우스의 희극에, 퓌르고폴리니케스는 플라우투스의 희극에 등장하는 인물로 둘 다 자기 자랑을 늘어놓는 이들이다.

들 그의 비판을 피했겠습니까? 데모스테네스는 아이스키네스를 욕설의 과녁으로 삼았습니다. 키케로는 피소와 바티니우스와 살루스티우스와 안토니우스를 그리하였습니다. 얼마나 많은 사람들의 실명을 세네카는 그의 조롱과 비난에서 언급하였습니까! 최근 사람들 가운데 페트라르카는 그의 연필을 어떤 의사에 대한 공격 무기로 사용하였습니다. 로렌조는 포지오를, 폴리치아노는 스칼라를 그리하였습니다. 당신은 어떤 사람에 대한 악감정을 드러내지 않은 점잖은 작가로 내게 누구를 보여 줄 수 있겠습니까? 히에로뉘무스조차도, 그가 비록 경건하고 근엄한 인물이긴 했지만, 때로 비길란티우스를 향한 분노를 터뜨리곤 하였으며, 또 요비니아누스에 대한 욕설과 루피누스에 대한 지독한 비방을 자제하지 않았습니다. 학자들이 오랫동안 버리지 못한 습관으로 그들은 자신의 기쁨과 슬픔을 종이에 대고, 이를 다정한 친구로 삼아 털어 놓았으며, 자신들의 아픔을 남김없이 마치 동병상련의 동지에게 그러하듯 종이에 늘어놓았습니다. 실로 당신은 알게 될 것인바, 많은 사람들이 글을 쓰면서 유일한 목적으로 삼는 것은 다만 그들의 저서를 오로지 현재적 감정으로 가득 채우는 것이며, 이를 이런 방식으로 후대에 전하는 것입니다.

하지만 이제껏 출판한 책들 모두에서 많은 사람들을 진지하게 언급하였던바, 내가 뉘 좋은 명성을 훼손한 적이 있었습니까? 뉘 훌륭한 평판에 작으나마 누를 끼친 적이 있었습니까? 어떤 민족을, 어떤 계급을, 어떤 개인을 내가 실명을 들어 비판한 적이 있었습니까? 물론 나도, 친애하는 도르프 씨, 이렇게 하고 싶은 충동을 느꼈던 적이 있었으니, 도저히 참아 줄 수 없는 세상의 잘못을 보면서 말입니다. 나는 늘 이런 분노를 삭이기 위해 나 자신과 싸워야 했습니다. 후대 사람들이 나를 어떻게 생각할까를 생각하며, 지금 당장 저들에게 합당한 욕을 퍼부어 주고 싶은 마음을 다스렸습니다. 내가 알고 있는 만큼이라도 저들의 진실이 다른 사람들에게도 알려진다면 사람들은 내가 신랄했다기보다 차라리 공정하며 겸손하며 점잖았다 생각할 것입니다. 나는 나의 사적인 감정에 남들까지 끌어들이는 것은 옳지 않다고 봅니다. 내 개인적인 일을 어찌 다른 사람들이나 후대에까지 알게 할 수 있겠습니까? 나는 나의 원칙을 지키며, 남들처럼 행동할 생각이 없습니다. 게다가 나는 할 수만 있다면 누구에게나 친절하게 대하려 할 뿐, 관계를 회복하지 못할 철천지원수로 여기는 사람은 없습니다. 내가 관계 회복을 바라지 않을 이유가 무엇이며, 무엇 때문에 친구였을 때 전혀 사용하지 않았던 그런 원색적인 언어를 내가 공연히 쓰겠습니까? 내 어찌 일단 얼룩 칠을 해버리면 다시는 지워지지 않을 그런 검은 비방을, 제아무리 그런 비방을 받아 마땅한 자들에게일지라도 행사할 수 있겠습니까? 잘못된 일이지만, 그래도 비판받아 마땅한 자를 비판하기보다는 차라리 칭찬받을 자격이 없는 자를 칭찬하겠습니다. 당신이 칭찬받을 자격이 없는 자를 칭찬한다면 적어도 사람들은 당신의 너그러운 성격을 보겠지만, 당신이 어떤 이가 가진 진정한 본색을 들추어낸다면 때로 사람들은 그 사람이 나쁘다 생각하기보다 당신이 어질지 못하다 생각할 수도 있기 때문입니다. 말할 필요도 없겠지만, 상호 비방의 연쇄는 결국 처참한 대재앙의 원인이 되는바, 악행을 당했다고 생각하는 쪽에서 이를 보복하기 위해 커다란 전쟁을 불사하기도 합니다. 또한 악행을 악행으로 갚는 것은 기독교인으로서 차마 할 수 없는 일이라 할 때, 여자들처럼 분노를 악담으로 풀어 버리는 것은 너그럽지 못한 행동입니다.

이와 같은 이유에서 나는 내 글로 누군가 상처 입고 피를 본 일이 없으리라 확신합니다. 또한 잘못을 범한 자일지라도 실명을 언급하여 창피를 준 일이 없다고 믿습니다. 이와 같이 내가 『우신예찬』에서 목표하였던 바는, 물론 방법은 서로 다를지라도, 여타의 저작들에서 목표하였던 바와 다르지 않습니다. 『기독교 병사의 수첩』에서 나는 매우 단순한 문체로 기독교인의 삶을 묘사하였습니다. 기독교 군주의 교육을 다룬 책에서 군주가 받아야 할 교육이라는 주제를 심도 있게 다루었습니다. 『필립 대공을 칭송함』에서 나는, 대공을 칭송하는 형식을 취했지만, 직접적인 방식으로 같은 주제를 다룬 앞선 책들과 달리 간접적으로 동일한 주제를 다루었습니다. 그리고 『우신예찬』에서도 장난기 어린 태도를 취하였으나 여전히 『기독교 병사의 수첩』에서와 동일한 주제를 다루었습니다. 나의 목적은 가르침으로 인도하려는 것이었지 비방이 아니었습니다. 돕고자 하였을 뿐, 해치려 하지 않았습니다. 어떻게 하면 더욱 훌륭한 사람이 될 수 있느냐를 다루었지, 늘 하던 대로 머물게 하려는 뜻이 아니었습니다. 플라톤은 진지한 철학자였지만, 술자리에서 사람들과 거나하게 한 잔 마시는 것을 나쁘다 하지 않았습니다. 왜냐하면 플라톤은 진지한 태도로 바로잡을 수 없었던 결함들이 유쾌함의 영향으로 인해 고쳐질 수 있다고 생각하였기 때문입니다. 호라티우스 또한 진지하게 건네는 조언보다 유쾌하게 던져 준 충고가 더 큰 효험을 발휘할 수 있다고 믿어, 〈웃음으로 진실을 말하려는데 이걸 어떻게 막겠습니까?〉[1]라고 말했습니다. 옛날 어떤 현명한 사람도 이를 깨닫고 올바른 삶의 원칙을, 유쾌한 그러나 첫눈에는 유치한 우화를 통해 전달하는 것이 좋겠다는 생각을 했습니다. 왜냐하면 진실 그 자체는 수용성이 떨어지지만, 이를 재미있게 가공할 경우 사람들 마음속으로 쉽게 파고들 수 있기 때문입니다. 이는 루크레티우스에서 의사들이 맛이 고약한 약을 어린아이들에게 먹여야 할 때 약병 주둥이에 발랐다고 하는 꿀과도 같은 것입니다. 옛 왕들이 광대들을 궁정에 들인 목적도 이와 같아, 광대들의 구애받지 않는 언행이 누군가의 잘못을 쉽게 드러내고 또 마음을 상하지 않고 쉽게 고치도록 만들기 때문이었습니다. 어쩌면 그리스도를 이와 같은 방식으로 다루는 것은 부적합한 일인지도 모르겠습니다. 하지만 천상의 것과 지상의 것을 서로 비교하는 것이 가능하다고 할 때, 예수 그리스도의 비유들은 옛 우화들과 많은 공통점을 지니고 있습니다. 찬송가에 담긴 진실은 우리 마음에 훨씬 달가우며, 그 가운데 더욱 깊게 뿌리를

1 호라티우스 『풍자시』 1, 1, 24~25행.

내리는바, 이는 찬송의 형식이 그것 없이 전달될 때보다 진리를 더욱 설득력 있게 만들기 때문입니다. 이는 아우구스티누스가 그의 『기독교의 가르침』이라는 책에서 다루었던 주제입니다. 나는 얼마나 많은 사람들이 매우 어리석은 견해에 속고 있는지를, 그것도 삶의 모든 영역에서 그러하다는 것을 알고 있는바, 고쳐질 희망도 없이 그저 하늘에 기원할 수밖에 상황이었습니다. 하여 나는 완고한 사람들에게 내 생각을 넌지시 전달할 방법을, 이렇게 치료하며 동시에 유쾌하게 하는 데서 찾았다고 생각합니다. 나는 이런 유쾌하고 즐거운 글이 사람들에게 진실을 가르치는 일에 있어 많은 경우에 매우 성공적이라는 것을 자주 목격하였습니다.

만일 당신이 내가 끌어들인 인물이 무겁고 진지한 주제를 다루기에는 지나치게 천박한 것이 아닌가 묻는다면, 나는 이런 비판을 달갑게 받아들입니다. 어리석었다는 데는 아무런 반론을 제기하지 않지만, 신랄했다는 데는 억울할 따름입니다. 다른 방법이 아니라 다만 서문에서 열거한 훌륭하고 탁월한 작가들의 선례들을 제시함으로써 성공적으로 이런 첫 번째 지적을 반박할 수 있겠습니다. 나는 무엇을 하려던 것일까요? 나는 이탈리아에서 돌아오는 길에 토머스 모어 씨를 방문하였습니다. 그때 며칠 동안 신장염으로 집 안에 붙잡혀 있었습니다. 내 책들이 아직 도착하지 않았고, 설사 있었다 하더라도 병 때문에 진지한 탐구에 착수하지는 못했을 겁니다. 나는 이런 한가한 시간을 우신을 칭송하는 데 쓰기 시작했습니다. 이를 출판하겠다는 생각은 없었으며, 다만 육체적 불편을 잊고자 마음을 다른 곳으로 돌리려 하였을 뿐이었습니다. 나는 이렇게 시작한 글의 초고를 여러 친구들에게 보여주었는데, 이는 나눔으로써 더욱 크게 농담을 즐기고자 하였기 때문입니다. 그들은 매우 즐거워하였으며 이 일을 부추겼습니다. 나는 그들이 말한 대로 계속하였으며 일주일 내외의 시간을 소비하였습니다. 이는 내가 다룬 주제의 가벼움에 비하면 상당히 긴 시간이었습니다. 그 글을 계속해서 쓰도록 나를 부추겼던 사람들은 이번에는 이 글을 프랑스로 가져가 거기서 출판하였습니다. 아직 불충분하고 미완성의 원고였지만 말입니다. 이 책들이 얼마나 엉망으로 출판되었는지는 다른 무엇보다 특히 일곱 번 이상의 중쇄가 겨우 몇 달 안에 이루어졌다는 것과, 그것도 여러 다른 도시에서 행해졌다는 것이 말해 주고 있습니다. 다른 누구라도 찾아낼 수 있는 그런 잘못이 남아 있는 것을 보고 나는 크게 놀랐습니다. 친애하는 도르프 씨, 이런 점에 있어 전적으로 나는 아무 생각이 없었는바, 당신의 죄인은 이를 고백하는 바입니다. 내게는 아무런 변명의 여지가 없습니다. 그런 여건 때문에, 그런 한가한 시간 때문에, 친구들을 즐겁게 해줄 마음에 그만 나는 일생에 단 한 번 잘못된 판단을 내린 것입니다. 누군들 늘 현명할 수 있겠습니까? 당신은 나의 다른 저작들이 신앙심 깊고 학식이 높은 사람들로부터 높게 평가받을 만한 것임을 인정하였습니다. 어떤 사람의 실수를 한 번도 용서할 수 없을 만큼 지독한 비평가, 완고한 아레오파고스의 재판관은 도대체 누구입니까? 오직 한 번의 장난스러운 발언을 문제 삼아, 다른 저작들에서 밤샘 작업으로 얻은 신뢰를 송두리째 박탈하는 것은 얼마나 부당한 태도입니까? 내가 한 것보다 더 지독하게 잘못된 것들이 다른 사람들에 의해, 특히 탁월한 교회 학자들에 의해 행해지고 있지 않습니까? 이들은 굉장히 무미건조하고 그저 논쟁적인 질문을 찾아내어 서로 지극히 쓸모없고 무가치한 것을 두고 마치 생존과 교회가 걸린 양 서로 설전을 펼치고 있습니다. 이렇게 이들은 어리석은 역할을 맡아 가면도 쓰지 않고 진짜 어릿광대보다 훨씬 더 재미있는 연극을 펼칩니다. 이에 비하면 나는 최소한 상당히 점잖은 편입니다. 왜냐하면 나의 어리석은 판단이나마 이를 보여 주고자 하였을 때 나는 플라톤에서 소크라테스가 사랑에 대한 칭송 연설을 행하기 이전에 그러하였던 것처럼 우신의 가면을 쓰고 내가 맡은 역할을 하였던 것입니다.

당신은 또한 내 책을 비판하는 사람들은 나의 재치와 다독과 품격을 높이 사면서도, 내 풍자의 신랄함에 크게 상처 입었다고 말하고 있습니다. 이들은 내가 바랄 수 있는 것보다 실제 나를 높게 생각하고 있는 것입니다. 나는 이들이 책을 많이 읽은 것도, 재치와 품격을 갖춘 것도 아니라고 믿기 때문에 이들이 칭찬했더라도 이를 높게 치지 않았을 겁니다. 친애하는 도르프 씨, 이들이 이런 것들을 갖고 있었다면, 나는 믿거니와, 이들은 학식과 재치를 자랑하기보다는 유익함을 지향하는 농담에 그리 쉽게 상처 입지 않았을 것입니다. 내가 당신에게 무사이 여신들의 이름으로 묻겠습니다. 내 자그마한 소책자에 담긴 풍자가 신랄하다며 불편한 마음을 토로하는 이들의 눈과 귀와 혀를 도대체 무엇이 만족시킬 수 있겠습니까? 먼저 나 자신을 제외한 누구의 실명도 거론하지 않는 그런 곳에 도대체 어떤 신랄한 풍자가 있다는 것입니까? 왜 이들은 이것이 히에로뉘무스의 원칙에 따르는 것임을 생각하지 못하는 것입니까? 히에로뉘무스는 일반적 잘못을 지적하는 것에는 특정 개인에 대한 비판은 없다고 했습니다. 이렇게 했는데도 누군가 상처를 입는다면, 상처 입는 자는 비판자를 비판할 실제적 이유를 갖지 못할 것입니다. 결국 스스로가 스스로에 대한 고발자가 될 것이기 때문입니다. 모두를 향한 비판이었지만, 이를 받아들여 마치 모자를 자신의 머리에 맞추듯 그렇게 자기 자신에게 스스로 맞추어 적용한 셈입니다. 당신은 내가 그 책을 통틀어 심지어 민족 이름을 거론하는 것조차 조심스럽게 하여 어떤 나라도 비방의 마음으로 실명을 언급하지 않은 것을 모르겠습니까? 내가 자아도취의 예를 각 민족에게 돌리면서 히스파니아 사람들은 전쟁술의 탁월함을, 이탈리아는 문학의 권리를, 브리타니아 사람들은 정결한 음식과 빼어난 용모를 자랑한다 말하며 각 민족들에게 이와 유사한 여러 결함들을 부여하였지만, 이런 결함들이 자기 탓으로 돌려질지라도 누구나 이를 기꺼이 환영하거나 혹은 최소한 웃음으로 맞이할 만한 그런 방식으로 부여하였던 것입니다. 게다가 내가 모든 인간 군상을 다루고 있고 많은 시간을 개인들의 잘못을 꼬집는 데 쓰기도 하였지만, 그 어디에서 내가 혹독하거나 지독하게 말을 했단 말입니까? 내가 언제 우리 모두가 알다시피 인간 내면에 도사리고 있는 카마리나의 늪을 흔들어 놓거나 부당함의 하수구를 들추어낸 적이 있습니까? 내가 만일 유베날리스처럼 사람들이 창피한 줄 모르고 저지르는 일을 적어 놓기로 마음먹었다면, 사악한 교황들, 이기적인 주교들과 사제들, 악랄한 군주들, 한마디로 사회 지도층들에 대하여 얼마나 할 말이 많은지는 모두가 알고 있습니다. 하지만 나는 불쾌한 것을 빼고 다만 유쾌하고 즐거운 측면만을 언급하였으며, 불쾌한 부분을 언급할 때에도 다만 대략적으로 건드렸고, 저들이 알아야 할 것으로 긴요한 것만을 지나가며 지적하였습니다.

나는 당신이 이런 헛짓거리까지 살펴볼 만큼 한가하지 않음을 잘 알고 있습니다. 하지만 짬이 생길 때마다 우신의 농담을 조금만 더 세심히 살펴 주었으면 합니다. 당신은 거기에서 내 책이, 저명하고 고명한 사람들이 다루고 논의한 주장들보다 사도들의 가르침에 훨씬 가깝다는 것을 알게 될 것입니다. 당신도 당신 편지에서 내 책이 전하고 있는 대부분이 진실임을 부정하지 않았습니다. 다만 당신은 〈연약한 귀에 너무 거칠게 진실을 비벼 대는〉 것은 부당한 일이라고 생각한다 하였습니다. 당신이 누구도 자신의 속마음을 드러내서는 안 되며, 다른 사람에게 상처가 된 진실은 말해서는 안 된다고 생각한다면 묻거니와, 의사가 많은 치료 방법들 가운데 쓰디쓴 약을 선택하는 이유는 어떻게 설명하려 합니까? 의사들이 몸의 질병을 다스리기 위해 그와 같이 한다면, 내가 영혼의 전염병을 치료하는 데 그와 같이 하는 것은 훨씬 더 합리적인 것이라 하겠습니다. 바오로는 말했습니다. 〈기회가 좋든지 나쁘든지 꾸준히 계속하십시오. 끈기를 다하여 사람들을 가르치면서 타이르고 꾸짖고 격려하십시오.〉[1] 이렇게 사도는 잘못은 여러 가능한 방법으로 지적되어야 한다고 생각하였습니다. 당신은 쓰라린 상처는 건드려서는 안 되며, 건드리더라도 아프다고 엄살 부리지 못할 만큼 부드럽게 처리해야 한다고 생각하십니까? 상처를 주지 않고 잘못을 다스릴 방법이 있다면, 내가 틀리지 않는 한, 다른 무엇보다 적절한 방법입니다. 또는 누구도 그 실명을 거론하지 않는 것이며, 선량한 사람들조차 듣기에 거북스러운 것은 언급하지 않는 방법입니다. 이는 마치 비극에서 험악한 사건을 무대에서 보여 주지 않고 전령이 말로 전달하는 것과 같은바, 인간 행동 가운데 어떤 것은 차마 말로 전하기에도 당황스러운 것이 있기 때문입니다. 궁극적으로 어떤 우스꽝스러운 인물의 입을 빌려 생기 넘치고 유쾌하게 전달할 수 있는 것만을 전달함으로써, 유쾌함을 이용하여 상처의 원인을 제거하는 것입니다. 우리는 시의적절한 농담이 심지어 흉악무도한 독재자들조차 설득하는 힘을 갖고 있음을 알고 있습니다. 병사의 농담에 왕의 마음이 바뀌었다는 이야기에서 논쟁 혹은 진지한 논증이 어떤 역할을 하였습니까? 병사가 말했답니다. 〈그렇습니다. 만약 술이 모자라지 않았다면 저희는 전하에 대해 더 험한 소리도 했을지 모릅니다.〉 이에 왕은 웃으며 병사를 용서하였다고 합니다. 키케로와 퀸틸리아누스와 같은 위대한 수사학자들이 재치와 해학에 관해 진지하게 토론한 이유

1 「티모테오에게 보낸 첫째 서간」 4장 2절.

가 여기 있었습니다. 율리우스 카이사르가 전하는바, 농담이 우리를 향하고 있더라도 농담에는 우리를 즐거워할 수 있게 하는 힘이 담겨 있습니다. 따라서 내가 말하는 바를 신뢰한다면, 그리고 타당하고 재미있다고 당신이 생각한다면, 모든 사람에게 공통된 정신적 결함을 치료하는 데 이보다 더 좋은 방법은 무엇이겠습니까? 우선 웃음 하나만으로도 청중을 매료시키며 주목을 끌기에 충분합니다. 다양한 분야에서 사람마다 추구하는 바는 서로 다르지만 웃음은 모두에게 똑같이 매력을 발휘합니다. 물론 이런 글을 읽어도 전혀 아무런 즐거움도 느끼지 못하는 아둔한 사람들도 있지만 말입니다.

실명을 거론하지 않는데도 상처를 입는 사람들은 내 보기에는 여성들이 가진 것과 동일한 감정을 갖고 있는 것 같습니다. 여성들은 흔히 문란한 여성들에 대하여 무언가를 누가 언급하면 마치 그런 비판이 자기 자신에게 행해진 것처럼 화들짝 놀라 성을 내곤 합니다. 반대로 정숙한 여인들에 대하여 칭찬을 하면, 많아야 서너 명의 여자들을 두고 한 말을 마치 여자 전체에 해당된다고 믿어 기뻐합니다. 남자라면 이런 태도를 보여서는 안 되며, 학자라면 더욱 그러하며, 교회학자라면 누구보다 그리해서는 안 될 것입니다. 여기서 내가 나 자신은 저지르지 않은 죄악을 비난할 때, 나는 상처 입지 않으며 반대로 모든 사람들이 저지르는 죄악을 나는 저지르지 않았음에 기뻐할 것입니다. 만약 쓰라린 부분이 있어 나 자신을 돌아보았더라도 나는 상처받은 태를 내지 않고 이를 숨기며 나 자신의 감정을 드러내지 않을 것입니다. 또 내가 사려 깊은 사람이라면 나는 이에 교훈을 얻어, 어떤 사람은 익명으로 당하는 비난을 앞으로 나는 실명으로 받을지도 모르니 잘못을 저지르지 않도록 조심해야겠다고 생각할 것입니다. 못 배운 사람들조차 희극에 허락하는바 최소한의 자유마저 우리는 왜 이 책에 부여할 수 없단 말입니까? 수도원과 사제와 수도승과 아내들과 남편들과 모두에 대하여 행사되는 험담에 나타난 자유를 생각해 보십시오. 실명으로 공격받지 않기 때문에 누구나 웃을 수 있습니다. 누구나 자기 잘못을 자유롭게 고백할 수도 있고 혹은 조심스럽게 감출 수도 있습니다. 제아무리 지독한 독재자도, 궁중 광대들이 자신을 대중 앞에서 비판할지라도 그들의 헛소리에 관용을 베풉니다. 베스파시아누스 황제는 어떤 사람이 자신을 향해 마치 변비 걸린 사람 같은 표정을 하고 있다고 막말을 해도 그에게 위해를 가하지 않았습니다. 당신의 친구들은 도대체 어떤 사람들이기에, 실명을 거론하여 비난하는 것도 아닌데, 우신이 사람들이 살아가는 방식을 두고 험담을 한다고 이를 참지 못한단 말입니까? 시민들을 실명을 거론하며 비판하였던 구희극도 무대에서 쫓겨나지 않았을진대!

존경하는 도르프 씨, 나의 『우신예찬』이 모든 신학 교수들을 나의 적으로 만들어 놓은 것처럼 당신은 쓰고 있습니다. 당신은 말하길 〈왜 당신은 신학 교수들에게 그렇게까지 적나라한 비난을 퍼부었습니까?〉라고 하며, 내가 취한 입장에 대하여 유감을 표했습니다. 당신은 말합니다. 〈이전 당신의 글을 모든 사람들이 열심히 읽었으며 사람들은 모두 이 책에서도 당신의 그런 모습을 보길 원했습니다. 그러나 당신의 『우신예찬』은 다부스처럼 모든 것을 뒤엎어 놓았습니다.〉 나는 당신에게 나를 비난하려는 의도가 없음을 잘 알고 있으며, 당신과의 대화에서 말을 빙빙 돌릴 생각도 없습니다. 당신에게 묻거니와, 그 이름에 부합하지 못하는 소위 교회 학자들이 어리석고 바보처럼 행동할 때 이를 비판하는 것이 과연 신학 교수들에 대한 공격이라고 당신은 생각합니까? 범죄자들을 비난하는 것이 세상 사람들 모두를 적으로 돌리는 일이라고 생각합니까? 과연 왕위에 어울리지 않는 군주들도 있다는 것을 인정하지 않을 만큼 뻔뻔한 군주가 세상에 있겠습니까? 과연 주교라는 직책에 어울리지 않는 주교가 있다는 것을 인정하지 않을 그런 대단한 주교는 어떻습니까? 신학 교수 모두가 과연 바오로와 바실레이오스와 히에로뉘무스와 같이 현명하고 배움이 깊고 평화로운 수많은 인물들입니까? 전혀 그렇지 않습니다. 직책이 높으면 높을수록 거기에 몸담고 있는 사람들 가운데 훌륭한 사람은 그만큼 적어지는 법입니다. 당신은 탁월한 군주보다는 탁월한 선장을 더욱 쉽게 찾을 것이며, 존경할 만한 주교보다는 존경할 만한 의사를 더욱 빨리 찾을 것입니다. 하지만 어떤 경우든 이것은 그 직책에 대한 비방이 아니라, 반대로 매우 귀한 직책을 맡아 이를 고귀하게 수행하는 소수에 대한 신뢰를 키워 줍니다. 말해 주십시오. 왜 신학자들이, 많은 사람들이 실제 상처 입었다고 할 때, 군주들이나 귀족들이나 행정관들이나 주교들이나 추기경들이나 교황들보다 특히 더 상처 입은 것입니까? 혹은 장사꾼들이나 남편들이나 아내들이나 변호사들이나 시인들이나, 우신으로부터 공격받지 않은 사람이 하나도 없다고 할 때 — 일반적 악행을 비난하였을 뿐 이것이 자신들에 대한 직접적인 공격이라고 생각하지 않을 현명한 사람들을 제외하고 — 이들 모두보다 그들이 특히 더 상처받을 이유가 무엇입니까? 성 히에로뉘무스는 에우스토키움에게 순결이라는 주제로 편지를 쓰는 중간에 아펠레스도 따르지 못할 만큼 생생하게 음란한 행동에 대하여 묘사하였습니다. 이때 과연 에우스토키움은 상처를 입었습니까?[1] 그녀는 히에로뉘무스에 대하여 순결의 값어치를 훼손당했다고 격분하였습니까? 조금도 그러지 않았습니다. 왜 그랬겠습니까? 왜냐하면 양식 있는 여인으로서 그녀는 문란한 여성들에게 가해지는 비판이 자신에게는 적용된다고 생각하지 않았기 때문입니다. 반대로 그녀는 덕 있는 여인들에게 그렇게까지 타락해서는 안 된다고 경고하는 것에 기뻐하였으며, 악행을 저지른 여인들일지라도 미래에는 달라질 수 있다는 것에 또한 기뻐하였습니다. 히에로뉘무스는 네오티아누스에게 성직자의 삶에 관한 서한을 보냈으며, 루스티쿠스에게는 수도회에서의 삶에 관해 서한을 보냈습니다. 그는 두 사람이 택한 직분의 결점을 생생하게 묘사하며, 눈부신 솜씨로 두 직분을

---

1 성녀 바울라의 딸인 성녀 에우스토키움 율리아는 그녀의 어머니와 함께 성 히에로뉘무스를 그들의 영적 지도자로 모시고 열렬한 신앙생활을 하였다. 서기 382년에 그녀는 평생 동정을 서약하였는데, 그녀의 갸륵한 행동에 감탄한 성 히에로뉘무스는 「동정을 지키는 일에 관하여」(384년)라는 유명한 글을 남겼다(CoE 120면 참조).

책망하였습니다. 하지만 그의 서한은 그들에게 상처를 주지 않았습니다. 왜냐하면 두 사람은 그 책망이 자신들에게 해당된다고 여기지 않았기 때문입니다. 우신이 위대한 법관들에 대하여 유쾌한 농담을 던졌을 때, 법정의 높은 직분을 맡은 사람들 가운데 한 명이었던 윌리엄 몬트조이와 내가 서로에 대하여 전혀 소원해지지 않은 것은 무엇 때문입니까? 왜냐하면 그는 실제 매우 탁월하고 현명한 신사로서 사악하고 어리석은 고관대작들에 대한 공격과 자신은 전혀 무관하다고 생각했기 때문입니다. 익살스러운 우신이 저급하고 세속적인 주교들에 대하여 퍼부은 농담을 생각해 보십시오. 캔터베리의 대주교는 어찌하여 이에 전혀 상처를 입지 않는 것입니까? 왜냐하면 그는 모든 덕을 골고루 갖추고 있었던 사람으로 그런 농담이 자신을 향하고 있다고 전혀 생각하지 않았기 때문입니다.

내 일이 실명을 거론하며 『우신예찬』의 결과로 손톱만치도 나와 관계가 어그러지지 않은 여러 위대한 군주들, 주교들과 수도원장들과 추기경들, 저명한 학자들을 나열할 필요가 있을까 싶습니다. 물론 일부 내 책을 이해하지 못하거나 내 책에 질투를 느끼거나 아니면 어떤 것도 긍정적으로 받아들이지 않는 불평불만 가득한 교회 학자들도 없지 않아 있겠지만, 나는 교회 학자들이 내 책으로 인해 마음 상했다는 것을 믿지 않을 것입니다. 이런 분들과 함께, 모두가 동의하겠지만, 신학 말고 다른 것은 전혀 배우지 못할 만큼 재능이나 판단력이 모자라는 인사들도 섞여 있을 겁니다. 이들은 알렉산더 갈루스[1]가 만든 많은 규칙들을 배워 암기하였으며, 몇 가지 형식 논리학의 전형들을 익혔으며, 이후 전부를 이해할 수 없었지만 아리스토텔레스에서 열 가지 명제들을 뽑아 배웠을 것입니다. 이후 이들은 스코투스 혹은 오캄으로부터 열 가지 정도의 문답을 배웠으며, 그 밖에 다른 것들에 대해서는 『가톨릭 백과사전』, 『마모트렉투스 색인』 등과 같은 사전들을 참조합니다.[2] 이들 사전들이 마치 언어의 화수분이라도 되는 것처럼 말입니다. 게다가 더욱 놀라운 것은 이들의 잘난 체인데, 무지만큼 오만한 것도 없을 것입니다. 이들은 자신들이 성 히에로뉘무스를 이해할 수 없자, 그를 학교 선생이라고 얕잡아 보았으며 그의 희랍어와 히브리어와 라틴어를 조롱하였습니다. 돼지처럼 어리석으며 인간의 보편적 감정과는 담을 쌓았는지, 이들은 스스로를 지혜의 상아탑이라고 자처합니다. 하여 이들은 늘 판결을 내리는 자리에 앉아, 옳다 그르다 판단을 하는 것에 조금도 망설임이 없으며, 전혀 난감한 기색이 없습니다. 이들은 모르는 것이 없습니다. 이들은 ― 이들 가운데 두세 명은 자주 ― 굉장한 소동을 일으킵니다. 무지만큼 완고하고 고약한 것도 없습니다. 이들은 인문 정신에 역행하는 짓에 열광합니다. 이들의

1 기원후 1200년경 『문법 규칙들 *Doctrinale*』이라는 운문 문법 교과서를 만들었으며, 이는 중세 시대 가장 크게 성공한 교과서 가운데 하나이다(CoE 121면 참조).

2 『가톨릭 백과사전 *Catholicon*』은 1286년에 만들어진 사전이다. 〈마모트렉투스 *mammotrectus*〉는 희랍어 어원에 따르면 〈젖먹이 어린이〉라는 뜻으로 이 책을 가슴에 품으면 젖먹이 어린이도 라틴어를 읽을 수 있다는 의미이다(CoE 121면 참조).

목표는 교회 학자 회의에서 한자리를 차지하는 것입니다. 인문 정신이 되살아나고 세상이 스스로의 잘못을 깨닫게 되면 지난날 모든 것을 알고 있다고 알려져 있던 자신들의 무지가 이제 세상에 드러날까 두려워, 이들은 혼란과 소요를 자극합니다. 이들은 인문학적 주제에 헌신하는 이들에게 위해를 가하는 자들입니다. 이들은 나의 『우신예찬』을 달가워하지 않는바, 희랍어와 라틴어를 알지 못하기 때문입니다. 신학자라기보다 신학자처럼 차려입는 이들이 한두 가지 그럴듯한 된소리를 한다손, 이것으로 이들을 도대체 참된 학자의 길을 가는 무한히 존경스러운 교회 학자들에 넣을 수 있겠습니까? 이들을 추동하는 힘이 종교에서 나온다면 이들이 나의 『우신예찬』에만 각별히 반대하는 이유는 무엇입니까? 포지오[1]가 작성한 지저분하고 위험하고 불경스러운 문건을 보십시오. 하지만 그럼에도 그는 여전히 기독교인입니다. 그의 책은 만인의 안주머니를 차지하였으며, 거의 모든 언어로 번역되었습니다. 폰타누스[2]는 성직자들을 비방과 욕설로써 다루었습니다. 하지만 그의 책은 유쾌하고 재미나게 읽힙니다. 유베날리스에는 얼마나 추잡한 많은 것들이 언급되었는지 아십니까? 하지만 어떤 사람들은 그의 책이 설교자들에게도 유익하다고 말하고 있습니다. 보십시오. 코르넬리우스 타키투스가 보여 준 기독교에 대한 반감을, 수에토니우스의 적대감을, 플리니우스와 루키아노스가 보여 준 영혼 불멸성에 대

---

1 이탈리아 르네상스 시대의 인문주의자.
2 르네상스 시대의 문인 중 하나.

한 불경한 조롱을 말입니다. 그럼에도 이들 작가들을 모두가 교육의 일부로 읽고 있는바 이는 올바른 결정입니다. 오로지 『우신예찬』만을 이들은 약간의 재치 있는 혹평을 담고 있다고 해서 ― 그것도 명실상부한 교회 신학자들이 아니라 다만 무식한 얼간이들의 어쭙잖은 헛소리, 〈교수님〉들의 허명을 비난한 것뿐인데 ― 용인하지 못합니다.

그러고 보면 나에 대한 나쁜 감정을 부추기며 내가 마치 모든 교회 학자들을 공격하고 비난하는 것처럼 일을 꾸미는 자들은 두세 명의 허울뿐인 교회 학자들입니다. 나로서는 신학에 대한 최대의 존경을 바치며 학문이라는 이름에 걸맞은 것은 오로지 신학밖에 없다고 생각합니다. 신학에 대하여 나는 존경과 공경을 바치며 고백하노니 신학이야말로 내가 내 이름을 거기에 올리고 싶은 유일한 분야입니다. 나 자신에게 높은 이름을 요구하는 것이 부끄럽게 느껴지는 것이, 신학자로서의 활동에 어떠한 학자적 자질과 품성이 요구되는지 나는 잘 알고 있습니다. 신학자는 누구보다 위대한 것을 가르치는 사람입니다. 이는 나 같은 사람들이 감히 원할 수 없는 바 주교에게 어울리는 것들입니다. 나로서는 소크라테스로부터 내가 무지하다는 것을 배우는 것으로 충분하여, 나는 내가 할 수 있는 한 배우려는 자들에게 도움을 줄 수 있는 것으로 만족합니다. 당신이 편지에서 언급한 내게 호의적이지 않은 두세 명의 대단한 신학자들이 어디에 도사리고 있는지 나로서는 알 길이 없습니다. 개인적으로 나는 『우신예찬』을 출판하고 나서 세계 도처를 돌아다녔으며, 많은 대학들과 커다란 도시들을 방문하였습니다. 그곳에서 나는 어떤 신학자가 나 때문에 불편해한다는 것을 느끼지 못했습니다. 물론 건전한 학문 일반을 모두 적대시하는 사람들 가운데 한두 명은 보았지만, 이들도 내게 불평 한마디 꺼내지 않았습니다. 혹여 이들이 내 등 뒤에서 중얼거렸을 수는 있지만, 나는 이에 개의치 않았는바, 선의를 가진 많은 사람들의 판단을 신뢰하였기 때문입니다. 친애하는 도르프 씨, 누군가는 내가 진실이 아닌 과장된 주장을 하고 있다고 생각할지도 모르겠으나, 나는 나의 『우신예찬』이 출판된 이래로 나를 그 어느 때보다 따뜻하게 환영해 주며 나의 작은 책자를 나 자신보다 높이 평가해 준 사람들을, 경건한 삶으로 명성이 높으며 학문에 탁월하며 높은 지위를 갖고 계신 — 심지어 이들 가운데는 주교들도 포함되어 있는데 — 사람들을 당신에게 이루 다 헤아려 열거할 수 없을 정도입니다. 나는 당신에게 그때그때 한 명씩 이름 혹은 직위로써 이들을 말해 줄 수도 있는데, 그렇게 고명한 분들이 당신이 말해 준 세 명의 신학자들과 『우신예찬』 때문에 불편한 관계에 빠지지 않을까 두려워 언급을 회피할 뿐입니다. 최소한 한 명이라도 비극의 화근이 되지 않을까 나는 생각했던 것입니다. 이는 충분히 짐작하고도 남을 일입니다. 내가 만일 이 사람의 참된 모습을 보여 준다면, 누구나 이 사람이 왜 나의 『우신예찬』에 불편해했는지를 알게 될 것입니다. 하지만 나로서는 참으로 이런 일이 마뜩잖습니다. 위대한 현학들도 이런 일을 좋아하지 않았다는 사실에서 나는 이런 일을 사양할 충분한 이유를 발견합니다.

현명하고 학식 높은 교회 학자들의 판단은 나에게 더욱 큰 의미를 갖고 있습니다. 그분들은 내 책을 신랄하다고 비판하지 않았으며, 오히려 본성적으로 무절제한 주제를 절제 있게 다룬 나의 온건함과 공정함을, 남을 상처 입히지 않으며 유쾌한 주제를 유쾌하게 다룬 것을 칭송하였습니다. 내 듣기에 내 책에 불편해하는 신학자들에게 답하기 위해서 내 말하거니와, 세상이 부덕한 신학자들을 얼마만큼 심하게 공개적으로 공격하는지를 모르는 사람은 없습니다. 『우신예찬』은 이런 공격들과는 무관합니다. 『우신예찬』은 신학자들의 사소하고 무익한 논쟁을 조금 비웃었을 뿐이며, 이들을 무분별하게 비난하지 않았습니다. 『우신예찬』은 논쟁에서 그들 말대로 신학의 시작과 끝을 보는 사람들만을, 사도 바오로가 말한 것처럼 오로지 말싸움에 매달려 복음서며, 예언서며, 사도의 말씀 등은 전혀 아랑곳하지 않는 사람들만을 비난하였습니다.

친애하는 도르프 씨, 내가 바라는 것은 다만 그들 대부분이 이런 비난을 받지 않게 되는 것입니다. 나는 당신에게 여든 먹도록 긴 세월을 헛된 논쟁에 쏟아부으며 복음서를 제대로 한 번 읽지 않은 사람들을 제시할 수 있습니다. 나는 이런 자들을 찾아냈으며 마침내 이들도 스스로 이를 고백했습니다. 우신의 가면을 쓰고 있었지만 그럼에도 나는 신학자들이, 진정한 신학자들이, 진정한 원천으로부터 예수 그리스도의 진리를 깊게 호흡한 올바르고 진지한 신학자들이 탄식하는 것을 감히 언급할 수 없었습니다. 이분들은 자신들이 생각하는 바를 자유롭게 이야기할 수 있는 곳에 참석할 때마다, 요즘 등장한 새로운 신학에 대해 매우 불편해하며 옛 신학으로 돌아갈 것을 갈망했습니다. 과거 신학은 그렇게까지 신학적이고, 그렇게까지 세련되고, 예수 그리스도의 가르침의 정수라며 그렇게까지 꾸미고 분칠하지는 않았다고, 그러나 요즘 신학은 야만적이고 인공적인 모습에 드리워진 기괴한 불결, 건전한 학문에 대한 그와 같은 무지, 언어적 학습의 결여는 말할 것도 없이, 아리스토텔레스가 아주 크게 침투하였으며, 하찮은 인간적 가상(假像)들이 들어 왔으며, 이교도의 법률까지 혼입되어 도대체 진정한 그리스도의 가르침이 고스란히 순수하게 남아 있을지 매우 의심스러운 단계에 이르렀다고 탄식합니다. 그 결과 오늘날 신학은 지나치게 그간의 관행에 주목할 뿐, 그 원래의 모습에는 무관심하다고도 말합니다. 하여 학문이 깊은 신학자일수록 대중 앞에서는 그들이 느끼는 것이나 가까운 사람들에게 말했던 것을 말하지 못합니다. 왜냐하면 이들은 그간의 관행이 예수 그리스도의 가르침과 전혀 다르게 변질되었음을 스스로 잘 알기 때문입니다. 도대체 예수 그리스도와 아리스토텔레스가 무슨 상관이란 말입니까? 이런 엉터리 궤변이 도대체 영원한 지혜의 신비와 무슨 관계란 말입니까? 도대체 그런 미로와 같이 난해한 〈문답집〉의 목적, 다른 이유가 아니라 오로지 논쟁과 싸움만을 부추기기 때문에 대부분 무의미하고 대부분 해로운 그런 책자의 목적은 무엇입니까? 물론 당신은 그래도 문답으로 따져야 할 것이 있다고 말할 것입니다. 나도 이의를 제기하지 않습니다. 하지만 반대로 세상에는 따져 묻기보다 오히려 그래도 놓아두는 편이 좋은 것들이 많이 있습니다. 어떤 것은 우리의 지적 한계를 넘어선다는 사실을 아는 것도 앎의 한 부분입니다. 그저 의구심을 가진 채 놓아두는 편이 법칙을 정립하는 편보다 더 좋은 것들이 있습니다. 마지막으로 만약 법칙을 굳이 세워야 한다면, 이 또한 겸손하게 할 일이며 오만을 버려야 하며, 성서와 합치되어야지 평범한 사람의, 소위 이성에 합치되도록 할 일이 아닙니다. 따지자면 조목조목 따져야 할 것은 끝이 없습니다. 그 가운데 부분적이고 파편적인 것들 사이에 불일치는 또한 무한합니다. 매일 하나의 주장은 또 다른 주장을 야기합니다. 간단히 말해 이런 것들이 생겨나 그 전체가 결국 예수 그리스도가 놓은 것이 아닌, 신학 박사들이 정의하고 주교들이 강제한 것을 위해 놓이게 될 것입니다. 세상 모든 것들이 이런 것들에 휘말려 이제는 도저히 옛날의 진정한 기독교를 되돌릴 가망이 없어 보입니다.

이 모든 것을, 아니면 적어도 상당 부분을 신앙심이 깊은 사람들은 물론이려니와 학식이 깊은 사람들도 안타까워합니다. 이 모든 것의 가장 큰 원인은 완고하고 무례한 오늘날의 신학자들 무리 때문입니다. 친애하는 도르프 씨, 만일 당신이 내 생각을 찬찬히 곱씹어 볼 수 있다면, 당신은 이 문제와 관련하여 내가 얼마나 언급을 자제하고 있는지 알게 될 것입니다. 『우신예찬』은 이 모든 것을 건드리지 않았습니다. 건드릴 때는 최대한 가볍게 하여 누구도 마음 상하지 않게 하였습니다. 나는 이런 원칙을 전체적으로 일관되게 고수하여, 무언가 부당하고 지나치고 과격한 것을 쓰지 않았으며, 어떤 사람이 속한 특정 집단을 비판하려는 것으로 보일 만한 것 또한 적지 않았습니다. 성인들에 대한 숭배를 언급하는 곳에서, 당신은 내가 성인들을 합당한 방식으로 숭배하지 않는 사람들의 미신에만 비판을 국한하였다는 것을 분명히 확인할 무언가를 찾을 수 있습니다. 군주들과 주교들과 수도 승들을 언급한 곳에서 나는 거듭해서 전체가 아닌 타락하고 부패한 분자들만을 조롱하고 있음을 밝혔으며, 사악한 분자들의 잘못을 단죄하는 동안 선량한 분자들의 마음을 다치지 않으려 했던 것입니다. 이렇게 할 때에도 못된 자들마저 마음 다치지 않도록 실명은 언급하지 않았습니다. 궁극적으로 이렇게 상상의 희극적 인물을 통해 재치와 해학을 보여 줌으로써 나는 좀처럼 즐거움을 모르는 고약한 사람들조차 이런 유쾌함에 참가할 수 있도록 배려하였습니다.

지나치게 신랄하지는 않았더라도 분명 불경스러웠다는 비난이 있다고 당신은 말합니다. 선량한 기독교인이 어떻게 앞으로 누릴 영생의 행복을 두고 일종의 어리석음이라고 말하는 내 말을 듣고 참을 수 있겠느냐고 당신은 말합니다. 존 경하는 도르프 씨, 나는 묻거니와 도대체 어떤 자가 당신 같이 정직한 사람에게 그런 못된 빈정대는 말투를 가르쳤습니까? 아니 이렇게 묻는 게 낫겠는바, 어떤 영악한 자가 당신같이 순진한 사람을 이용하여 나를 비방하도록 만들었단 말입니까? 이것은 악질적인 중상에 버릇 든 자들이 문맥과 상관없이 몇 글자를 잘라 낸 탓입니다. 이들은 그런 과정에서 몇 글자를 마음대로 바꾸기까지 하며, 설명이 없었다면 가혹하게 보일 수도 있는 말들을 부드럽게 설명하는 부분들을 모두 제거해 버렸던 것입니다. 퀸틸리아누스는 이런 기술을 그의 저서에서 짚어 내어 이것을 어떻게 써야 하는지 알려 주었습니다. 그는 말하길, 우리는 우리의 주장을 장황하더라도 아주 가볍게 펼치되, 우리 주장을 순화 내지 유화시키거나 아무튼 우리에게 도움을 줄 수 있는 요소와 증거들을 제시하여야 하며, 이때 우리 반대편의 주장도 가급적 악의적 언어의 사용 없이 적시해야 한다고 가르쳤습니다. 사람들은 이런 기술을 퀸틸리아누스가 가르친 대로가 아닌 제멋대로 악의적으로 사용하고 있습니다. 그 결과, 있는 그대로 전달되었더라면 아무 문제 없이 받아들여졌을 주장들이 왜곡 전달됨으로써 사람들에게 반감을 불러일으키게 되었던 것입니다. 제발 바라오니, 문장을 다시 한 번 읽어 주길 바라며, 논증 과정의 단계별로 주의 깊게 살펴 주길 소망합니다. 행복이 일종의 어리석음이라는 것을 논증한 과정을 말입니다. 또한 내가 이를 펼쳐 가며 구사한 언어를 살펴보길 권고합니다. 이것이 진정으로 신앙심 깊은 청자들에게 반감은커녕 오히려 수많은 이들에게 즐거움을 가져다주었다는 것을 알게 될 것입니다. 불쾌함을 자극할 수도 있을 사소한 것은 당신이 읽어 낸 것일 뿐 내가 써놓은 것은 아닙니다.

『우신예찬』의 목적은 어리석음의 이름으로 세상 모두를 포섭하는 것이며, 인간 행복 전체가 우신에 달려 있음을 보여 주는 것이었습니다. 따라서 『우신예찬』은 군주들과 교황들처럼 최고 직책에 이르기까지 모든 사람들을 아우르고 있습니다. 하여 『우신예찬』은 사도들과 심지어 그리스도에까지 이르렀으며 우리는 이분들 모두가 일종의 어리석음을 갖고 있다고 믿었던 것입니다. 이 점에 있어 사도들이나 혹은 그리스도가 세속적인 척도에 따르면 어리석을 수 있으며, 이분들도 순수하고 영원한 진리에 비하면 현명하다 하지 못할 타고난 인간적 약점을 가지고 있었다고 생각할 수도 있습니다. 하지만 이분들의 어리석음은 세속적인 지혜를 능가합니다. 예언자 이사야는 인간들의 의로운 행동을 여자들 달거리에 쓰는 개집에 비유하였는바, 이는 어진 사람들의 의로운 행동이 어리석은 것이라는 뜻이 아니라 인간들의 제아무리 의로운 행동도 하느님의 형언할 수 없는 깨끗함에 비하면 그러하다는 뜻입니다. 나는 현명한 어리석음을 이야기하기도 하였으며, 마찬가지로 분별 있고 지혜로운 광기를 언급하기도 하였습니다. 또한 성인들이 가진 행복과 관련된 것을 유연하게 설명하기 위해 플라톤이 언급한 세 가지 광기를 상기시켰습니다. 그 가운데 가장 축복받은 것은 사랑의 광기인 바 이는 바로 지극한 환희라 하겠습니다. 하지만 하느님을 따르는 사람들의 환희는 오로지 미래에 누릴 영생을 미리 조금 맛보는 것인데, 우리는 하느님에게 전적으로 귀의하여 장차 우리 자신으로가 아니라 하느님 가운데 영생을 누리게 될 것입니다. 한데 이를 플라톤은 광기라고 불렀는바, 저 자신을 잃고 사랑하는 대상에 몰입하여 오로지 그것을 추구하기 때문이었습니다. 내가 조심스럽게 어리석음과 광기의 종류를 구별하였기에, 제대로 된 독자라면 내가 사용한 용어 때문에 헷갈리지 않음을 당신도 잘 알지 않습니까?

사태에 관해서는 논쟁의 여지가 없습니다. 기독교인들에게 혐오감을 주는 것은 다만 용어 때문입니다. 하지만 사도 바오로가 하느님의 어리석음과 십자가의 어리석음을 이야기할 때에는 왜 혐오감을 갖지 않는 것입니까? 왜 이들은 성 토마스가 베드로의 환희에 관해 〈베드로는 경건한 망상 가운데 교회를 언급하고 있다〉라고 쓴 주석에 대해서는 아무런 이의를 제기하지 않는 것입니까? 경건하고 축복받은 황홀을 두고 성 토마스는 망상이라는 단어를 사용하였습니다. 그리고 이런 것들 모두가 교회 안에서 읽힙니다. 왜 그들은 내가 예수 그리스도를 어떤 기도문에서 마법사와 마술사로 묘사한 것에 대해서는 진작 종교 법정에 고발하지 않았습니까? 성 히에로뉘무스는 유대 사람인 예수를 사마리아 사람이라고 부르고 있습니다. 바오로는 예수를, 죄인이라는 말보다 큰 강한 뜻으로 죄의 노예라고 불렀습니다. 또 저주받은 몸이라고 부르기도 했습니다. 이를 두고 악의적으로 해석한다면 이 또한 커다란 불경이 될 것입니다. 하지만 바오로의 의도를 살펴 이를 해석한다면 이는 지극한 경건입니다. 만약 누가 예수를 도둑놈, 난봉꾼, 술주정뱅이, 이단자라고 부른다면, 모든 선한 사람들은 귀를 막을 것입니다. 하지만 만약 이를 적합한 문맥에서 표현한다면, 만약 독자로 하여금 이를 이해할 수 있게 차근차근 이끌어 간다면, 하여 독자가 예수께서 십자가의 승리를 통해 악인들에게서 지옥을 훔쳐 다시 하느님께 돌려 드렸다고 말한다면 어떻습니까? 또 예수께서 유대 교회당과 동침하여, 모세의 아내처럼, 우리아의 아내처럼 평화를 사랑하는 사람들이 그 교회당에서 태어나게 하였다면 어떻습니까? 또 예수께서 자신을 우리에게 베푸실 때 새로운 은총의 포도주로 만취하였다면 어떻습니까? 또 예수께서 이제까지 바보들이나 현자들이나 모두가 믿어 왔던 것과는 전혀 다른 새로운 가르침을 주셨다면 어떻습니까? 하여 만일 이렇게 성경에서 좋은 의미로 사용된 단어들을 우리가 다시 찾아낸다고 할 때 누가 도대체 불편해하겠습니까? 나는 나의 『격언집』에서 우연한 기회에 사도들을 일종의 실레노스라고 하였으며 예수 그리스도마저 실레노스의 하나라고 하였습니다. 편벽된 사람이 이를 악의적으로 해석할 수도 있겠지만, 과연 이것이 그렇게까지 용인될 수 없는 것입니까? 내가 쓴 글을 경건하고 공정한 사람들로 하여금 읽힌다면 그들은 이런 비유를 곧 쉽게 용인할 것입니다.

　나는 당신 친구들이 다른 것을 파악하지 못하였다는 사실에 크게 놀랐습니다. 내가 얼마나 조심스럽게 단어들을 사용하였으며, 이런 사용을 유연하게 하기 위해 얼마나 큰 노력을 했는지 말입니다. 나는 이렇게 말했습니다. 〈이왕지사 《사자 가죽》을 걸친 이상, 나는 이것 또한 말하고자 합니다. 기독교인들이 수많은 고통을 불사하고 찾는 행복은 일종의 어리석음과 광기라는 것을 말입니다. 말 때문에 반감을 갖지 말고 여러분은 객관적 사태를 살펴 주기 바랍니다.〉아시 겠습니까? 먼저, 우신이 심각한 주제를 다룰 것이라는 사실 은 격언 하나를 인용하여 부드럽게 하였습니다. 사자 가죽을 걸쳤다고 말한 것 말입니다. 나는 또한 어리석음과 광기라 고 하지 않고 〈일종의 어리석음과 광기〉라고 말했습니다. 이 를 당신은 경건한 어리석음과 축복받은 광기로 이해해야 합 니다. 이어 내가 계속했던 구분과도 이것이 부합하도록 말입 니다. 〈일종의〉라고 말함으로써 이것은 다만 문자 그대로가 아니라 비유적으로 해석되어야 한다는 것을 밝힌 것은 물론, 더불어 사람들로 하여금 어휘에 주목하지 말라고 말하였는 바, 어떻게 말하고 있느냐가 아니라 무엇을 말하고 있느냐를 지켜보라 하였던 것입니다. 나는 이런 말을 바로 그 시작에 적절히 적시하였습니다. 그리고 이어지는 실제적 언급에 있 어 경건하고 신중하게 말하지 않은 것이 있습니까? 사실 우 신에게 어울리는 말투라기보다는 좀 경건한 말투였던 것입 니다. 나는 이 부분에서 잠깐 동안 일관성을 포기하는 편이 좋겠다고 생각하였는데, 엄정한 주제를 함부로 다룰 수는 없 었던 것입니다. 또한 글쓰기의 원리를 지키는 것보다 경건함 을 손상시키지 않는 것이 백배 옳다고 생각한 것입니다. 마 지막으로 내가 모든 증명을 완료하였을 때, 우신과 같은 희 극적 인물이 그와 같이 신성한 주제를 다루도록 내가 만든 점에 행여 누군가 격분하지 않을까 싶어, 나는 또 이런 언급 을 두었습니다. 〈나는 내 본연의 모습을 망각하고《한계선 을 넘어서 버렸습니다》. 내가 말한 것이 좀 지나치거나 수다

스럽게 보이겠지만, 여러분에게 바라건대 어리석은 여인네인 우신이 말했음을 생각해 주었으면 합니다.〉

　당신은 내가 누구에게도 사소한 불쾌감일지라도 결코 주지 않기 위해 노력하였음을 아실 것입니다. 하지만 명제와 결론과 추론이라는 것을 전혀 들어 보지 못한 사람들에 대해서까지 그랬다는 뜻은 아닙니다. 내가 악의적인 비판을 미연에 방지하고자 서문에 이를 밝혔음을 여기서 다시 언급해야만 합니까? 나는 이것으로 모든 공정한 독자들에게는 충분하였을 것이라 확신합니다. 하지만 이런 것으로 충분하다고 받아들이기에는 너무나 완고하며, 어떻게 하면 충분할 수 있는지를 알기에는 너무 어리석은 사람들을 만나서는 어떻게 할 수 있겠습니까? 시모니데스는 테살리아 지방 사람들이 너무 아둔하여 쉽게 속여 먹을 수조차 없다고 말하였습니다. 당신은 이들처럼 너무 어리석어 쉽게 달랠 수조차 없는 사람들이 있음을 알 것입니다. 어떤 사람은 오로지 시빗거리만을 찾아다닌다는 것은 널리 알려진 바입니다. 이런 자세로 성 히에로뉘무스를 읽는다면 아마도 수백 군데 반론을 제기할 자리를 찾을 수 있으며, 당신 친구들은 충분히 어떤 교부들보다 가장 신실한 기독교인이었던 히에로뉘무스에게서 그를 이교도라고 딱지 붙일 시빗거리를 충분히 찾을 수 있을 것입니다. 퀴프리아누스와 락탄티우스는 두말할 것도 없습니다. 마지막으로 농담조차 교회 학자들에게 검토받아야 한다는 소리를 들어 본 적이 있습니까? 만약 그렇게 하는 게 옳다면, 같은 원리로 요즘 날뛰는 시인들이 쓴 장난 글들도 동일한 검토를 받아야 할 것입니다. 교회 학자들이 장난 글들에 얼마나 많은 불합격 판정을 내릴는지, 얼마나 고대 세계의 이교도 냄새를 풍기는 것들을 찾아낼는지! 하지만 아무도 이런 장난 글들을 심각하게 생각하지 않는 바에야, 교회 학자들도 이런 일은 하지 않을 것입니다.

나는 이런 사례 뒤에 숨고자 하지 않습니다. 나는 농담 속에서도 아무튼 기독교적 신앙을 훼손하는 어떤 것도 쓰길 원하지 않았습니다. 마찬가지로 내 글은 내 글을 이해하고 공정하고 올바르게 비평해 줄 독자에게만 읽도록 허락되어야 합니다. 간절히 진실을 알기 원하며 악행을 저지르는 데 관심이 없는 독자에게만 말입니다. 우선 당신이 언급한바 전혀 머리가 없고 판단력이 부족한 사람들을 고려해야 하며, 다음으로 저급하고 엉망진창인 학교에서 배웠다기보다 인문학을 전혀 배우지 못한 사람들을 고려해야 하며, 마지막으로 상대방이 하는 말을 전혀 이해하지 못하고 기껏 반쯤 알아먹은 것을 그나마 왜곡하는 것 말고는 할 줄 아는 게 없으며 자기들이 모르는 것을 아는 사람들을 증오하는 사람들을 고려해야 한다고 할 때, 이런 사람들을 고려해서 이들의 악담을 피하기 위해 과연 붓을 놓아야 한단 말입니까? 이런 사람들이 명예욕에 이끌려 악행을 범하는 것은 두말할 필요가 있겠습니까? 알고 있다는 망상과 어우러진 무지만큼이나 헛된 명예는 없습니다. 하여 명예의 갈증을 명예로운 수단으로 충족시킬 수 없을 때, 이들은 이름 없이 살아가지 못하고, 에페소스의 젊은이처럼 세상에서 가장 아름다운 신전을 불태움으로써 스스로의 악명을 높이게 될 것입니다.[1] 이들은 스스로 세상에 읽힐 만한 글을 쓸 능력이 없는 고로, 오로지 유명한 사람들의 작품을 갈기갈기 찢어발기는 데 몰두합니다.

이는 내 책이 아니라 다른 분들의 저서를 두고 한 말입니다. 나는 유명한 누구도 아닙니다. 『우신예찬』을 나 자신은 지푸라기만큼도 높게 여기지 않으며, 모든 사람들이 이를 알아주었으면 합니다. 앞서 내가 묘사한 그런 사람들은 길고 긴 글로부터 몇 문장들을 뽑아내어 말도 안 되는 문장이라고 떠들어 대며, 이건 불손하다, 이건 잘못 표현되었다, 이건 불경하고 이단의 냄새가 난다 말하지만, 이는 그들이 이런 잘못을 찾아냈다기보다 그들이 스스로 이런 잘못을 만들어 낸 것이 아닌가 합니다. 학자들에게 호의적으로 그들의 작업에 도움을 주며, 또한 학자들이 무언가를 잘못 생각했을 때 적대적으로 허점을 찾아 세상에 떠벌리지 않고 이를 모른 척한다거나 혹은 너그럽게 해석해 주는 것만큼 평화를 진작하며 기독교의 공정성에 부합하는 것은 무엇입니까? 성 히에로뉘무스의 말을 인용하여 말하자면 성서를 해석하는 일에 있어 서로를 비방하지 않는 것만큼 서로 배우고 가르치며 함께 나아가는 데 도움이 되는 것은 무엇입니까? 도대체 중용의 도를 모르는 자들이라니 놀라울 뿐입니다. 무언가 자신들의 심각한 잘못을 그저 어떻게든 변명하려는 자세로 책을 읽는 저들이란 얼마나 치졸합니까? 어떻게든 허점을 찾아내려는 생

1 기원전 356년 에페소스의 디아나 신전을 불태움으로써 사후에 자신의 이름을 남기려 했던 헤로스트라토스라는 젊은이가 있었다(CoE 129면 참조).

각으로 꼬치꼬치 문장을 읽어 나가는 저들이란 얼마나 불공정합니까? 다른 사람을 갈기갈기 찢고 다시 자신들이 찢기며 자신과 다른 사람들의 시간을 낭비하는 것보다는 희랍어와 히브리어를, 아니면 최소한 라틴어라도 배우는 것은 얼마나 바람직합니까? 이런 고대어들에 대한 지식은 성서를 이해하는 데 매우 중요합니다. 내가 보기에 어떤 사람이 교회 학자라는 소리를 들으면서도 이들 고대어 가운데 하나라도 배우지 않는다면 이는 끔찍한 후안무치입니다.

친애하는 마르탱, 나는 늘 당신이 잘되길 바랐던 만큼, 이전에 내가 늘 하던 대로 당신에게 최소한 희랍어에 대한 지식을 추가하라고 권고하지 않을 수 없습니다. 당신은 놀라운 재능을 타고났습니다. 당신은 글을 쓸 줄 압니다. 확고하고 강력하고 쉽고 풍성한 글감에 건강하고 생산적인 생각을 갖고 있습니다. 당신의 정력이 세월에 영향을 받지 않은 것은 아니지만 여전히 푸르고 신선합니다. 당신은 성공적으로 학문의 정규 과정을 마쳤습니다. 만약 당신이 내 말을 믿어 당신의 전도유망한 발판에 희랍어 지식을 덧붙인다면, 내 감히 약속하겠는데 당신은 지금까지 여타의 신학자들이 생각지도 못한 위대한 업적을 이룩할 것입니다. 당신이 진정한 종교에 대한 사랑을 위해 인간적 학문을 버려야 하며, 이것에 이르는 가장 짧은 길은 그리스도를 통한 변용이며, 알 만한 가치가 있는 모든 것은 사람들의 서책을 통해서가 아니라 신앙의 빛을 통해서 얻게 된다고 생각한다면, 나 또한 어렵지 않게 당신의 생각에 동의할 것입니다. 하지만 오늘날 당신이 신학에 대한 참된 지식이 언어적 훈련 없이 가능하다고 말한다면, 특히 성서가 기록된 언어에 대한 지식 없이도 그러하다고 주장한다면, 당신은 망망대해에 있게 될 것입니다.

나는 이를 당신에게 내가 바라는 만큼 설득시킬 수 있었으면 좋겠습니다. 나의 소망은 당신을 사랑하는 만큼, 당신의 작품에 관심을 가지고 있는 만큼 간절하며, 나의 사랑은 크고, 나의 관심은 매우 진지합니다. 내가 당신을 설득할 수 없다면 최소한 한 친구의 기도를 부디 들어주되, 다만 시험 삼아 배워 보기라도 하였으면 합니다. 만약 나의 조언이 우정에 의한 것이 아니고 신뢰할 만하지 못하다고 당신이 생각하면, 나는 무엇이든 당신에게 벌금으로 기꺼이 내지 못할 것이 없습니다. 당신에 대한 나의 마음이 견디지 못할 것이 없는바 우리가 동향 사람이라는 것에 무언가가 있다면, 당신이 나의 학업이 아니라 오랫동안 이어진 인문학적 작업에 무게를 둔다면, 세월에 관한 한 내가 당신의 아버지뻘은 되니 나의 나이가 당신에게 힘을 발휘할 수 있다면 말하거니와, 나의 주장을 납득할 수 없더라도 나에 대한 애정 혹은 존경으로 내 말을 받아 주길 바랍니다. 당신은 늘 내가 달변이라고 말하지만, 이 문제로 당신을 설득하지 못하고서야 어찌 내가 그 말에 동의할 수 있겠습니까? 내가 당신을 설득하는 데 성공한다면, 그 결과는 우리 둘 모두에게 큰 만족을 줄 것입니다. 나로서는 당신에게 이런 조언을 주었으며, 당신으로서는 나에게서 이런 조언을 받아들였다는 점에서 말입니다. 나의 모든 친구들 가운데 가장 소중한 당신이지만, 내가 당신으로 하여금 당신 자신을 소중하게 여기도록 만들었다는 점에서 적잖이 나에게 더욱 소중한 사람이 될 것입니다. 반면 설득하지 못한다면, 당신이 더욱 나이 들고 경험을 쌓았을 때 그때 가서 나의 조언에 수긍하고 당신의 결정에 뒤늦게 후회하지는 않을까, 흔한 일이지만 더 이상 바로잡을 수 없는 시점에 가서야 당신 잘못을 알게 되지는 않을까 두렵습니다. 나는 여기서, 희랍어 없는 인문학 연구는 절름발이 맹인 신세와 다름없음을 결국에 깨닫고 다시 희랍어를 뒤늦게 배우는 학동이 되었던 사람들을 수도 없이 당신에게 열거해 줄 수 있습니다.

이 문제는 충분히 이야기하였으므로 이제 다시 당신의 편지로 돌아갑시다. 당신은 내가 교회 학자들에게 받는 반감을 줄이고 이전에 누리던 명성을 되찾기 위해서는 『우신예찬』과 유사한 방식으로 현자 예찬을 지어야 할지도 모른다고 생각하여, 나에게 그렇게 하길 권하고 있습니다. 나는, 친애하는 도르프 씨, 나 자신을 제외한 누구도 조롱하지 않으며 가능하다면 모든 인류와 평화롭게 살기를 기대하는 자로서 당신이 제안한 일을 기꺼이 할 수도 있습니다. 나는 몇몇 편협하고 무식한 비평가들로부터 받은 작으나마 나쁜 평판이 그렇게까지 악화되리라고는 미처 내다보지 못했습니다. 하지만 나는 현재로서는 심각하지 않은 문제이니만치 공연히 악화시킬 필요가 없다고 생각하는바, 카마리나 늪을 그대로 놓아두었으면 합니다. 이 고약한 물건이 시간과 함께 사그라지도록 내버려 두는 것이 좋겠습니다.

당신 편지의 두 번째 부분으로 가보겠습니다. 히에로뉘무스의 작품을 복간하는 일에 당신은 크게 호의를 보여 주었습니다. 당신은 같은 종류의 다른 일도 내가 맡을 것을 권고하고 있습니다. 당신은 힘차게 달리는 말에 박차를 가하고 있는 셈입니다. 내가 필요로 하는 것은 나를 자극할 사람만큼이나 나를 도울 사람입니다. 그만큼 이 과업은 매우 어려운 일입니다. 내가 거짓을 말하고 있다고 생각한다면, 앞으로 다시는 내 말을 믿지 않아도 좋습니다. 무슨 말이냐 하면, 나의 『우신예찬』에 반감을 가진 당신의 친구들은 나의 히에로뉘무스 작업을 역시 고운 눈으로 보지 않을 것입니다. 이들은 바실레이오스나 크뤼소스토모스와 나치안주스를 나만큼이나 달가워하지 않으며, 다만 나에 대한 비방은 공개적으로 입 밖에 냈다는 점이 다를 뿐입니다. 물론 이들은 때로 저 위대한 현학들에 대하여 거슬리는 것이 있을 때면 매우 어리석고 부적절한 것일지라도 함부로 이야기하길 두려워하지 않았지만 말입니다. 이들은 인문학을 두려워하고 있습니다. 이들은 자신들의 독재 권력이 무너질까 두려워하고 있습니다. 이것은 내가 꾸며 내 말하고 있는 것이 아닙니다. 내가 작업을 시작하고 이런 소식이 돌아다니자 어떤 저명하고 영향력 있는 인물들과 이름 높은 교회 학자들이 찾아와 자기들 나름대로 판단하여 출판업자에게 하느님을 들먹이며 희랍어와 히브리어를 섞어 책을 출판하지 말도록 명령했습니다. 이들은 이 두 언어가 위험으로 가득하며 이들로부터는 나쁜 것이 생겨난다고 말했습니다. 또 이 두 언어는 호기심을 충족시킬 목적으로 만들어진 것이라고도 말했습니다. 이보다 앞서 내가 영국에 머물고 있었을 때, 나는 우연히 어떤 작은 형제회 수사와 함께 포도주를 마시게 되었는데, 그는 열렬한 스코투스주의자로서 대중적으로는 매우 현명하다는 평가를 들으며 자신의 평가로는 모르는 것이 없는 사람이었습니다. 내가 히에로뉘무스를 통해 하고자 하는 일을 그에게 설명하였을 때, 그는 놀라움을 표하며 히에로뉘무스의 저작들에는 신학자들이 이해할 수 없는 어떤 것들이 포함되어 있다고 했습니다. 내 생각에 그는 매우 무식한 사람으로 그가 히에로뉘무스의 글에서 단 세 줄이라도 제대로 이해한다면 이는 기적에 가까운 일이라 하겠습니다. 또한 그는 친절하게도 내가 히에로뉘무스를 배우는 데 어려운 것이 있다면 르브레통[1]이 이를 아주 분명하게 설명해 줄 것이라 덧붙여 말했습니다.

친애하는 도르프 씨, 내가 당신에게 묻노니 이런 교회 학자들을 위해 누가 무엇을 해줄 수 있겠습니까? 이들의 두뇌를 치료할 수 있을 믿을 만한 의사를 찾을 수 없다면 이들을 위해 기도를 드릴 수밖에 없지 않겠습니까? 때로 교회 학자들의 모임에서 큰 소리로 이야기하는 사람들은 이런 기질의 사람들이며, 이들은 기독교 신앙에 관해 발언을 하는 사람들입니다. 이들은 성 히에로뉘무스 혹은 만년의 오리게네스가 스스로 진정한 교회 학자임을 보여 주기 위해 수고한 바로 그것 때문에, 그것이 마치 위험하고 치명적인 물건인 양

1 13세기 작은 형제회의 유명한 수사였으며, 히에로뉘무스가 작성한 성경 머리말에 대한 글을 발표했다(CoE 132면 참조).

겁에 질려 있습니다. 아우구스티누스가 주교로서 만년에 그의『고백록』에 털어놓은바, 그의 성경 연구에 큰 중요성을 지녔을 수 있는 학업을 젊은 날에는 몹시 싫어했다고 후회했습니다. 여기에 어떤 위험이 있을지라도 그와 같이 지혜로운 분이 찾고자 했던 것이라면 겁먹을 것이 없습니다. 만약 이것이 게으른 호기심의 소치일지라도 나는 히에로뉘무스만큼만 되기를 바랄 뿐입니다. 물론 이들이 히에로뉘무스가 한 일을 게으른 호기심이라고 부르며 그를 푸대접하는 것은 이들의 관점일 뿐입니다. 매우 오래된 교황 주재 회의의 칙령은 여러 언어들을 대중에게 가르칠 교수를 지명하도록 하였습니다. 소피스트와 아리스토텔레스 철학에 대해서는 이런 것이 없었는데,『교황 교령집』에 여러 언어들을 공부하는 것을 허락할 것인가 말 것인가에 관한 문제가 제기된 적은 있습니다. 여러 언어들에 대한 공부는 많은 저명한 분들에 의해 거부되었습니다. 하여 결국 우리는 교황들의 권위가 허락한 것들은 무시하고, 문제가 제기되어 금지된 것만을 받아들인 셈입니다. 어찌 된 사정입니까? 교회 학자들이 성경보다는 아리스토텔레스를 따랐기 때문이 아닐까 합니다. 이들은 희랍어를 무시하는 사람들을 기다리는 복수의 여신에 의해 도처에서 쫓겨 다녔습니다. 오늘날 또한 이들은 속임수와 졸음과 어두운 눈과 실수에 빠져 더 많은 잘못을 저지르고 있습니다. 이들 저명한 교회 학자들에 의해 우리는 히에로뉘무스가 그의 목록에 기록해 놓은 많은 작가들의 목록을 상실하였습니다. 고대의 작가들을 〈우리 교수님〉들이 이해하지 못했기 때문에 대개의 작가들이 유실되었던 것입니다. 우리는 이들 교회 학자들 때문에 히에로뉘무스의 저작이 망가지고 훼손된 채로 우리에게 전한 것이라 생각합니다. 이로 인해 히에로뉘무스가 그 책을 쓰는데 소비한 것보다 훨씬 많은 정력을 우리는 그 책을 복원하는 데 쓰게 되었습니다.

이제 당신이 세 번째로 신약 성경에 관해 쓴 부분은 나로 하여금 당신에게 무슨 일이 일어나 당신의 맑은 눈을 흐리게 한 것일까 궁금하게 하였습니다. 당신은 희랍어가 의미를 새롭게 주지 않는 한 내가 성경 번역을 변경하지 않기를 바라며, 우리가 널리 쓰는 성경 판본에 오류가 없다고 말하고 있습니다. 당신은 아무튼 오랜 세월 많은 교황 주재 회의에서 용인되어 오던 것에 문제를 제기하는 것은 잘못된 일이라고 믿고 있는 것 같습니다. 학식이 높은 도르프 씨, 당신이 말한 것이 진실이라면, 나는 당신에게 묻노니, 왜 히에로뉘무스와 아우구스티누스와 암브로시우스가 우리가 사용하는 것과는 전혀 다른 것을 그렇게 자주 인용하고 있는 것입니까? 왜 히에로뉘무스는 그렇게 많은 오류를 지적하였으며, 오류는 명시적으로 바로잡았습니까? 그의 오류 수정은 아직도 우리의 성경에서 볼 수 있습니다. 만약 대개는 일치하지만 희랍어 성경 사본들과의 상이점이 발견되고 히에로뉘무스가 동일한 구절을 나름대로 언급하였으며, 가장 오래된 라틴어 성경이 이에 일치하고, 그 의미가 훨씬 더 선명하다면 당신은 어떻게 하겠습니까? 당신은 이 모든 것들을 무시하고 오로지 당신이 가진 판본을 따르겠습니까? 당신의 판본이 어떤 필경사의 잘못으로 훼손된 것일 수도 있는데 말입니다. 당신이 주장하는 대로 성서에 오류가 있다 누구도 주장하지 않고, 히에로뉘무스가 아우구스티누스와 더불어 포착한 문제들은 이와 전혀 상관이 없는 것이기 때문입니까? 하지만 사태가 외치는 한 가지, 속담처럼 눈먼 사람에게도 분명한 한 가지는 번역자들의 실수와 부주의로 인해 왕왕 희랍어 성경 구절이 잘못 옮겨졌다는 것입니다. 또 정확하고 올바른 번역도 종종 무지한 필경사들에 의해 훼손되었으며, 이렇게 매일 다반사로 일어난 훼손 부분이 얼치기 필경사들에 의해 수정되기도 하였다는 것입니다. 만약 누군가 이런 구절들을 복원하고 바로잡는다고 할 때, 또 오류를 더하지 않고 다만 덜어내고자 할 때, 어떤 자가 오류를 키우는 자라고 하겠습니까? 하나의 오류가 다른 오류는 만들어 내는 것은 문헌 훼손의 본질입니다. 내가 수정한 부분들은 대개 문구 자체보다는 함의를 건드리는 것들입니다. 물론 종종 오히려 함의가 더욱 큰 중요성을 지니고 있을 때도 있습니다. 아무튼 문구가 크게 잘못된 경우가 자주 발견됩니다. 이런 문구가 발견될 때마다 나는 묻거니와, 아우구스티누스와 암브로시우스와 힐라리우스와 히에로뉘무스가 만약 희랍어 성경 원본에 접근하지 못했다면 어떻게 되었겠습니까? 희랍어 성경 원본은 교회 칙령으로 또한 승인된 것입니다. 그런데도 당신은 몸부림치며 희랍어 성경을 거부하거나 혹은 사소한 차이를 두고 희랍어 성경에서 벗어나려고 하고 있을 뿐입니다.

당신은 지난날 희랍어 성경 판본들이 라틴어 성경 판본보다 더 정확하였으나 오늘날은 그 반대이며 로마 교황청이 인정하지 않는 판본을 신뢰할 수 없노라 말하고 있습니다. 나로서는 도저히 당신이 이런 말을 진지하게 주장한다고 생각할 수조차 없습니다. 우리는 기독교 신앙에서 이탈한 배교자의 글을 읽으려 하는 것이 아닙니다. 그렇다면 기독교와 전혀 관련이 없는 이교도인 아리스토텔레스에게는 어떻게 저들이 권위를 인정하는 것입니까? 유대인들은 완전히 그리스도와는 절연하였습니다. 그렇다고 우리가 히브리어로 쓰인 시편들과 예언서들을 무시해야 합니까? 정통 로마 교회와 희랍 교회가 갈라지는 대목들을 여기 열거하는바, 이것들 가운데 신약 성경의 문구들 혹은 그와 관련된 문제에서 파생하는 것들은 없습니다. 두 교회의 모든 논쟁은 삼위일체와, 성령의 발현과, 성별의 의식과, 사제의 청빈과, 로마 교황청의 권위와 관련되어 있습니다. 이런 논쟁의 어떤 것도 성경 판본의 오류들과는 무관합니다. 성경 판본의 오류들을 오리기네스, 크뤼소스토모스, 바실레이오스, 히에로뉘무스가 추적해 밝혀냈다는 것을 당신이 알게 된다면 당신은 무슨 말을 하겠습니까? 그렇다면 희랍어 성경 판본을 그만큼 오래전에 왜곡한 사람은 누구입니까? 그런 오류를 희랍어 성경에서 찾아낸 사람은 누구입니까? 마지막으로 저들이 원천으로부터 자신들의 특수한 교리를 증명하지 못한 것은 무엇 때문입니까? 게다가 학문의 모든 분야에서 희랍어가 라틴어보다 정확하다는 것을 인정한 사람은 다름 아닌 바로 키케로입니다. 그도 물론 여타에서는 희랍어에 대해 호의적이지는 않았지만 말입니다. 문자의 상이함, 강세 표시, 실제 필사의 난해함 때문에 희랍어는 덜 훼손되었으며 그 훼손은 쉽게 수정될 수 있을 만큼 경미합니다.

또한 당신이 모름지기 많은 공의회에서 승인받은 판본을 따라야 한다고 말할 때, 당신은 마치 우리네 평범한 성직자들처럼 말하고 있습니다. 이들은 습관적으로 교회의 권위를 추종하는 일반적인 행태를 보이고 있습니다. 부디 그 판본을 승인했던 종교 회의를 내게 말해 주십시오. 어떻게 원저자를 확인할 수 없는 판본을 종교 회의는 승인하였습니까? 그것이 히에로뉘무스의 종교 회의가 아님은 히에로뉘무스가 쓴 서문에 언급되어 있습니다. 일부 종교 회의에서 그 판본이 승인되었다고 가정하는 것입니까? 또한 희랍어 원본에 따른 수정은 절대적으로 금지된다는 전제하에 승인된 것입니까? 하여 다양한 방식으로 기어들어 온 온갖 오류들을 그대로 받아들인다는 것입니까? 공의회의 사제들이 발의한 칙령은 뭐 이런 것이었습니까? 〈이 판본은 원저자가 누구인지 확인할 수 없는바, 그럼에도 불구하고 우리는 이 판본을 승인한다. 우리는 희랍어 판본이 어느 정도 상이하고, 아무튼 일부는 더 정확할 수 있으며, 이런 상이한 판본을 크뤼소스토모스 혹은 바실레이오스 혹은 아타나시오스 혹은 히에로뉘무스가 채용하였다 하더라도, 더군다나 이런 상이한 판본이 복음의 뜻에 더욱 적합하다 하더라도, 이를 근거로 우리 결정에 이의를 제기하지 않길 바라노니, 우리의 지고한 승인은 여러 측면에서 늘 동일한 권위를 가질 것이다. 더불어 장래 무슨 일이 있더라도, 많이 배우고 자신감 넘치는 어떤 사람에 의해서이든 아니면 미숙하고 술에 취하여 혹은 반쯤 조는 필경사에 의해서이든 그것이 훼손되고, 왜곡되고, 추가되고, 생략되었더라도 우리는 변함없는 권위로써 이를 승인할 것이며, 누구에게도 일단 기록된 것을 수정할 권한을 부여하지 않는다.〉 이 얼마나 우스꽝스러운 칙령입니까? 종교 회의의 권위를 빌려 당신이 나로 하여금 내 작업을 만류하는 것은 아마도 이런 종류의 칙령과 다름없다 하겠습니다.

마지막으로 심지어 우리의 불가타 판본이 상이하다는 것을 우리가 알았을 때, 우리는 무엇을 말해야 하겠습니까? 이런 불일치는 분명, 무언가 변화가 있을 것을 예측하였던 종교 회의에서도 받아들여지지 않았습니다. 친애하는 도로프 씨, 내가 바라는 것은 다만, 로마 교황청이 충분한 시간을 두고 이 문제를 발전적으로 검토할 위원회를 만들었으면 하는 것입니다. 이를 통해 훌륭한 저자들의 훌륭한 작품들을 복원하고 정확한 성경 판본으로 현 성경 판본을 대체하기 위한 준비 작업을 추진하였으면 하는 것입니다. 하지만 나는, 자기들이 배운 것만이 유일하게 유통 가치를 갖는다고 생각하는 전적으로 잘못된 교회 학자들을 그 위원회에 참여시켜서는 안 된다고 생각합니다. 이들이 배운 것 가운데 엉터리 헛소리가 아닌 것, 황당한 오해가 아닌 것이 무엇입니까? 이들이 독재자가 된다면 훌륭한 저자들은 모두 작별 인사를 해야 할 것입니다. 세상은 신탁과 같은 엉터리 잡소리를 받아들여야 할 것입니다. 그리하여 학문 세계에 건전한 것은 사라지고 이들이 인문 교육을 전혀 수용하지 않는다면, 나는 이들의 우두머리가 되느니 차라리 가난한 갓바치가 될 것입니다. 이들은, 자신들이 알지 못하는 무언가가 있을까 봐 판본을 바로잡기를 원하지 않는 자들입니다. 이들은 나의 작업을 가상의 종교 회의를 통해 저지하려는 자들입니다. 이들은 이런 심각한 위협을 기독교의 신앙으로 포장하는 자들입니다. 이들은 〈교회가 위협받는다〉 외치는 자들입니다. 이들은 마치 교회를 자신의 어깨로 지탱하고 있다고 생각하나 본데, 이들의 어깨는 차라리 똥지게를 지는 편이 어울리는데 말입니다. 이들은 이런 악의적 소문을 무지하고 몽매한 대중에게 퍼뜨리고 있습니다. 무지하고 몽매한 대중은 이들을 대단한 성직자로 받들고 있는데 이런 명성을 이들은 하나라도 놓치고 싶지 않아 합니다. 이들은 이들이 흔히 그렇듯 성경을 잘못 인용할 때 희랍어 성경과 히브리 성경의 권위에 도전받지 않을까 두려워하며, 이들이 잘못 인용하는 것 모두가 헛된 망상임이 만천하에 드러날까 걱정하고 있습니다. 존경받을 만한 인물이자 주교였던 아우구스티누스는 한 살배기 어린아이로부터 배우는 것을 마다하지 않았습니다. 하지만 우리가 다루고 있는 이들은, 진정한 우리의 기독교 신앙에 전혀 위해를 주지 않는바 참된 지식의 세부 사항에 관한 자신들의 무식이 폭로되는 위험을 감수하기보다 차라리 함부로 헛소리를 지껄이는 쪽을 택한 자들입니다. 그들에게 이런 모습이 그들 신앙의 본질이라면 물론 그들에게는 이를 열심히 추구할 충분한 이유가 있겠지만 말입니다.

성경의 일부 문장이 무지하고 어수룩한 필경사에 의해 잘못 베껴졌거나 혹은 어떤 무지한 번역가에 의해 잘못 옮겨졌다는 소식이 전해질 경우 사람들 모두가 기독교를 버리게 될 위험은 전혀 존재하지 않습니다. 여기서는 삼가 말하지 않겠지만 사람들이 기독교를 버린다면 그건 다른 이유에서일 것입니다. 진정한 기독교인은 다툼을 접고 다른 사람들에게 그가 널리 주었던 것을 줄 것이며, 선의로써 다른 사람들이 주는 것을 받아들일 것이니, 그리하여 동시에 당신은 겸손하게 당신이 알지 못한 것을 배우며, 당신이 아는 것을 기꺼이 가르칠 것입니다. 만약 어떤 사람이 스스로 무엇을 바르게 가르치기에는 무식하고 배우기에는 자만심이 지나치다면, 우리는 이 사람을 — 물론 소수이겠지만 — 무시하고 다만 지혜롭거나 혹은 어느 정도 가망이 있는 사람들에게만 집중할 것입니다. 내가 나의 주석을 — 아직 주석이 초고 상태로 소위 박하 잎으로부터 갓 뽑아낸 것이었지만 — 굉장히 진실한 분들에게, 훌륭한 교회 학자들과 학덕이 높은 주교들에게 보여 주었습니다. 그러자 이분들 모두는 아직 기초적인 것들이었지만 나의 주석을 승인해 주었습니다. 그들에게는 마치 성서 이해를 위한 한 줄기 빛과 같다고 하면서 말입니다.

또한 당신이 말해 주고 있으며 내가 벌써부터 알고 있는 바, 로렌초 발라는 나에 앞서 이 분야에서 작업을 펼친 사람입니다. 나는 그의 주석본을 최초로 출간한 사람입니다. 나는 또한 쟈크 르페브르가 붙인 바오로 서신들의 주석을 본 적이 있습니다. 그들이 그들의 작업을 마무리하였다면 나의 작업은 필요가 없었을 것입니다. 개인적으로 나는 몇몇 자리에서, 특히 신학과 관련된 영역에서 로렌초 발라와 견해를 달리하지만, 그럼에도 로렌초 발라를 대단히 존경스러운 인물이라 생각합니다. 그는 성경보다는 문학에 더 많은 관심을 가지고 있었지만, 라틴어 성경을 희랍어 성경과 비교하는 일에 있어 충분한 열정을 보여 주었기 때문입니다. 당시 성경 전체를 제대로 읽은 교회 학자들이 거의 없던 상황에서 말입니다. 그리고 쟈크 르페브르에 관해서 말하자면 내가 벌써 주석 작업을 진행하고 있을 무렵 그 또한 자신의 주석을 달고 있었으며, 사소하지만 불행하게도 우리가 서로 만나 대화를 나누는 중에도 우리는 서로의 계획을 말할 생각조차 하지 못했습니다. 나는 그의 작업이 출판되고 나서야 그의 계획을 알게 되었던 것입니다. 하여 나는 그의 시도에 진심으로 수긍하며, 일부 자리에서 그와 다른 견해를 갖고 있지만, 우정보다 진실을 보살펴야 할 경우가 아니라면, 특히 성경과 관련하여 그럴 경우가 아니라면 나는 그렇게 좋은 친구와 모든 면에서 서로 뜻을 같이한다는 것을 기쁘게 생각합니다.

하지만 나는 아직 당신이 왜 이 두 사람의 이름을 내게 언급하였는지 정확히 알 수가 없습니다. 내가 벌써부터 예상하고 있었던 것처럼 나로 하여금 나의 계획을 그만두게 하기 위해서입니까? 하지만 이 두 사람을 옹호하여 나는 이에 단호하게 대처할 충분한 이유를 가지고 있습니다. 아니면 당신은 이들의 노력이, 나의 노력을 포함하여 신학계에 그다지 인정을 받지 못했다는 것을 말하고 싶었던 것입니까? 개인적으로 나는 로렌초 발라가 당대의 반감을 증가시켰다 생각하지 않습니다. 쟈크 르페브르는 내가 듣기로 널리 인정을 받았다고 합니다. 굳이 말하자면 우리의 작업은 정확히 일치한다고 할 수 없습니다. 로렌초 발라는 다만 선별적으로 주석을 달았으며, 별 심각한 생각 없이 가벼운 마음으로 주석을 달았던 것이 분명합니다. 르페브르는 다만 바오로 서신들에 대한 주석을 출판하였고, 이를 나름대로 번역하였습니다. 그리고 불일치가 존재할 경우 지나가며 주석을 붙였습니다. 하지만 나는 희랍어 성경 판본과 대조하며 신약 성경 전체를 번역하였으며, 마주 보는 판면에 희랍어 성경을 나란히 배치하여 누구나 이를 쉽게 비교할 수 있게 하였습니다. 나는 이어 독립된 주석을 부록으로 덧붙였으며, 부분적으로 논증을 붙이고 교부들의 권위를 인용하면서 나의 수정이 아무렇게나 남발된 것이 아니라는 것을 보여 주었습니다. 나는 나의 수정이 다른 사람들의 인정을 받지 못할까 걱정하였으며, 성경 수정본이 향후 훼손을 입지 않기를 바랐기 때문입니다. 나는 다만 내가 열심으로 수행한 것을 충분히 보여 줄 수 있는 사람이 있길 바랐습니다. 교회와 관련하여 나는 기꺼이 나의 작업을 있는 그대로 주교와 추기경과 심지어 요즘과 같은 교황에게라면 보여 드리기를 망설이지 않을 겁니다. 마지막으로 만약 당신이 누구나 저 문제들에 대해 올바른 판단을 내릴 수 있게 만들어 줄 나의 연구 성과를 조금이라도 알게 된다면, 나는 당신이 나의 책이 출간될 때 기뻐하리라는 것을 의심하지 않습니다. 당신은 지금은 이 책을 출판하지 못하도록 만류하고 있지만 말입니다.

친애하는 도르프 씨, 당신이 행한 한 가지 행동이 나에게 이중으로 감사할 일임을 아시기 바랍니다. 당신의 교회 학자 친구들을 위해 당신이 그와 같이 열심히 임무를 완수하였다는 것이 하나이며, 다른 하나는 당신의 우정 어린 조언으로 내가 당신의 나에 대한 애정을 다시 한 번 확인하였다는 것입니다. 그러니 당신은 내가 당신에 마찬가지로 진솔하게 말한 것들을 선의로 받아들여 주길 바랍니다. 당신이 현명하다면 당신은 저들의 조언이 아니라 나의 조언을 받아들일 것입니다. 왜냐하면 나는 오로지 당신을 위해 마음을 쓰고 있기 때문입니다. 저들의 관심은 오로지 당신과 같이 재능을 타고난 인물을 자기들 편으로 영입하는 것이며, 하여 저들은 장차 당신과 같은 인물이 지도자로서 자기들의 위세를 강화시켜 줄 것이라 기대하고 있습니다. 그들로 하여금 더 나은 길을 따르라 하십시오. 그럴 수 없다면, 당신만이라도 홀로 최선의 길을 따르십시오. 당신이 그렇게 해주길 바라지만, 당신이 그들을 선하게 만들 수 없다면 다만 그들이 당신을 나쁜 길로 이끌지 못하게라도 하십시오. 더 나아가 당신은 그들에게, 당신이 나에게 그들의 생각을 솔직히 전했던 것처럼, 나의 생각을 그들에게 있는 그대로 전해 주어야 합니다. 당신이 할 수 있는 한 그들과 평화롭게 지낼 수 있게 도와주기 바랍니다. 또한 그들에게 내가 하는 작업이 고대 언어를 알지 못하는 사람들의 신뢰를 무너뜨리기 위한 작업이 아님을 이해시켜 주기 바랍니다. 이는 모두에게 유익하고자 하는 작업으로 이를 사용할 사람들에게 도움을 주고자 하는 것이며, 이것 없이 작업을 하려는 사람들에게는 부담이 되지 않을 것입니다. 나는 누군가 나에게 더 좋은 것을 가르치려 하거나 가르칠 수 있다면, 기꺼이 내가 이제까지 작성한 주석을 찢어 버리고 그 사람에 따르고자 하는 입장입니다.

장 데마레즈에게 나의 인사를 전해 주기 바랍니다. 나의 친구 뤼스터가 그에게 헌정한 주석 때문에 벌어진 『우신예찬』에 대한 우리의 토론을 그에게 보여 주기 바랍니다. 나의 따뜻한 인사를 학식이 높은 드네브에게 전해 주며, 상트 페터의 교장 니콜라스 반 베베렌에게 전해 주기 바랍니다. 수도원장 메이나르트에게, 당신은 그를 높이 칭송하였으며 당신의 진심을 알기에 나는 그에게 그러한 자격이 충분하다고 믿는바, 사랑과 존경을 보냅니다. 기회가 닿을 때마다 나는 그를 존경 어린 마음으로 글에 언급할 것입니다. 안녕히 지내길, 누구보다 사랑하는 도르프 씨.

안트베르펜, 1515년(5월 말)

부록 2
로테르담의 데시데리우스 에라스무스가 친구 안토니우스 룩셈부르크에게 인사를 전합니다

나는 수도원장[1]께서 나로 인해 심기가 불편해졌다는 소리를 들었습니다. 내 생각에 어떤 인물들이 그분께 내가 『우신예찬』에서 일부 수도승들을 놀려 먹었다는 식으로 일러바친 것이 아닐까 싶습니다. 하지만 나는 내가 들은 소리를 차마 믿을 수 없었습니다. 나는 그분이 과민한 것이라 생각합니다. 그 책에서 다룬 주제는 그저 가벼운 농담이었으며, 그렇게까지 심각한 평가를 들으리라고는 전혀 예측하지 못했습니다. 아무튼 수도승들에 관해서는 비판이라 할 만한 어떤 것도 언급하지 않았습니다. 그 책에 대해 교황께서는 전혀 불편한 마음을 갖지 않았으며, 처음부터 끝까지 읽으시고 저자의 재치를 칭찬하였을 정도입니다. 카르투시오 수도회의 선임자께서는 아직도 로이힐린[2]의 편지에 답장을 주지 않고 있습니다. 이분을 만나거든 나의 말을 전해 주며, 또한 내 인

---

1 이후에 나오는 부록 3의 수신인 안톤 반 베르겐을 가리킨다.
2 요하네스 로이힐린(1455~1522)은 독일의 인문학자였다. 『무명인의 편지』라는 풍자 작품을 남겼다.

사를 전해 주기 바랍니다. 아무튼 그 책을 통해 나는 일종의 신학적 희극을 만들었는데, 이 장르에서 약간의 발전을 이루었습니다. 안테시스와 비아넨과 도르프에서 친구들이 나를 지지하고 있음을 확신합니다. 하지만 이런 작업을 끊임없이 이어 가려는 뜻은 내게 없으며, 잠시 나는 이 일에서 벗어나 있습니다. 이런 작업에는 결국 희생이 따를 수밖에 없는데, 교회 학자들이 나를 해코지하지 않을까 두렵습니다. 자크 르페브르가 나를 심히 불쾌하게 하여, 나는 그에게 답장을 통해 하고 싶은 말을 마음껏 해댔습니다. 물론 그렇다고 심한 말까지는 하지 않습니다. 나는 그 책을 진작 당신네들이 손에 넣었으리라 기대합니다. 내가 틀리지 않는다면 토머스 모어 씨는 지금 군왕의 과업으로 칼레에 머물고 있습니다.

여기 테오도리쿠스라는 신학생이 있는데 그가 당신 수도원과 약간의 문제가 있다고 합니다. 그는 훌륭한 학자이며, 유쾌하고 존경할 만한 인물입니다. 당신에게 그의 작업을 소개할 기회가 주어진다면, 부디 친절을 베풀어 주시기 바랍니다. 의사 선생 기스베르트에게 나를 대신하여 인사를 주시기 바랍니다. 그는 나의 오랜 친구입니다. 또한 그의 부인에게도. 방문했을 때 잠깐이지만 그녀는 나를 견디지 못했습니다. 제라르와 집사 카를로스에게도 인사를 전해 주시기 바랍니다. 그리고 친애하는 나의 안토니우스여, 건강하시길 빕니다.

루뱅, 1517년 9월 17일

부록 3
상트 베르탱의 수도원장
안톤 반 베르겐에게 정중한 인사를 올립니다

　존경하옵는 신부님, 제가 최근 겐트를 방문하였을 때 저는 각하께서도 그곳에 계신다는 것을 알고 인사를 여쭙고자 하였으나, 벌써 떠나셨다는 소식을 사람들로부터 전해 들었습니다. 후에 저는 여러 다양한 사람들로부터 저를 굉장히 당혹게 하는 소식을 들었는바, 각하께서 저로 인하여 심기가 불편하시다는 것이었습니다. 제가 쓴 『우신예찬』 때문이리라 저는 생각합니다. 저의 반대와 거절에도 불구하고 저명한 요리스 반 할레빈 씨는 그 책을 프랑스어로 번역하였습니다. 다른 말로 하자면 저의 책을 자신의 책으로 만든바, 내용을 보태고, 빼고, 바꾸기를 제멋대로 하였습니다. 말씀드리자면 그 책의 주제는 웃음이었습니다. 저는 누구도 기분 나쁘게 공격하지 않았으며, 그 책에서 제 이름 말고 누구의 실명도 거론하지 않았습니다. 마지막으로 그 책은 전 세계 모든 학자들로부터 다소간의 호의를 얻었습니다. 주교들을 비롯하여 대주교들, 군주들, 추기경들, 그리고 교황 레오 10세로부터도 인정을 받았습니다. 교황께서는 그 책을 처음부터 끝까지 읽으셨다고 합니다. 혹여 제가 그 책에서 무언가 어리석은 소리를 적어 놓아 다른 사람들의 마음을 다치게 했다 하더라도, 저는 굳게 믿거니와 각하께서는 그 누구보다 늘 그러하였듯이 저를 지지해 주시리라 믿습니다. 왜냐하면 저는 오래전부터 익히 각하의 높은 교양을 경험하였기 때문으로, 교양의 수호신이 몸소 찾아온다손 각하의 교양을 능가하지는 못할 것입니다. 따라서 실로 저는 많은 사람들이 이것과 관련하여 저에게 전해 준 이야기들을 전혀 신뢰하지 않습니다. 저는 많은 한심한 소문들이 시중에 떠돌아다니고 있음을 잘 압니다. 또한 각하께서 공정함의 덕을 갖추고 계심을 수년간의 제 경험으로 잘 알고 있는바, 이를 다른 사람들이 전해 주는 소문보다 신뢰하는 것이 당연하다 하겠습니다. 공히 비읍 자로 시작하면서도 베르탱의 주인이신 각하께서는 브리스롯 씨와는 얼마나 다른지를 저는 알고 있습니다.[1] 사정이야 어찌 되었든 미욱하기 그지없는 저에게 보여 주셨던 애정을 버리지 않으시길 간청드립니다. 다른 무엇보다 그 것이 오랜 시간 이어져 온 것이기 때문입니다. 그렇지 않았던들, 어찌 제가 감히 오만이라기보다 자기 확신에 차서, 저 자신이 지난날 각하 같은 분께 호의를 입을 만한 자격을 갖추었던 고로 지금 또한 가장 그러하다고 감히 주장할 수 있었겠습니까? 이 부분에 관해서는 제가 죽고 나면 후세에서 아마도 더욱 공정하게 판단할 것이나, 오늘 당대에서도 진실을 보는 사람은 없지 않으리라 생각합니다.

1 장 브리스롯은 에라스무스의 『우신예찬』을 맹렬히 비난하였다고 전한다.

저는 지금 백합 대학에 머물고 있으며 그 학교에 다니는 테오도리쿠스로 하여금 이 편지를 전해 드리라고 맡겼습니다. 그는 활기 넘치고 타고난 재능을 가진, 장래가 촉망되는 젊은이입니다. 만약 이 젊은이가 각하로부터 도움을 받을 것이 있다면 부탁드리오니 그를 도와주시기 바랍니다. 후원자 중의 후원자여, 작별 인사를 드립니다.

루뱅, 1517년 12월 13일

암스테르담 작은형제회 원장이신
존경하는 얀 빌에게 인사를 전합니다

 존경하는 신부님, 당신의 조언은 참으로 따뜻하며, 지혜로
우며, 말씀 한 마디 한 마디가 진정 기독교인다운지라 기꺼
이 환영하지 않을 수 없었습니다. 『우신예찬』에 대한 독자들
의 의혹을 나는 부분적으로는 그 책의 서문에서, 다른 한편
으로는 지금은 그 책의 말미에 붙여 놓은 도르프 씨에게 보
낸 편지에서 해소시켰습니다. 그렇지만 어떤 설명도 받아들
이지 않으며, 실제로는 전혀 읽지도 않고 그렇게까지 시끄럽
게 떠들기만 하는 자들을 당신이라면 도대체 어찌할 수 있겠
습니까? 이들은 누구보다 크게 격노하여 미친 듯 굴고 있습
니다. 만약 내가 진작 이렇게 심한 공격을 받을 줄 알았다면,
아예 그 책을 세상에 내놓지 않았을 것입니다. 나는 다른 사
람이 함부로 대하지만 않는다면, 내가 할 수 있는 한 조용히
지내고 싶어 하는 성향을 가지고 있기 때문입니다. 하지만
사태가 이러한 것을, 이제 와서 후회는 쓸데없는 일입니다.
이미 그 책은 십여 회 이상 중쇄를 거듭하였기 때문입니다.[1]

1 1517년 이전에 이미 알려진 것만 15회의 중쇄가 있었다(CoE 159면 참조).

한 가지 놀라운 것은 많은 사람들 가운데 왜 수도승과 교회 학자들만이 비난을 퍼붓고 있느냐는 것입니다. 이들이 내가 그 책에 묘사한 인물들 가운데 자기 자신을 발견하였기 때문이 아닐까 합니다. 교황 성하께서도 『우신예찬』을 읽으셨으며, 이에 유쾌하게 웃으셨다고 합니다. 또한 〈『우신예찬』에 나의 에라스무스가 등장하는 것을 보고 기뻤다〉라는 말씀을 보태었다고 합니다. 나는 교황들은 물론 누구도 염두에 두지 않았습니다. 하늘에 맹세코 나는 사람들을 비난하려는 생각을 추호도 갖지 않았습니다. 하지만 내게 만약 교회 학자들과 수도승들을 그들 대부분의 실제 모습 그대로 묘사하려는 생각이 있었다 하더라도, 『우신예찬』을 보면 그들을 얼마나 가볍게 지나쳤는지는 마침내 분명히 드러날 것입니다.

학교에서 그 책이 읽히고 있다는 소식을 접했습니다. 나는 어린 학생들에게 무언가 해로운 영향을 끼치지 않으려 노력합니다. 당신은 그 책을 읽고 학생들이 기독교 전반에 대해 거부감을 갖게 되지는 않을까 걱정하였습니다. 저로서는 당신 말씀의 의도를 충분히 납득하기 어렵습니다. 미신으로 가득한 신앙을 비판하는 것을 보면서 과연 그들이 기독교 전반에 대해 거부감을 갖게 될지는 의문입니다. 나는 오늘날 스스로 종교인이라고 자처하는 사람들이 그 이름에 걸맞은 행동을 보여 줄 것을 기대할 뿐입니다. 나는 재속 사제들과 신도 대중이 예수 그리스도에 대한 진정한 믿음을 좇음으로써 기독교라는 이름을 독점하고 있는 사람들의 전혀 기독교인답지 않음이 만천하에 드러나게 되길 바랍니다. 오늘날 온 세상은 도처에 교회 건물들로 가득합니다. 나는 교회의 확장을 비난하려는 뜻이 아닙니다. 하지만 그 많은 교회들 가운데 진정한 기독교의 모습을 갖고 있는 것이 얼마나 적은가를 당신 스스로 생각해 보시기 바랍니다. 세속적인 사람들보다 더욱 세속적으로 살아가며 그저 미사와 예배만을 집행하고 있을 뿐입니다. 나는 나 자신 외에 누구도 비방하지 않았습니다. 내가 조롱한 것은 다만 널리 확산되어 있으며 누구나 다 알고 있는 인간성의 상실이었습니다.

아무튼 나는 장래에는 좀 더 신중하게 처신하고자 합니다. 이것이 저들의 마음을 충족시키기에 부족하다 하더라도 나는 다만 사도 바오로의 모범을 따르고자 합니다. 좋은 소리를 듣든 나쁜 소리를 듣든 늘 올바른 길을 걸어가셨던 것처럼 말입니다. 이로써 내가 얻을 수 있는 것은, 내가 모두의 동의를 얻을 수 없을지는 몰라도 지극히 훌륭하고 지극히 높으신 분으로부터는 옳다는 소리를 듣게 될 것이라는 것입니다. 내가 살아 있는 동안 내게 이빨을 드러내던 사람들도 어쩌면 내가 죽어지면 나를 칭찬하게 될지도 모릅니다. 존경하는 신부님, 안녕히 계십시오. 당신의 기도 가운데 나를 위해 그리스도에게 말씀해 주시기 바랍니다.

루뱅, 1518년 1월 2일

에라스무스 『격언집』 2, 2, 40
「막사발을 자랑하다」

〈막사발을 자랑하다〉라는 격언은 무언가 그 자체로는 지저분하고 미천한 것을 마치 귀한 것인 양 과시하는 경우를 가리킨다. 플루타르코스는 「젊은이들이 어떻게 문학을 공부할 것인가?」라는 글에서 소피스트들이 칭송 연설에 어울리지 않는 주제들을, 예를 들어 구토와 열병과 부시리스 등과 같은 여타의 것들을 들먹이는 관례를 비판하면서, 〈당신들이 원한다면, 막사발을 자랑하시든지〉라고 말했다. 물론 이런 주제를 선정하여 연설 연습을 삼거나 혹은 여가를 즐기고자 하였다면 그것이 직접적인 불쾌감을 유발하는 것은 아닐 것이다. 왜냐하면 이런 식으로 경솔한 글쓰기 가운데에도 무언가 유익하고 즐거운 것이 담겨 있기 때문이다. 〈웃음으로 진실을 말하려는데 이걸 어떻게 막겠습니까?〉라는 말이 있다. 실제 이렇게 할 때에 진실은 반감을 사지 않고 사람들의 마음속을 파고들어 따뜻한 환영을 받기 마련인데, 이런 방식이 진실을 받아들이게끔 하는 매력을 갖고 있기 때문이다. 아울루스 겔리우스는 망설이지 않고, 심각한 표정으로 하늘에서 떨어진 스토아학파의 도덕론을 언급하기보다는 차라리 아이소포스의 재미난 우화를 선택하였던 것이다. 플루타르코스는 직업적인 우스갯소리 작가처럼 보이지 않고 다만 골계미가 넘치는 작풍의 철학자가 글을 쓰고 있음을 독자가 잊지 않도록 하는 한계를 두었을망정, 그 자신도 『그릴루스』라는 글에서 이런 식의 글쓰기를 택하였다.

　나도 또한 『우신예찬』이라는 제목의 우스개 같은 작품을 몇 해 전 썼다. 나는 겨우 이레 만에 이 글을 완성하였으며, 아직 내 여행 가방이 도착하지 않아 참고할 이렇다 할 서적도 없이 작성하였다. 이 작은 책자가 거둔 성과로 나는 이 작품이 공정한 마음을 가진 사람들이나 혹은 고전 문헌에 조예가 깊은 인물들로부터 좋은 평판을 얻었다는 사실을 지적하고자 한다. 이들이 평가에 따르면 이 책에 담긴 여러 우스개와 농담들은 논외로 하고, 이 책은 인간 행동의 기준을 아리스토텔레스의 『윤리학』 혹은 『정치학』의 그것보다 높이는 데 절실한 많은 것을 담고 있다. 물론 아리스토텔레스의 가르침은 — 그는 비기독교인이었지만 — 일반적인 비기독교인들에게서 찾을 수 있는 수준을 넘어섬에도 불구하고 말이다. 간혹 나는 몇몇 사람들로부터 책과 관련된 비난을 듣기도 하였지만 그 수는 많지 않았으며, 이들은 야만적이고 무미건조하며, 무사이 여신들과의 교류에 있어 전혀 무지한 그런 종류의 인간들이었다. 이들은 여타의 문학 형식들에 대해서는 불구대천의 원수임에도 불구하고 나름대로 유베날리스를 읽었는바, 여기서 얻은 자양분으로 힘을 축적하여 그들의 설교

가운데 군주와 사제와 상인과 특히 여인들의 악덕을 공격하였던 것이다. 또한 종종 이들은 저들의 악덕을 아주 음란한 언어로 풀어 무언가를 가르치려 하였던 것이다. 하지만 내 경우에 있어 내가 고른 주제도 주제려니와 실로 다양한 방향으로 광대한 영역을 다루고 있기 때문에 이들과 비견할 수 없을 뿐만 아니라, 나는 특히 나 자신을 제외한 어떤 개인도 공격하지 않았다. 나는 범죄와 악덕의 카마리나 늪을 건드리지 않았으며 많은 부분에서 이들의 역겨움보다 이들의 재미난 점을 언급하였다. 이들은 〈당신은 추기경과 주교와 교회 학자들과 군주들을 비판하였다〉라고 말한다. 그러나 한 가지, 이들은 온건함을, 정작 이들이 사용했노라 내 주장하는 온갖 악의를 나는 모두 빼버리고 오로지 온건함을 내가 남겨 놓았음을 놓치고 말았다. 또한 이들은 성 히에로뉘무스의 원칙, 악행을 다루는 일반적 논의에서는 개인에 대한 비방을 배제함으로써 누구에게도 악인이라는 꼬리표를 붙여서는 안 되며, 그렇다고 스스로가 악행에서 자유롭다고 생각하게 해서도 안 된다는 원칙을 내 글이 따르고 있음을 알아차리지 못했다. 그렇다고 이들이, 모든 군주들이 현명하며, 모든 교회 학자들이 오류를 범하지 않으며, 모든 주교들과 교황들이 바오로와 성 마르티노와 같으며, 모든 사제들과 수도승들이 성 안토니오와 성 히에로뉘무스와 같다고 주장하는 것은 아닐 것이다. 이들은 대화의 대원칙을 알지 못하는 것이다. 즉 말투는 화자에게 적합해야 한다는 원칙 말이다. 이 책에서 이들은 우신이 아니라 에라스무스가 말하고 있는 것으로 생

각하는 것 같다. 만일 어떤 사람이 기독교인과 비기독교인의
대화를 구성한다고 할 때, 비기독교인으로 하여금 기독교의
가르침에 위배되는 말을 하게 만들었다고 해서 이것을 파문
당할 일이라 하겠는가? 마지막으로, 물론 마지막이라고 해
서 제일 비중이 적다는 것은 아니지만, 심지어 독재자들도 그
들의 어릿광대가 지껄이는 소리에는 웃음으로 화답하며, 그
런 소리에 화를 내는 것은 교양인답지 못한 행위라고 생각하
고 있다. 따라서 이들이, 과연 이들을 어떤 사람이라 해야 될
지 모르겠으나, 우신이 던지는 한마디 말조차 듣고 넘기지
않는다면, 그래서 마치 악행을 논의하는 문맥에서 언급된 말
한마디가 자신을 가리킨다고 생각한다면 이에 나는 놀라움
을 금할 수 없다. 이제 『우신예찬』과 관련된 말은 이 정도에
서 충분하다 싶으니, 우리의 주제인 막사발로 돌아가 보자.

　이제 이 격언은 내가 다른 곳에서 언급한 다른 격언과 연
관되어 있다. 〈당신은 뚝배기에 칠을 하고 있다.〉

에라스무스의 풍자 문학

부록의 서한들과 격언 「막사발을 자랑하다」는 역자가 해설에서 언급했어야 할 많은 사정들을 충분히 전달하고 있다. 그래서 역자는 해설의 의무와 부담을 상당히 덜었다. 해설에서는 다만 부록에 미처 드러나지 않은 몇 가지 사항, 에라스무스 생전에 출판된 『우신예찬』의 판본들과, 『우신예찬』을 포함한 풍자 문학의 원리에 관하여 짧게 덧붙이고자 한다.

1. 판본과 책의 구성

『우신예찬』의 번역 저본으로 사용한 *Moriae Encomium id est Stultitiae Laus*(Amsterdam, 1979)는 에라스무스 생전까지 출판된 『우신예찬』 판본에 관해 자세한 설명을 전해 주고 있다. 역자는 이를 다음과 같이 정리하여 옮겨 적었다.

『우신예찬』은 1511년 프랑스 파리의 쥘 드 구르몽Gilles de Gourmont 출판사에서 최초로 출판되었다. 이때 에라스무스가 1510년 토머스 모어에게 보낸 편지가 서문을 대신하였으며, 이후 에라스무스 생전 출판된 모든 판본들에 서문으로 등장한다. 이 편지의 발신일로 기록되어 있는 〈1508년 6월 9일〉에서 〈1508년〉이라는 연도는 1522년 7월 바젤의 요한 프로벤의 판본에서 등장하기 시작한다. 그러나 에라스무스가 이탈리아에서 영국으로 여행하였다는 편지 내용에 비추어, 이 편지는 1509년 7월의 세 번째 영국 여행 즈음에 쓴 것으로 보아야 한다. 따라서 〈6월 9일〉은 아무리 빨리 잡아도 1510년이다. 요한 프로벤 혹은 저자인 에라스무스 본인이 연도를 계산하는 데 있어 실수를 범한 것으로 보인다. 에라스무스는 1510년 6월 9일 영국의 어느 시골에서 토머스 모어에게 편지와 함께 『우신예찬』의 필사본을 보낸 것이다(ME 15면 참조).

여러 판본을 거쳐 1512년 7월 26일 파리의 요도쿠스 바디우스Jodocus Badius 출판사에 의해, 에라스무스가 직접 초판본의 오류를 바로잡은 최초 개정판이 만들어진다. 1514년 스트라스부르그의 마티아스 슈어러Matthias Schürer에 의해 다시 개정판이 출간되었으며, 상당 분량의 종교적 내용이 추가되었다. 이 개정 작업 역시 에라스무스가 직접 참여하였다. 1522년 7월 바젤에서 요한 프로벤은 여섯 번째 개정판을 출간하였으며, 출판사는 이를 〈저자가 직접 손을 본 최종본〉이라고 광고하였다. 1532년 제롬 프로벤과 니콜라우스 비숍에 의해 〈저자가 재차 손을 본 최종본〉이라는 제목이 붙어 다시 한 번 바젤에서 개정판이 출간되었는데, 이 개정판이 에라스무스 생전 출판된 마지막 판본이 되었다.

　1515년 5월 에라스무스가 마르탱 반 도르프에게 보낸 편지 또한 1515년 8월 출판된 판본들에서부터 『우신예찬』의 부록으로 등장한다. 이 편지는 마르탱 반 도르프의 비판에 대한 에라스무스의 『우신예찬』 옹호 변론이다.

　〈저자가 재차 손을 본 최종본〉까지 줄잡아 일곱 개의 판본들에서 에라스무스는 내용을 지속적으로 수정하고 추가하였다. 수정되고 첨가된 부분들 가운데 주요한 것들은 본문에 밝혀 놓았지만, 여기에 다시 정리한다.

　1) 43문단 19행 이하에서 43문단 마지막 행까지는 1522년에 추가되었다.

　2) 101~104문단은 1514년에 추가되었다.

　3) 102문단 40~41행은 1522년에 추가되었다.

　4) 109문단 7행에서 113문단 30행까지는 1514년에 추가되었다.

　5) 114문단 8행 〈거룩 박사〉는 1532년에 추가되었다.

　6) 114문단 9행 〈숭고 박사, 무류 박사〉는 1522년에 추가되었다.

　7) 136문단 3~145행은 1514년에 추가되었다.

　8) 149 문단은 1514년에 추가되었다.

2. 『우신예찬』과 풍자 문학

아리스토텔레스의 『수사학』은 연설을 크게 법정 연설, 의회 연설 그리고 예식 연설로 나누고 있다. 법정 연설은 시시비비를 가리는 법정 공방에서 행해진 것으로, 우리가 잘 알고 있는 『소크라테스의 변명』은 소크라테스의 법정 연설이다. 또 의회 연설은 공동체의 정책을 놓고 이익과 불이익을 따지는 의회에서 펼쳐지는 연설이며, 마지막으로 예식 연설이란 어떤 인물과 그 행위의 아름다움과 추함을 놓고 이를 흔히 칭송하거나 비방하는 연설이다. 투퀴디데스의 『역사』에 전하는 페리클레스의 추도 연설은 칭송 연설에 속한다.

이 분류에 따르면 『우신예찬』은 예식 연설에 속하며, 제목의 〈칭송encomium〉 또는 〈칭찬laus〉에서 알 수 있는바, 예식 연설 가운데 칭송 연설에 속한다. 그런데 칭송 연설을 행할 사람으로 흔히 페리클레스처럼 사회적으로 덕망이 높은 사람이 선정되는 것이 관례라고 할 때, 『우신예찬』에서는 이와는 반대로 〈어리석음의 여신〉이 등장한다. 또 칭송 연설은 어떤 인물과 그 업적의 훌륭함을 칭송의 대상으로 삼는다고 할 때, 『우신예찬』은 〈우신〉이 이룩한 업적의 훌륭함을 칭송하고 있다. 『우신예찬』은 어리석음의 여신이 어리석은 자신의 업적과 그 훌륭함을 칭송하는 자화자찬 연설이라고 하겠다.

하지만 『우신예찬』은 단순한 칭송 연설이 아니다. 〈어리석음의 여신〉이 펼친 업적을 칭송하는 것처럼 보이지만 실은 이로써 세상의 어리석음을 비판하는 비방 연설이다. 〈겉보기에는 현명하지만 실제로는 어리석은〉사람들과 그들의 행위에 대하여 그 실제 모습을 드러내어 비판하고 있는 것이다. 하지만 에라스무스의 비판은 자극적인 비난이나 직설적인 공격은 아니었다. 비방 연설을 칭송 연설로 가장함으로써 에라스무스는 신랄한 비난과 공격 대신 웃음으로써 상대방을 비판하고 있다. 흔히 웃음으로 상대방의 과오를 지적하는 문학 장르를 호라티우스의 정의에 따라 〈풍자〉라고 부른다면, 『우신예찬』은 풍자 문학에 속한다.

에라스무스는 토머스 모어에게 보낸 편지에서 그리고 마르탱 반 도르프에게 보낸 편지에서 『우신예찬』에서 사용된 일종의 풍자 원칙을 제시하였다. 이 원칙은 『우신예찬』의 신랄함에 대한 비판에 맞서 『우신예찬』을 옹호하려는 과정에서 언급되었다. 에라스무스는 이 원칙을 여러 번에 걸쳐 재차 언급하였으며, 이 원칙의 핵심은 실명을 거론하며 비방하는 이른바 〈실명 비판〉을 지양한다는 것이다. 또 그에 따르면 실명 비판의 지양을 그는 히에로뉘무스에서 배웠다고 한다. 그런데 히에로뉘무스는 어떤 편지글에 〈네가 이를 풍자라고 생각할까 봐 실명은 거론하지 않는다 *nomina taceo, ne satyram putes*〉라고 썼다. 이에 따르면 풍자의 요체는 〈실명 비판〉인바, 실명 비판을 지양함으로써 풍자 문학의 영역에서 벗어날 수 있다는 것이다. 따라서 에라스무스가 히에로뉘무스의 원칙을 따른다고 했을 때, 그러니까 그것이 실명 비판을 지양한다는 것을 의미한다면, 애초 『우신예찬』은 풍자 문학으로 의도된 것이 아니었단 말인가? 아니면 어떤 것이 과연 정당한 풍자 문학인가에 대해 에라스무스는 생각을 달리 하였던 것인가? 이것을 〈풍자〉의 규범 문제라고 할 때 우리는 유사한 논쟁을 기원전 1세기 로마 문학에서 찾을 수 있다. 호라티우스는 그의 『풍자시』에서, 앞선 시대의 풍자 문학에 자주 등장하는 〈실명 비판〉 문제를 검토하면서 풍자 문학의 규범을 제시하고 있다.

서기 1세기 로마의 수사학 교수 퀸틸리아누스에 따르면 〈풍자〉는 전적으로 로마 문학의 산물이다. 이때 우리가 〈풍자〉라고 번역한 라틴어는 〈사투라satura〉(혹은satira)다. 〈사투라〉라는 문학 장르가 로마의 고유한 산물이라고 하는 퀸틸리아누스의 주장은, 대개의 문학 장르들이 희랍에서 처음 만들어졌고 완성된 형태로 이후 로마에 전해졌으며 로마인들은 이를 그대로 수용하였던 당시의 로마 문학 환경을 고려할 때, 매우 강한 자부심을 드러낸 표현으로 읽어야 한다. 그리고 로마의 고유 문학인 〈사투라satura〉가 오늘날 〈풍자 satire〉 일반을 지칭하는 단어로 쓰이고 있는 것을 볼 때, 로마의 〈사투라〉가 끼친 영향은 가히 짐작하고도 남음이 있다. 로마의 〈사투라〉가 지배적인 풍자 문학이 되면서, 아르킬로코스의 얌보스, 아리스토파네스와 메난드로스의 희극 등 희랍 문학 전통은 거꾸로 〈풍자적〉, 그러니까 〈사투라와 닮은〉 문학으로 다시 고쳐 부르게 되었다.

〈사투라〉는 애초 로마 문학 내에서 〈풍자〉적 성격을 가진 문학 장르가 아니었다. 또 사실 로마 문학 초기에 〈사투라〉가 장르 이름이었는지조차 의심스럽다. 최초의 로마 시인 리비우스 안드로니쿠스와 나이비우스에서 〈사투라〉는 원시적 극 형식을 가리키는 이름이었던 것으로 보인다. 또 기원후 4세기의 문법학자 디오메데스에 따르면 로마 문학의 초창기에 해당하는 엔니우스와 엔니우스의 조카 파쿠비우스에서 〈잡동사니〉 글들을 하나로 묶어 놓은 것을 〈사투라〉라고 부르고 있었다.

디오메데스는 〈사투라〉가 〈비방〉의 성격을 갖게 된 것은 루킬리우스와 호라티우스와 페르시우스에서였으며, 이들을 통해 〈사투라〉는 〈사람들의 잘못을 꼬집는 희랍 희극적 성격〉의 글로 발전하였다고 말한다. 디오메데스보다 일찍이 퀸틸리아누스는 〈루킬리우스가 이런 것에 있어 탁월한 명성에 도달한 최초의 인물이다〉라고 평가하였고, 또 벌써 호라티우스의 글에 루킬리우스가 장르의 창시자라고 지명된 것을 근거로 우리는 〈사투라〉가 풍자 문학으로 발전하기 시작한 것은 기원전 2세기의 루킬리우스로부터라고 결론 내릴 수 있다.

그런데 〈사투라〉는 〈비방〉의 성격을 분명히 하면서부터 스스로 〈비방〉의 대상이 되었다. 루킬리우스의 〈사투라〉는 언어의 방종함과 비판의 신랄함으로 지탄의 대상이 되었다. 루킬리우스는 오로지 단편들로만 전하기 때문에 그 전모를 파악하기는 힘들지만, 다양한 주제로 〈사투라〉를 쓰며 전쟁과 정치, 사치와 문란, 종교와 철학, 문학과 수사학에 대한 자신의 견해를 펼치며 상대방을 지독하게 풍자하였던 것으로 보인다. 이 가운데는 루킬리우스 자신이 〈사투라〉에 대해 옹호한 글들이 포함되어 있었다.

기원전 1세기의 호라티우스도 그의 『풍자시』 열여덟 편 가운데 무려 세 편을 〈풍자 문학〉의 옹호에 할애하고 있다. 호라티우스도 〈사투라〉를 통해 주변 사람들의 도덕적 잘못을 비판하였으며, 사람들은 이에 대해 너무 지독한 독설이라는 비판을 하였다. 물론 루킬리우스의 사투라를 좋아하던 사람들로부터는 오히려 너무 물러터진 비판이라는 평가를 듣는 경우도 있었다. 이에 호라티우스는 자신의 〈사투라〉를 변호하지 않을 수 없었다.

호라티우스의 사투라 변호를 보면, 그를 괴롭혔던 것은 〈실명 비판〉이었음을 알 수 있다. 그는 루킬리우스를 두고 〈매우 신랄하게 이름을 지적하였다multa cum libertate notabant〉고 과오를 지적하고 있다. 루킬리우스의 사투라가 고통과 상처를 목표로 하는 악의적 해악이 아니었을까 싶었던 것이다.

호라티우스는 실명 비판을 지양하고 사투라에 한계를 설정한다는 의미에서 〈사투라〉가 갖추어야 할 덕목을 제시하는데, 그 핵심은 〈웃음이 신랄함보다 강하다〉라는 문장으로 요약된다. 웃음은 호라티우스가 보기에 신랄한 비판만으로는 해결하기 어려운 문제를 쉽고 훌륭하게 해결할 수 있는 힘을 가지고 있었던 것이다. 해방 노예의 아들로서 호라티우스는 〈사투라〉에 있어 로마 귀족 집안의 루킬리우스만큼 자유로움과 신랄함을 누릴 수 없었던 점도 있었지만, 호라티우스는 〈사투라〉에서 욕설과 비방과 악의와 저주를 제거하고, 〈웃음을 통한 유익한 가르침ridens verum dicere〉을 〈사투라〉의 본령으로 제시한다. 그러면서 호라티우스는 사투라에서 실명 비판을 장차 철폐하기에 이른다. 호라티우스의 『풍자시』 제2권에서는 이러한 장르적 발전이 더욱 진전되어, 적어도 살아 있는 사람을 향한 비판은 완전히 사라진다. 때로 이름이 언급되기도 하지만 이는 거의 가상의 이름이거나 혹은 특별한 도덕적 결함을 반영하는 거짓 이름이 대부분이었다.

이후 사투라는, 〈실명 비판〉을 통해 그 신랄함을 꾸준히 관철시켰던 루킬리우스의 경향을 완전히 상실하지 않은 채, 이를 지양하고 웃음을 통해 상대방에게 스스로 자신의 과오를 깨닫도록 만들고자 하였던 호라티우스의 경향을 나란히 발전시킨 것으로 보인다. 에라스무스가 여러 편지글에서 밝히고 있는바, 신랄함을 지양하고 어리석은 이야기로 사람들을 깨우치고자 하였던 것은 호라티우스의 경향에 따른 것이라 하겠다.

3. 『우신예찬』 제목의 번역

에라스무스의 『우신예찬』을 두고 그 책 제목을 어떻게 번역할 것인가는, 앞서 참고 문헌에서 열거한 여러 국내 번역본의 목록을 보더라도 많은 논쟁이 있었음을 쉽게 짐작할 수 있다. 〈예찬〉은 모두가 동일하게 채택한 단어이며, 다만 논란이 된 것은 〈광우〉, 〈바보〉, 〈우신〉, 〈바보 신〉, 〈광우 신〉 등이다. 따라서 문제는 희랍어 원제 〈*Moria*〉 혹은 라틴어 원제 〈*Stultitia*〉를 어떻게 번역하느냐이다. 가장 최근에 출간된

예는 〈바보〉라는 단어를 택하고 있다(『바보 여신의 바보 예
찬』, 차기태 옮김, 필맥, 2011).

　라틴어 〈*stultitia*〉의 어원이 되는 형용사 〈*stultus*〉는, 『라틴
한글 사전』(가톨릭대학교출판부, 2008)에 따르면 〈바보스러
운, 어리석은, 미련한, 우둔한, 미친, 정신없는〉 등의 뜻으로
풀이되고 있다. 또한 에라스무스는 본문 가운데 〈*stultitia*〉
에 〈*insania*〉의 일부를 포함시키고 있다. 라틴어 〈*insania*〉는
『라틴 한글 사전』에 따르면 〈미침, 정신 착란, 광기, 발광, 열
광, 광란, 광분, 어리석음, 몰상식〉으로 풀이된다. 과거 우리
말 번역본들에서 『우신예찬』의 책 제목에 미칠 광(狂)이 포함
된 이유는 여기에 있다.

　이런 사정들을 고려하여 역자는 〈*stultitia*〉의 번역어로 〈어
리석음〉을 택하였고, 신격화된 〈*Stultitia*〉에 대하여 〈어리석
은 신〉이라는 뜻으로 〈우신〉을 따랐다. 물론 본문 중에 〈바
보〉라는 번역어를 배제하지는 않았다. 〈바보스러운〉과 〈미
친〉이라는 두 가지 뜻을 모두 살릴 수 있는 단어로 〈어리석
은〉이 제일 용이하다고 역자는 판단한 것이다. 또 그간 어떤
이유에서인지는 알 수 없으나 〈우신예찬〉이라는 책 제목이
널리 알려져 있기 때문이기도 했다.

　책 제목의 번역과는 직접 연관이 되지는 않으나, 책의 저
자를 〈데시데리위스 에라스뮈스〉로 적는 최근의 유행을 따
르지 않은 것에 관해 역자는 변명을 하지 않을 수 없다고 느
낀다. 〈유행〉이라고 말했지만 사실 이는 국립국어원의 외래
어 표기법에 따른 것이며, 더 나아가 네덜란드어 표기법을 근

거로 한 것이다. 그럼에도 이에 따르지 않은 것은 〈데시데리우스 에라스무스〉가 국적으로 묶어 둘 수 없는 〈유럽인〉이었기 때문이다. 굳이 국적을 문제 삼는다면 지금의 네덜란드에서 태어난 것은 사실이며, 본인이 자신의 이름에서 밝히고 있는바 로테르담 출신이지만, 에라스무스는 영국, 이탈리아, 프랑스, 스위스를 넘나들며 활동한 학자로서 당대의 인문주의를 대표하는 인물인 동시에 당대 유럽 인문주의를 이끌어간 제왕이었다. 〈유럽인〉인 그의 이름을 그가 평생 저술 활동에서 추구한 키케로의 고전 라틴어 발음에 따라 〈데시데리우스 에라스무스〉라고 적었다.

4. 번역을 마치며

『우신예찬』의 본문은 참고 문헌에서 〈ME〉로 약한 *Moriae Encomium id est Stultitiae Laus*(Amsterdam, 1979)를 저본으로 삼아 번역했다. ME는 네덜란드에서 새롭게 출간한 〈에라스무스 전집*Opera Omnia Desiderii Erasmi*〉의 일부이며, 아직 전집이 완간되지 않았다. 또 부록에 실린 에라스무스의 편지 글들은 참고문헌에서 〈CoE〉로 약한 *The Correspondence of Erasmus*(Toronto, 1974)에서, 또 부록의 마지막인 격언은 *The Adages of Erasmus*(Toronto, 2001)에서 발췌하여 번역하였다. 라틴어판 에라스무스 전집 가운데 서간문 부분은 미출간 상태이고, 격언 부분은 절판 상태라 라틴어 원문을 볼 수 없었기 때문이다.

필자는 토머스 모어 『유토피아』의 번역을 마치고 곧이어 『우신예찬』을 번역하게 되었다. 『유토피아』와 『우신예찬』은 이미 반세기 가까운 세월 여러 번 우리말로 번역되었다. 『유토피아』는 줄잡아 열여섯 종의 우리말 번역들이 이미 나와 있지만, 『유토피아』와 관련된 인문주의자들의 편지글들을 모두 번역하여 덧붙인다면, 『유토피아』 연구에 크게 기여할 수 있겠다는 생각으로 번역 작업을 했다. 『우신예찬』의 작업 도 사정은 비슷하다. 『우신예찬』과 관련된 에라스무스의 편지글 등을 모아, 새롭게 소개하는 데 이번 작업의 의의를 두었다.

『우신예찬』을 언급한 에라스무스의 편지들과, 에라스무스 주변 인물들이 에라스무스에게 보낸 편지들 가운데 『우신예찬』 관련 서한들을 모두 한자리에 모아 출간할 요량으로 목록을 먼저 정리하였다. 그러나 현실적으로 목록에 정리된 모든 서한을 구하는 것 자체가 쉽지 않았다. 예를 들어 마르탱 반 도르프가 에라스무스에게 보냈다는 편지를 목록에는 올려놓았지만, 이번 번역본에는 넣을 수 없었다. 아쉽지만 다음 증보판에 서한들을 풍부하게 수록할 예정이다. 이런 아쉬움을 달랠 수 있는 것은, 『유토피아』 출간 때도 그랬지만, 무엇보다 중역이 아닌 『우신예찬』의 라틴어 원전 번역을 독자에게 소개한다는 점이다.

미욱한 역자의 번역 초고를 서울대학교 영문학과 이종숙 선생님께서 꼼꼼히 읽어 주셨다. 이 자리를 빌려 감사의 말씀을 전하고자 한다. 선생님의 제안에 따라 부분적으로 번역을 바로잡았다. 특히 에라스무스가 개정판을 내면서 수정하거나 보충한 것을 정리하는 것이 좋겠다는 말씀에 따라, 중요 수정과 보충 사항을 정리하여 본문과 해설에 첨가하였다. 또 부록 1로 실린 〈마르탱 반 도르프에게 보낸 편지〉가 영어 번역을 토대로 한 중역임을 들으시고 1668년 영국에서 출판된 『우신예찬』 판본에서 해당 편지의 라틴어 원문을 찾아 주셨다. 그리하여 역자는 부록 1의 오역을 바로잡을 수 있었다. 그 밖에도 많은 도움을 주셨지만 그 뜻을 충분히 따르지 못한 것이 많다. 향후 개정판을 통해 이를 보정하고자 한다.

　『우신예찬』을 〈열린책들 세계문학〉 목록에 넣은 것, 『우신예찬』에서 희랍과 로마의 고전 문학을 언급하는 모든 자리를 찾아 〈찾아보기〉를 정리하는 작업에 수고를 아끼지 않은 것 등, 이런 모든 것에 대하여 출판사에 고마움을 전한다. 〈원전 번역주의〉를 표방하는 출판사가 희랍과 로마의 고전 작품들을 앞으로 출간할 예정이라니 따뜻한 마음으로 지켜볼 일이다.

김남우

로테르담의
데시데리우스 에라스무스 연보

1469년 출생 10월 27일 에라스무스Desiderius Erasmus Roterodamus 로테르담에서 출생함. 생년을 1466년으로 보기도 함. 에라스무스는 세례명이며, 데시데리우스Desiderius는 그 자신이 직접 붙인 이름으로 1496년 이후 처음 사용됨. 〈로테르담에서 태어난〉이라는 뜻의 Rotterdammensis라는 말을 Roterdamus라고 세련되게 고쳤다가, 나중에는 희랍어식으로 Roterodamus로 다시 한 번 개명하며 이름에 붙임. 『격언집Adagia』의 제2판을 출간하던 1506년 파리에서 처음으로 완성된 이름을 사용함.

1473~1478년 **4~9세** 가우다Gouda에서 학교에 다님.

1478~1485년 **9~16세** 데벤터Deventer에서 고전어 학교에 다님. 여기서 인문주의자 루돌프 아그리콜라Agricola를 만남.

1492년 **23세** 4월 수도사가 됨.

1493년 **24세** 『야만에 대항함Antibarbari』의 작업에 착수함.

1495~1499년 **26~30세** 파리 소르본 대학에서 신학을 공부함.

1499년 **30세** 첫 번째 영국 여행. 토머스 모어와 교제.

1500~1505년 **31~36세** 파리와 루뱅 등에 체류함..파리에서 『격언집』 초판 출간(1500).『기독교 병사의 수첩Enchiridion militis Christiani』

(1503), 『필립 대공을 칭송함*Panegyricus ad Philippum Austriae ducem*』 (1504) 출간.

1505~1506년 36~37세   두 번째 영국 방문.

1506~1509년 37~40세   이탈리아 여행. 1507년과 1508년에는 베네치아의 알두스 출판사에서 『격언집』 증보판을 냄.

1509~1514년 40~45세   세 번째 영국 방문. 『우신예찬』 초판 출간(1511). 케임브리지 대학에서 강의함(1511~1514).

1514~1529년 45~60세   바젤에 체류함. 요한 프로벤의 출판사와 작업함. 『희랍어 신약 성경*Novum Testamentum Graece*』의 비평판 출간 (1516). 『기독교 군주의 교육*Institutio principis Christiani*』(1517). 『평화론*Querela pacis*』(1517). 바젤에 머물며 신교와 구교의 갈등을 중재함(1521~1529). 『자유 의지론*De libero arbitrio*』(1524). 『키케로주의자의 대화*Dialogus cui titulus Ciceronianus*』(1528). 『라틴어와 희랍어를 올바로 읽는 법*De recta Latini Graecique sermonis pronuntiatione dialogus*』(1528).

1529~1535년 60~66세   바젤에서 신구의 갈등이 격화되자, 프라이부르크로 이사함. 홀바인이 여러 장의 초상화를 그림(1531).

1535년 66세   바젤로 돌아옴.

1536년 67세   7월 12일 바젤에서 세상을 떠남.

찾아보기

갈루스, 알렉산더 217

겔리우스, 아울루스 61, 258

『아티카의 밤』 제8권 9 61

그라쿠스 형제 63

나치안주스(나치안주스의
그레고리오스) 236

『**다니엘서**』 14장 1절 148

단테, 알리기에리

『신곡』, 『연옥편』, 제9곡 118행 136

데모스테네스 60, 63, 150, 153, 202

데모크리토스 12, 13, 68, 117, 120

도나투스 122

디뒤모스 183

**라에르티오스,
디오게네스** 61

『철학자들의 생애』 제2권 61

락탄티우스 230

로도스의 아폴로니우스

『아르고호 이야기』 제1권 151행 43, 74

「**로마 신자들에게 보낸 서간」 16장
18절** 162

「**루카 복음서」**

10장 21절 185

13장 30절 174

22장 35절 179

23장 34절 188

24장 25절 184

루크레티우스 35, 205

『사물의 본성에 관하여』 제1권 35

루키아노스 14, 15, 25, 27, 65, 85, 112,
171, 218

『꿈 혹은 수탉』 85

『티몬 열전』 65

르브레통, 귀욤 237

르페브르, 쟈크 245, 246, 247, 251

리비우스 66

『역사』 제2권 32 66

「마르코 복음서」 10장 31절 174
「마태오 복음서」
　5장 11절~6장 30절 180
　11장 25절 185
　12장 10절 134
　19장 17절 173
　19장 27절 162
　19장 30절 174
　20장 16절 174
　23장 13절 185
　26장 52절 181
메난드로스 14
모어, 토머스 11, 12, 13, 18, 27, 50,
111, 206, 251
　「유토피아」 18, 27, 50
무스, 푸블리우스 데키우스 67
「민수기」 187
　12장 11절 188

바실레이오스 138, 214, 236,
241, 242
발라, 로렌초 245, 246, 247
베르길리우스 14, 84
　「목가시」 3, 19행 151
　「아이네이스」
　　제2권 39행 129
　　제6권 135행 92
　　제6권 625행 103
　　제11권 418행 84
브루투스 63, 76, 104, 184

「사도행전」
　2장 13절 190
　17장 23절 178
　26장 24절 190
「사무엘기 상권」 26장 21절 188
「사무엘기 하권」 24장 10절 188
세네카 13, 15, 73, 97, 105, 185, 202
　「분노에 관하여」 제2권 10, 5 13
　「아포콜로퀸토시스」 15
　「윤리에 관한 서한」 27, 5 105
　「인생의 덧없음에 관하여」 1, 1, 1 97
세르토리우스, 퀸투스 66
소크라테스 14, 15, 61, 62, 64, 67, 70,
81, 83, 91, 94, 111, 174, 201, 208, 219
소포클레스 36, 37
　「아이아스」 554행 37
수에토니우스 218
쉬네시오스 15
스코투스 135, 136, 137, 139, 149, 151,
170, 217, 237
「시편」 100, 184, 189
「신명기」 13장 5절 182

아르킬로코스 60, 74
아리스토텔레스 61, 67, 137, 174, 186,
201, 217, 222, 238, 241, 259
　「수사학」 1, 363 174
　「윤리학」 259
　「정치학」 259
아리스토파네스 14, 30, 61, 77, 169
　「구름」 144~252행 61

『부(富)의 신』 30

『여인들의 민회』 751행 169

아우구스티누스 141, 206, 238, 239, 240, 244

아이스키네스 202

토마스, 아퀴나스 139, 141, 151

아타나시오스 242

아펠레스 111, 215

아풀레이우스 15, 39

『변명』 39

『변신 이야기』(『황금 당나귀』) 15

안토니우스 63, 185, 202

알키비아데스 69, 70, 88

암브로시우스 239, 240

에라스무스 11, 12, 13, 14, 15, 18, 24, 27, 31, 39, 42, 43, 46, 62, 63, 65, 78, 88, 93, 94, 99, 101, 104, 113, 122, 124, 137, 138, 157, 167, 172, 173, 174, 176, 253, 256, 260

『격언집』 13, 24, 31, 39, 42, 124, 167, 228

2, 1, 1 124

2, 2, 40 258

에우리피데스 43, 88, 89

『박코스의 여인들』 369행 88

에우클레이데스 105

『예레미야서』 171

9장 23절 172

10장 14절 172

오리기네스 184, 241

오비디우스 14, 22, 41, 45, 55, 65, 117, 125, 150

『로마의 축제들』 제5권 331~354행 45

『변신 이야기』

제1권 542~548행 41

제1권 625행 55, 117

제4권 571~603행 41

제6권 302행 150

제11권 146행 22

제13권 799행 65

제15권 871행 125

오캄 151, 217

『요한 복음서』

4장 24절 136

18장 11절 181

유베날리스 17, 210, 218, 259

『이사야서』

29장 14절 185

64장 3절 196

이소크라테스 14, 23, 62

『잠언』

15장 21절 173

30장 2절 175

『전도서』 1장 15절 171

제욱시스 111

『집회서』 172, 174, 175

27장 12절 172

41장 15절 174

카시우스 63, 76, 184

카이사르 62, 63, 184, 212

카토 63, 64, 76

「코린토 신자들에게 보낸 둘째 서간」

11장 16절 183

11장 17절 183

11장 19절 183

11장 23절 176

「코린토 신자들에게 보낸 첫째 서간」

1장 18절 184

1장 19절 185

1장 21절 185

1장 27절 185

2장 9절 196

3장 18절 184

4장 10절 183

13장 135

「코헬렛」 171, 172

1장 15절 171

1장 17절 173

1장 18절 173

7장 4절 173

10장 3절 175

쿠르티우스, 퀸투스 67

퀸틸리아누스, 파비우스 62, 125, 211, 225

크뤼소스토모스 138, 236, 241, 242

크뤼시포스 138, 183

크세노크라테스 76

키케로 12, 30, 53, 62, 63, 64, 92, 125, 126, 128, 150, 152, 153, 170, 172, 202, 211, 242

『발견론』 제1권 20 152

『연설가에 대하여』 2, 6, 25 126

『의무론』 제1권 110 12

『투스쿨룸의 대화』 제1권 26, 65 30

타키투스, 코르넬리우스 218

테렌티우스 201

테미스토클레스 66

테오프라스토스 61

트라쉬마코스 128

「티모테오에게 보낸 첫째 서간」

1장 13절 188

4장 2절 211

6장 4절 138

티몬 65

「티토에게 보낸 서간」 3장 10절 182

파보리누스 14, 15

팔라이몬, 렘미우스 122

페트라르카 202

포지오 202, 218

폰타누스, 지오반니 218

폴뤼크라테스 14, 128

프로디코스 33

프로페르티우스 96

『엘레기』 2, 10, 6행 96

플라우투스 39, 201

플라톤 14, 23, 30, 49, 61, 62, 63, 67, 70, 74, 81, 82, 83, 88, 91, 92, 109, 111, 128, 129, 174, 185, 190, 191, 195, 201, 205, 208, 226

『고르기아스』 463a 83

『국가』 14, 61, 128

제1권 128

제2권 14

제5권 61

『소크라테스의 변명』 21d 109

『파이드로스』

244d 92

274c 81

『향연』 30, 88

180d 91

214b 82

215a4 70

플루타르코스 15, 76, 258, 259

『비교 영웅전』 15

『윤리』 15

플리니우스 27, 218

피타고라스 35, 84, 85, 119

헤로도토스 23, 93

『역사』

제1권 23, 93

제1권 30 23

헤르모게네스, 티겔리우스 105

헤시오도스 11, 28, 31, 35, 46, 73

『신들의 계보』 11, 35

1행 73

886~922행 46

『일들과 날들』 117행 31

호라티우스 12, 16, 27, 42, 53, 54, 55, 66, 71, 79, 82, 84, 91, 92, 93, 96, 98, 105, 108, 116, 124, 125, 126, 129, 149, 150, 152, 157, 169, 170, 205, 258

『서간시』

1, 1, 9행 84

1, 1, 100행 96

1, 2, 8행 170

1, 2, 26~31행 157

1, 4, 15~16행 169

1, 18, 6행 108

1, 18, 14행 16

2, 1, 45행 53

2, 2, 93행 129

2, 2, 126~128행 169

2, 2, 128~140행 93

『서정시』

1, 3, 1행 116

1, 7, 1행 116

1, 11, 2행 82

2, 16, 27행 42

3, 4, 5~6행 92

3, 30, 1행 125

4, 12, 25행 169

4, 13, 5행 79

『시학』

1행 152

9행 124

19행 27

189행 152

385행 12

388행 126

391행 66

『조롱시』

8, 7행 79

12, 3행 16

『풍자시』

1, 1, 24~25행 205, 258

1, 3, 26행 55

1, 3, 40행 54

1, 3, 44행 54

1, 3, 129행 105

1, 6, 38행 71

1, 8, 44행 150

1, 9, 25행 105

2, 5, 18행 71

2, 7, 14행 98

2, 7, 21행 149

2, 7, 54행 71

호메로스 14, 21, 26, 28, 29, 30, 31, 40, 45, 46, 48, 69, 82, 84, 85, 90, 98, 103, 105, 113, 121, 128, 159, 169, 201

『오뒷세이아』

제1권 73행 31

제1권 144행 157

제4권 219행 21

제6권 157

제8권 273행 133

제8권 285행 159

제8권 325행 26

제9권 105행 31

제9권 190행 98

제10권 305행 31

제10권 493행 130

제11권 449행 170

제17권 218행 40

제19권 360행 90

『일리아스』 85, 125, 170

제1권 40, 113, 121

제1권 250행 59

제2권 15

제2권 216행 58

제2권 488행 103

제2권 564행 128

제2권 673행 58, 105

제3권 149행 40

제5권 785행 130

제6권 211행 29

제11권 514행 82

제14권 312~328행 46

제19권 126행 46, 113

제22권 445행 170

「히브리인들에게 보낸 서간」 11장 1절 135

히에로뉘무스 15, 17, 138, 141, 178, 199, 202, 209, 214, 215, 217, 227, 230, 232, 236, 237, 238, 239, 240, 241, 242, 260

열린책들 세계문학 182 우신예찬

옮긴이 김남우 연세대학교 철학과를 졸업했다. 서울대학교 서양고전학 협동과정에서 희랍 서정시를 공부하였고, 독일 마인츠 대학에서 서양 고전학을 공부하였다. 정암학당 연구원이며 서울대학교에서 라티움어와 로마 문학을 강의하고 있다. 마틴 호제의 『희랍문학사』, 오비디우스의 『변신 이야기』, 에라스무스의 『격언집』, 토머스 모어의 『유토피아』, 베르길리우스의 『아이네이스』, 『몸젠의 로마사』(공역), 프리드리히 니체의 『비극의 탄생』 등을 번역하였다.

지은이 로테르담의 데시데리우스 에라스무스 **옮긴이** 김남우 **발행인** 홍예빈 · 홍유진
발행처 주식회사 열린책들 **주소** 경기도 파주시 문발로 253 파주출판도시
전화 031-955-4000 **팩스** 031-955-4004 **홈페이지** www.openbooks.co.kr
Copyright (C) 주식회사 열린책들, 2011, *Printed in Korea.*
ISBN 978-89-329-1182-3 94890 **ISBN** 978-89-329-1499-2 (세트)
발행일 2011년 8월 30일 세계문학판 1쇄 2022년 10월 20일 세계문학판 14쇄

이 도서의 국립중앙도서관 출판예정도서목록(CIP)은 서지정보유통지원시스템 홈페이지(http://seoji.nl.go.kr)와 국가자료공동목록시스템(http://www.nl.go.kr/kolisnet)에서 이용하실 수 있습니다.(CIP제어번호 : CIP2011003368)

열린책들 세계문학
Open Books World Literature

001 **죄와 벌** 표도르 도스또예프스끼 장편소설 | 홍대화 옮김 | 전2권 | 각 408, 512면

003 **최초의 인간** 알베르 카뮈 장편소설 | 김화영 옮김 | 392면

004 **소설** 제임스 미치너 장편소설 | 윤희기 옮김 | 전2권 | 각 280, 368면

006 **개를 데리고 다니는 부인** 안똔 체호프 소설선집 | 오종우 옮김 | 368면

007 **우주 만화** 이탈로 칼비노 단편집 | 김운찬 옮김 | 416면

008 **댈러웨이 부인** 버지니아 울프 장편소설 | 최애리 옮김 | 296면

009 **어머니** 막심 고리끼 장편소설 | 최윤락 옮김 | 544면

010 **변신** 프란츠 카프카 중단편집 | 홍성광 옮김 | 464면

011 **전도서에 바치는 장미** 로저 젤라즈니 중단편집 | 김상훈 옮김 | 432면

012 **대위의 딸** 알렉산드르 뿌쉬낀 장편소설 | 석영중 옮김 | 240면

013 **바다의 침묵** 베르코르 소설선집 | 이상해 옮김 | 256면

014 **원수들, 사랑 이야기** 아이작 싱어 장편소설 | 김진준 옮김 | 320면

015 **백치** 표도르 도스또예프스끼 장편소설 | 김근식 옮김 | 전2권 | 각 504, 528면

017 **1984년** 조지 오웰 장편소설 | 박경서 옮김 | 392면

019 **이상한 나라의 앨리스** 루이스 캐럴 환상동화 | 머빈 피크 그림 | 최용준 옮김 | 336면

020 **베네치아에서의 죽음** 토마스 만 중단편집 | 홍성광 옮김 | 432면

021 **그리스인 조르바** 니코스 카잔차키스 장편소설 | 이윤기 옮김 | 488면

022 **벚꽃 동산** 안똔 체호프 희곡선집 | 오종우 옮김 | 336면

023 **연애 소설 읽는 노인** 루이스 세풀베다 장편소설 | 정창 옮김 | 192면

024 **젊은 사자들** 어윈 쇼 장편소설 | 정영문 옮김 | 전2권 | 각 416, 408면

026 **젊은 베르테르의 슬픔** 요한 볼프강 폰 괴테 장편소설 | 김인순 옮김 | 240면

027 **시라노** 에드몽 로스탕 희곡 | 이상해 옮김 | 256면

028 **전망 좋은 방** E. M. 포스터 장편소설 | 고정아 옮김 | 352면

029 **까라마조프 씨네 형제들** 표도르 도스또예프스끼 장편소설 | 이대우 옮김 | 전3권 | 각 496, 496, 460면

032 **프랑스 중위의 여자** 존 파울즈 장편소설 | 김석희 옮김 | 전2권 | 각 344면

034 **소립자** 미셸 우엘벡 장편소설 | 이세욱 옮김 | 448면

035 **영혼의 자서전** 니코스 카잔차키스 자서전 | 안정효 옮김 | 전2권 | 각 352, 408면

037 **우리들** 예브게니 자먀찐 장편소설 | 석영중 옮김 | 320면

038 **뉴욕 3부작** 폴 오스터 장편소설 | 황보석 옮김 | 480면

039 **닥터 지바고** 보리스 파스테르나크 장편소설 | 홍대화 옮김 | 전2권 | 각 480, 592면

041 **고리오 영감** 오노레 드 발자크 장편소설 | 임희근 옮김 | 456면

042 **뿌리** 알렉스 헤일리 장편소설 | 안정효 옮김 | 전2권 | 각 400, 448면

044 **백년보다 긴 하루** 친기즈 아이뜨마또프 장편소설 | 황보석 옮김 | 560면

045 **최후의 세계** 크리스토프 란스마이어 장편소설 | 장희권 옮김 | 264면

046 **추운 나라에서 돌아온 스파이** 존 르카레 장편소설 | 김석희 옮김 | 368면

047 **산도칸 ─ 몸프라쳄의 호랑이** 에밀리오 살가리 장편소설 | 유향란 옮김 | 428면

048 **기적의 시대** 보리슬라프 페키치 장편소설 | 이윤기 옮김 | 560면

049 **그리고 죽음** 짐 크레이스 장편소설 | 김석희 옮김 | 224면

050 **세설** 다니자키 준이치로 장편소설 | 송태욱 옮김 | 전2권 | 각 480면

052 **세상이 끝날 때까지 아직 10억 년** 스뜨루가츠끼 형제 장편소설 | 석영중 옮김 | 224면

053 **동물 농장** 조지 오웰 장편소설 | 박경서 옮김 | 208면

054 **캉디드 혹은 낙관주의** 볼테르 장편소설 | 이봉지 옮김 | 232면

055 **도적 떼** 프리드리히 폰 실러 희곡 | 김인순 옮김 | 264면

056 **플로베르의 앵무새** 줄리언 반스 장편소설 | 신재실 옮김 | 320면

057 **악령** 표도르 도스또예프스끼 장편소설 | 박혜경 옮김 | 전3권 | 각 328, 408, 528면

060 **의심스러운 싸움** 존 스타인벡 장편소설 | 윤희기 옮김 | 340면

061 **몽유병자들** 헤르만 브로흐 장편소설 | 김경연 옮김 | 전2권 | 각 568, 544면

063 **몰타의 매** 대실 해밋 장편소설 | 고정아 옮김 | 304면

064 **마야꼬프스끼 선집** 블라지미르 마야꼬프스끼 선집 | 석영중 옮김 | 384면

065 **드라큘라** 브램 스토커 장편소설 | 이세욱 옮김 | 전2권 | 각 340, 344면

067 **서부 전선 이상 없다** 에리히 마리아 레마르크 장편소설 | 홍성광 옮김 | 336면

068 **적과 흑** 스탕달 장편소설 | 임미경 옮김 | 전2권 | 각 432, 368면

070 **지상에서 영원으로** 제임스 존스 장편소설 | 이종인 옮김 | 전3권 | 각 396, 380, 496면

073 **파우스트** 요한 볼프강 폰 괴테 희곡 | 김인순 옮김 | 568면

074 **쾌걸 조로** 존스턴 매컬리 장편소설 | 김훈 옮김 | 316면

075 **거장과 마르가리따** 미하일 불가꼬프 장편소설 | 홍대화 옮김 | 전2권 | 각 364, 328면

077 **순수의 시대** 이디스 워튼 장편소설 | 고정아 옮김 | 448면

078 **검의 대가** 아르투로 페레스 레베르테 장편소설 | 김수진 옮김 | 384면

079 **예브게니 오네긴** 알렉산드르 뿌쉬낀 운문소설 | 석영중 옮김 | 328면

080 **장미의 이름** 움베르토 에코 장편소설 | 이윤기 옮김 | 전2권 | 각 440, 448면

082 **향수** 파트리크 쥐스킨트 장편소설 | 강명순 옮김 | 384면

083 **여자를 안다는 것** 아모스 오즈 장편소설 | 최창모 옮김 | 280면

084 **나는 고양이로소이다** 나쓰메 소세키 장편소설 | 김난주 옮김 | 544면

085 **웃는 남자** 빅토르 위고 장편소설 | 이형식 옮김 | 전2권 | 각 472, 496면

087 **아웃 오브 아프리카** 카렌 블릭센 장편소설 | 민승남 옮김 | 480면

088 **무엇을 할 것인가** 니꼴라이 체르니셰프스끼 장편소설 | 서정록 옮김 | 전2권 | 각 360, 404면

090 **도나 플로르와 그녀의 두 남편** 조르지 아마두 장편소설 | 오숙은 옮김 | 전2권 | 각 408, 308면

092 **미사고의 숲** 로버트 홀드스톡 장편소설 | 김상훈 옮김 | 424면

093 **신곡** 단테 알리기에리 장편서사시 | 김운찬 옮김 | 전3권 | 각 292, 296, 328면

096 **교수** 샬럿 브론테 장편소설 | 배미영 옮김 | 368면

097 **노름꾼** 표도르 도스또예프스끼 장편소설 | 이재필 옮김 | 320면

098 **하워즈 엔드** E. M. 포스터 장편소설 | 고정아 옮김 | 512면

099 **최후의 유혹** 니코스 카잔차키스 장편소설 | 안정효 옮김 | 전2권 | 각 408면

101 **키리냐가** 마이크 레스닉 장편소설 | 최용준 옮김 | 464면

102 **바스커빌가의 개** 아서 코넌 도일 장편소설 | 조영학 옮김 | 264면

103 **버마 시절** 조지 오웰 장편소설 | 박경서 옮김 | 408면

104 **10 1/2장으로 쓴 세계 역사** 줄리언 반스 장편소설 | 신재실 옮김 | 464면

105 **죽음의 집의 기록** 표도르 도스또예프스끼 장편소설 | 이덕형 옮김 | 528면

106 **소유** 앤토니어 수전 바이어트 장편소설 | 윤희기 옮김 | 전2권 | 각 440, 488면

108 **미성년** 표도르 도스또예프스끼 장편소설 | 이상룡 옮김 | 전2권 | 각 512, 544면

110 **성 앙투안느의 유혹** 귀스타브 플로베르 희곡소설 | 김용은 옮김 | 584면

111 **밤으로의 긴 여로** 유진 오닐 희곡 | 강유나 옮김 | 240면

112 **마법사** 존 파울즈 장편소설 | 정영문 옮김 | 전2권 | 각 512, 552면

114 **스쩨빤치꼬보 마을 사람들** 표도르 도스또예프스끼 장편소설 | 변현태 옮김 | 416면

115 **플랑드르 거장의 그림** 아르투로 페레스 레베르테 장편소설 | 정창 옮김 | 512면

116 **분신** 표도르 도스또예프스끼 장편소설 | 석영중 옮김 | 288면

117 **가난한 사람들** 표도르 도스또예프스끼 장편소설 | 석영중 옮김 | 256면

118 **인형의 집** 헨리크 입센 희곡 | 김창화 옮김 | 272면

119 **영원한 남편** 표도르 도스또예프스끼 장편소설 | 정명자 외 옮김 | 448면

120 **알코올** 기욤 아폴리네르 시집 | 황현산 옮김 | 352면

121 **지하로부터의 수기** 표도르 도스또예프스끼 장편소설 | 계동준 옮김 | 256면

122 **어느 작가의 오후** 페터 한트케 중편소설 | 홍성광 옮김 | 160면

123 **아저씨의 꿈** 표도르 도스또예프스끼 장편소설 | 박종소 옮김 | 312면

124 **네또츠까 네즈바노바** 표도르 도스또예프스끼 장편소설 | 박재만 옮김 | 316면

125 **곤두박질** 마이클 프레인 장편소설 | 최용준 옮김 | 528면

126 **백야 외** 표도르 도스또예프스끼 소설선집 | 석영중 외 옮김 | 408면

127 **살라미나의 병사들** 하비에르 세르카스 장편소설 | 김창민 옮김 | 304면

128 **뻬쩨르부르그 연대기 외** 표도르 도스또예프스끼 소설선집 | 이항재 옮김 | 296면

129 **상처받은 사람들** 표도르 도스또예프스끼 장편소설 | 윤우섭 옮김 | 전2권 | 각 296, 392면

131 **악어 외** 표도르 도스또예프스끼 소설선집 | 박혜경 외 옮김 | 312면

132 **허클베리 핀의 모험** 마크 트웨인 장편소설 | 윤교찬 옮김 | 416면

133 **부활** 레프 똘스또이 장편소설 | 이대우 옮김 | 전2권 | 각 308, 416면

135 **보물섬** 로버트 루이스 스티븐슨 장편소설 | 머빈 피크 그림 | 최용준 옮김 | 360면

136 **천일야화** 앙투안 갈랑 엮음 | 임호경 옮김 | 전6권 | 각 336, 328, 372, 392, 344, 320면

142 **아버지와 아들** 이반 뚜르게네프 장편소설 | 이상원 옮김 | 328면

143 **오만과 편견** 제인 오스틴 장편소설 | 원유경 옮김 | 480면

144 **천로 역정** 존 버니언 우화소설 | 이동일 옮김 | 432면

145 **대주교에게 죽음이 오다** 윌라 캐더 장편소설 | 윤명옥 옮김 | 352면

146 **권력과 영광** 그레이엄 그린 장편소설 | 김연수 옮김 | 384면

147 **80일간의 세계 일주** 쥘 베른 장편소설 | 고정아 옮김 | 352면

148 **바람과 함께 사라지다** 마거릿 미첼 장편소설 | 안정효 옮김 | 전3권 | 각 616, 640, 640면

151 **기탄잘리** 라빈드라나트 타고르 시집 | 장경렬 옮김 | 224면

152 **도리언 그레이의 초상** 오스카 와일드 장편소설 | 윤희기 옮김 | 384면

153 **레우코와의 대화** 체사레 파베세 희곡소설 | 김운찬 옮김 | 280면

154 **햄릿** 윌리엄 셰익스피어 희곡 | 박우수 옮김 | 256면

155 **맥베스** 윌리엄 셰익스피어 희곡 | 권오숙 옮김 | 176면

156 **아들과 연인** 데이비드 허버트 로런스 장편소설 | 최희섭 옮김 | 전2권 | 각 464, 432면

158 **그리고 아무 말도 하지 않았다** 하인리히 뵐 장편소설 | 홍성광 옮김 | 272면

159 **미덕의 불운** 싸드 장편소설 | 이형식 옮김 | 248면

160 **프랑켄슈타인** 메리 W. 셸리 장편소설 | 오숙은 옮김 | 320면

161 **위대한 개츠비** 프랜시스 스콧 피츠제럴드 장편소설 | 한애경 옮김 | 280면

162 **아Q정전** 루쉰 중단편집 | 김태성 옮김 | 320면

163 **로빈슨 크루소** 대니얼 디포 장편소설 | 류경희 옮김 | 456면

164 **타임머신** 허버트 조지 웰스 소설선집 | 김석희 옮김 | 304면

165 **제인 에어** 샬럿 브론테 장편소설 | 이미선 옮김 | 전2권 | 각 392, 384면

167 **풀잎** 월트 휘트먼 시집 | 허현숙 옮김 | 280면

168 **표류자들의 집** 기예르모 로살레스 장편소설 | 최유정 옮김 | 216면

169 **배빗** 싱클레어 루이스 장편소설 | 이종인 옮김 | 520면

170 **이토록 긴 편지** 마리아마 바 장편소설 | 백선희 옮김 | 192면

171 **느릅나무 아래 욕망** 유진 오닐 희곡 | 손동호 옮김 | 168면

172 **이방인** 알베르 카뮈 장편소설 | 김예령 옮김 | 208면

173 **미라마르** 나기브 마푸즈 장편소설 | 허진 옮김 | 288면

174 **지킬 박사와 하이드 씨** 로버트 루이스 스티븐슨 소설선집 | 조영학 옮김 | 320면

175 **루진** 이반 뚜르게네프 장편소설 | 이항재 옮김 | 264면

176 **피그말리온** 조지 버나드 쇼 희곡 | 김소임 옮김 | 256면

177 **목로주점** 에밀 졸라 장편소설 | 유기환 옮김 | 전2권 | 각 336면

179 **엠마** 제인 오스틴 장편소설 | 이미애 옮김 | 전2권 | 각 336, 360면

181 **비숍 살인 사건** S. S. 밴 다인 장편소설 | 최인자 옮김 | 464면

182 **우신예찬** 에라스무스 풍자문 | 김남우 옮김 | 296면

183 **하자르 사전** 밀로라드 파비치 장편소설 | 신현철 옮김 | 488면

184 **테스** 토머스 하디 장편소설 | 김문숙 옮김 | 전2권 | 각 392, 336면

186 **투명 인간** 허버트 조지 웰스 장편소설 | 김석희 옮김 | 288면

187 **93년** 빅토르 위고 장편소설 | 이형식 옮김 | 전2권 | 각 288, 360면

189 **젊은 예술가의 초상** 제임스 조이스 장편소설 | 성은애 옮김 | 384면

190 **소네트집** 윌리엄 셰익스피어 연작시집 | 박우수 옮김 | 200면

191 **메뚜기의 날** 너새니얼 웨스트 장편소설 | 김진준 옮김 | 280면

192 **나사의 회전** 헨리 제임스 중편소설 | 이승은 옮김 | 256면

193 **오셀로** 윌리엄 셰익스피어 희곡 | 권오숙 옮김 | 216면

194 **소송** 프란츠 카프카 장편소설 | 김재혁 옮김 | 376면

195 **나의 안토니아** 윌라 캐더 장편소설 | 전경자 옮김 | 368면

196 **자성록** 마르쿠스 아우렐리우스 명상록 | 박민수 옮김 | 240면

197 **오레스테이아** 아이스킬로스 비극 | 두행숙 옮김 | 336면

198 **노인과 바다** 어니스트 헤밍웨이 소설선집 | 이종인 옮김 | 320면

199 **무기여 잘 있거라** 어니스트 헤밍웨이 장편소설 | 이종인 옮김 | 464면

200 **서푼짜리 오페라** 베르톨트 브레히트 희곡선집 | 이은희 옮김 | 320면

201 **리어 왕** 윌리엄 셰익스피어 희곡 | 박우수 옮김 | 224면

202 **주홍 글자** 너새니얼 호손 장편소설 | 곽영미 옮김 | 360면

203 **모히칸족의 최후** 제임스 페니모어 쿠퍼 장편소설 | 이나경 옮김 | 512면

204 **곤충 극장** 카렐 차페크 희곡선집 | 김선형 옮김 | 360면

205 **누구를 위하여 종은 울리나** 어니스트 헤밍웨이 장편소설 | 이종인 옮김 | 전2권 | 각 416, 400면

207 **타르튀프** 몰리에르 희곡선집 | 신은영 옮김 | 416면

208 **유토피아** 토머스 모어 소설 | 전경자 옮김 | 288면

209 **인간과 초인** 조지 버나드 쇼 희곡 | 이후지 옮김 | 320면

210 **페드르와 이폴리트** 장 라신 희곡 | 신정아 옮김 | 200면

211 **말테의 수기** 라이너 마리아 릴케 장편소설 | 안문영 옮김 | 320면

212 **등대로** 버지니아 울프 장편소설 | 최애리 옮김 | 328면

213 **개의 심장** 미하일 불가꼬프 중편소설집 | 정연호 옮김 | 352면

214 **모비 딕** 허먼 멜빌 장편소설 | 강수정 옮김 | 전2권 | 각 464, 488면

216 **더블린 사람들** 제임스 조이스 단편소설집 | 이강훈 옮김 | 336면

217 **마의 산** 토마스 만 장편소설 | 윤순식 옮김 | 전3권 | 각 496, 488, 512면

220 **비극의 탄생** 프리드리히 니체 | 김남우 옮김 | 320면

221 **위대한 유산** 찰스 디킨스 장편소설 | 류경희 옮김 | 전2권 | 각 432, 448면

223 **사람은 무엇으로 사는가** 레프 똘스또이 소설선집 | 윤새라 옮김 | 464면

224 **자살 클럽** 로버트 루이스 스티븐슨 소설선집 | 임종기 옮김 | 272면

225 **채털리 부인의 연인** 데이비드 허버트 로런스 장편소설 | 이미선 옮김 | 전2권 | 각 336, 328면

227 **데미안** 헤르만 헤세 장편소설 | 김인순 옮김 | 264면

228 **두이노의 비가** 라이너 마리아 릴케 시 선집 | 손재준 옮김 | 504면

229 **페스트** 알베르 카뮈 장편소설 | 최윤주 옮김 | 432면

230 **여인의 초상** 헨리 제임스 장편소설 | 정상준 옮김 | 전2권 | 각 520, 544면

232 **성** 프란츠 카프카 장편소설 | 이재황 옮김 | 560면

233 **차라투스트라는 이렇게 말했다** 프리드리히 니체 산문시 | 김인순 옮김 | 464면

234 **노래의 책** 하인리히 하이네 시집 | 이재영 옮김 | 384면

235 **변신 이야기** 오비디우스 서사시 | 이종인 옮김 | 632면

236 **안나 까레니나** 레프 똘스또이 장편소설 | 이명현 옮김 | 전2권 | 각 800, 736면

238 **이반 일리치의 죽음·광인의 수기** 레프 똘스또이 중단편집 | 석영중 · 정지원 옮김 | 232면

239 **수레바퀴 아래서** 헤르만 헤세 장편소설 | 강명순 옮김 | 272면

240 **피터 팬** J. M. 배리 장편소설 | 최용준 옮김 | 272면

241 **정글 북** 러디어드 키플링 중단편집 | 오숙은 옮김 | 272면

242 **한여름 밤의 꿈** 윌리엄 셰익스피어 희곡 | 박우수 옮김 | 160면

243 **좁은 문** 앙드레 지드 장편소설 | 김화영 옮김 | 264면

244 **모리스** E. M. 포스터 장편소설 | 고정아 옮김 | 408면

245 **브라운 신부의 순진** 길버트 키스 체스터턴 단편집 | 이상원 옮김 | 336면

246 **각성** 케이트 쇼팽 장편소설 | 한애경 옮김 | 272면

247 **뷔히너 전집** 게오르크 뷔히너 지음 | 박종대 옮김 | 400면

248 **디미트리오스의 가면** 에릭 앰블러 장편소설 | 최용준 옮김 | 424면

249 **베르가모의 페스트 외** 옌스 페테르 야콥센 중단편 전집 | 박종대 옮김 | 208면

250 **폭풍우** 윌리엄 셰익스피어 희곡 | 박우수 옮김 | 176면

251 **어센든, 영국 정보부 요원** 서머싯 몸 연작 소설집 | 이민아 옮김 | 416면

252 **기나긴 이별** 레이먼드 챈들러 장편소설 | 김진준 옮김 | 600면

253 **인도로 가는 길** E. M. 포스터 장편소설 | 민승남 옮김 | 552면

254 **올랜도** 버지니아 울프 장편소설 | 이미애 옮김 | 376면

255 **시지프 신화** 알베르 카뮈 지음 | 박언주 옮김 | 264면

256 **조지 오웰 산문선** 조지 오웰 지음 | 허진 옮김 | 424면

257 **로미오와 줄리엣** 윌리엄 셰익스피어 희곡 | 도해자 옮김 | 200면

258 **수용소군도** 알렉산드르 솔제니찐 기록문학 | 김학수 옮김 | 전6권 | 각 460면 내외

264 **스웨덴 기사** 레오 페루츠 장편소설 | 강명순 옮김 | 336면

265 **유리 열쇠** 대실 해밋 장편소설 | 홍성영 옮김 | 328면

266 **로드 짐** 조지프 콘래드 장편소설 | 최용준 옮김 | 608면

267 **푸코의 진자** 움베르토 에코 장편소설 | 이윤기 옮김 | 전3권 | 각 392, 384, 416면

270 **공포로의 여행** 에릭 앰블러 장편소설 | 최용준 옮김 | 376면

271 **심판의 날의 거장** 레오 페루츠 장편소설 | 신동화 옮김 | 264면

272 **에드거 앨런 포 단편선** 에드거 앨런 포 지음 | 김석희 옮김 | 392면

273 **수전노 외** 몰리에르 희곡선집 | 신정아 옮김 | 424면

274 **모파상 단편선** 기 드 모파상 지음 | 임미경 옮김 | 400면

275 **평범한 인생** 카렐 차페크 장편소설 | 송순섭 옮김 | 280면

276 **마음** 나쓰메 소세키 장편소설 | 양윤옥 옮김 | 344면

277 **인간 실격·사양** 다자이 오사무 소설집 | 김난주 옮김 | 336면

278 **작은 아씨들** 루이자 메이 올컷 장편소설 | 허진 옮김 | 전2권 | 각 408, 464면

280 **고함과 분노** 윌리엄 포크너 장편소설 | 윤교찬 옮김 | 520면

281 **신화의 시대** 토머스 불핀치 신화집 | 박중서 옮김 | 664면

282 **셜록 홈스의 모험** 아서 코넌 도일 단편집 | 오숙은 옮김 | 456면